HEYNE BÜCHER

SCIENCE FICTION

Herausgegeben
von Wolfgang Jeschke

Ein Verzeichnis aller im HEYNE VERLAG erschienenen STAR TREK®-Romane finden Sie am Schluß des Bandes.

J. M. DILLARD / KATHLEEN O'MALLEY

STAR TREK®
THE NEXT GENERATION

WAHNSINN

Star Trek®
The Next Generation™
Band 53

Deutsche Erstausgabe

WILHELM HEYNE VERLAG
MÜNCHEN

HEYNE SCIENCE FICTION & FANTASY
Band 06/5753

Titel der amerikanischen Originalausgabe
POSSESSION
Deutsche Übersetzung von Uwe Anton

Umwelthinweis:
Dieses Buch wurde auf chlor- und säurefreiem Papier gedruckt

Redaktion: Rainer-Michael Rahn

Erstausgabe by Pocket Books/Simon & Schuster Inc., New York

http://www.heyne.de
Printed in Germany 1999
Umschlagbild: Pocket Books/Simon & Schuster, New York
Umschlaggestaltung: Atelier Ingrid Schütz, München
Technische Betreuung: M. Spinola
Satz: Schaber Datentechnik, Wels
Druck und Bindung: Ebner Ulm

ISBN 3-453-14981-5

PROLOG

Der kleine Skel schreckte aus dem Schlaf hoch und schlug in der mondlosen Dunkelheit der vulkanischen Nacht die Augen auf. Ein kaum hörbares Geräusch hatte sich in seinen schon verblassenden Traum eingeschlichen und ihn geweckt. Ein Geräusch, das ihn warnen sollte.

Gerade noch rechtzeitig …

Skel bemühte sich, ein Keuchen zu unterdrücken, als er sich ruckartig mit seinen dünnen Armen von der warmen Matratze in eine sitzende Position stemmte. Der verzweifelte Gedanke war nicht sein eigener gewesen.

Rechtzeitig wofür? *fragte er still die Quelle des Gedankens.*

Rechtzeitig, um dein Leben zu retten.

Eine telepathische Botschaft? Er runzelte konzentriert die Stirn, aber der Eindruck war vorbei, und als er seine Atmung sorgfältig kontrollierte, ließ die Panik nach.

Schau dich um, Skel, *drängte er sich.* Du bist zu Hause, in der Stadt Rh'lahr, die so friedlich wie alle vulkanischen Städte ist. Du liegst in deinem bequemen Bett, von deinen eigenen Sachen umgeben, und nur zwei Türen weiter schlafen deine Eltern. *Er war zwar erst zehn Jahre alt, aber ein guter Schüler, der sich für Quantenwissenschaften interessierte. Seine Lehrer sagten, daß seine Gefühlskontrolle für sein Alter schon sehr weit fortgeschritten war, und er wußte, daß das eine Ehre für seine Eltern war.*

Warum sitzt du dann angsterfüllt im Bett? *Er war gefaßter, gewiß, aber das ungute Gefühl war immer noch da.*

Vielleicht hatte er einen Alptraum gehabt, er hatte von dieser Möglichkeit gelesen. Vulkanier träumten nur selten, und Alpträume waren selbst bei Kindern höchst ungewöhnlich.

Nein. Er erinnerte sich an einige bruchstückhafte Szenen aus seinem Traum. Es war ein durchweg nicht bedrohlicher Rückblick auf seinen Schultag gewesen ... Warum also die Angst?

Weil ich etwas gehört habe. Oder gespürt. Etwas, das ich nicht kenne. Etwas Fremdes, etwas ... Böses.

Seine ausgeprägte Ehrlichkeit sich selbst gegenüber zwang ihn dazu, sich zu korrigieren: Ich habe es nicht nur gespürt, ich spüre es immer noch ...

Geräuschlos schob er die leichte Bettdecke zurück, unter der er lag, stand auf und tappte barfuß über den kalten Boden. Er blieb an der Tür stehen und verstellte rasch den Kontrollmechanismus, bevor der einfache Sensor ihn wahrnahm und sie öffnete. Statt dessen glitt die Tür nur wenige Zentimeter auf, wobei ihre regelmäßig gewartete Mechanik keinerlei Geräusch verursachte. Skel blinzelte durch den Spalt: Er sah wie erwartet die Wand, auf der seine eigenen kindlichen Kunstwerke aus der Schule holographisch dargestellt wurden; nun war die Wand in die Dunkelheit der Nacht gehüllt.

Und doch hielt diese unlogische Angst vor, das Gefühl, daß trotz der gewohnten Erscheinung seiner Umgebung etwas Schreckliches, Abartiges in der Nähe lauerte. Skel strich eine Strähne schwarzbraunen Haars von seinem spitzen Ohr zurück und drückte dieses an den Spalt, um zu lauschen.

Natürlich würde er nichts hören, außer den leisen Schlafgeräuschen seiner Eltern. Und dann könnte er sich beruhigt wieder hinlegen. Jawohl, das war eine logische Art, mit einem höchst unlogischen Gefühl umzugehen.

Einen Herzschlag lang nichts, und dann ... ein Geräusch, so ruhig und leise wie ein Atemzug. Doch es war keiner, denn es schwang Schmerz darin mit. Es war ein Stöhnen. Ein leises, unterdrücktes Stöhnen.

Einer seiner Eltern war krank. Seine Mutter, entschied er, als das Geräusch wieder erklang. Skel runzelte besorgt die Stirn über den schrägen Augenbrauen. Seine Mutter T'Reth war bei einem Campingurlaub einmal einen Abhang herabgestürzt. Skel hatte den Anblick ihres zerschmetterten Unterarms mit dem hervortretenden Knochen und dem verspritzten Smaragdblut nie vergessen. Sein Vater hatte den Bruch sofort geschient, doch obwohl Stunden vergingen, bis sie bei einem Heiler angekommen waren, war kein Ton über ihre aschfahlen Lippen gedrungen.

Wenn seine Mutter nun diese leise Schmerzäußerung von sich gab, mußte sie ernsthaft krank sein. Zweifellos kümmerte sich sein Vater um sie. Skel konnte sicher auch etwas für sie tun. Er war schließlich kein Kleinkind mehr. Er war zehn, und seine Gefühlskontrolle war weit fortgeschritten. Er würde seiner Mutter helfen.

Er wollte die Türsteuerung betätigen, zog jedoch schnell die Hand zurück, als ihn eine innere Kraft zurückhielt – ein Gefühl, ein überwältigender Anflug von Furcht und Ekel, der ihn beschämte und verblüffte. Er benahm sich wie ein Kind, aber ... das Gefühl war so eindringlich, daß er sich ihm hingab und die Hand wieder senkte.

Leise und vertraute Schritte erklangen im Korridor und bewegten sich auf das Schlafzimmer seiner Eltern zu. Er lauschte mit einer Mischung aus wilder, unvernünftiger Angst und Erleichterung. Das mußte sein Vater sein, der zweifellos im Haus herumgegangen war, um die Heiler zu rufen, die sich der Krankheit seiner Mutter annehmen würden. Skel drückte ein an die Dunkelheit gewöhntes Auge an den Spalt. Vielleicht würde der vertraute Anblick seines Vaters ihm helfen, sich zu sammeln und diese kindischen Ängste abzuschütteln.

Er sah eine Gestalt, die sich aus den Schatten löste. Es war sein Vater, genau wie er gewußt hatte. Skel dämpfte die Welle großer, irrationaler Erleichterung, die er verspürte, als er die Gestalt des älteren Vulkaniers beobachtete, der um die Ecke kam; vermutlich war er im Meditationszimmer gewe-

sen. Zuerst konnte er seine Hände sehen: Sie hielten einen großen, schweren Gegenstand aus glänzendem Metall, den Skel erst nach ein paar Sekunden als eine Lirpa *erkannte, eine antike zeremonielle Waffe, die den Vorfahren seiner Mutter gehört hatte.*

Diesen Anblick verstand der verwirrte Junge überhaupt nicht. Hätte sein Vater nicht eigentlich einen Erste-Hilfe-Kasten tragen müssen, um seiner leidenden Frau zu helfen? Doch als der ältere Vulkanier an Skels Tür vorbei zum elterlichen Schlafzimmer ging, konnte der Junge sein Gesicht sehen und fand diesen Anblick noch viel bestürzender. Denn sein Vater, ein sanfter, besonnener Mann, der sich dem Studium der Logik verschrieben hatte …

Lächelte?

Lächeln? Sein Vater?

Nein, er lächelte nicht. Skel zuckte vor dem Anblick zurück und wagte kaum zu atmen. Er hatte Menschen und Andorianer lächeln gesehen, aber das war kein Lächeln. Es war ein Grinsen. Eine verzerrte Grimasse. Wie er aus seinen Studien wußte, ein Ausdruck schierer, sadistischer Boshaftigkeit.

Er trat von der Tür zurück und schloß die Augen, doch immer noch sah er das schreckliche Gesicht seines Vaters vor sich. Dieses Bild, das war Skel klar, hatte sich für immer in sein Gedächtnis eingebrannt.

In diesem Augenblick überkam ihn so große Furcht, daß er sicher war, noch immer zu träumen; in einem Alptraum gefangen zu sein, so daß all seine Logik und seine Ausbildung nicht imstande waren, die Flut aus Furcht und Todesangst einzudämmen, die ihn überspülte.

Ein weiteres Geräusch: wieder das leise Stöhnen seiner Mutter aus dem Schlafzimmer. Aber diesmal steigerte es sich zu einem schrillen Schrei. Skel hätte sich am liebsten die empfindlichen Ohren zugehalten.

»Lauf! Skel, lauf!«

Er erstarrte. Er war zu verängstigt, um einer solchen Warnung Glauben zu schenken, bis sie nicht nur seine

Ohren, sondern auch seinen Geist durchdrang, bis seine Mutter T'Reth ihm ihre Todesgedanken sandte. Der Klang ihrer mentalen Schreie pochte in seinem Kopf und übertönte ihr grauenhaftes wirkliches Kreischen.

LAUF! LAUF, MEIN KIND, LAUF! KOMM NICHT ZURÜCK. LAUF UND VERSTECK DICH! SOFORT! LAUF UM DEIN LEBEN! UND SCHAU NIEMALS EINEM VULKANIER IN DIE AUGEN!

Die furchtbaren Stimmen wollten nicht verstummen, weder die in seinem Kopf noch die in seinen Ohren.

LAUF! LAUF! LAUF!

All seine sorgfältig gepflegte vulkanische Disziplin fiel von ihm ab, und Skel wurde zu dem, was seine Vorfahren vor der Reformation gewesen waren. Wie ein wildes Tier jagte er auf das Fenster zu, riß es auf und sprang mit animalischer Panik in die kalte Wüstenluft hinaus.

Er gehorchte der Stimme und lief und lief und lief über den weichen, kalten Sand auf die weit entfernten schwarzen Berge zu. Seine kurzen Beine strengten sich verzweifelt mit aller jugendlicher Energie an, die ihm zur Verfügung stand. Als er mehr als einen Kilometer von seinem Zuhause entfernt war, seinem Heim, wo einst Logik und Rationalität geherrscht hatten, prallte er plötzlich gegen einen unbeweglichen Gegenstand. Er blickte auf und sah …

Das grinsende Gesicht seines Vaters.

Die Augen des Vulkaniers waren weit aufgerissen, verstört und funkelten vor bizarren Emotionen, als er mit starken Händen Skels Kopf packte und seinen Sohn zwang, mit offenen Augen nach oben in dieses schreckliche Gesicht zu sehen. Die Stimme im Inneren des Kindes schrie lauter: SCHAU NICHT IN SEINE AUGEN. SCHAU NIEMALS IN SEINE AUGEN!

Als Skels Vater das Gesicht des Jungen unsanft auf sein eigenes zuzog, wehrte sich das Kind mit aller Macht, versuchte wegzusehen, der Umklammerung der Hände zu entkommen. Aber das wahnverzerrte Antlitz seines Vaters kam näher, immer näher, bis Skel keine Wahl mehr hatte, als der verzweifelt flehenden Stimme in seinem Kopf nicht mehr zu gehorchen. Er blinzelte und starrte gegen seinen Willen in die einst vertrauten, einst so ruhigen goldbraunen Augen, in denen jetzt mörderischer Wahnsinn brannte …

Und er sah sein eigenes Gesicht.

Skel richtete sich kerzengerade in seinem Bett auf. Er atmete so schwer, als sei er gerade ein Wettrennen gelaufen. Eine flüchtige Sekunde hielt ihn der Alptraum noch im Griff, er sah angsterfüllt in die Finsternis und befürchtete, das abstoßend grinsende Gesicht seines Vaters vor sich zu sehen.

Doch niemand starrte ihn aus der undurchdringlichen vulkanischen Dunkelheit an, es war niemand da, nichts außer seinen eigenen Händen, die er wie zur Abwehr erhoben hatte. Mit unbeschreiblicher Erleichterung betrachtete er sie. Es waren die breiten Hände eines erwachsenen Vulkaniers, leicht faltig und mit hervortretenden Adern durchzogen, die Finger abgespreizt.

Und dies war seine Unterkunft in der Vulkanischen Akademie der Wissenschaften, dieselbe Unterkunft, in der er seit fünfundzwanzig Standardjahren schlief. Skel senkte die Hände ohne Umschweife und brachte die Panik, die der Traum ausgelöst hatte, unter Kontrolle, indem er seinen Herzschlag und Blutdruck senkte und in die Gegenwart zurückkehrte. Er war kein zehnjähriges Kind mehr, das für nächtliche Panikattacken anfällig war, sonder ein neunzig Jahre alter Wissenschaftler, ein Experte auf dem Gebiet der Physik und angesehener Forscher. Ganz automatisch nahm er die gewohnte Meditationsstellung ein – die Beine verschränkt und den Rücken durchgedrückt –, aber es wollte ihm nicht gelingen, den passiven Zustand zu erreichen, der nötig war, um seinen Verstand zu beruhigen.

Schließlich piepste sein Kommunikator leise in dem dunklen Zimmer. Er seufzte.

Es war schon peinlich, einen Rückfall in die emotionsgeladenen Alpträume zu erleiden. Doch andere mit seinen geistigen Emanationen zu wecken ... das war erniedrigend.

Er riß sich zusammen und betätigte dann ein Bedienungselement an der Kommunikatorkonsole. »Ja, Therapeutin T'Son.«

Auf dem Bildschirm erschien das ausgeglichene Gesicht seiner Hausärztin. Ihre pechschwarzen Haare waren so perfekt frisiert, ihre Kleidung so professionell und ordentlich, als sei es zwei Stunden nach Sonnenaufgang gewesen, nicht drei davor. »Skel, ich habe Ihren Traum gespürt. Geht es Ihnen gut?«

Sie half ihm seit Jahren dabei, sich von diesen Alpträumen zu befreien. Sie teilten eine mentale Verbindung, es wäre unlogisch gewesen, ihr auszuweichen.

»Ich ... komme zurecht. Es war ausgesprochen lebhaft. So eindringlich waren die Bilder schon seit Jahren nicht mehr. Aber es geht mir jetzt besser. Danke für Ihren Anruf.«

»Ich bin Ihre Therapeutin«, erinnerte sie ihn – eine sanfte Zurechtweisung, daß es nicht nötig war, jemandem für das Ausführen seiner Arbeit zu danken. »Sie haben lange und anstrengende Arbeitstage hinter sich. Ihr Schlafrhythmus ist durcheinandergekommen. Sie haben Ihre Ernährung vernachlässigt. Und Sie bemühen sich, eine schwierige Aufgabe noch vor der Technikmesse der Föderation zu beenden. Zweifellos haben diese Faktoren Ihren Traum ausgelöst.«

Sie versuchte, ihm schonend klar zu machen, daß er sich zu viele Gedanken über seine Arbeit und den bevorstehenden Termindruck machte. Sie erinnerte ihn daran, daß ein derart emotionales Streßempfinden für einen Vulkanier unziemlich war. Damit hätte sie auch recht gehabt – was die meisten Vulkanier anging. Aber im Verlauf von Skels Leben hatte ihn das Wiederauftreten seiner Kindheitsängste oft vor drohender Gefahr gewarnt, entweder für ihn oder für die, die ihm nahestanden. Es war, als könnte die telepathische Berührung seiner Mutter ihn sogar von jenseits des Grabes noch erreichen, um ihn zu beschützen, obwohl ihr Katra verloren und in alle Winde verstreut war. Therapeutin T'Son fand diese Erklärung unlogisch und zog es vor, rationalere Gründe für das Auftreten seiner Träume zu finden. Ihr unerschütterliches Beharren auf Vernunft und Wissenschaft halfen Skel, einen Weg durch das Chaos seiner Alpträume zu finden. Mit der Hilfe T'Sons waren die Träume immer seltener geworden. Und gerade deshalb fand Skel es so beunruhigend, daß sie ausgerechnet *jetzt* wiederkehrten.

»Ich kann nachvollziehen, wie Ihre Lebensgeschichte das Verhältnis zu Ihrer Arbeit beeinflußt«, sagte sie, als verstünde sie seine gemischten Gefühle angesichts dieses Problems. »Und ich weiß auch, wieviel sie Ihnen bedeutet. Gerade wegen Ihrer besonderen Umstände müssen wir uns sehr sorgfältig um Ihre Gesundheit kümmern.«

Ihre geistige *Gesundheit*, meinte sie eigentlich, aber sie war zu höflich, um es auszusprechen.

»Sie haben natürlich recht, Therapeutin«, stimmte er zu, da er sich wieder beruhigt hatte. Es überraschte ihn immer wieder, wie sehr schon das Gespräch mit ihr ihm weiterhalf. Das war auch einer der Gründe, warum sie darauf bestand, telepathisch mit ihm verbunden zu sein. Sie ging davon aus, daß sie ihn nicht so erfolgreich behandeln konnte, wenn sie erst Stunden später von den Träumen erfuhr. Das war eine sehr gute Therapieentscheidung gewesen. T'Son war ihm über die Jahre eine große Hilfe gewesen.

»Denken Sie daran, Skel, Sie sind nicht der einzige Vulkanier, der den Wahnsinn mitgemacht hat. Viele waren davon betroffen. Alle Überlebenden haben Schwierigkeiten. Deswegen teilen wir Heiler unser Wissen über diese Erfahrungen, um unseren Patienten dabei zu helfen, das Gleichgewicht in ihrem Leben wiederherzustellen und ihre Logik und Ausgeglichenheit wiederzufinden.«

»Ja, gewiß, Therapeutin. Ich werde daran denken.« Wie konnte er auch anders? Als junger Mann hatte er jahrelang mit anderen Vulkaniern in seiner Situation und ihren Heilern gesprochen. Sie hatten versucht, sich gemeinsam von ihren furchtbaren Erinnerungen und schrecklichen Erlebnissen zu erholen. Die Erinnerung an die Schreie seiner Mutter, als sie auf furchtbare, sadistische Art und Weise von seinem Vater ermordet wurde – seinem Vater, der der sanfteste und vernünftigste Mann gewesen war, den man sich vorstellen konnte. Er war nie über die Verantwortung weggekommen, nachdem er vom Wahnsinn geheilt worden war. Er war jung gestorben, ein von der Schuld zerbrochener Mann.

»Bitte kommen Sie in meiner Praxis vorbei, bevor Sie heute morgen zur Arbeit gehen, Skel«, sagte T'Son ruhig.

Er verkrampfte sich, weil er wußte, worum sie ihn bitten würde.

»Wir sollten eine Bewußtseinsverschmelzung vornehmen«, teilte sie ihm mit, »damit ich versuchen kann, die schlimmsten Traumerinnerungen zu entfernen. Viele Heiler nehmen an, daß dann nicht wiederholt die gleichen Träume auftreten.«

Er mußte schlucken. »Das werde ich tun, Therapeutin«, sagte er dann aber genauso ruhig wie sie. »In Ihrer Praxis, bevor ich ins Labor gehe.«

»Versuchen Sie, wieder einzuschlafen, Skel. Sie haben sich in den letzten Tagen nicht genug ausgeruht. Wenn Sie nicht schlafen können, nehmen Sie eins der pflanzlichen Beruhigungsmittel, die ich Ihnen gegeben habe.«

»Ja, Therapeutin«, versprach er.

Sie nickte, und ihr Bild verschwand vom Monitor.

Er starrte einen endlosen Augenblick lang den leeren Bildschirm an. An Schlaf war nun gar nicht zu denken. Er sollte das Beruhigungsmittel nehmen. Er sollte ihrem Rat folgen, das wäre die logische Entscheidung gewesen.

Aber er konnte die Vorahnung von Gefahr nicht abschütteln, die der Traum hervorgerufen hatte. Er ging zur Kommode, zog den Schlafanzug aus und legte die normale Tageskleidung an. Um diese Uhrzeit würde kaum jemand im Labor sein. Obwohl die Vulkanische Akademie der Wissenschaften sonst nur geringe Sicherheitsvorkehrungen traf, war seine eigene Forschungsarbeit stets streng gesichert und abgesperrt. Er konnte das Alarmsystem und alle Kraftfelder überprüfen. Das würde ganz schnell gehen. Wenn er sich überzeugt hatte, daß alles in Ordnung war, konnte er vielleicht wieder schlafen. Es war nicht logisch, aber er hatte als Kind gelernt, daß es die beste Methode war, mit irrationaler Angst fertig zu werden.

Dann wäre er ausgeschlafener, wenn er in T'Sons Praxis ging und die Mentalverschmelzung über sich ergehen lassen mußte.

Als er seine Unterkunft verließ und sich fast geräuschlos durch die Steinkorridore der Vulkanischen Akademie der Wissenschaften bewegte, versuchte er, nicht an den bevorstehenden Termin bei seiner Therapeutin zu denken. Es war unlogisch, die Verschmelzung abzulehnen. Alle Abneigungen waren grundsätzlich unlogisch. Nichtsdestotrotz verabscheute er es, nach seinen Alpträumen die Verschmelzung eingehen zu müssen. Es brachte all die furchterregenden Eindrücke an die Oberfläche, und er mußte sie noch einmal durchleben, auch wenn er danach nur noch selten unter den gleichen Bildern leiden würde.

Das hieß aber nur, daß sich seine Erinnerungen – die Warnung seiner Mutter – einen anderen Weg in seine Träume bahnen mußten.

Die Sensoren im Labor schalteten das Licht an, als er eintrat. Alles schien noch genauso zu sein, wie er es vor ein paar Stunden zurückgelassen hatte. Er schluckte trocken und zwang seinen Verstand, ruhig zu bleiben. Er führte sich vor Augen, daß das Labor ihn nach einem Traum öfter ängstigte. Selbst die Therapeutin konnte eine gewisse Logik daran nicht abstreiten.

Er ging zum Experimentalbereich und kontrollierte die Computerkonsole, die seine Versuchsobjekte überwachte. Die mehrschichtigen Kraftfelder waren alle aktiviert, und nur er und zwei andere kannten die komplexen Kodes, um sie abzuschalten. Alles war so, wie er es zurückgelassen hatte. Er starrt die Konsole an. Nein, doch nicht alles.

Eine Kontrolleuchte war ausgefallen. Seine Finger flogen über die Steuerung. Eine gewöhnliche Energiezelle mußte ausgewechselt werden. Die Kontrolleuchte war sogar bereits gemeldet worden, und ein Techniker hatte Tricordermessungen durchgeführt, um die notwendigen Reparaturen abzuschätzen. Es war eine Kleinigkeit. Nichts, worüber er hätte informiert werden müssen. War sein Traum etwa von etwas so Trivialem ausgelöst worden? T'Son würde es zurecht als reinen Zufall abtun.

Skel bemerkte, daß der Techniker keinen Identikode zurückgelassen hatte. Das war gegen die Vorschrift, und er würde sich darum kümmern müssen. Der Zugang zu diesem Teil des Labors war nur den erfahrensten Mitarbeitern gestattet. Es war zu riskant, unzureichend ausgebildete Arbeitskräfte hier arbeiten zu lassen. Vielleicht war der leitende Techniker mit einem wichtigeren Notfall beschäftigt gewesen. Er nahm sich vor, die Sache zu überprüfen. Er legte großen Wert auf das Einhalten der Sicherheitsvorkehrungen, das lag in der Natur dieses Projekts.

Er ging von der Konsole zur Beobachtungsluke, durch die er seine Versuchsobjekte regungslos hinter mehrschichtigen vulkanischen Kraftfeldern liegen sehen konnte.

Was waren sie doch für unschuldig aussehende Teile, diese elliptischen Behälter, die klein genug waren, um bequem in der Hand gehalten werden zu können. Sie erinnerten Skel immer an ein wunderschönes Lebewesen, das er einmal bei einem Ausflug an einen terranischen Strand gesehen hatte: eine Auster. Denn obwohl sie onyxfarben waren, schimmerten sie doch wie Perlmutt: metallisch blaues, grünes und rosafarbenes Funkeln, das sich stetig wie die Gezeiten änderte. Selbst nachdem er sie ein Leben lang studiert hatte, konnte er noch immer kaum glauben, daß derart einfache, elegante Gegenstände über eine so furchtbare Macht verfügten. Diese beiden Objekte beinhalteten eine ausgesprochen bösartige Seuche, einen mörderischen Wahn, der vor achtzig Jahren die Städte von Vulkan infiziert hatte. Die Seuche war geheilt worden, aber sie hatte ihre Spuren hinterlassen. Die Überlebenden wie Skel und sein Vater waren gezwungen gewesen, ihr Leben trotz der schrecklichen Konsequenzen der Krankheit fortzusetzen. Viele von ihnen hatten sich, wie Skels Vater, nie ganz erholt. Viele hatten, wie Skel selbst, den Genesungsprozeß noch immer nicht abgeschlossen.

Es gehörte zu Skels Therapie, daß er vor fünfundzwanzig Jahren die Arbeit seines Vorgängers übernommen hatte. Trotz breit angelegter Forschung und des Einsatzes einiger der hervorragendsten Denker Vulkans hatte man bisher nicht viel über diese Objekte herausgefunden. Sie erzeugten undurchdringliche Kraftfelder, ohne über eine wahrnehmbare Energiequelle oder einen Mechanismus zu verfügen. Doch neuerdings glaubte Skel, wenigstens ein Geheimnis der Felder gelöst zu haben. Diese Entdeckung wollte er mit anderen Föderationswissenschaftlern teilen. Zusammen könnten sie diese fortgeschrittene Technologie nutzen, um der Föderation gegen aggressivere Völker wie die Romulaner zu helfen.

Das Bedürfnis, diesen schrecklichen, fremden Artefakten irgend etwas Positives abzugewinnen, egal was, trieb ihn schon seit Jahren an. Erschöpft betrachtete er blinzelnd die schönen, tödlichen Behälter. Ihm blieben noch Jahre, um sie zu studieren, ihre Herkunft in Erfahrung zu bringen und herauszufinden, wer sie geschaffen hatte. Jahre. Aber nicht ohne Schlaf.

Er betätigte die Sensoren, um das Licht zu dämpfen, und betrachtete das Glühen, das die Objekte von sich aus absonderten. Dabei hörte er plötzlich klar und unverkennbar die Warnung in seinem Geist:

LAUF! LAUF, MEIN KIND, LAUF! SOFORT! LAUF UM DEIN LEBEN!

Entkräftet schloß er die Augen. Trieb ihn die Erinnerung an T'Reths Stimme nun in den Wahnsinn?

Bitte, Mutter. Du bist von uns gegangen, dein Katra ist in alle Winde verstreut. Quäle mich nicht im Schlaf und bei meiner Arbeit. Deine Warnung entbehrt jeder Logik. Hier ist keine Gefahr. Hier ist nur dein Sohn, ein alternder Wissenschaftler, der sich über Termindruck und den unaufhaltsamen Fortschritt der Zeit Gedanken macht.

Die verzweifelte Stimme verklang zu einem Flüstern und verschwand dann gänzlich. Skel drehte sich um und wollte das Labor verlassen und wieder zu Bett gehen, als sein empfindliches Gehör ein kaum wahrnehmbares Geräusch bemerkte: ein leises Rascheln von Stoff.

Er erstarrte und unterdrückte den Drang, einfach wegzulaufen, als sein Herz schneller schlug und sein Körper sich auf eine Auseinandersetzung vorbereitete. Wer konnte um diese Uhrzeit hier sein, in seinem Labor – und sich verstecken? Es gab hier nichts Wertvolles. Nichts außer …

Sein Blick richtete sich wieder auf die fremdartigen Behälter. Es konnte doch wohl niemand so dumm sein und versuchen wollen …

Skels Gedanke wurde von einem Geräusch und einer Berührung unterbrochen. Das Geräusch stammte von leichten Schritten, die so schnell waren, daß Skel sich nicht nach ihrem Urheber umdrehen konnte. Die Berührung war ein hartes, kaltes Stück Metall, das ihm gegen den Lendenwirbel gedrückt wurde.

Ihm war sofort klar, daß es sich um eine Waffe handelte, auch wenn er sich auf diesem Gebiet nicht sehr gut auskannte. So wie sich die Mündung an seinem Rücken anfühlte, nahm er an, daß es ein Phaser war. Der zwergenhafte Wuchs seines Besuchers deutete auf einen Ferengi hin.

»Wissenschaftler Skel«, hörte er eine recht hohe, nasale Stimme sagen, die seine Vermutung bestätigte, »es ist mir eine Ehre. Ihre Hilfe wäre mir sehr willkommen.«

»Wer sind Sie?« fragte Skel, während er die Entfernung zwischen seiner Hand und dem Alarmknopf am Computer abschätze und überlegte, ob es ihm wohl gelingen würde, ihn zu erreichen, bevor der Eindringling seine Waffe abfeuern konnte.

»Sehen Sie mich ... als Ihren Geschäftspartner an. Sie werden Dinge mit mir teilen, von denen wir beide sehr profitieren werden.« Die Waffe wurde tiefer in Skels Rücken gebohrt.

»Wenn Sie jetzt gehen«, sagte Skel mit seinem ruhigsten, emotionslosesten Tonfall, »werden Sie noch flüchten können. Es ist noch keinerlei Schaden entstanden. Ich gebe Ihnen diese Möglichkeit.«

»In diesem Raum gibt es unbegrenzte Möglichkeiten«, zischte der Ferengi. »Und Sie werden sie mir allesamt aushändigen.«

»Ich werde Ihnen nicht helfen«, teilte Skel dem Fremden mit. Er hatte noch nie in seinem Leben etwas so ernst gemeint. Er war bereits mit einer größeren Angst konfrontiert worden, als die meisten vernunftbegabten Lebewesen sie jemals kennenlernen würden. Es gab nichts, was dieser Eindringling hätte tun können, um ihn zur Mithilfe zu bewegen.

»Das werden Sie sehr wohl, Wissenschaftler. Sie werden alles tun, was ich von Ihnen verlange ...«

Skel fühlte, wie die Energie des Phaserschusses ihn umgab. Er fühlte, wie sein Körper die Kontrolle verlor. Er fühlte, wie er wie ein Stein zu Boden fiel. Und dann fühlte er gnädigerweise gar nichts mehr.

1

Counselor Deanna Troi stand angespannt in Captain Jean-Luc Picards Bereitschaftsraum. Sie hatte sich genau zwischen den Captain, der hinter seinem Schreibtisch saß, und der Chefärztin aufgebaut, Dr. Beverly Crusher, die mit verschränkten Armen ein paar Meter entfernt stand.

»Doktor«, drängte Picard mit seinem knappen, präzisen Tonfall, »Sie haben immer noch nicht die entscheidende Frage beantwortet: Warum?« Er sah aus unzufrieden zusammengekniffenen Augen nicht die medizinische Offizierin an, sondern das Dokument auf dem Bildschirm seines Computers – einen Autopsiebericht.

»Ich habe Ihnen erklärt, warum, Captain«, sagte Dr. Crusher matt. In ihre Erschöpfung mischte sich eindeutig eine Spur Ärger. »Sie hören mir nur nicht zu.«

Deanna fuhr zusammen, als Wellen kraftvoller Emotionen über ihr zusammenschlugen, die diese beiden willensstarken Individuen aussandten. Aber dafür war sie, als Halb-Betazoidin, ja auch da: um ihren Konflikt wahrzunehmen und zu helfen, ihn zu überwinden. Doch dieses Mal bezweifelte sie, daß sie ihnen Antworten bieten konnte. Der Tod sowie der tiefe Ärger und die Trauer, die er hervorrief, waren ausgesprochen schwer zu erklären.

»Es war ein *Unfall*«, erklärte Beverly erneut, wobei sie so entnervt klang, daß man es fast schon als Gehorsamsverweigerung auffassen konnte. Sie strich hektisch über ihre Stirn, als könnte sie damit die Gedanken dahinter beruhigen, und wischte sich zugleich eine

Strähne ihres kupferfarbenen Haars aus dem Gesicht. »Besatzungsmitglied Janice Ito hat die Sicherheitsvorschriften entweder vergessen oder absichtlich mißachtet, als sie sich in die Energiefluktuation im Plasmastrom begab. Sie ging allein, mit minimaler Ausrüstung: keine Energie-Neutralisatoren, keine Sicherheitsschilde. Nur sie, eine Handvoll Werkzeuge und ein Tricorder. Sie war unerfahren darin, in derart beengten Räumlichkeiten mit Starkstromleitungen zu arbeiten, und der elektrische Schlag hat sie sofort getötet.«

Picard sah endlich von seinem Bericht auf und schüttelte kurz den Kopf, als verwerfe er allein die Vorstellung, daß so etwas überhaupt passieren konnte. »Was war denn mit ihrer *Ausbildung*? Wo war der vorgesetzte Offizier, der mit ihr zusammenarbeitete? Wie konnte ein intelligenter, zwanzig Jahre alter Fähnrich, der zu den Besten an der Akademie gehörte, etwas so verdammt *Dämliches* tun?«

Beverly richtete sich trotzig auf. Sie war durch den unnötigen Todesfall genauso aufgebracht wie der Captain, vielleicht sogar noch mehr, da sie auf der Krankenstation vergeblich versucht hatte, die junge Frau wiederzubeleben. Und Beverlys Frust und Trauer würden bald überschäumen und sie zu Äußerungen bewegen, die sie später bereuen würde.

Dämlich, *Captain, ist Ihre Weigerung, mir zuzuhören.*

Troi mischte sich geschickt ein, noch bevor Dr. Crusher die Gelegenheit hatte, den Gedanken auszusprechen. »Ich glaube, Sir«, sagte Deanna ruhig, »daß man es gerade deshalb einen ›Unfall‹ nennt.«

Nun richtete Picard seinen Zorn auf sie. »Dies ist das Raumschiff *Enterprise*, das Flaggschiff der Föderation. Wir können uns keine ›Unfälle‹ leisten. Erst recht keine sinnlosen, tödlichen Unfälle von vielversprechenden jungen Offizieren.«

Er stand auf, und die Art, wie er die Uniform glättete, war genauso straff und präzise wie seine Sprechweise. Er ging um den Schreibtisch. »Eines kann ich Ihnen sagen: Es wird nicht noch einmal passieren. Ich werde die gesamte Besatzung umkrempeln. Ich will, daß die Ausbildungseinheiten überprüft, die Einführung für neue Offiziere neu bewertet, die Notfallanweisungen umgestellt und der ganze Schulungsprozeß neu überdacht werden. Und wenn wir damit fertig sind, fangen wir nochmal von vorn an!«

Deanna atmete ruhig und gleichmäßig ein, als sie versuchte, die Gefühle des anderen wahrzunehmen, ohne ihre innere Ruhe zu verlieren. »Captain ...« setzte sie sanft an. »Das alles ist wohlüberlegt und kann durchaus dazu beitragen, zukünftige Tragödien zu vermeiden. Angesichts unseres knapp bemessenen Zeitplans könnte die Durchführung ausgiebiger Übungen allerdings problematisch werden.«

Picard brodelte einen Augenblick, preßte die Lippen zusammen und sah sie scharf an. Dann drehte er den Kopf, senkte den Blick und schien sich teilweise zu ergeben. »*Die* verdammte Sache!« knurrte er.

Es war nicht der richtige Zeitpunkt, um ihn daran zu erinnern, daß er das Schiff und die Besatzung mit großer Begeisterung für ›*die* verdammte Sache‹ zur Verfügung gestellt hatte – eine eilige Verkehrsmission zur Unterstützung der Universalen Technikmesse. Die *Enterprise* hatte bestimmt schon eine Woche lang Föderationswissenschaftler aufgenommen, und es waren noch mehrere weitere Stationen eingeplant. Die Technikmesse würde nicht auf sie warten, egal, was an Bord passiert war.

»Jetzt ist erst einmal vorrangig«, fuhr Deanna in ihrem ausgewählt versöhnlichen Counselor-Tonfall fort, »daß Sie beide es schaffen, über diese Tragödie wegzukommen. Sie geben sich beide die Schuld an einer Sache, die nur eine Person hätte verhindern können: Fähnrich Ito, die gegen die Vorschriften verstoßen und sich so unnötig in Gefahr begeben hat.«

Sie sah von Picard zu Dr. Crusher, doch beide Offiziere wichen ihrem Blick aus und starrten ins Nichts, während sie über ihre Worte nachdachten. Es lag noch immer Wut in der Luft, doch Deanna spürte, daß sie abklang. Sie war so vernünftig, nichts mehr zu sagen, bis endlich Dr. Crusher das Schweigen brach.

»Janice' Zimmergenossin von der Akademie ist an Bord«, sagte sie, den Blick immer noch fest auf eine kahle Wand gerichtet. »Sie hat mir erzählt, daß Janice einen technischen Fehler gemacht hat, kurz nachdem sie ihren Dienst hier antrat. Ihr Vorgesetzter, Lieutenant Singh, hat die Sache korrigiert, aber es war die erste Fehlleistung, die sie sich während ihrer Karriere geleistet hat. Sie war an der Akademie Spitzenklasse gewesen und Versagen überhaupt nicht gewohnt. Ihre Zimmergenossin nimmt an, daß sie ihren Lapsus wieder gutmachen wollte, insbesondere angesichts unserer Vorbereitungen auf die Aufnahme der Wissenschaftler. Deshalb ist sie zu viele Risiken eingegangen.«

Dr. Crusher hielt inne und holte tief Luft. Ihr Blick schien sich nach innen zu richten, auf eine schmerzhafte Erinnerung. »Wir hatten sie praktisch unmittelbar nach dem Unfall auf der Krankenstation. Wir haben alles getan, aber ich konnte sie nicht zurückholen. Sie hatte so starke Hirnschäden erlitten, daß ...«

Auch Deanna atmete tief ein, als sie sich gegen die Welle von Traurigkeit, Niederlage und Versagen stemmte, die von ihrer Freundin ausging. Ihr tat leid, daß Beverly solchen Schmerz empfand, doch gleichzeitig mußte sie sie für ihr Mitgefühl bewundern, das sie zu einer so guten Ärztin machte.

»Das schlimmste an der ganzen Sache ist«, fuhr Dr. Crusher mit bebender Stimme fort, »daß einer der Wissenschaftler an Bord – ein Chirurg, Dr. Ellis – eine Methode zum Ersetzen beschädigter Hirnzellen durch synthetisches Gewebe entwickelt hat. Sie ist noch nicht ausgereift, aber ... mit dieser Methode ist es theoretisch möglich, ein geschädigtes Gehirn zu stabilisieren, bis die eigenen Zellen des Opfers geklont und spezialisiert werden können. Wenn ich nur gewußt hätte, daß er an Bord war, wenn ich seine Arbeit gekannt hätte ... Es wäre ein Risiko gewesen, das man hätte eingehen können ...« Sie senkte niedergeschlagen den Kopf.

»Beverly ...« Deanna stellte sich neben ihre Freundin und legte sanft eine Hand auf den Arm der Ärztin. »Sie können unmöglich über die vielen Leute Bescheid wissen, die wir in der letzten Woche alle abgeholt haben. Es ist leicht gesagt, daß dieser Arzt Janice hätte helfen können, aber es war ja nicht nur ihr Gehirn geschädigt.«

Dr. Crusher nickte langsam, doch ihre Miene blieb finster. Trotzdem spürte Troi, wie sich die nackte Wut nach und nach in Trauer verwandelte, mit ersten Ansätzen von Einsicht – und so sagte sie wieder einen Augenblick lang nichts, bis Picard seufzte. »Ich mußte mit ihren Eltern sprechen«, sagte er. Er deutete auf den Bildschirm seines Computers. »Von allen Pflichten, die ich fürchte, ist das die schlimmste: den Eltern eines vielversprechenden jungen Offiziers mein Beileid auszusprechen.« Er wandte sich von den beiden Frauen ab und starrte auf den sich bewegenden Sternenhintergrund, die Hände starr hinter dem Rücken verschränkt, als wolle er die Woge von Emotionen in ihm zurückhalten.

Deanna fühlte sie trotzdem. »Die gesamte Besatzung trauert um Janice«, erinnerte sie ihn leise. »Ihre Leiche ist schon auf dem Weg nach Hause. Aber vielleicht könnte eine Trauerfeier denen von uns, die noch hier an Bord sind, dabei helfen, mit unserem eigenen Schmerz besser umzugehen.«

Picard drehte sich um und nickte hektisch. »Natürlich. Natürlich. Deanna, darf ich Sie bitten, sich um die Organisation zu kümmern?«

»Gewiß, Captain.«

»Und, Doktor«, sagte er versöhnlicher, »bitte machen Sie sich keine Vorwürfe. Sie haben alles getan, was medizinisch möglich war. Janice hätte keine bessere Betreuung haben können.«

»Jawohl, Sir. Vielen Dank«, erwiderte Dr. Crusher. Das Lächeln, das sie bewerkstelligte, war genauso matt wie das des Captains.

Picard entließ sie mit einem Nicken.

Dr. Crusher verließ den Raum, und als sich die Tür hinter ihr geschlossen hatte, trat Deanna einen Schritt näher an den Captain heran. »Sie nehmen die Sache sehr schwer, Sir. Genauso schwer wie Dr. Crusher. Genauso schwer wie Lieutenant Singh, Fähnrich Itos vorgesetzter Offizier. Genauso schwer wie Commander LaForge, der Chefingenieur ...«

»Sollten wir das etwa nicht?« unterbrach er sie unwirsch und schaute ihr endlich in die Augen. »Sie war das einzige Kind ihrer Eltern. Ihr ganzer Stolz. Über so einen Verlust kommt man niemals weg. Nicht alle Tode sind nutzlos, manche dienen einem wichtigen Zweck. Aber der hier ...« Er schüttelte den Kopf.

»Ich kann Ihren Ärger nachvollziehen, Sir. Und Ihre Schuldgefühle. Wenn Fähnrich Ito mit ihren Versagensängsten zur Counselor dieses Schiffes gekommen wäre, wäre ihr leichtsinniges Handeln vielleicht verhindert worden. Wenn ich mit ihr gesprochen hätte, wäre ich vielleicht ...«

Als ihm diese Erkenntnis kam, trat Picard leicht überrascht einen Schritt zurück. »Sie haben recht, Counselor. Der Tod eines Besatzungsmitgliedes betrifft jeden.«

Deanna unterdrückte ein Lächeln. »Ja, Sir. Und ich weiß, daß Sie eigentlich die Transporte zur Technikmesse nicht bereuen. Sie sind einer der größten Förderer dieser Veranstaltung.«

Er nickte. »Es ist ja auch wirklich eine neuartige Idee, so viele angesehene Wissenschaftler aus der ganzen

Galaxis zusammenzubringen, um ihnen einen freien Ideenaustausch zu ermöglichen. Aber ich fürchte, daß diese Tragödie mir den Spaß daran größtenteils verdorben hat. Wenn ich die Besatzung vielleicht nicht so zu Höchstleistungen angetrieben hätte ...« Er verstummte.

Deanna neigte den Kopf zur Seite und hätte ihn am liebsten noch einmal daran erinnert, daß sie das Geschehene nicht rückgängig machen konnten.

»Ich würde einen kleinen Gottesdienst im Gesellschaftsraum im zehnten Vorderdeck vorschlagen«, sagte sie statt dessen.

Er dachte darüber nach. »Das klingt vernünftig.« Aus dem Gesellschaftsraum waren bereits alle Möbelstücke entfernt worden, um dort die Ausstellungsstände der Technikmesse unterzubringen.

»Und nach der Trauerfeier können wir den Wissenschaftlern, die bei uns zu Gast sind, erlauben, ihre Vorführungen aufzubauen, wie wir es ursprünglich geplant hatten?«

Picard gab widerstrebend seufzend seine Zustimmung. »Das müssen wir wohl. Sonst hat die Besatzung überhaupt keine Gelegenheit mehr, sich die Ausstellungsstücke anzusehen, weil wir viel zu sehr mit dem Transport beschäftigt sein werden, um die eigentliche Messe zu besuchen. Und ... das Leben geht weiter, nicht wahr? Auch nach Tragödien.«

Sie gönnte sich eine Schweigeminute, in Anerkennung ihrer Trauer und Wut über ein Universum, das die Jungen und Genialen einfach so sterben ließ.

»Wenn uns der Tod nichts anderes lehrt«, sagte sie schließlich, »dann, fürchte ich, wohl das.«

»Ja«, stimmte Picard bitter zu, »aber wie viele Lektionen müssen wir erleben?«

»Geordi«, sagte Data mit seiner üblichen unerschütterlichen Geduld, »obwohl ich mich ausführlich mit diesem Thema beschäftigt habe, kann ich immer noch nicht nachvollziehen, warum Menschen behaupten, daß es ihnen nach einer Trauerfeier *besser geht.*«

Geordi LaForge, der Chefingenieur der *Enterprise*, war damit beschäftigt, die Leitungen zu reparieren, die Fähnrich Itos vorzeitigen Tod verursacht hatten. Data als Androide konnte wohl gleichzeitig Leitungen reparieren, über die Philosophie der menschlichen Sterblichkeit diskutieren und eine komplette Violinsonate neu einstudieren, doch Geordi war nur ein Mensch und mußte sich als ein solcher konzentrieren.

Insbesondere angesichts der Tragödie, die diese Aufgabe erforderlich gemacht hatte. Er hatte dienstfrei gehabt, als Janice Ito gestorben war, hatte nicht – wie der arme Lieutenant Singh – das Summen des Stromstoßes und den dumpfen Aufschlag ihres leblosen Körpers gehört, der einen Sekundenbruchteil später folgte. Aber seine Schicht hatte sich mit ihrer überschnitten, und er hatte sich von ihr verabschiedet, als er gegangen war.

Machen Sie's gut, Janice ...

Bis dann, Commander ...

Sie hatte sich über eine Konsole gebeugt, aber aufgeschaut und den Kopf so flink gedreht, daß ihr kurzes, glattes Haar in einem Bogen durch die Luft gewirbelt war. Dann hatte sie strahlend gelächelt und ihm schelmisch zugewinkt.

Flink und strahlend. Diese Worte beschrieben Janice am besten. Sie hatte eine Ausstrahlung gehabt, eine Brillanz, die kein Hologramm wiedergeben konnte. Das Bild in ihrer Starfleet-Akte zeigte eine unscheinbare Asiatin mit breitem Gesicht und dunklen Augen und Haaren. Nichts Auffallendes, nichts Besonderes, nichts Herausragendes. Eine ganz gewöhnliche Frau. Bis man sie traf, ihr die Hand schüttelte und vom Licht in ihren Augen und in ihrem Lächeln geblendet wurde.

So flink und strahlend und konzentriert wie ein Phaserstrahl, und dabei stets so gut gelaunt, so entspannt, daß ihr der Streß, die Beste in ihrem Jahrgang an der Akademie und später der hochbegabte neue Fähnrich an Bord der *Enterprise* zu sein, nichts anhaben konnte.

Das hatte Geordi jedenfalls angenommen. Aber irgend etwas mußte ihr dann doch etwas angehabt, sie verunsichert und an ihr gezehrt haben, wenn sie einen so dummen Fehler gemacht hatte.

Wenn er doch nur Dienst gehabt hätte …

Er faßte das kalte, metallene Eichgerät fester, starrte auf die bunten Leitungen vor ihm hinab und stellte sich vor, wie Janice ausgesehen haben mußte, als Singh sie gefunden, als das Licht sie für immer verlassen hatte.

»Geordi?«

»Ach, entschuldigen Sie, Data.« Er kehrte mit einem Seufzen in die Gegenwart zurück. »Sie haben mich gerade etwas wegen Trauerfeiern gefragt, ja?« Seine Konzentration ließ momentan zu wünschen übrig, und wenn er Datas Frage nicht beantwortete, würde er noch mehr Zeit verlieren.

Er war so vernünftig, dem Androiden das Eichgerät zu geben, damit er etwas Ungefährlicheres tun konnte, während er die Frage beantwortete.

»Ich dachte, Sie hätten die ganze Sache mit dem Trauern längst begriffen, Data«, sagte er und sah dem Androiden dabei zu, wie er mit atemberaubender Geschwindigkeit eine Berechnung durchführte. »Halt, warten Sie mal … Vergessen Sie nicht, die Energiekurven zu berücksichtigen … Ja, genau so.«

Data nickte und fuhr mit der Eichung fort. »Wie ich schon sagte, ich habe dieses Thema bereits analysiert – als Tasha Yar gestorben ist und ich ihre Trauerfeier organisiert habe, Geordi. Aber ich habe widersprüchliche Aussagen über die Notwendigkeit und den Nutzen so einer Feier gehört. Man sagt mir, daß es die Überlebenden trösten soll, aber das scheint mir überhaupt nicht der Fall zu sein.«

Ein Lächeln huschte über Geordis Lippen. Es schmeichelte ihm, daß Data sich gern mit ihm unterhielt und ihn oft wissen ließ, daß er ein Thema nicht als abgeschlossen ansehen konnte, bis er nicht LaForges Meinung dazu gehört hatte. Für ihn war auch das ein Beweis, daß er und Data Freunde waren.

»Trauerfeiern helfen *wirklich*«, sagte LaForge und dachte an die Messe für Fähnrich Ito zurück, der sie gerade beigewohnt hatten – und wie seltsam es gewesen war, daß Janice nicht mit ihnen dort gewesen war. »Sie lassen die Trauernden einen Abschluß finden. Auf eine seltsame Weise geht es einem tatsächlich besser.«

»Bei der Trauerfeier heute machte niemand den Eindruck, als ginge es ihm besser«, erwiderte Data, ohne seine Berechnungen zu unterbrechen. »Alle sahen recht bedrückt aus. Das war bei Tashas Beerdigung genauso.«

»Wir sind ja auch traurig. Es ist schwer, den Verlust eines Besatzungsmitglieds durch einen vermeidbaren Unfall zu akzeptieren. Aber durch die Feier gedenken wir der Bedeutung, die Fähnrich Ito für uns hatte, was für ein netter Mensch sie war. Und es erinnert uns an unsere eigene Sterblichkeit.« Er verstummte, als ihm auffiel, daß Data dies nicht begreifen könnte, da er eigentlich nicht sterblich war. Und dafür war Geordi auch sehr dankbar: Zumindest bei diesem Freund mußte er nie befürchten, ihn zu verlieren.

Data setzte seine Arbeit fort, doch die Neigung seines Kopfes und der leicht ins Nichts gerichtete Blick zeigten, daß er Geordis Äußerung analysierte. Gleichzeitig beendete der Androide die Berechnung der Eichung und gab dem Ingenieur den Minicomputer zur Kontrolle. Geordi überprüfte die Ergebnisse und lächelte zufrieden. Er selbst hätte doppelt so lang für dieselben Ergebnisse gebraucht, und er hätte sich dabei konzentrieren müssen.

»Sie wollen also sagen«, fuhr Data fort, »daß die

Trauerfeier den Schmerz nicht unmittelbar lindern soll, sondern nur der Beginn eines Trauerprozesses für die Hinterbliebenen ist.«

»Ja, so ist es. Trauer ist ein Prozeß. Die Lebenden brauchen Zeit, um den Tod zu akzeptieren und sich umzustellen. Die Trauerfeier ermöglicht uns, damit zu beginnen.«

Data nickte ein einzelnes Mal. »Eine schlüssige Erklärung. Und jetzt noch zum Leben nach dem Tod ...«

Geordi übertrug Datas Berechnungen in den Hauptcomputer. »Lieber nicht, Data. Über das Leben nach dem Tod diskutieren Menschen schon seit Jahrtausenden. Wir beide haben jetzt nicht genug Zeit, um uns ausführlich damit zu beschäftigen. Wir sollen den Wissenschaftlern von der Technikmesse beim Aufbauen helfen. Wir sind mit dem Eichen der Leitungen fertig, und das steht als nächstes auf dem Plan. Das Leben nach dem Tod wird warten müssen!«

Data lehnte sich mit seinem fragenden ›analytischen‹ Gesichtsausdruck zurück, der schon bald aufklarte. »Ach! ›Das Leben nach dem Tod wird warten müssen.‹ Weil es das ist, was das Leben nach dem Tod – so es denn eins gibt – tut. Es wartet darauf, daß die Lebenden diese Welt hinter sich lassen. Intelligenter Humor, der an ein Wortspiel grenzt. Sehr witzig, Geordi.«

»Danke, Data.« LaForge nahm den Arm seines analytischen Freundes und führte ihn zum nächsten Turbolift. »Zehntes Vorderdeck«, teilte er dem Lift mit, bevor er sich wieder Data zuwandte. »Wir haben viel zu tun. Wir brauchen tragbare Energiezellen für alle Holodisplays, müssen dafür sorgen, daß jeder der Wissenschaftler genug Platz für seine Präsentation hat, und entscheiden, ob wir noch mehr Platz in dem Reserveraum neben Zehn Vorne schaffen müssen.«

»Ich habe mich schon um zusätzliche Energiezellen gekümmert«, sagte Data, ohne seinen Tonfall zu ändern, als würden sie die ganze Zeit schon von der Arbeit und nicht vom Jenseits sprechen. »Und von den Informationen ausgehend, die die Wissenschaftler mir gegeben haben, werden wenigstens acht von ihnen mit dem Nebenraum vorliebnehmen müssen.«

»Ausgezeichnet, Data. Danke.«

Die Aufzugstüren öffneten sich geräuschlos und gaben den Blick auf den Saal frei, der am Vortag noch der Besatzung zur Entspannung gedient hatte. Vor wenigen Stunden hatte hier die Trauerfeier für Janice Ito stattgefunden. Aber es war nur eine schlichte Feier gewesen, und die Dekoration war bereits entfernt worden. Nun war der Raum vollständig leer.

»Nur gut, daß Guinan für diese Barkeepermesse auf Andoria zurückgeblieben ist«, sagte Geordi. »Sie mag es nicht, wenn ihre Flaschen umgeräumt werden.«

»Barkeepermesse?« Data neigte den Kopf und wirkte tatsächlich überrascht. »Ich dachte, es handelte sich um einen spirituellen Urlaub. Sie nannte es ein *Entspannungsseminar*.«

»Das läuft auf das gleiche hinaus«, behauptete Geordi mit einem unterdrückten Lächeln, als er durch den leeren Saal schritt und zu entscheiden versuchte, wer wohin sollte. »Sie sagte, sie sei hier fehl am Platz, weil Wissenschaftler nichts von ›Feierabend‹ halten. Na ja, dann wollen wir mal den Raum einteilen und die Tische aufstellen.«

Data begab sich an einen der Wandcomputer und stellte eine Verbindung zu der Konsole in seiner Unterkunft her. »Hier ist eine Liste der Platzanforderungen, die die Wissenschaftler mir für ihre Exponate mitgeteilt haben. Ich habe diese Informationen den Ausmaßen des Gesellschaftsraums und den Themengebieten gegenübergestellt und einen vorläufigen Plan erstellt, der den Platz möglichst gut nutzt, ohne inhaltliche Gesichtspunkte außer acht zu lassen.«

Zum ersten Mal seit Janice Itos Tod hatte Geordi ein

breites Grinsen auf dem Gesicht. »Das ist großartig, Data. Sie haben wirklich an alles gedacht! Deswegen habe ich uns beide für den Aufbau vorgeschlagen, obwohl das auch ein paar Fähnriche übernehmen könnten. Aber wir wollen es richtig machen.«

Zu seiner Überraschung runzelte Data die Stirn. »Geordi, ich könnte unmöglich an ›alles‹ denken. Das ist sogar für mich ein zu breit gefaßtes Konzept. Ich bin mir zum Beispiel nicht sicher, ob die Ästhetik meiner Anordnung auch die technisch weniger interessierten Besatzungsmitglieder ansprechen wird. Sollte man das Exponat zur Kraftfeldtechnologie neben das Teilchenphysikhologramm stellen, oder ...«

»Zum Teufel mit der Ästhetik, Data«, sagte Geordi, während er einen Blick auf die Liste warf. »Wir haben es eilig. Über Ästhetik können sich die Designer bei der Technikmesse Gedanken machen. Ihr Plan sieht sehr gut aus. Es gefällt mir, wie Sie Dr. Tarmud zwischen diesen Chirurgen, Dr. Ellis, und die Augenspezialistin, Dr. Dannelke, plaziert haben. Ihre Arbeiten ergänzen sich ausgezeichnet.«

Data reckte sich und wirkte verdächtig stolz. »Danke.« Er verarbeitete einen Moment lang Daten, bevor er fortfuhr. »Geordi, Sie scheinen großes Interesse daran zu haben, Dr. Tarmud kennenzulernen.«

Der Ingenieur klopfte seinem Androidenfreund auf die Schulter. Data gab sich große Mühe, die Feinheiten der Kunst der Konversation zu erlernen, und beherrschte sie schon sehr ordentlich. LaForge wußte, daß sein Lob für Datas Arbeit eine programmierte Reaktion in Gang gebracht hatte, die Data dazu aufforderte, etwas anzusprechen, das Geordi interessierte. Aber das war ihm egal. Data zeigte, daß Geordi ihm etwas bedeutete, und der Ingenieur beantwortete die Frage nur zu gern.

»Das stimmt«, teilte er Data mit. »Ich trage sein VISOR jetzt schon sehr lange.« Er berührte die silberne

Spange vor seinen Augen, die ihm eine neue Art von Sehen ermöglichte. »Diese Erfindung hat mein Leben verändert – und das Leben anderer Leute in meiner Situation. Sie hat meine Fähigkeiten erweitert und mir größere Freiheit gegeben. Ich kann es kaum erwarten, den Mann zu treffen und ihm die Hand zu schütteln! Und wie viele Wissenschaftler lernen schon die Nutznießer ihrer eigenen Erfindungen kennen? Er wird sich bestimmt auch freuen, mich zu sehen.«

Geordi ging vom Computer zu den aufgestapelten Tischen und Trennwänden, die sie zum Ausstellen der Exponate nutzen wollten. »Kommen Sie, Data. An die Arbeit!«

»Das kommt auch nicht oft vor, daß gleich drei attraktive Männer mich zu einer Veranstaltung begleiten«, neckte Deanna Troi ihre Begleiter, als sie den Gang zum Gesellschaftsraum entlangschlenderten.

Commander William Riker lächelte verschmitzt. »Wir haben beschlossen, daß Sie nach einer Auseinandersetzung mit einem wütenden Picard und einer Rede bei einer sehr traurigen Feier einen schönen Abend verdient haben.«

»Der Commander hat recht«, fügte Lieutenant Worf mit seiner tiefen Baßstimme hinzu. Sein strenger Tonfall wirkte nicht so fröhlich wie der Rikers, und sein dunkles, bedrohlich klingonisches Gesicht zeigte noch nicht einmal die Spur eines Lächelns. Doch in den schwarzen Augen unter seinen auffallenden Stirnhöckern konnte man einen kaum merklichen Anflug von Erheiterung erkennen. »Obwohl wir Ihnen nur die improvisierte Wissenschaftsausstellung in Zehn Vorne bieten können. Aber die Exponate sollten immerhin interessant sein ... und lehrreich.« Der Nachsatz war an seinen Sohn Alexander gerichtet.

Der kleine klingonisch-menschliche Junge sah zu Troi hinauf, deren Hand er hielt. »Das bedeutet auf

Klingonisch *langweilig*«, erklärte er ihr und verdrehte in einer rein menschlichen Geste die Augen.

Deanna und Riker bemühten sich tapfer, ein Lächeln zu unterdrücken, als Worf knurrend protestierte. Er und sein junger Sohn waren nur selten einer Meinung.

»Ach, jetzt tu nicht so, Alexander«, erwiderte Deanna bei dem Versuch, Worf zu helfen, sein Gesicht zu wahren. »Du findest die Schule doch auch nicht langweilig. Deine Lehrerin hat mir gesagt, daß du zu den Besten deiner Klasse gehörst. Physik und Rechnen faszinieren dich, und du bist so neugierig wie fünf andere Schüler zusammen.«

Wie sie erwartet hatte, waren die Komplimente dem Jungen peinlich. Er senkte den Kopf, und seine Haut wurde noch etwas dunkler.

»Ich nehme an«, fügte Riker hinzu, »Alexander weiß, daß ein Krieger sich nicht nur auf seine Körperkraft verlassen darf. Er muß auch cleverer als sein Gegner sein.«

»Gut gesagt«, stimmte Worf besänftigt zu.

Als sie den Gesellschaftsraum betraten, blieben die Erwachsenen stehen, um die Veränderungen zu begutachten, die an den sonst so vertrauten Räumlichkeiten vorgenommen worden waren. Deanna war weder klar gewesen, wie viele Wissenschaftler die *Enterprise* tatsächlich aufgenommen hatte, noch wie umfangreich deren Arbeit war.

Alexander brachte die ganze Sache für sie auf den Punkt, als er die Hand seines Vaters nahm und aufgeregt auf eins der Exponate zeigte. »Schau mal, Vater! Da ist ein Hologramm von einem riesengroßen *Auge*!«

Er zerrte den unglücklichen Klingonen dorthin.

Während Worf sich zu dem riesigen, schwebenden Auge abschleppen ließ, das ihn und seinen Sohn anzustarren schien, betrachtete er die menschliche Frau, die das Hologramm bediente. Sie war ausgesprochen blaß, fast farblos. Ihre Haut war so bleich, daß sie fast transparent zu sein schien – Commander Riker würde sie zweifellos als ›echte Blondine‹ bezeichnen. Tatsächlich war das feine Haar, das sie fest zu einem dichten Zopf geflochten hatte, fast weiß. Winzige Strähnen, die dem Zopf entkommen waren, fielen wie Spinnweben in ein schlankes Gesicht, das nach menschlichen Maßstäben attraktiv war. Für den Klingonen aber war es viel zu zerbrechlich.

»Dr. Kyla Dannelke, Augenchirurgin«, stand auf dem holographischen Etikett unter dem gigantischen Auge. Worf stellte fest, daß das Gesicht die einzige zerbrechliche Sache an Kyla Dannelke war. Denn sie war für eine Menschenfrau sehr groß, fast genausogroß wie er. Ihr Rücken war gerade und stark, und auch ihre Schultern waren ganz ansehnlich, genau wie ihre kräftigen Hände. Sie strahlte eine Stärke aus, die Worf sehr anziehend fand.

Nur schade um das Gesicht, dachte er und begutachtete erneut die strahlend blauen Augen, die kleine Nase, die ebenmäßigen, geraden Zähne und die vollen Lippen. Allerdings waren menschliche Männer auch nicht so wählerisch wie er.

Die Frau bemerkte, daß Alexander mit offenem Mund das anschauliche Hologramm anstarrte. »Endlich! Ein Zuschauer! Ich hab doch gewußt, daß mein Auge jemanden anziehen würde.« Sie beugte sich verschwörerisch zu dem überraschten Jungen hinab. »Den anderen Wissenschaftlern kam es nur darauf an, daß ihre Exponate exakt sind. Ökonomisch. *Lehrreich.*« Sie sprach, als sei dies eine ausgesprochen geschmacklose Sache, was Alexander zum Grinsen brachte. »Aber nicht mit mir! Das ist mir zu langweilig. Ich habe mich für etwas Reißerisches entschieden: das große Auge! Das Fenster zur Seele.«

Sie betätigte eine Fernbedienung, und plötzlich schaute das überformatige Hologramm auf sie herab und blinzelte. Auf einmal verwandelte sich das Augenlid in eine antike Jalousie, die nach oben surrte und wie defekt rotierte.

Alexander kicherte überwältigt, und dieser fröhliche Klang berührte Worf auf ganz besondere Weise. Dieser kluge, schwierige Junge war alles, was ihm von seiner Gefährtin K'Ehleyr geblieben war. Das ehrliche Lachen seines Sohnes ähnelte dem ihren so sehr, daß es an seinem Herzen zerrte.

»Jetzt passen Sie mal auf«, sagte Dr. Dannelke und veränderte wiederum einige Einstellungen. Das Hologramm drehte sich über ihnen, und das große Auge wurde transparent. Selbst Worfs Lippen öffneten sich beeindruckt, als die Blutgefäße, die das Organ versorgten, zu pulsieren anfingen.

»Mann!« hauchte Alexander. »Man kann genau die Stäbchen und Zapfen sehen.« Er zeigte auf das Auge. »Und schau mal, da drinnen ist die Linse, und da hinten der Sehnerv!«

Die Wissenschaftlerin lächelte überrascht und entblößte die weißen Zähne hinter ihren blaßrosa Lippen. »Du kennst dich ja gut aus damit.«

»Er wurde im Anatomieunterricht in seiner Grundschule als bester Schüler ausgezeichnet«, sagte Worf und versuchte, nicht zu stolz zu klingen. »Sie haben vier verschiedene Rassen durchgenommen.«

Dr. Dannelke sah Worf zum ersten Mal direkt an, und der Klingone hatte das unangenehme Gefühl, daß sie ihn genauso abschätzig anstarrte, wie er das zuvor bei ihr getan hatte. Dann senkte sie den Blick wieder zu Alexander. »Ganz schön beeindruckend. Eigentlich solltest du dieses Ausstellungsstück bedienen und nicht ich. Komm mal her.«

Alexander sah seinen Vater fragend an. Als dieser nickte, ging er schnell zu der Wissenschaftlerin hinüber. Sie gab ihm die Fernbedienung. »Na gut, dann zeig mal, was du kannst«, sagte sie.

Während der Junge sich mit der Fernbedienung vertraut machte, streckte die Wissenschaftlerin Worf die Hand entgegen. »Dr. Kyla Dannelke«, sagte sie ruhig.

Worf nahm ihre Hand, wobei er sich bemühte, seine Kraft unter Kontrolle zu halten. Ihr Händedruck wäre für eine Klingonin schwach gewesen, für einen Menschen war er beeindruckend kräftig. »Das dachte ich mir schon«, sagte er, während er auf ihr Namensschild an dem Hologramm deutete. »Ich bin Lieutenant Worf. Und das ist mein Sohn Alexander.«

Sie nickte und sah einen Augenblick lang mit unverhohlener Freude den Jungen an, bevor sie sich wieder Worf zuwandte. »Als mir klar wurde, wie wenige meiner Kollegen die Kinder an Bord ansprechen wollten, dachte ich mir, daß sich meine Arbeit dafür förmlich aufdrängt. Sein offensichtliches Interesse freut mich wirklich! Ist er tatsächlich so gut in den biologischen Wissenschaften?«

»Wenn er etwas dafür tut«, antwortete Worf ehrlich. »Aber ich glaube, für Physik interessiert er sich am meisten. Er will wissen, wie Raumschiffe fliegen können. In dem Fach lernt er freiwillig.«

»Physik?« Sie sah Alexander bewundernd an.

Der Junge war vollständig in seine Tätigkeit vertieft. Seine Zungenspitze schaute zwischen den Lippen hervor, als es sich darauf konzentrierte, mit der Fernbedienung Schicht um Schicht das Bindegewebe zu entfernen, das das Auge umgab.

»Das ist wunderbar«, sagte sie, doch es schwang eindeutig ein ungläubiger Ton in ihrer Stimme mit.

»Entschuldigen Sie bitte, Doktor«, sagte Worf, »warum klingen Sie so überrascht?«

Ihr blasse Haut errötete – eine Reaktion, die Worfs Aufmerksamkeit gefangen nahm, als er beobachtete, wie Äderchen aufblühten und Feuer über ihre weißen Wangen und den Hals verbreiteten. »Na ja, es ist halt … Ich will sagen …«, stammelte sie. Dann verstummte sie und überdachte offensichtlich noch einmal, was sie hatte sagen wollen. »Bitte verzeihen Sie mir, aber ich habe mit Klingonen nur sehr begrenzte Erfahrungen gemacht. Ich hätte gedacht, daß er sich mehr für die ... weniger abstrakten Wissenschaften interessiert. Und vielleicht für Kampfsportarten.«

Worf preßte die Lippen aufeinander, als er die Wut in sich aufsteigen spürte, unterdrückte sie jedoch mit lange geübter Leichtigkeit und atmete tief durch. »Es stimmt, daß Klingonen auf diesen Gebieten besonders talentiert sind. Aber wir haben auch Spezialisten für alle anderen Wissenschaften, so wie jede Rasse sie braucht, die ihren technologischen Standard erhalten will.«

Ihr unmittelbarer Blickkontakt verwirrte ihn irgendwie, und mit einer plötzlichen Einsicht, die er seiner Erziehung durch Menschen verdankte, wurde ihm klar, daß sie ihn attraktiv fand – und um so mehr, seit sein Temperament aufloderte. Er hätte diese Reaktion eher von einer Klingonin erwartet und war sehr überrascht.

»Das ist sicher richtig«, stimmte Dr. Dannelke versöhnlich zu, wobei sie mit ihren eigentümlichen blauen Augen direkt in die seinen sah. Die Andeutung eines neckischen Lächelns umspielte ihre Lippen. »Es hat sich allerdings kein einziger klingonischer Forscher bereit erklärt, an der Technikmesse teilzunehmen.«

Worf spürte nun, wie das Blut in sein Gesicht strömte. »Das verstehen Sie falsch. Wissenschaftliche Erkenntnisse an die breite Öffentlichkeit zu tragen, bedeutet für einen Klingonen, Wissen mit Freund und Feind zugleich zu teilen. Die klingonische Führung sieht die Teilnahme an der Technikmesse als Sicherheitsrisiko.«

»Natürlich«, stimmte sie – ein wenig zu bereitwillig – zu. »Und welche Wissenschaft ist *Ihr* Spezialgebiet?«

Er schluckte, als ihm klar wurde, daß er in der Zwickmühle steckte und ihr Vorurteil über Klingonen wohl bestätigen mußte. »Ich bin taktischer Offizier auf der Brücke und Chef der Sicherheitsabteilung.«

»Tja«, sagte sie, noch immer mit dem angedeuteten Lächeln auf den Lippen, »dann wird sich hier bestimmt niemand trauen, gegen die Regeln zu verstoßen. Schließlich weiß er ja, wer ihn in die Arrestzelle werfen wird.« Sie schwieg einen Augenblick. »Kommt Alexander mehr auf seine Mutter heraus?«

Sie sahen beide den Jungen an. Zuerst war Worf von ihrem scheinbaren Themenwechsel verwirrt, aber dann wurde es ihm klar: Alexanders Abstammung war sogar für die Augen dieser Fremden offensichtlich. Der Junge war blasser, schlanker und zierlicher als sein Vater, und seine glattere Stirn verriet das menschliche Blut in seinen Adern.

Worfs Augen verengten sich zu Schlitzen, und er atmete langsam durch die Nase. Nicht zum ersten Mal hörte er die verborgene Anspielung, die in der Frage dieser Frau mitschwang. Er kannte sie aus seiner gesamten Kindheit, aus den Studienjahren an der Akademie, selbst aus der Zeit seines Aufstiegs bei Starfleet. Er war aber nicht mehr daran gewöhnt, auf jeden Fall war er nicht mehr damit in Berührung gekommen, seit er den Dienst auf diesem Schiff angetreten hatte.

»Dr. Dannelke«, murmelte er so ruhig, wie er gerade noch konnte, »wollen Sie etwa andeuten, daß es mir als Klingonen nicht möglich ist, meinem Sohn die *Intelligenz* zu vererben, die er für das Studium der Wissenschaften braucht?«

Sie riß empört ihre Augen auf, doch zugleich erweckte sie den Eindruck, daß sie insgeheim ungeheuer erheitert war. »Das würde ich mich niemals trauen, Lieutenant.«

Noch bevor Worf eine Antwort parat hatte, unterbrach Alexander sie. »Schau mal, Vater! Schau mal, was ich gemacht habe!« krähte er.

Die beiden Erwachsenen sahen das Hologramm an,

dessen riesiges Auge langsam blinzelte und dann zu schmelzen begann. Grüner und roter Schleim tropften an dem entsetzt starrenden Augapfel hinab.

»Doch ganz der Vater, würde ich sagen«, bemerkte Dr. Dannelke grinsend.

Worf verschluckte ein klingonisches Schimpfwort und nahm den Jungen am Arm. »Komm jetzt, Alexander. Es gibt noch viele andere Präsentationen zu sehen.«

Sein Sohn gab die Fernbedienung zurück und dankte der Wissenschaftlerin höflich. Als Worf, der erfolglos gegen seinen Ärger ankämpfte, ihn vom Stand wegzerrte, sah Alexander glücklich zu ihm auf. »Das hat Spaß gemacht, Vater!« sagte er. »Ich bin froh, daß wir gekommen sind. Und weißt du was? Ich konnte die Dame da gut leiden. Sie hat mich irgendwie an Mutter erinnert.«

Worf konnte nur mühsam seine Entrüstung über die unschuldige Äußerung seines Sohnes unterdrücken. Er antwortete ihm so gefaßt, wie er konnte. »Diese Frau hat *überhaupt nichts* mit deiner Mutter gemein.«

Kurz zuvor, als Worf und Alexander losgezogen waren, um das faszinierende Hologramm zu erkunden, fühlte Deanna plötzlich Wills Hände auf ihren Schultern. Er beugte sich zu ihr hinab und flüsterte ihr leise ins Ohr. »Ist mit dir alles in Ordnung?«

Sie sah ihn verblüfft an.

»Glaubst du, daß du die einzige bist, die Dinge spüren kann?« schmunzelte er. »Ich kenne dich jetzt schon sehr lange, Deanna. Ich bemerke es, wenn du Schwierigkeiten hast. Laß mich Counselor für die Counselor sein. Was ist los?«

Sie berührte seine Hand. »Du bist ein guter Freund, Will. Danke, daß du auf mich aufpaßt. Die letzten Tage sind sehr schwer gewesen. Die Trauer an Bord, der Streß, unseren Zeitplan einzuhalten, der Kummer des

Captains über Fähnrich Itos Unfall, die Sorgen der Wissenschaftler über ihre Projekte und Präsentationen ...« Sie seufzte erschöpft. »Schließlich wünschte ich mir, ich hätte Guinan zu diesem Entspannungsseminar begleitet.«

»Zur Barkeepermesse?« fragte er erstaunt.

Deanna grinste und senkte geheimnistuerisch die Stimme. »Sie hat mir gesagt, daß ein ganzer Tag dem Thema ›Schokolade als Unterhaltungskonsummittel‹ gewidmet wird!«

Riker machte ein angemessen beeindrucktes Gesicht. »Sag mal, warum ersparen wir uns nicht diesen Jahrmarkt und ziehen uns zum Entspannen zurück? Wir holen was Nettes aus dem Replikator und schauen uns ein Holostück an. Heißer Kakao. Eine sanfte Rückenmassage ...«

Für jede andere Frau hätte dies wie eine wohl durchdachte Verführung geklungen, doch Deanna verstand, daß Will ihr nur ihre liebsten Arten des Ausspannens anbot. »Ich traue mich nicht. Nicht, nachdem ich den Captain hierzu überredet habe. Ich werde es überleben. Aber auf das Angebot mit der Massage komme ich gern zurück, wenn das hier alles vorbei ist.«

Er zeigte ein warmes Lächeln. »Abgemacht.«

Sie spürte erhöhte Anspannung und Nervosität und entdeckte Commander LaForge. Neben ihm stand Commander Data. Sie ging auf sie zu, und Riker folgte ihr. »Ich muß Ihnen beiden zur Organisation dieser Mini-Messe gratulieren«, sagte sie. »Alles ist ausgezeichnet angelegt. Das muß sehr viel Planung erfordert haben.«

Geordi sah sie nur kurz mit einem abwesenden Lächeln an und bestätigte mit einem nervösen Absuchen des Raums das Gefühl, das sie bei ihm wahrgenommen hatte.

»Vielen Dank, Counselor«, sagte Data. »Das tatsächliche Aufbauen hat sehr viel mehr Zeit beansprucht als die Planung oder Gestaltung. Ich habe nur 3,5 Sekunden gebraucht, um die Aufteilung des Raums zu berechnen, für die Gestaltung habe ich dann schon ganze 12,3 Sekunden gebraucht, und ich bin mir noch immer nicht sicher, ob sie wirklich ansprechend genug ist.«

»Data denkt über eine neue Karriere nach«, scherzte Geordi. »Messegestalter. Aber er kann sich nicht entscheiden, ob er nicht doch lieber Möbelpacker werden soll, weil er auch darin ausgezeichnet ist.«

Data neigte den Kopf und wirkte verwirrt. Er schien den Ingenieur gerade berichtigen zu wollen, als Riker ihm ins Wort fiel. »Sie haben sich beide übertroffen. Der Captain wird bestimmt sehr zufrieden sein.«

»Vielen Dank, Commander«, erwiderte Data. »Ich würde mich freuen, wenn unsere Bemühungen dazu beitragen könnten, seine Stimmung zu heben. Sind Sie sicher, daß er kommen wird?«

»Bestimmt«, versprach Riker. In diesem Moment kamen auch schon Picard und Dr. Crusher herein. Der Captain entdeckte seinen großgewachsenen Ersten Offizier und ging auf ihn zu, Beverly folgte ihm.

»Nummer Eins«, sagte Picard, »Counselor. Meinen Glückwunsch, Mr. LaForge, Mr. Data. Ganz hervorragende Leistung in der Kürze der Zeit.« Doch obwohl er freundlich plauderte, spürte Deanna noch immer, daß er abgelenkt war, weil er versuchte, mit seiner Wut und Trauer über den Verlust des Besatzungsmitglieds fertig zu werden. Das schmerzliche Gespräch mit Itos Eltern belastete ihn noch immer. »Gibt es einen besonderen Grund dafür, daß Sie alle hier an diesem geschlossenen Stand versammelt stehen?«

»Wir warten auf Dr. Tarmud«, teilte Data pflichtbewußt dem Captain mit. »Er ist der Erfinder von Geordis VISOR.«

»Ach so«, murmelte Picard verstehend und runzelte amüsiert die Stirn. Er schaute zu dem benachbarten Stand hinüber, wo sich Worfs Sohn immer noch für das rotierende Auge begeisterte, und entdeckte die stattliche blonde Frau, die den Stand betreute.

»Das muß Dr. Kyla Dannelke sein«, sagte Dr. Crusher leise zu den anderen, während sie der Wissenschaftlerin zunickte. »Sie ist eine der herausragenden Forscherinnen im Bereich der restaurierenden Augenchirurgie. Sie arbeitet zur Zeit mit einem vulkanischen Experten an der Entwicklung persönlicher Kraftfelder, die unmittelbar mit der Linsenkontrolle im Auge verbunden sind.«

Picard schien beeindruckt zu sein. »Sehr interessante Forschungsarbeit. Das könnte eine bahnbrechende Technologie sein, besonders für Außenteams, nicht wahr, Nummer Eins?«

Riker nickte und starrte mit wachsendem Interesse das Hologramm an – oder war es doch die Wissenschaftlerin, die er so faszinierend fand? fragte Deanna sich amüsiert. Sie unterdrückte das Bedürfnis, seine Emotionen daraufhin zu überprüfen.

»Sie arbeitet auch mit Dr. Tarmud zusammen, bei seinen neuesten Entwicklungen«, informierte LaForge den Captain.

»Tatsächlich?« fragte Picard, den es sichtlich überraschte, daß sein Chefingenieur sich mit dieser besonderen Forschungsrichtung so gut auskannte. »Jedenfalls ist Worfs Sohn sehr von ihr beeindruckt.«

Sie alle sahen amüsiert zu, wie die attraktive Wissenschaftlerin den klingonischen Knaben mit ihrem Aufmerksamkeit erregenden Hologramm unterhielt.

»Wem ist denn nun die Aufgabe der Beköstigung zugeteilt worden?« fragte Picard und suchte mit den Augen den Bereich der Mini-Messe ab. Deanna spürte, ihm war gerade aufgefallen, daß er den ganzen Tag noch gar nichts gegessen hatte.

»Fähnrich Alvarado«, klärte Riker ihn auf. »Ihre Eltern leiten ein Catering-Unternehmen. Sie hat sich freiwillig gemeldet.«

Das schien den Captain ein wenig zu besänftigen. »Guinan hat sich einen verdammt ungünstigen Zeitpunkt für ihre Pilgerfahrt ausgesucht«, sagte er trotzdem.

Die Offiziere warfen sich gegenseitig schuldbewußte Blicke zu, doch als Data etwas sagen wollte, stieß Geordi ihn in die Seite, und der Androide machte den Mund wieder zu. Im nächsten Augenblick packte der Ingenieur Datas Ellbogen und nickte in Richtung des Eingangs von Zehn Vorne. Ein großer, gut gebauter Mensch mittleren Alters betrat den Saal und ging auf den abgedeckten Stand zu, vor dem sie standen.

»Guten Tag zusammen«, sagte der rotblonde Fremde fröhlich. Er hatte einen scharfen Mittelscheitel und ein offenes, freundliches Gesicht.

Deanna erkannte an seinem Akzent, daß er aus dem Teil der Erde kam, der unpassenderweise noch immer Neuengland genannt wurde. Er dehnte die Silben etwas länger als üblich. Die Vielzahl der verschiedenen Akzente auf dem Heimatplaneten ihre Vaters erstaunte sie immer wieder.

»Warten Sie alle darauf, daß ich mit meiner Präsentation beginne?« fragte der Neuankömmling die Besatzungsmitglieder. »Tut mir leid, daß ich mich verspätet habe.« Er war kaum kleiner als Will, hatte freundliche, hellbraune Augen und eine kräftige Nase, die seinem Gesicht auf attraktive Art und Weise Charakter verlieh. Er schaltete seine Geräte an und bereitete den Stand vor.

»Also, wenn Sie Dr. George Tarmud sind«, sagte Geordi, »dann habe *ich* jedenfalls auf Sie gewartet.«

Der etwa fünfzig Jahre alte Wissenschaftler wandte sich dem Chefingenieur zu und runzelte erwartungsvoll die Stirn. »Haben Sie meine letzten Artikel gelesen?«

Deanna spürte, daß Geordi ein wenig vor den Kopf geschlagen war. Er berührte unsicher sein VISOR: »Eigentlich wollte ich mich mit Ihnen einfach nur *hierüber* unterhalten. Das VISOR. Sie sind doch der George Tarmud, der das VISOR erfunden hat, oder?«

Tarmud überraschte sie mit einem vollen, herzlichen Lachen und klopfte Geordi freundschaftlich auf die Schulter. »Ach, *das*«, sagte er lächelnd. »Das Konzept für das VISOR habe ich mir vor sehr langer Zeit einfallen lassen, mein Freund, gleich nach Abschluß meines Hauptstudiums. Das war nur der Anfang meiner *eigentlichen* Arbeit, mehr so eine Art Fingerübung. Es war schließlich einer meiner Studenten, der die praktische Umsetzung Ihres VISORs vollendet hat. Deswegen sehe ich es schon lange nicht mehr als *meine* Erfindung an.«

Man mußte nicht empathisch veranlagt sein, um zu bemerken, wie enttäuscht Geordi war. »Na ja, da ich diesen Studenten sicherlich nie kennenlernen werde«, sagte er schließlich mit unglücklichem Gesicht, »hatte ich doch irgendwie gehofft, mich bei *Ihnen* bedanken zu können.«

»Natürlich freue ich mich, wenn jemand einen Nutzen aus meiner Pilotstudie ziehen kann«, sagte Tarmud fröhlich, »aber Sie müssen mir wirklich nicht danken. Das VISOR war nur der erste Schritt eines sehr langen Weges.« Er wandte sich wieder seiner Präsentation zu und baute eine zylindrische Anordnung aus mehreren Monitoren auf. Die hochentwickelten Grafiken beinhalteten Tabellen und Filmsequenzen. Tarmud sah über seine Schulter neugierig zu Data hinüber. »Ein Weg, der mich, wie ich hoffe, in ähnliche Regionen bringen wird wie den geschätzten Dr. Noonian Soong. Sie müssen Commander Data sein, nehme ich an.«

Data sah zu Geordi herüber und blinzelte sehr schnell, was, wie Deanna wußte, darauf hindeutete, daß er vorübergehend verwirrt war. Obwohl der Androide der einzige an Bord der *Enterprise* war, dessen Stimmungen sie nicht wahrnehmen konnte, fand sie ihn eigentlich doch recht einfach zu durchschauen.

»Ja, das ist richtig«, erwiderte der Androide ruhig. Sein Blick suchte wieder Geordi, und ein verwirrter Ausdruck lag auf seinem goldenen Gesicht. »Aber ich weiß nicht, was Sie mit Ihrer Anspielung auf Dr. Soong sagen wollen.«

»Wie ich schon sagte, es ist ein langer Weg. Aber ich hoffe, daß er mich eines Tages an mein Ziel führen wird, eine Konstruktion zu erstellen, die genausoviel leisten kann wie Sie, Commander.« Er berührte einen der Bildschirme, woraufhin eine Anzeige nach der anderen an seinem Stand aufblinkte und alle Monitore dasselbe Bild zeigten: Eine gestalt- und farblose humanoide Form, die sich erst frei schwebend drehte, dann aufrecht stand und schließlich begann, langsam zu gehen.

Jetzt zeigten auch die anderen vorsichtiges Interesse.

»Arbeiten Sie an der Entwicklung eines Androiden?« fragte Beverly, während sie die Bilder auf den Monitoren betrachtete.

»Sozusagen«, teilte Tarmud ihr mit. »Ich möchte gern einen funktionierenden menschenähnlichen Androiden erschaffen, den man mit dem Persönlichkeitsmuster einer lebenden Person versehen kann.«

Als er das sagte, veränderten sich die Bilder auf den Monitoren und zeigten nun wissenschaftliche Darstellungen des menschlichen Gehirns mit der funktionalen Bedeutung der verschiedenen Areale sowie das Schema für ein kompliziertes Gerät zur Übertragung von im Hirn gespeicherten Daten. Sodann folgte eine Tricksequenz, die zeigte, wie Erinnerungen aus einem Gehirn auf den gestaltlosen Humanoiden übertragen wurden.

Die Offiziere schwiegen eine Weile. »Und zu welchem Zweck?« fragte Dr. Crusher schließlich.

»Na, um den Tod zu besiegen«, erwiderte Tarmud lächelnd.

Die kollektiven Reaktionen ihrer Freunde warfen

Deanna fast um. Sie waren von seiner Äußerung schockiert und dachten an den Tod ihres Besatzungsmitglieds. Die Betazoidin mußte kurz die Augen schließen und tief durchatmen, um die Gefühle der anderen bewältigen zu können.

Sie sah wieder auf und betrachtete, wie das Gesicht des Androiden in der Filmsequenz sich auf unheimliche Art veränderte, während die Daten in sein »Gehirn« übertragen wurden. Seine nichtssagenden Züge nahmen Persönlichkeit an und wurden lebendig. Er öffnete die klaren, menschlichen Augen, die, anders als die Datas, echte Gefühle zeigten, und lächelte Deanna an, als würde er sie kennen und alles über sie wissen. Sie erschauerte und rieb sich die Arme.

»Wenn es mit gelingt, einen so hochentwickelten Androiden zu entwickeln wie Dr. Soong«, fuhr Tarmud fort und nickte wiederum Data zu, »mit allen körperlichen und geistigen Fähigkeiten, die seine Geschöpfe hatten, und diesen Androiden als Gefäß für den Verstand – die *Seele* – eines Menschen benutze, könnte ich diesem Menschen den Tod ersparen. Statt dessen kann seine Persönlichkeit nach einem erfüllten Leben, wenn der Körper zu verfallen anfängt, in einen unsterblichen, unzerstörbaren Leib übertragen werden.«

»Ach so«, sagte Data. »Dann möchten Sie auf der Arbeit Dr. Roger Korbys aufbauen ...«

Tarmud wischte diesen Gedanken mit einer ungeduldigen Handbewegung fort. »Das ist fast hundert Jahre her. Korbys Androiden waren primitiv, nicht in der Lage, Sinneseindrücke so gut zu verarbeiten, wie Sie es können, Commander, und auf die Dauer störanfällig und nach ein paar hundert Jahren überholt. Ich spreche von Körpern wie dem Ihrem: Selbsterhaltend, selbstreparierend, wahrhaft unsterblich.«

Nach einem Augenblick betretener Stille meldete Beverly sich wieder zu Wort. »Wie weit sind Sie denn noch von tatsächlichen Ergebnissen entfernt?«

Er verfiel wieder in sein herzliches Lachen. »Noch viel zu weit, befürchte ich«, sagte er. »Das VISOR war mein erster Versuch, ein visuelles System für den Androiden zu entwickeln und bestimmte neuronale Abläufe zu entschlüsseln. Ich habe auch schon einen recht ordentlich funktionierenden Körper konstruiert, der zugegeben nicht so gut wie der von Soong entworfene ist, aber schon auf dem Weg dahin. Mit dem Hirn habe ich allerdings noch ein paar Schwierigkeiten. Und die Persönlichkeitsübertragungstechnik steckt natürlich noch in der Planungsphase.« Er starrt Data begierig an. »Ach, was würde ich nicht für ein paar Monate mit Ihnen geben, mein Freund. Ein halbes Jahr in meinem Labor ... Ich könnte genug lernen, um meine Arbeit um Monate zu verkürzen.«

Deanna mußte beinahe lächeln, als sich die Gruppe um Data scharte. Geordi stellte sich sogar schützend vor seinen mechanischen Freund.

»Wir sehen Commander Data nicht gerade als ein Versuchsobjekt, Dr. Tarmud«, sagte Geordi leise. »Er ist ein angesehener Offizier an Bord der *Enterprise*.«

»Oh, ich weiß über Commander Datas Karriere durchaus Bescheid«, versicherte Tarmud ihm. »Und ich wollte niemanden beleidigen. Aber für den Wissenschaftler in mir stellt Data die Krönung dessen dar, wonach ich strebe. Sie müssen mir meine Neugier schon verzeihen.«

Deanna bemerkte, daß Dr. Crusher sich noch immer mit Tarmuds Ziel beschäftigte, den Tod zu besiegen.

Troi wollte gerade etwas dazu sagen, als Captain Picard leise das Wort ergriff. »Das ist eine sehr interessante Theorie, Dr. Tarmud. Und natürlich versucht jeder *Mediziner* Tag für Tag, im Kampf gegen den Tod die Oberhand zu gewinnen. Aber so sehr uns das auch mißfallen mag, Sterben ist ein Teil des Lebens. Wenn sich ein jeder darauf verlassen könnte, daß ein unsterblicher Androide nur darauf wartet, ihn vor dem unausweichlichen Ende zu bewahren, könnte das die Menschheit grundsätzlich verändern.«

»Natürlich wird es die Menschheit verändern«, stimmte Tarmud strahlend zu. »Zum Besseren!«

»Ich glaube kaum«, setzte Picard an, doch Tarmud unterbrach ihn aufgebracht.

»Captain, Ihre Reaktion ist so typisch – und wenn Sie mir diese Bemerkung verzeihen möchten, fast schon mittelalterlich in der Art, wie Sie darauf bestehen, daß wir uns dem Tod ergeben müssen, nur weil das bisher immer so war. Warum denn? Warum sollten wir uns diesem Fluch beugen, wenn wir uns gegen Krankheit, Leid und Armut wehren? Unsere größten Denker könnten unserem Universum in alle Ewigkeit erhalten bleiben! Wir alle könnten unsere Bestimmung erfüllen, ohne ständig diese tickende Uhr im Nacken zu haben. Junge Unfallopfer könnten gerettet werden und das Leben weiterführen, das für sie bestimmt war.«

Als eine zweite Woge von Gefühlen über Deanna hereinbrach, machte Beverly ein ersticktes Geräusch, drehte sich auf dem Absatz um und hastete aus dem Saal, noch bevor Troi etwas sagen konnte. Auch Picards Reaktion war so überwältigend, daß Deanna zu ihm ging und versuchte, sich etwas – irgend etwas – einfallen zu lassen, um seine Wut über Fähnrich Itos Tod zu lindern. Aber ein Blick in sein Gesicht genügte, um ihr klar zu machen, daß dies nicht der richtige Zeitpunkt war.

»Verzeihen Sie bitte«, sagte Tarmud sichtlich verwirrt vom Verhalten seiner Gesprächspartner. »Ich wollte Sie nur zum Nachdenken über Ihre Vorurteile anregen und Sie nicht verärgern.«

»Die Besatzung hat unlängst ein Mitglied verloren«, erklärte Deanna sanft. »Die Trauerfeier hat erst vor kurzem in diesem Raum stattgefunden. Ich fürchte, es war ein unnötiger Todesfall.«

»Wie tragisch«, bedauerte Tarmud mit eindeutig aufrichtiger Anteilnahme. »Aber Counselor, eigentlich sind *alle* Todesfälle unnötig.«

Counselor Troi sah zu Picard herüber, der offensichtlich mit seiner Wut kämpfte. Seine Kiefermuskeln verkrampften sich. »Entschuldigen Sie bitte, *Doktor*, aber mir fallen mindestens zwei Captains der *Enterprise* ein, die Ihnen da widersprechen würden.«

Bevor der Wissenschaftler etwas erwidern konnte, piepte Picards Kommunikator. Er schlug kräftiger als nötig auf das Gerät auf seiner Brust. »Picard hier!« knurrte er.

»Bitte entschuldigen Sie die Unterbrechung, Captain«, sagte ein weiblicher Offizier von der Brücke, »aber wir erhalten gerade eine dringende Botschaft vom Planeten Vulkan.«

»Stellen Sie sie in meinen Bereitschaftsraum durch. Ich bin sofort da. Picard Ende.« Dann drehte er sich steif um und verließ die Ausstellung.

Geordi und Data schlichen sich unbehaglich von dem Stand fort, und Deanna wandte sich ihrem großen Begleiter zu. »Will, ich möchte jetzt auf Ihr Angebot zurückkommen. Bitte bringen Sie mich hier weg.«

Riker nickte und führte sie fort von dem Mann, der entschlossen war, den Tod zu besiegen.

2

Als Picard von der Brücke aus den Bereitschaftsraum betrat, zog er die Uniformjacke gerade und sah in den Spiegel, bevor er die vulkanische Botschaft annahm. Er wollte sicher sein, daß sein Äußeres nicht so aufgewühlt war, wie sein Inneres sich anfühlte. Tarmud mußte ihn für den jähzornigsten Captain halten, dem er je begegnet war, aber das war Picard jetzt egal.

Als er sich vergewissert hatte, daß er so aussah, wie es sich für einen Captain gehörte, setzte er sich vor den kleinen Bildschirm und ließ den Anruf durchstellen.

Der Monitor wurde schwarz. Einen flüchtigen Moment später erschien das schlichte Symbol des Planeten Vulkan, bevor dieses vom ernsten Gesicht eines älteren Vulkaniers ersetzt wurde.

Wissenschaftler Skel? wollte Picard sofort fragen, in der Annahme, daß der zukünftige *Enterprise*-Passagier sich meldete, um den Abholtermin zu bestätigen.

Doch noch bevor die Worte über seine Lippen kamen, hob der weißhaarige Vulkanier – der die offizielle violette Bekleidung eines Mitgliedes der vulkanischen Regierung trug – die Hand zum traditionellen Gruß seines Heimatplaneten. »Captain Picard. Ich bin Senat, Sicherheitschef des Planeten Vulkan. Sie sollten den Wissenschaftler Skel morgen um drei Uhr an der Akademie der Wissenschaften abholen.«

Picard überprüfte den Terminkalender auf einem kleinen Bildschirm in seiner Hand. »Das stimmt.«

»Skel ist der Grund dieses Anrufs. Er ist verschwunden. Wir nehmen an, daß er entführt und vom Planeten verschleppt wurde.«

Picard runzelte verwirrt die Stirn. »Das verstehe ich nicht. Wer würde so etwas tun? Und warum?« *Und warum berichtet der Sicherheitschef des ganzen Planeten ausgerechnet mir vom Verschwinden eines einzelnen Wissenschaftlers?*

Der Vulkanier schwieg zuerst, als wolle er abschätzen, wie viele Informationen er dem Captain enthüllen durfte. »Skels Kraftfeldforschung war nur eine Nebenbeschäftigung. Er befaßte sich hauptsächlich mit der Untersuchung von zwei nichtvulkanischen Artefakten, die vor über achtzig Jahren von einem unserer Forscherteams entdeckt worden waren. Die Objekte infizierten Mitglieder dieses Teams – und später die Bevölkerung unseres Planeten – mit einer furchtbaren Krankheit, die Wahnsinn, Chaos und zu oft auch den Tod zur Folge hatte. Wir wissen noch immer nicht, wie die Krankheit übertragen wurde, welche Substanz zur Ansteckung führte oder wie man die Seuche kontrollieren kann, wenn sie sich einmal ausbreitet. Als die Epidemie überstanden war, wurden die Objekte in einer sicheren Einrichtung untergebracht. Sie werden seit jetzt schon achtzig Jahren erforscht. Skel beschäftigt sich seit fünfzig Jahren mit den Substanzen und ihren Behältern. Bevor er die Stelle antrat, hatte sich sein Vorgänger dreißig Jahre um sie gekümmert. Wir haben in dem Labor, in dem die Objekte untergebracht sind, strenge Sicherheitsvorkehrungen eingehalten – auch wenn die Herkunft und die Gefährlichkeit der Artefakte mit den Jahren in Vergessenheit geraten ist. Ich selbst habe mir die Informationen, die ich Ihnen soeben mitgeteilt habe, erst vor wenigen Stunden angeeignet. Die Sicherheitsvorkehrungen wurden immer stärker auf den unmittelbaren Umkreis der Objekte reduziert, und sie waren eher auf die normale Bevölkerung abgestimmt. Es ist offenbar etwas anderes, Dinge vor Vulkaniern zu schützen als vor skrupellosen fremden Mächten. Und jetzt sind Skel und seine Forschungsobjekte verschwunden.«

Na ja, das erklärt zumindest, was Sie mit der Sache zu tun haben, dachte Picard. »Und Sie sind sicher, daß es sich um eine Entführung handelt?«

»Er hatte einen Termin bei seiner Therapeutin, zu dem er nicht erschienen ist. Er hat noch nie einen Termin verpaßt, ist noch nicht einmal zu spät gekommen. Sie hat sofort eine Suchaktion veranlaßt. Wir fanden keine Spur von ihm – bis auf Anzeichen von Phaserfeuer in seinem Labor, die unsere Tricorder feststellten.«

»Glauben Sie, daß er ermordet wurde?«

Der Vulkanier deutete ein Kopfschütteln an. »Nein, dafür scheint die Intensität des Phasers nicht stark genug gewesen sein. Und seine Therapeutin, die mental mit ihm verbunden ist, hat seinen Tod nicht gespürt. Deshalb vermuten wir, daß er entführt worden ist. Skel war eins der ersten Opfer der Krankheit. Sein Wissen über diese Objekte ist von unschätzbarem Wert. Für jemanden, der diese Artefakte stehlen möchte, wäre es logisch, auch gleich den einzigen Experten auf diesem Gebiet in der ganzen Galaxis zu stehlen.«

»Haben Sie irgendwelche Verdachtsmomente?«

»Nur, daß Föderationsphaser verwendet wurden.«

Das war nicht viel. Phaser konnte man sich auf illegalem Weg genauso einfach beschaffen wie jede andere Waffe.

»Und«, fuhr der Vulkanier fort, »nur fünf Schiffe haben im Zeitraum kurz nach Skels Verschwinden den Planeten verlassen. Ein Raumschiff der Föderation, zwei vulkanische Forschungsschiffe, ein maschinelles Versorgungsschiff – und ein kleiner Runabout der Ferengi.«

Picard nickte. Die naheliegendste Erklärung gefiel ihm überhaupt nicht. »Ist etwas über den Flugplan des Flitzers bekannt?«

»Nein, aber es ist uns gelungen, seine Ionenspur zu verfolgen, bis er unser System verlassen hat. Ich werde Ihnen natürlich die Koordinaten übermitteln. Ebenso alle Informationen, die mir über Skels Artefakten zur Verfügung stehen. Die meisten Forschungsergebnisse wurde allerdings ebenfalls gestohlen. Und nach achtzig Jahren sind die Duplikate der Dokumente archiviert und schwer zu beschaffen.«

Das frustrierte den Captain, doch es überraschte ihn nicht. Selbst so sorgfältige Archivare wie die Vulkanier mußten nach so langer Zeit ihre Daten in irgendeinem Winkel deponieren. In der Zwischenzeit konnte seine Besatzung den wahrscheinlichen Kurs des Ferengi-Schiffs berechnen und die Verfolgung aufnehmen. Er spielte mit dem Gedanken, mit der Ferengi-Heimatwelt Kontakt aufzunehmen, verwarf die Idee aber wieder.

»Sobald wir die Informationen von Ihnen erhalten haben, werden wir mit der Suche beginnen. Ich halte Sie auf dem laufenden.«

»Auch ich werde mich wieder bei Ihnen melden, Captain, wenn wir etwas herausfinden oder eine Lösegeldforderung erhalten. Noch etwas«, sagte der Vulkanier, als Picard sich gerade verabschieden wollte. »Die Föderation verfügt über eine streng geheime Akte über die Objekte. Ich habe beantragt, daß sie Ihnen zur Verfügung gestellt wird. Wir hoffen, daß Ihnen diese Informationen zugute kommen werden, wenn Sie Skels Entführer und seine Versuchsobjekte finden. Die Seuche hat die Föderation aber in viel geringerem Ausmaß betroffen als Vulkan. Die Föderation hat ähnliche Probleme, auf ihre Akten zuzugreifen, und ich fürchte, daß sie unseren Daten nicht viel wird hinzufügen können.«

»Vielen Dank, Sicherheitschef Senat. Informationen zu diesem Problem können uns nur hilfreich sein. Langes Leben.« Er sprach den vulkanischen Gruß, der ihr Gespräch auch eröffnet hatte, und die Übertragung wurde beendet.

Skel kämpfte gegen die heilende Trance an. Sein Gehirn war bemüht, das Bewußtsein weiter in einem Dämmerzustand zu belassen, damit die Muskeln und das Bindegewebe am Skelett sich von der schrecklichen Kraft der Energieentladung erholen konnten, die er aus nächster Nähe abbekommen hatte. Aber der Vulkanier konnte nicht mehr warten, wagte es nicht. Der Drang zur Flucht war stärker als das Bedürfnis seines Körpers nach Heilung. Außerdem warnte ihn gleichzeitig ein anderer Teil seines Bewußtseins.

PASS AUF. BEWEGE DICH LANGSAM. DEIN FEIND IST NAH.

Sein Verstand versuchte, ihn wieder in die heilende Trance zurückzulocken. Er mußte herausfinden, wo er war, wer ihn entführt hatte, warum man das getan hatte und – das war das wichtigste – wohin man die Artefakte gebracht hatte.

Er öffnete die Augen einen winzigen Spalt breit und kam sich dabei so sehr wie der kleine Junge vor, der durch die kaum geöffnete Schlafzimmertür gespäht hatte, daß die Ähnlichkeit der Ereignisse ihn tief erschütterte. Er sah nur verschwommen – zu verschwommen, um aus der fremden Umgebung schlau zu werden.

»Wie ich sehe, sind Sie wieder bei uns, Wissenschaftler Skel.« Diese nervtötende Stimme war das einzige bekannte Element in dieser Situation. Derselbe schrille Klang, den er gehört hatte, bevor er seiner Sinne beraubt worden war ...

Skel blinzelte, wodurch seine Sicht langsam besser wurde, und drehte sich nach dem Sprecher um, wobei er erst einen sorgfältigen Blick auf seine Umgebung warf. Dabei handelte es sich zweifellos um das Innere eines kleinen Raumschiffs – alt, schlecht gepflegt, aber mit Warpantrieb, dem Summen nach zu urteilen, das in seinem Körper vibrierte. Ein Ferengi-Beiboot, wohl ein Flitzer, entschied Skel angesichts der Tatsache, daß seine Waden, Knöchel und Füße über die unbequeme, muffig riechende Liege hinausragten.

Die Herkunft des Entführers bestätigte sich, als Skels Blick nach links schweifte und auf der knubbeligen, einen Meter großen Gestalt eines erwachsenen männlichen Ferengi zu ruhen kam. Eines Ferengi, der, wie Skel mit unterdrücktem Schrecken feststellte, einen Phaser in der Hand hielt. Als er sah, daß sein Gefangener sich rührte, knurrte er bedrohlich und richtet die Waffe auf Skel. Der senkte sofort den Blick.

Schau ihnen nie in die Augen, mein Kind …

Dann wagte er es aber doch, etwas zu sagen. »Ich nehme an, daß wir nicht mehr auf Vulkan sind.«

»Sehr logisch«, spottete der Ferengi mit seiner schrillen, nasalen Stimme. Der Klang der Sprache dieser Rasse hatte Skels empfindliches Gehör schon immer beleidigt, und durch die Auswirkungen des Phaserstrahls war er doppelt so anfällig dafür. »*Sehr* wissenschaftlich. Und sehr richtig: Wir sind nicht mehr auf Vulkan. Und *Sie* haben nicht mehr die Kontrolle über die beiden möglicherweise mächtigsten Objekte der Galaxis.«

Der Bewaffnete entfernte sich von Skel und ging zu einer Konsole im Ferengi-Maßstab, wo ein noch kleinerer Angehöriger dieser Rasse stand. Skel blinzelte bei dem Versuch, seinen Verstand zu wecken, damit er seinen Zweck erfüllen konnte – den Körper dazu zu bringen, alles zu tun, was das Gehirn ihm befahl. Aber er hatte nicht genug Zeit zur Heilung gehabt. Er schaute seine beiden Entführer an und erkannte, daß er vollkommen hilflos war. Im Moment war ein Entkommen ausgeschlossen.

»Ihre Forschungsarbeit«, bohrte der größere Ferengi, »scheint gute Fortschritte gemacht zu haben.«

Skel sah die beiden einfach nur stumm an. Der Ferengi deutete sein Schweigen als Zustimmung und fuhr fort.

»Sie werden meinem Bruder Nabon und mir – Dervin, DaiMon dieses Schiffes – die Einzelheiten Ihrer Kraftfeldforschung erläutern«, sagte er streng. »Sie werden uns alles erläutern. Und dann werden wir *Geschäftspartner.*«

»Wenn Sie mich entführt haben, um etwas über meine Forschung zu erfahren, läßt Ihre Planung wirklich zu wünschen übrig«, erwiderte der Vulkanier erschöpft. »Ich hätte meine wichtigsten Entdeckungen sowieso bei der Technikmesse vorgestellt. Sie hätten nur dahin kommen müssen, um alles zu erfahren, was Sie wissen wollen.«

»Aber dann hätten wir ja *teilen* müssen.« Der Ferengi spuckte das Wort regelrecht aus, als sei die Vorstellung geradezu ekelerregend. »Nein, Wissenschaftler, das wollen wir nicht. Sie werden Ihre Forschungsergebnisse nur uns geben. Wir werden Partner. Sehen Sie es als eine Chance für Ihre Rasse, etwas über die Philosophie der *Gewinnmaximierung* zu lernen.«

»Sie wissen ganz genau, daß das unmöglich ist. Meine Arbeit dient dem Fortschritt des Wissens, des Verstehens ...« Er verlor sich in seinen Gedanken. *Des Verstehens der kleinen Behälter, der Artefakte, die die tödliche Seuche beherbergen. Die Artefakte ...*

Skel setzte sich rasch und mit einer geschmeidigen Bewegung auf, die die beiden Ferengi erschreckte. Dervin, der Bewaffnete, schnellte hoch, packte den Phaser fester und stellte sich Schulter an Schulter mit seinem Bruder. Es war leicht, den Schmerz zu ignorieren, auch den Schwindel, wenn man sich erst einmal auf etwas Lebenswichtiges konzentrieren konnte. Skel war jetzt voll und ganz konzentriert, was offenbar auch den beiden Ferengi nicht verborgen blieb, denn sie wirkten nun viel nervöser. Skel war körperlich eine sehr viel eindrucksvollere und kräftigere Gestalt als die beiden.

»Was haben Sie mit den Artefakten gemacht?« fragte er ruhig und rational, doch der Ferengi hörte die Andeutung von Gefahr, die in der Frage lag, und zielte mit dem Phaser auf Skels Herz.

»Die Artefakte? Meinen Sie Ihre Schätze? Die haben wir so sicher untergebracht, wie es nur geht. Wo könnten sie sicherer sein als in Ihrer Gegenwart?«

Die beiden traten einen Schritt auseinander, um den Blick auf zwei handflächengroße Behälter freizugeben, die auf der Konsole lagen – nicht abgeschirmt und zum ersten Mal seit fast einem Jahrhundert der Luft ausgesetzt.

Eine Gefahr für nichtsahnende Opfer.

Nur neunzig Jahre Disziplin und Schulung in vulkanischer Philosophie verhinderten, daß er laut aufstöhnte, als er seine Forschungsobjekte zum ersten Mal ohne den Schutz mehrerer ausfallsicherer Kraftfelder sah. Wie harmlos, wie passiv, wie unbedeutend sie wirkten – und doch so elegant und schön in ihrer Einfachheit: Das gedämpfte, flackernde Licht in dem Ferengi-Schiff ließ ein rosa- und türkisfarbenes Funkeln auf ihrer glänzenden Oberfläche tanzen.

Skel unterdrückte die Woge mächtiger Gefühle umgehend. Er war Vulkanier. Er würde diese Angelegenheit logisch behandeln, emotionslos ... denn nur durch ruhige, durchdachte Logik konnte er hoffen, dieses Problem zu lösen. Und das Schicksal des Universums hing davon ab, daß er es jetzt und hier löste.

»Es ist sehr gefährlich, die Artefakte so zu lagern, wie Sie es tun«, sagte Skel mit seinem rationalsten Tonfall. »Wenn sie ohne Kraftfelder einer normalen Umgebung ausgesetzt werden, beginnen sie zu zerfallen. Schon in wenigen Stunden werden sie vollkommen unbrauchbar sein. Sie müssen geschützt werden, sonst verlieren sie ... ihren Wert.« Er sah die Ferengi nicht an, während er sprach, denn wenn er sie anschaute, sah er auch die Artefakte in seiner Nähe ... und das grinsende Gesicht seines Vaters.

»Ich hab's dir doch gleich gesagt, Dervin«, zischte

Nabon, der kleinere Ferengi, seinen Bruder an. Er sprach leise, aber Skel konnte ihn gut verstehen. »Sie haben diese Dinger hinter Kraftfeldern aufbewahrt, um sie zu *schützen.*«

»Um sie vor *Diebstahl* zu schützen«, sagte Dervin verächtlich. »Als hätte irgendein Vulkanier den Grips, sie zu stehlen. Er versucht nur, uns von ihnen fernzuhalten, damit wir ihr Geheimnis nicht entdecken.«

Damit hatte Dervin sogar recht, dachte Skel. Er würde alles tun, um diese Fremden vor dem zu beschützen, was in den Behältern lauerte; er würde sogar sein Leben opfern. Aber das Denken der Ferengi würde ihnen niemals erlauben, das zu glauben.

»Sie könnten recht haben, DaiMon«, sagte Skel unverändert ruhig, »aber wenn Sie sich irren, zerstören Sie vielleicht genau den Schatz, auf den Sie es abgesehen haben.«

Auf Dervins Gesicht spiegelten sich die verschiedensten Emotionen wider, als er versuchte, das Problem logisch zu durchdenken. Doch statt zu einem Ergebnis zu gelangen, bombardierte er Skel nur mit weiteren Fragen. »Die Vulkanier legen weniger Wert auf Sicherheit als sonst eine Rasse. *Warum* werden gerade diese kleinen Dinge so eifersüchtig bewacht? Erklären Sie uns das, *Wissenschaftler.* Wenn Sie das nicht können, werde ich sie verrotten lassen – so das denn wirklich passieren wird – und dabei zusehen, wie Ihre vielen Forschungsjahre zum Teufel gehen! Was ist in diesen Behältern?«

»Bruder, hör mir mal zu«, flehte Nabon. »Da die Vulkanier es für nötig hielten, diese Dinger zu sichern, müssen sie gefährlich sein. Die Vulkanier haben gar kein Interesse an Gewinn. Sie müssen diese Objekte bewacht haben, um sie vor ihrer Welt zu schützen oder um ihre Welt vor ihnen zu schützen. Es kann nichts schaden, sie zu sichern. Außerdem kann der Vulkanier dann keine mentalen Tricks bei uns versuchen, um sie zurückzuholen.«

Wie erfrischend logisch, dachte Skel und bewunderte die Vernunft des kleineren Ferengi. Interessanterweise schien Nabon furchtbare Angst vor den Artefakten zu haben, als ahnte er bereits, welche Gefahr von ihnen ausging.

Dervin erwog die Worte seines Bruders, doch nur einen Augenblick lang. Dann schnappte er sich mit seiner freien Hand impulsiv einen der Behälter, hielt ihn vor das Gesicht und starrte die fremdartige Gravur darauf an – Schriftzeichen, die die vulkanischen Forscher noch nicht entziffert hatten, bis auf einen kurzen Satz, der ihnen nicht viel sagte. Von der unbekannten Sprache verwirrt, schüttelte Dervin das kleine Objekt und hielt es an sein Ohr. Skel mußte seine gesamte vulkanische Beherrschung aufbringen, um nicht die Kontrolle über sich zu verlieren, aufzuspringen und den austernähnlichen Gegenstand aus den unbefugten Händen des Ferengi zu reißen.

»Dervin!« protestierte Nabon. »Was tust du da?«

»Ich kann nichts darin hören«, beharrte der DaiMon. »Dieses Ding könnte einfach nur Teil eines bizarren vulkanischen Rituals sein und gar keinen Wert haben. Wir müssen herausfinden, was da drin ist, Bruder.«

»Hören Sie sofort damit auf«, drängte Skel. »Sie werden großen Schaden an ...«

»Woran werde ich großen Schaden anrichten, Vulkanier?« wollte Dervin wissen. »An diesem Schmuckstück?« Ohne den Phaser loszulassen, versuchte der wütende Ferengi, mit einer Hand die beiden Hälften das Artefaktes auseinanderzuzerren. »An diesem Spielzeug? An dieser Reliquie?«

Skel erwog, sich auf den Ferengi zu stürzen, aber die Mündung der Energiewaffe war noch immer direkt auf sein Herz gerichtet. Wenn Dervin schnell reagierte und ihn tötete – dann wären die Behälter endgültig in den Händen dieser beiden tolpatschigen Diebe.

»Dervin, hör auf!« sagte Nabon. Er griff nach dem

Objekt, rang mit seinem Bruder und versuchte verzweifelt, es ihm zu entreißen. »Es bringt nichts, es zu beschädigen! Wir müssen ihn zwingen, uns zu zeigen, wie man es bedient!«

Skel sah zu und wartete auf eine günstige Gelegenheit, in das Handgemenge einzugreifen, ohne den Tod zu riskieren, während die Ferengi zugleich um die Waffe und um das Artefakt kämpften. *Warum öffnet es sich nicht? Warum setzt es seine tödliche Fracht nicht frei?*

Doch noch während die Brüder miteinander kämpften, bemerkte Skel plötzlich, daß ihre Körper von einem schwachen, bedrohlichen Licht beschienen wurden. Hinter ihnen lag unbeachtet das unberührte Artefakt auf der Konsole und hatte begonnen, von innen heraus mit eigenem Licht zu leuchten – mit einem Licht, das immer heller schien, als eine Fuge brillanter Farben zwischen den beiden sich langsam öffnenden Hälften hervorquoll.

LAUF! LAUF, MEIN KIND, LAUF!

Die Stimme war lauter denn je zuvor in seinem Leben, doch dieses Mal konnte er ihr nicht gehorchen. *Nein, Mutter, ich kann nicht weglaufen. Denn ich bin im Weltall, und es gibt kein Entkommen.*

Als das kleine, unscheinbare Artefakt sich langsam öffnete, wandte Skel den Blick ab und ergriff verzweifelt die einzige Gelegenheit, die sich ihm bot. Er sprang auf die miteinander ringenden Ferengi und ihre Waffe zu. Als seine Hand sich um den Phaser schloß, ertönte in dem kleinen Raum das hohe Heulen einer Entladung. Der Phaserstrahl beschädigte die Decke, zerfetzte dort eine Lampe, versengte Kacheln, richtete sich dann nach unten und traf die Steuerungskonsole, die in einer gefährlichen Funken- und Splitterwolke explodierte.

Der unkontrollierte Phaserstrahl strich durch die beengten Räumlichkeiten, schmorte eine schwarze Diagonale über Skels Liege und zerteilte einen Stuhl, dessen zwei Hälften polternd zu Boden fielen. Alarmsirenen heulten auf, die Ferengi kreischten, und alles wurde beschienen vom blinkenden Licht der pulsierenden Büchse der Pandora. Doch keine Warnung klang lauter als die, die stumm und schrill zugleich in Skels Gehirn widerhallte:

LAUF, MEIN KIND! LAUF ...

Geordi LaForge bemerkte auf der Brücke der *Enterprise*, daß ihm die unendliche Weite des Weltalls eigentlich immer nur dann bewußt wurde, wenn er darin etwas suchen mußte. Das Ausmaß der Aufgabe wurde durch die Winzigkeit des gesuchten Objekts, eines Ferengi-Flitzers, noch gewaltiger. Die Ionenspur, die das Schiff nach seinem Start von Vulkan hinter sich hergezogen hatte, deutete den ungefähren Kurs an, und Picard ließ die Crew an Hand dieser Spur verschiedene Suchmuster durchtesten. Sie bemühten sich jetzt schon seit Stunden.

»Irgendwelche Fortschritte, Mr. LaForge?« fragte der Captain ihn von hinten.

Ein Fortschritt ist, dachte Geordi, daß Picard dieses Mal sogar eine halbe Stunde gewartet hat, bevor er die Frage wiederholte. Der Ingenieur sah zu Data hinüber, der neben ihm an der Konsole saß, die sie sich teilten und von der aus sie die Sensoren ausrichteten und versuchten, etwas – irgend etwas – zu finden, das irgendwo da draußen sein könnte. Aber auch der Androide hatte nur ein kurzes Kopfschütteln zu bieten.

LaForge seufzte. »Leider nicht, Sir. Wir suchen noch immer. Wahrscheinlich wäre es besser, das Schiff wieder in Bewegung zu bringen. Vielleicht mit Impulsgeschwindigkeit zu fliegen und die Sensoren auf maximale Reichweite einzustellen. Damit übersehen wir vielleicht etwas, decken aber ein viel größeres Feld ab.«

Picard wandte sich an den Steuermann. »Machen Sie es so, Mr. Braxton.«

»Jawohl, Sir.«

Geordi bezweifelte, daß diese neue Taktik erfolgreicher war als die alte. Sein üblicher Optimismus verabschiedete sich zügig.

»Captain«, warf Commander Riker ein, »es ist ziemlich spät. Die Besatzung hat schon eine Doppelschicht hinter sich, und nach der Trauerfeier, der Technikmesse im Gesellschaftsraum und der laufenden Suche ist sie bestimmt ziemlich ausgelaugt. Ich möchte einen Schichtwechsel vorschlagen, damit die dienstältere Besatzung sich ausruhen kann.«

Picard dachte mit finsterer Miene darüber nach. Geordi wußte, daß der Captain in Krisenzeiten lieber seine erfahrensten Leute um sich herum hatte, aber Riker hatte recht. Sie schliefen alle im Stehen ein.

Noch bevor Picard etwas erwidern konnte, meldete Worf sich zu Wort. »Entschuldigen Sie, Captain, aber ich glaube, das sollten Sie sich ansehen. Wir haben etwas Seltsames am äußeren Rand der Reichweite unserer Sensoren entdeckt.«

Picard ging sofort zur taktischen Station des Klingonen, und Geordi und Data riefen Worfs Daten auf ihren Bildschirmen auf. »Ist das ein Notsignal?« grübelte Geordi laut.

»Nicht ganz«, erwiderte Data. »Es ist eine Energieschwingung, vielleicht ein Traktorstrahl oder so, die sich zyklisch hebt und senkt.« Er runzelte die Stirn. »Aber es geht auf jeden Fall von einem Schiff aus.«

»Könnte es ein Kode sein?« fragte der Captain, betrachtete blinzelnd Worfs Bildschirm und berührte ein paar Schaltflächen.

»Ich habe das Schwingungsmuster bereits mit allen bekannten Kodes verglichen, Sir«, sagte Data, »aber keine Entsprechung gefunden. Der Computer vermutet, daß es sich um einen defekten Generator handelt.«

Picard schaute über die Schulter zu Geordi. »Können wir die Quelle dieser Schwingung lokalisieren?«

»Schon geschehen, Sir«, bestätigte LaForge. »Ich habe dem Steuermann die Koordinaten übermittelt. Was auch immer dieses Signal auslöst, es ist noch in Bewegung. Aber wir werden es einholen. Wir müßten es in knapp einer Stunde erreicht haben.«

»Sehr gut.« Picard ging zu seinem Sessel zurück. »Behalten Sie unsere Position auf dem Schirm, und sobald Sie das Schiff identifizieren können, geben Sie mir Bescheid. Bei unserem Glück in letzter Zeit hetzen wir bestimmt einem defekten maschinellen Versorgungsschiff mit beschädigtem Traktorstrahl hinterher.«

LaForge und Data sahen sich erneut an, bevor sie sich anschickten, die Sensoren neu auszurichten.

Nabons empfindliche Ohren schmerzten vom Heulen der Sirenen, als das Schiff automatisch die vielen kleinen Brände löschte. Lärm, Rauch und Verwirrung wurden plötzlich zuviel für den jüngeren Ferengi, der nun gleichzeitig den Phaser und den Mut verlor.

Er befreite sich aus dem Handgemenge und hechtete in Deckung, während sein Bruder und der Vulkanier noch immer um die Waffe und den kleinen, fremdartigen Gegenstand kämpften. Als er sich hinter den einzigen unbeschadeten Stuhl kauerte, bemerkte er, daß das andere Objekt, das noch auf der Konsole lag, sich fast vollständig geöffnet hatte. Er konnte die Energie im Inneren des austernförmigen Behälters leuchten sehen und starrte ihn angsterfüllt an. Sie pulsierte wie ein lebender Organismus. Ohne daß ihm klar war, was er tat, kroch er auf den Behälter zu. Als er ihn fast erreicht hatte, schaute er in das seltsame Ding hinein.

MACHT.

Ein klarer, elektrischer Energiestoß durchfuhr seinen Körper und ließ ihn laut aufschreien – doch der Schrei ging im allgemeinen Getöse unter. Einen kurzen Moment lang wurde er von überwältigendem Schrecken gepackt – der Schrecken eines Bewußtseins, einer Seele, die von einer größeren Macht übernommen wurde, gefolgt von einem dämonischen, unstillbaren Hungergefühl.

Urplötzlich verschwanden der Schrecken und die Gelüste wieder und wurden von Gefühlen der Zufriedenheit, Geborgenheit und des Friedens ersetzt. Nabon starrte ins Herz der Schale und sah nur einen wunderschön wirbelnden Nebel, der von innen heraus leuchtete, als würde er eine Energiequelle umgeben. Warum bloß hatte er solche Schönheit gefürchtet? Er sah genauer hin. Die Farben der pulsierenden Energie waren verführerisch, fast schon hypnotisch.

Sein Bruder und der Vulkanier rangen immer noch um die Energiewaffe, aber Nabon war klar, daß Skel nur deshalb noch nicht die Oberhand gewonnen hatte, weil er darauf achtete, daß dem Artefakt nichts zustieß. Dervin hatte recht: Das seltsame Objekt hatte gleichsam großen Wert und gewaltige Macht, doch Nabon spürte, daß auch der Vulkanier nicht gelogen hatte. Es würde ihnen keinen Gewinn bringen, nur Ärger.

(Nein, nein ... Die Artefakte mußten auf jeden Fall beschützt werden ...)

Nabon schüttelte die eigentümlich eindringliche Idee ab und setzte seinen ursprünglichen Gedankengang fort. Er hatte seinen Bruder angefleht, diesen Diebstahl nicht zu begehen. Doch von dem Augenblick an, als Dervin in den alten Datenbänken eines Schiffswracks, das sie geborgen hatten, von den wertvollen Artefakten auf Vulkan gelesen hatte, war er nicht mehr umzustimmen gewesen. Nabon wollte gar nicht mehr daran denken, wieviel Latinum sie ausgegeben hatten, um an den vulkanischen Sicherheitsvorkehrungen vorbeizukommen, die die Objekte geschützt hatten. Und wie viele Monate sie mit der Planung verbracht hatten! Dervin war wild entschlossen. Vielleicht würde er sogar bis zum Tod dafür kämpfen, die Artefakte an sich zu bringen, und ihnen allen damit nur den Untergang bescheren. Aber wenn er ihm die Objekte wegnahm, sie in eine Schleuse steckte und ins Vakuum des Weltalls schoß …

(Nein, niemals. Sie müssen beschützt werden, wie die Schmuckstücke, die sie auch sind …)

Sein Bruder würde ihn hassen und ihm das Handelsrecht entziehen, aber wenigstens blieben sie am Leben. Nabon war bereit, alles zu riskieren, sogar Armut, wenn er damit sich und seinem Bruder das Leben rettete.

Er kroch zur Kommandokonsole herüber und griff in ein Fach darunter. Er zog einen weiteren Handphaser hervor – den sie genau wie den anderen bei einer riskanten Aktion aus einem schlecht bewachten Föderationslager gestohlen hatten – und stellte ihn vorsichtig auf *Betäubung* … doch dann dachte er endlich nach. Vulkanier waren viel schwerer als Ferengi. Würde eine Entladung, die seinem Bruder das Bewußtsein raubte, auch einen erwachsenen Vulkanier umwerfen – oder ihn lediglich von seinen logischen Hemmungen befreien, so daß er seiner Wut freien Lauf ließ?

Dervin mußte bemerkt haben, was er tat. »Schnell, Nabon!« rief er. »Er hat das Artefakt! Schieß! Bring ihn um, wenn es sein muß!«

In diesem Augenblick wandte der Vulkanier den Kopf, und Nabon sah direkt in seine Augen. Was der Ferengi darin ausmachte, ließ das Blut in seinen Adern gefrieren. Skels schräge, dunkle Augen durchbohrten ihn mit Blicken von furchteinflößender Eindringlichkeit.

Das muß die vulkanische Raserei sein. So etwas muß passieren, wenn sie ihre hochgeschätzte Gefühlskontrolle verlieren …

»Nein!« schrie Nabon, ohne genau zu wissen, wogegen er protestierte. »Nein! Das wirst du nicht tun! Das läßt du bleiben!« Er drückte den Abzug.

Ein blendender Blitz umgab sowohl den Vulkanier

als auch Nabons Bruder, und eine grelle Millisekunde lang sahen ihn beide überrascht an. Dervin knallte als erster auf den Boden, eine quälend lange Sekunde später gefolgt von Skel.

Sie hatten beide noch ihre Hände um den Phaser geschlossen, der jetzt klappernd zwischen sie fiel. Nabon hastete zu ihnen hinüber und zog keuchend die Waffe unter ihren bewußtlosen Körpern weg. Doch das kleine schwarze Gefäß saß fest in der verkrampften Hand des Vulkaniers.

Nabon bog vorsichtig einen Finger nach dem anderen zurück und nahm das Artefakt an sich. Dann drehte er sich um, bereit, den Deckel des anderen zuzuschlagen und auch den Gegenstand an sich zu nehmen. Zu seiner großen Überraschung hatte das Objekt auf der Konsole sich wieder geschlossen und versiegelt, ohne daß eine Spur des Leuchtens zurückgeblieben war. Er schnappte es sich und steckte es zu dem anderen in die Tasche. Dann beugte er sich über seinen Bruder.

Dervin lebte noch, lag auf dem Bauch, konnte aber problemlos atmen, da seine vorstehenden Schädelhöcker seine Nase vom Boden fernhielten. Oh, er würde vor Wut kochen, wenn er endlich wieder zu Bewußtsein kam. Bei dem Gedanken, dem Zorn seines Bruders ausgesetzt zu sein, schüttelte Nabon den Kopf, doch er wußte, er tat das Richtige. Er würde sie vor der unersättlichen Gier und der schlechten Urteilsfähigkeit seines Bruders schützen.

Ein plötzlicher Hungerkrampf erschütterte ihn – ein Hungergefühl, wie er es noch nie empfunden hatte, das nicht seinen Bauch quälte, sondern seinen Geist. Eine allzu flüchtige Sekunde lang blitzte ein Bild vor seinem inneren Auge auf: Er selbst, wie er über der ohnmächtigen Gestalt seines Bruders stand, den Phaser in der Hand, wie er den Phaser hob und dann damit immer wieder auf Dervins dicken, dummen Schädel einschlug, bis Blut und Hirn spritzte und ...

»*Nein*«, krächzte Nabon, dessen Arm zitterte, als er den Drang unterdrückte, den Phaser zu heben. »Er ist mein *Bruder* ...«

Das Gefühl verschwand so schnell wieder, wie es gekommen war. Nabon öffnete die Hand und ließ die Waffe fallen. Gleichzeitig stöhnte der Vulkanier leise und bewegte sich. Nabon schluckte die Panik herunter und hielt den anderen Phaser fest in der Hand, während er langsam rückwärts von den beiden wegging und der Vulkanier sich mühsam aufsetzte. Skel sah sich blinzelnd um. Offenbar suchte er den einzigen Gegenstand, der für ihn wichtig war.

Der Wissenschaftler drehte sich um und sah Nabon wieder in die Augen. »Bring sie zurück«, forderte Skel, dessen Unterlippe sich auf gänzlich unvulkanische Weise kräuselte. »Gib sie mir zurück. Sie gehören *mir.*«

(Ja, gib sie zurück.)

(Wir müssen sie unbedingt beschützen.)

»Nein«, flüsterte Nabon. »Das ist ein Trick. Ein vulkanischer Telepathietrick! Verschwinden Sie aus meinem Kopf!«

Erschieß ihn, Nabon, flehte er sich an. *Du hast den Phaser, du hast die Gelegenheit – nutze sie! Jetzt! Töte den Vulkanier!*

(Dem Vulkanier darf nichts geschehen.)

Doch so sehr er sich auch bemühte, es wollte ihm nicht gelingen, den Phaser von *Betäuben* auf *Töten* zu stellen. Er konnte noch nicht einmal den Abzug betätigen – als hielte der Vulkanier ihn sogar aus dieser Entfernung gepackt. Mit einem bangen Wimmern drehte er sich auf dem Absatz um und rannte zur nächsten Schleuse. Noch während er erneut versuchte, sich dazu zu bringen, den Phaser auf *Töten* zu stellen, hörte er, wie der Vulkanier sich hinter ihm auf die Füße kämpfte und die Verfolgung aufnahm.

»Wir sind zwar in Sensorreichweite, Sir«, gab LaForge zu, »aber ich kann Ihnen wirklich nicht sagen, was da vor sich geht. Die Daten sind chaotisch. Es sind zwei Ferengi zu erkennen, und noch jemand, bei dem es sich um einen Vulkanier handeln könnte. Aber es scheint an Bord drunter und drüber zu gehen! Das Schiff folgt offenbar einem programmierten Kurs – wohin kann ich nicht sagen –, und mindestens zwei der Personen an Bord laufen hin und her!«

Picard ließ sich die Situation kurz durch den Kopf gehen. »Wäre es wohl möglich, den Vulkanier von Bord zu beamen?«

»Nicht auf diese Entfernung, Sir. Dafür müßten wir viel näher heran.«

Picard nickte. »Auf Maximalgeschwindigkeit erhöhen.«

»Glauben Sie, daß sie sich mit der Krankheit angesteckt haben?« fragte Riker leise.

Picard sah ihn scharf an. »Das können wir nicht wissen. Die Ferengi sind ... ein ausgesprochen leicht erregbares Volk. Wer weiß, was da vor sich geht. Der Vulkanier könnte mit ihnen um die Artefakte kämpfen. Wir werden warten müssen, bis wir näher dran sind.«

Nabon kauerte in einem Geräteschrank und dachte verbittert darüber nach, wieviel Schaden ein paar Phaserentladungen an ihrem kleinen Schiff angerichtet hatten. Die ungezielten Schüsse hatten die Steuerungskonsole getroffen und fast jede Funktion an Bord lahmgelegt. Nur mit enormer körperlicher Anstrengung war es ihm gelungen, eine Schleuse zu öffnen und die schwarzglänzenden Behälter ins All zu schicken. Die Kommunikationssysteme waren tot. Der Traktorstrahl – eins der wichtigsten Mittel bei ihren Bergungsoperationen – pulsierte grundlos wild vor sich hin und entleerte seine Batterien. Aber das war eigentlich auch egal: Die Triebwerksteuerung funktionierte sowieso nicht mehr, und das Schiff glitt nur noch in Richtung des letzten Impulses dahin und würde erst dann stoppen, wenn etwas oder jemand es aufhielt.

Nabon verfiel in eine Gedankenspielerei: In vielen Jahrhunderten würde eine unbekannte fremde Rasse auf ihr Geisterschiff stoßen, in dem sein Gespenst noch immer durch die Gänge hetzte und sich vor einem Vulkanier versteckte, der den kleinen Ferengi ermorden wollte, der auch dafür verantwortlich war, daß er an Bord dieses Schiffes gestorben war.

Es war ihm gelungen, vor Skel zu fliehen und ein Hilfssteuerungspult zu erreichen. Doch es war hoffnungslos. Nabon konnte den gewaltigen Schaden, den der Phaser angerichtet hatte, nicht umgehen. Warum hatte Dervin ihn bloß auf solche Intensität eingestellt? Hatte er geglaubt, einen Vulkanier nur mit so viel Energie in Schach halten zu können?

Nabons Hand glitt über die Tasche, in der die fremdartigen Artefakte steckten, die dieses ganze Unglück ausgelöst hatten ...

Und damit überkam ihn eine weitere Panikattacke. Die Artefakte! Hatte er sie nicht gerade in eine Schleuse geworfen? Was hatten sie dann *hier* in seiner Tasche zu suchen?

Und wenn er sie nicht losgeworden war ... *was* hatte er dann in die Schleuse gesteckt?

Ihm wurde vor Angst ganz schlecht, als er an sich hinabschaute und feststellen mußte, daß er den Phaser nicht mehr in der Hand hielt. Hatte ihn die Panik so verrückt gemacht, daß er aus Versehen die Waffe weggeworfen hatte? Was war bloß in ihn gefahren, so einen dämlichen Fehler zu begehen?

Ihm war übel vor Angst. Verzweifelt zog er den Inhalt der Tasche hervor, um seine Unheilbringer mit eigenen Augen zu sehen.

Da lagen sie in seiner Handfläche: so kalt und glatt wie poliertes Metall, dunkel wie die Nacht und doch glitzernd wie geschliffene Juwelen. Es war so einfach, so einfach: Wenn er sie Skel gab, wäre dieser ganze Alptraum vorbei. Dann würde der Vulkanier ihn in Ruhe lassen, und er und sein Bruder könnten sich anschicken, das Schiff wieder funktionstüchtig zu machen.

Als er die begehrten Objekte ansah, hoben sich plötzlich die kleinen Oberteile. Es war inzwischen zu seiner Lieblingsbeschäftigung geworden zu beobachten, wie die Deckel sich öffneten und das seltsam pulsierende Regenbogenlicht nach außen drang. Es war beruhigend, entspannend ... aber er konnte sich nicht vorstellen, was für einen Wert diese kleine Spielerei für jemanden haben konnte.

Es war ihm nicht gelungen, sie durch eine Schleuse hinauszubefördern, aber er konnte sie in einen Abfall-Recycler werfen ...

Doch die Artefakte verfügten eindeutig über eine eigene Energiequelle, eine Kraft, die er noch immer nicht verstand. Wenn die Energie in ihnen zu stark oder mit dem Recycler nicht kompatibel war, könnte das einen Stromstoß und eine Explosion auslösen.

Er sah die Behälter blinzelnd an. Eine Explosion. Plötzlich gefiel ihm die Idee. Er stellte sich die tosenden Energien der Generatoren des kleinen Schiffs vor, wie sie den Gegenstand in Stücke rissen; das Entsetzen, der Schmerz, die Überraschung, wenn sein dummer Bruder und dieser schreckliche Vulkanier vor seinen Augen zerfetzt wurden.

(Nicht den Vulkanier und die Artefakte. Auf keinen Fall die Artefakte. Die Artefakte müssen beschützt werden ...)

»Aber irgend jemand soll *leiden*«, sagte Nabon grinsend, bevor er sich stöhnend unterbrach, als er den Klang seiner Stimme hörte. Was war das für ein Wahnsinn? Er selbst würde bei so einer Explosion doch auch umkommen ...

Als sein empfindliches Gehör ein Geräusch wahrnahm, sah er rasch von den sich schließenden Behältern auf. Ein Schritt? Er war zu lange hier drin geblieben. Er steckte die Objekte zurück in die Tasche und stürmte aus seinem Versteck, während sein Unterbewußtsein weiter interessante Möglichkeiten entwarf, das Schiff zu zerstören – falls er jemals die Zeit dazu fand.

»Das Schiff treibt nur noch aufgrund des Trägheitsmoments«, teilte Worf dem Captain mit, als sie sich dem Objekt näherten, das sie verfolgten. »Die Schutzschilde sind nicht aktiv. Der Traktorstrahl pulsiert noch immer, aber wir können ihm leicht ausweichen.«

»Jedenfalls ist es ein Ferengi-Schiff«, bemerkte Picard und grübelte über die seltsame Lage des Schiffes nach. Er hätte gern mehr über die Beschaffenheit und Gefährlichkeit der krankheitstragenden Artefakte gewußt. Er wollte seine Besatzung nicht unnötig gefährden, konnte die tödlichen Objekte aber auch nicht in den Händen skrupelloser Ferengi-Diebe lassen.

»Es ist außerdem dasselbe Schiff, das nach Skels Verschwinden von Vulkan abgeflogen ist«, sagte Riker. »Die Kennzeichnung auf dem Rumpf entspricht der, die die Vulkanier uns gegeben haben.«

»Mr. Worf, warum benutzt das Schiff nicht seinen Antrieb?« fragte Picard.

»Das ist noch unklar«, erwiderte Worf. »Unsere Sensoren haben ausreichende Energiereserven gemessen. Im Inneren des Schiffes ist es aber zu starken Beschädigungen gekommen, möglicherweise durch Phaserfeuer. Die Lebenserhaltung funktioniert noch, aber alle anderen Systeme sind entweder deaktiviert oder im Notbetrieb.«

»Wie viele Personen sind an Bord?«

»Es *waren* zwei Ferengi, aber einer von ihnen ist tot. Der andere lebt noch und läuft herum. Mehrere Bereiche des Schiffes sind abgeriegelt. Ein Vulkanier ist an Bord.«

»Lebt er noch?« wollte Picard wissen.

»Er lebt und ist bei Bewußtsein«, bestätigte Worf.

»Ein Vulkanier hätte den Ferengi wohl töten können, um sein Leben zu retten«, überlegte Riker, »oder um die Artefakte zu beschützen.«

»Möglich«, stimmte Picard zu, »Aber ... hätte er das wirklich getan? Ich bezweifle es. Das ist ein Wissenschaftler, Nummer Eins, kein Starfleet-Offizier.« Er wandte sich an die Counselor der *Enterprise*. »Danke, daß Sie gekommen sind, Deanna. Ich weiß, es war ein langer Tag für Sie. Aber können Sie auf dem Schiff irgend etwas wahrnehmen?«

Die Betazoidin betrachtete das Schiff einen langen Augenblick stumm. »Schreckliche Verwirrung. Angst. Die Gefühlsskala ist geradezu chaotisch. Natürlich sind die Ferengi ein ausgesprochen leicht erregbares Volk, aber das ist sogar für einen von ihnen ein beeindruckendes Feuerwerk von Emotionen.«

»Können Sie den Vulkanier spüren?«

Sie nickte. »Er ist da. Ich fühle seine Ruhe, sein Pflichtbewußtsein, seine zentrale Logik. Es ist, als befände er sich im Zentrum eines Gefühlssturm. Es muß grauenhaft für ihn sein.«

Nabon rieb grob über sein Gesicht. Es war schweißnaß, obwohl er vor Kälte zitterte. Er war krank, das war ihm klar, und es war eine Krankheit des Herzens. Der Seele. Aber wenigstens verstand er nun den Wert der Artefakte. Sie hatten ihn irgendwie infiziert, mit einer Seuche angesteckt. Er war vollkommen verwirrt. Der Vulkanier Skel hatte doch Forschungen über Kraftfelder betrieben, nicht über biologische Waffen ... Trotzdem hatten die kleinen Behälter Nabon mit einer Krankheit infiziert. Ob sie wohl tödlich war?

Er zitterte. Es war ihm egal, sein Bruder Dervin, sein Freund, sein DaiMon, war tot.

Auf seiner Flucht vor dem gerissenen Vulkanier

hatte Nabon eine komplette Runde durch das kleine Schiff gedreht. Skel war ihm stets auf den Fersen geblieben, und er hatte verzweifelt Schotten hinter sich zugeschlagen, um ihn auszusperren. Doch jedesmal war ihr ehemaliger Gefangener entkommen.

Und nun war er zurück in der technischen Abteilung und stand vor der erkaltenden Leiche seines Bruders. Als er ihn zuerst berührt hatte, befürchtete er, sein eigener Phaserschuß hab seinem Bruder das Leben geraubt, denn Dervin lag noch immer genauso auf dem Bauch, wie er ihn zurückgelassen hatte.

Dann hatte er die Leiche vorsichtig umgedreht und die großen Blutergüsse gesehen, die das Gesicht, die Brust und die untere Körperhälfte seines Bruders bedeckten. Jeder Zoll von Dervins Gesicht und Stirn war zerschmettert worden, wie von einem stumpfen Gegenstand.

Einem Phaser?

Nein, nein – ich hätte meinem eigenen Bruder nie etwas angetan ...

Andererseits hatte er auch geglaubt, er habe die Artefakte in die Schleuse gesteckt.

Nein. Nein. Dieser Mord war von jemandem mit größerer Körperkraft begangen worden. Dervins brutal zusammengeschlagener Körper verriet ihm die furchtbare Wahrheit: Welche Krankheit es auch war, die die schwarzen Behälter in sich bargen, sie hatte den Vulkanier befallen. Skel war wahnsinnig geworden und tobte durch das Schiff, ohne noch Interesse daran zu haben, seine geliebten Artefakte zurückzugewinnen.

Nun wollte er nur noch seine dunklen Phantasien an Nabon austoben.

Es mußte wirklich eine furchtbare Seuche sein, die einen friedliebenden Vulkanier in einen rasenden Mörder verwandelte. Niemand hatte einen solchen Tod verdient, nicht einmal sein Bruder. Nabon wußte, daß er schon bald so verrückt wie der Vulkanier sein und nicht mehr die Vernunft haben würde, vor seinem unausweichlichen Schicksal zu fliehen. Er rutschte immer häufiger in gewalttätige Tagträume. Es würde nicht mehr lang dauern, bis sie sein Bewußtsein vollkommen übernommen hatten.

Er sah wieder in Dervins zerfleischtes Gesicht, und unvermittelt überfluteten Bilder von dem Vulkanier, der seinem DaiMon das Leben aus dem Leib prügelte, seinen Verstand. Die Bilder waren so real, so eindringlich, daß sie ihn erbeben ließen – obwohl sie gleichzeitig eine perverse Lust in ihm weckten.

Diese Krankheit wünschte man selbst seinen schlimmsten Feinden nicht.

Nabon war nur froh, daß sie alle hier sterben und niemand je wieder mit der Seuche in Kontakt kommen würde.

Picard dachte düster über Trois Bericht nach. Ihm gefiel nicht, was er gehört hatte. Jedenfalls schien der Vulkanier normal zu sein. Und was wußte man schon über die Ferengi? Troi konnte ein solches Maß an Verwirrung schon bei einem ihrer Geschäftsabschlüsse wahrnehmen. Er teilte seiner Besatzung nichts davon mit, war aber entschlossen, das Ferengi-Schiff mit allen Insassen – auch dem Vulkanier – in die Luft zu sprengen, wenn die Krankheit sich bereits an Bord ausgebreitet hatte. Die *Enterprise* durfte nicht infiziert werden. Die politischen Auswirkungen würden schrecklich sein, aber darüber konnte er sich angesichts einer Krankheit, für die in achtzig Jahren keine Heilung gefunden worden war, keine Gedanken machen.

»Wie wäre es mit einem Außenteam?« fragte Riker, der neben Picard stand.

»Noch nicht«, entschied der Captain. »Ich will das Leben und die Gesundheit unserer Leute nicht unnötig aufs Spiel setzen. Aus diesem Grund werden wir das Schiff auch nicht an Bord holen. Mr. Worf, richten Sie einen Traktorstrahl auf das Gefährt und bremsen Sie es langsam ab.« Er berührte seinen Kommunikator. »Picard an Crusher.«

»Ich höre, Captain.«

»Sorgen Sie dafür, daß eine Quarantänezelle bereitsteht, Doktor. Möglicherweise werden wir mehrere Patienten hineinbeamen müssen.«

»Jawohl, Captain. Wir werden bereit sein.«

»Mr. LaForge«, wandte Picard sich an den Ingenieur, »sind die Isolationseinheiten für die Artefakte bereit?«

»Ja, Sir«, versicherte der Ingenieur ihm. »Der Computer hat die Koordinaten gespeichert. Jetzt müssen wir sie nur noch finden.«

Das war zumindest beruhigend. Die medizinischen Quarantänezellen müßten den Rest der Besatzung vor irgendwelchen ansteckenden Substanzen schützen. Und die Isolationseinheiten für die Artefakte waren doppelt abgesichert.

»Captain«, meldete Worf, »das Schiff der Ferengi wurde abgebremst. Und ich habe anscheinend eine Kommunikationsverbindung mit ihnen hergestellt. Ihre Kommunikationssysteme sind beschädigt, doch ich habe die Nachricht durch Ersatzschaltkreise geleitet. Ich verstehe nur nicht, warum sie das nicht längst selbst getan haben.«

»Vielleicht können wir sie das gleich fragen, Mr. Worf. Auf den Schirm, bitte.«

Nabon drehte sich um, als er hörte, wie ein Umgehungsbefehl eingegeben und akzeptiert wurde. Die Tür zur technischen Abteilung öffnete sich einen schmalen Spalt und verharrte dann wieder. Aber die Öffnung war breit genug für den schlanken Vulkanier. Als Skel die Brücke betreten hatte, schloß die Tür sich hinter ihm mit einem Knall.

Nabon strauchelte rückwärts vom mißhandelten Körper seines Bruder fort, bis er mit den Schultern gegen die beschädigte Steuerkonsole stieß. Panik durchflutete seinen Körper, Panik, wie er sie in seinem kurzen, unprofitablen Leben noch nicht gekannt hatte. Der Vulkanier kam ihm in seiner Tunika ungewöhnlich groß und stark vor. Er hielt ein kleines Gerät in der Hand, das Nabon für eine Waffe hielt, bis er erkannte, daß es ein kleiner Stasisgenerator aus dem Lagerraum des Flitzers war.

Zu seiner Überraschung blieb der Vulkanier vor der Tür stehen. »Sie können nirgendwo mehr hinlaufen«, sagte Skel ruhig, logisch. »Es gibt keinen Grund, diese Verfolgungsjagd fortzusetzen. Geben Sie mir die Artefakte, und alles ist vorbei.«

Nabon zitterte. *Für mich ist dann alles vorbei, wenn ich wie mein Bruder in deine mörderischen Hände falle.*

»Geben Sie sie mir, Nabon«, sagte der Vulkanier zu normal, fast schon freundlich.

(Ja, gib sie ihm ...)

Der gequälte Verstand des Ferengi lief auf Hochtouren. *Wenn ich tue, was er von mir verlangt, ist er erst einmal abgelenkt. Vielleicht kann ich dann fliehen.* Es war natürlich Wahnsinn, so zu denken, aber er war ja jetzt schließlich auch wahnsinnig. Er griff in die Tasche und zog die beiden Artefakte hervor, die sich nun wieder fest geschlossen hatten. Er legte sie auf den Boden, schob sie in die Mitte des Raums und ging dann zurück zur Leiche seines Bruders neben der Konsole.

Der Vulkanier näherte sich vorsichtig den Artefakten, hob sie auf und kehrte zur Tür zurück, als fürchtete er Nabon ebensosehr wie der Ferengi ihn.

Skel betrachtete die Artefakte genau. »Sie sind noch geschlossen«, sagte er, und seine Stimme schien erleichtert zu sein – so die Stimme eines Vulkaniers denn überhaupt solche Gefühle offenbaren konnte. Er öffnete die kleine Stasiskammer, legte die Behälter hinein und aktivierte das Gerät. Das Energiefeld erwachte summend – woraufhin Skel hörbar aufatmete.

Wenn mein dummer Bruder doch nur genau das getan hätte, dachte Nabon traurig, *könnte er noch leben. Es wäre so einfach gewesen. Doch jetzt ist es zu spät, das Ungeheuer in Schach zu halten. Jetzt hat es seinen Schatz. Jetzt hält ihn nichts mehr es davon ab, mich umzubringen.* Nabon kauerte verzweifelt hinter der Konsole und stellte sich vor, wie er gegen den Vulkanier kämpfte. Das lächerliche Bild ließ ihn nervös kichern. Wäre Dervin noch am Leben gewesen, hätte dieser so eine Dummheit wohl versucht, doch Nabon kannte seine Grenzen.

»Es gibt keinen Grund mehr, sich vor mir zu verstecken, Nabon«, sagte der Vulkanier ruhig. »Die Artefakte sind eingeschlossen. Wir sind wieder in Sicherheit. Wir können gemeinsam das Kommunikationssystem des Schiffs reparieren und einen Notruf aussenden, damit man uns rettet.«

Nabon blinzelte und versuchte, sich zu konzentrieren. Welche Hinterhältigkeit hatte der Vulkanier jetzt schon wieder im Sinn? Sein Vater hatte stets gesagt, die Spitzohren wären das törichtste Volk überhaupt, da sie kein Interesse an Profit, Kriegführung und nicht einmal Paarung hatten. Nabon hatte nie verstanden, warum sie überhaupt lebten, wenn ihnen all diese Dinge keinen Spaß machten. Skel war an der Tür stehengeblieben, was Nabon verwirrte. Ihm schien, daß der Vulkanier sich fast betont unbedrohlich verhielt.

»Sie wollen die Kommunikationssysteme gar nicht reparieren«, knurrte Nabon. »Sie wollen nur, daß ich freiwillig zu Ihnen komme – damit Sie mich töten können!«

Der Vulkanier hielt inne, und Nabon zuckte zusammen, weil er befürchtete, daß sich unerklärliche geistige Finger in sein Hirn bohrten. »Warum sollte ich Sie töten wollen, Nabon? Ich habe Sie nur verfolgt, um Ihnen die Artefakte abzunehmen, die ich seit Jahren erforsche. Außer Selbstverteidigung gibt es keinen logischen Grund, warum ich Sie verletzen sollte.«

In Nabons Kopf hämmerte es. Wovon spricht er da: Logik? Der Ferengi hob die Leiche seines Bruders, die immer noch mit dem Gesicht nach unten lag, und drehte sie auf den Rücken, damit der Vulkanier das zerfleischte Gesicht und den gebrochenen Schädel sehen konnte. »Ist das auch logisch, Vulkanier? Mein Bruder. Tot – von Ihnen *ermordet*!«

Skel trat einen Schritt zurück, als ob der Anblick ihn trotz all seiner Disziplin schockierte. »Nabon, ich versichere Ihnen, daß ich nicht dafür verantwortlich bin. Ich habe Ihren Bruder hier zurückgelassen, um Sie durch das Schiff zu verfolgen. Sie sahen mich aufholen und sind weggelaufen. Wann sollte ich die Zeit gehabt haben, diese Tat zu begehen? Es muß noch jemand an Bord sein – es sei denn, *Sie* hätten es getan.«

Nabon starrte mit vor Entsetzen weit aufgerissenen Augen den Vulkanier an. »*Ich?* Warum sollte ich meinem eigenen Bruder, meinem DaiMon, so etwas antun?«

Du hast die Waffe in die Schleuse geworfen, weißt du noch?

Weißt du noch?

Nein! schrie Nabon stumm den eindringenden Gedanken entgegen. *Ich weiß es* nicht *mehr …*

»Ich kenne nicht die Gründe für Gewalt bei Völkern, die derart starke Emotionen gewohnt sind«, sagte der Vulkanier, »aber ich konnte nicht übersehen, daß Sie sehr wütend auf ihn waren. Wenn nur wir drei an Bord sind und ich ihn nicht getötet haben kann, sind logischerweise Sie …«

Nabon schüttelte traurig den Kopf. »Sie haben ihn umgebracht. Meinen einzigen Bruder. Meinen DaiMon.«

Skel wollte gerade etwas auf diese Anschuldigung erwidern, als das Pfeifen eines eingehenden Funkspruchs die Stille im Schiff so abrupt durchbrach, daß Nabon erschrocken einen Satz machte. *Der Vulkanier hat recht*, dachte er einen ganz kurzen Moment, *es ist noch jemand an Bord!*

Aber ihm wurde klar, was das Geräusch bedeutete, als eine Computerstimme sich meldete. »Sie werden vom Raumschiff *Enterprise* gerufen. Bitte antworten Sie.«

Wir sind gerettet! dachte Nabon hoffnungsvoll. Doch dann fiel ihm etwas ein. *Die Seuche! Auf diesem Schiff müssen Hunderte von Lebewesen sein, Familien, Kinder … Sie werden alle vom Wahnsinn befallen und einen furchtbaren Tod finden.* Er sah auf den übel zugerichteten Körper seines Bruders. *Das kann ich nicht zulassen. Nicht einmal bei einem Föderationsschiff.*

(Aber die Artefakte … den Artefakten darf nichts geschehen …)

Die automatische Computerstimme ertönte erneut, und Nabon schwankte zwischen Aufopferung und Selbsterhaltung.

Picard sah auf den Bildschirm, auf dem die Ansicht des treibenden Schiffs verschwand und von dem stark gestörten Bild einer nicht besetzten Ferengi-Zentrale ersetzt wurde. Er ließ Worf den automatischen Ruf beenden und trat vor, um sich persönlich an die Besatzung zu wenden. »Hier spricht Captain Picard vom Föderationsschiff *Enterprise*. Ist da jemand, der unseren Ruf entgegennehmen kann?«

Es blieb still, und der Monitor zeigte nur den unheimlichen Anblick des verlassenen Raums.

»Den Sensoren zufolge«, sagte Data ruhig, »sind alle an Bord in Reichweite dieses Bildschirms – der überlebende und der tote Ferengi sowie der Vulkanier. Außerdem haben die Sensoren eine kleine Stasiskammer außerhalb der Reichweite der Kamera mit zwei Objekten darin entdeckt.«

»Die Artefakte?« dachte Picard laut. Hatte Skel die Ferengi überredet, sie ordnungsgemäß zu lagern? Eine

Stasiskammer reichte zwar keineswegs aus, war aber noch immer besser als gar nichts.

Aber das Aufnahmegerät zeigte ihnen nichts davon. Das Bild war fast schon klaustrophobisch klein. Sie konnten nur den Bereich im unmittelbaren Umfeld der Konsole sehen. Sie war schwer beschädigt, teilweise verkohlt und vor allem an der Steuerung vollkommen zerstört. Normalerweise würde bestimmt ein Offizier davor sitzen, und die Kamera wäre direkt auf sein Gesicht gerichtet. Wenn sie doch nur den Rest des Raums sehen könnten …

»Jemand zu Hause?« fragte Riker, während sie den seltsamen Anblick in sich aufnahmen.

»Mr. Worf«, setzte Picard an, »erfassen Sie die Positionen des Vulkaniers und dieser Stasiskammer. Halten Sie sich bereit, sie auf meinen Befehl hin an Bord zu beamen.«

»Jawohl, Sir«, bestätigte Worf.

»Falls der vulkanische Wissenschaftler Skel in Hörweite ist«, kündigte Picard dem anderen Schiff an, »bereiten Sie sich darauf vor, an Bord der *Enterprise* gebeamt zu werden. Jetzt, Mr. Worf.«

»Initialisiere Transport, Sir«, sagte Worf ruhig.

Als sie im Ferengi-Schiff das Pfeifen des Transporterstrahls hörten, tauchte plötzlich der Kopf eines Ferengi von unten vor der Konsole auf, als habe er auf dem Boden gelegen, und stürzte förmlich auf den Bildschirm zu. Die riesigen Ohren und der Schädel des Ferengi füllten den Monitor so schnell und unerwartet aus, daß die ganze Besatzung erschrocken zusammenzuckte.

»Föderationscaptain!« rief der Ferengi in nackter Panik. »Holen Sie den Vulkanier nicht an Bord! Sie müssen diese Gegend verlassen! Verschwinden Sie! Verschwinden Sie! Sie sind in Gefahr! Wir alle sind in Gefahr! Er ist wahnsinnig! Mein Bruder …«

Picard gab Worf ein Zeichen, den Ton abzudrehen, und bat die Counselor um eine Deutung.

»Er hat unglaubliche Angst«, teilte Deanna dem Captain mit. »Er macht sich Sorgen um *uns*. Um unsere Sicherheit. Aber er ist so hysterisch, daß ich sonst nichts empfangen kann.«

Picard sah Riker an.

»Glauben Sie, er weiß von der Bedrohung, die von der Krankheit ausgeht?« überlegte Riker.

»Halten Sie es für möglich, daß er die Krankheit hat?« erwiderte Picard und berührte seinen Kommunikator. »Dr. Crusher, haben wir den Wissenschaftler Skel in der Quarantänezelle? Und wenn ja, in welchem Zustand ist er?«

»Er ist hier, Sir«, antwortete Beverlys beruhigende Stimme. »Seine Forschungsobjekte wurden im Labor gesichert und scheinen nicht beschädigt zu sein. Und bis auf ein bißchen Schmutz und ein paar Kratzer scheint Wissenschaftler Skel in erstklassiger Verfassung zu sein. Die Biofilter haben nichts gefunden, auch eine ausführliche Untersuchung nicht. Er ist bei klarem Bewußtsein und ruhig, wenn auch ein wenig müde.«

Picard warf Troi einen Blick zu.

»Ich spüre nur ganz normale vulkanische Selbstkontrolle«, sagte Deanna.

»Haben wir noch eine Quarantänezelle zur Verfügung, Doktor?« fragte der Captain. »Wir haben hier einen Ferengi in zweifelhaftem Zustand.«

»Eine weitere Zelle steht bereit, Sir«, teilte Crusher ihm mit.

»Mr. Worf, stellen Sie bitte den Ton wieder an«, bat Picard.

»... hören mir gar nicht zu, Föderationscaptain! Sie kennen die Gefahr nicht! Sie wissen nicht von ...«

»Danke für Ihre Warnung«, unterbrach Picard scharf den Monolog des Ferengi. »Wir würden Sie gern auf unser Schiff beamen, um Ihren Gesundheitszustand zu überprüfen. Wir werden Ihren verstorbenen Kameraden für eine Autopsie an Bord holen.«

Die Augen des rasenden Ferengi weiteten sich noch mehr. »Nein! Nein, Sie dürfen uns nicht an Bord beamen! Und Sie müssen den Vulkanier und die Artefakte zurückschicken! Sie dürfen nicht …«

Picard verlor langsam, aber sicher die Geduld. »Jetzt hören Sie mir mal gut zu. Ob Sie wollen oder nicht, wir werden Sie auf unser Schiff beamen. Und wenn Sie erst einmal an Bord sind, werden wir Sie unter Arrest nehmen – wegen Diebstahl, Entführung, Verletzung interplanetarer Verträge …« Picard blieben die Worte im Hals stecken, als der kleine Fremde plötzlich seine Hände in die beschädigte Konsole steckte und fieberhaft zu arbeiten begann. »Lieutenant Worf, was *tut* er da?«

Worf überlegte kurz. »Er … er öffnet die Plasmaleiter seiner Batterien und läßt brennbares Gas in den Batterieraum strömen!« sagte er dann ungläubig.

Picard sah zur taktischen Station hinüber, doch noch bevor er einen Befehl brüllen konnte, rief Riker: »Traktorstrahl trennen! Schutzschilde aktivieren!«

Der Captain nahm unterbewußt wahr, daß Data, La-Forge und Worf zusammenarbeiteten, um diesen Befehl auszuführen, als die Brücke des Ferengi-Schiffes, die noch immer auf ihren Bildschirmen zu sehen war, sich auch schon in einen Feuerball verwandelte, der so grell leuchtete, daß Picard mit einer Hand seine Augen schützen mußte. Als die *Enterprise* von der Explosion in unmittelbarer Nähe zwar erschüttert, aber nicht beschädigt wurde, wurde ihm klar, daß der Traktorstrahl gerade rechtzeitig unterbrochen und die Schilde aktiviert worden waren. Im nächsten Augenblick war auf dem Bildschirm nur noch der Weltraum zu sehen … und eine kleine Trümmerwolke.

»Sir, das Ferengi-Schiff existiert nicht mehr«, meldete Worf.

Warum? fragte Picard sich verstört. »Konnten Sie eine eindeutige Motivation von ihm empfangen, Counselor?«

Sie schien von der Zerstörung des Schiffs schwer erschüttert zu sein, was auch Riker auffiel, der sie am Ellbogen festhielt und zu einem Sessel führte. Sie lehnte sich eine Zeitlang zurück und sammelte ihre Gedanken. »Die Panik seines Verstandes ist schwer zu beschreiben. Ganz zum Schluß gab es eine Flut von Bildern – die Liebe, die er für seinen Bruder empfand, die Trauer über seinen Tod ...«

Der verstorbene Ferengi, dachte Picard.

»... noch nicht überwundene Furcht, von dem Vulkanier verfolgt zu werden, und fürchterliche Angst davor, an Bord dieses Schiffes gebeamt zu werden.«

»Er wußte, daß ihn eine Anklage erwartete«, versuchte Riker den letzten Teil zu erklären.

Doch Deanna schüttelte den Kopf. »Nein, er hatte keine Angst vor einer Haftstrafe. Er hatte Angst, daß *uns* etwas zustoßen könnte. Ganz zum Schluß gab es eine Woge von vielen negativen Emotionen – Furcht, Trauer, Panik, Haß, brutale Wut –, und all das löste in dem Ferengi eine perverse Lust aus. Aber hinter alledem blieben stets ein Kern von Mut und die Gewißheit, daß nur *er* uns retten konnte. Er hat das Schiff zerstört, um uns alle zu retten.«

Auf der Brücke war es totenstill. Schließlich brach Picard das Schweigen. »Er muß überzeugt gewesen sein, sich mit der Krankheit infiziert zu haben. Anders kann ich es mir nicht erklären.« Er betätigte seinen Kommunikator. »Dr. Crusher, sind Sie sicher, daß Skel keinerlei Fremdorganismen in sich trägt?«

»Ja, Captain«, antwortete Crusher. »Ich habe von außerhalb der Quarantänezelle seine Abschürfungen und die Nachwirkungen von Phaserbeschuß aus nächster Nähe behandelt. Ansonsten ist er kerngesund.«

»Können Sie beurteilen, ob die Forschungsobjekte irgendwie beschädigt oder geöffnet worden sind?«

»Den Sensoren zufolge«, erwiderte die Ärztin, »sind sie vollkommen intakt. Soweit ich das abschätzen kann, wurden sie nicht geöffnet, und Skel versichert mir, daß sie nicht beschädigt worden sind, während sie in den Händen der Ferengi waren.«

Picard betrachtete die langsam auseinandertreibende Trümmerwolke, die einmal ein Ferengi-Schiff gewesen war. »Dr. Crusher, bitte belassen Sie Skel in voller Quarantäne, bis ich Gelegenheit habe, mit ihm zu sprechen.«

»Natürlich, Captain«, stimmte Beverly zu.

Picard wandte sich seiner Besatzung zu. »Es ist sehr bedauerlich, daß der Ferengi sich entschieden hat, Selbstmord zu begehen, bevor wir mehr über den Zwischenfall erfahren konnten. Skel und die Artefakte scheinen jedoch in Sicherheit und unbeschädigt zu sein. Nummer Eins, ordnen Sie bitte sofort einen Schichtwechsel an. Sie haben es alle verdient, eine Nacht durchzuschlafen. Gut gemacht.«

Picard war auf dem Weg zum Turbolift, als ihm etwas einfiel. »Counselor Troi? Darf ich Sie noch einmal belästigen?«

Riker starrte Deanna mit deutlicher Besorgnis an. Sie lächelte den Commander matt an, bevor sie zu Picard ging.

»Natürlich, Sir«, sagte sie mit gezwungener Fröhlichkeit. »Ich begleite Sie gern zu Ihrem Gespräch mit Wissenschaftler Skel.«

Picard nickte dankbar. Doch als sie den Turbolift betraten, mußte er sich doch fragen, was er da an Bord gebeamt hatte und ob er es sich wirklich leisten konnte, das ängstliche Gerede eines selbstmörderischen Ferengi zu ignorieren.

3

Dr. Beverly Crusher sah mit Bewunderung und Besorgnis zu, wie der vulkanische Wissenschaftler sich hinter dem transparenten Schutzschild der Quarantäneeinrichtung selbst um seine Schürfwunden kümmerte. Skel hatte ihr versichert, daß er sich im Umgang mit Medo-Scannern und Geweberegeneratoren gut auskannte, und die Geschicklichkeit, mit der er die Gerätschaften der Krankenstation einsetzte, bestätigten seine Fähigkeiten. Der große, schlanke Mann mit den silbernen Strähnen im zurückgekämmten schwarzen Haar bewegte sich mit der Gelassenheit und Anmut, die für seine Rasse so typisch waren, doch er hatte Schatten unter den ruhigen Augen, und seine Haut wirkte fahl. Er war vollkommen entkräftet, entschied Beverly, und ihre Annahme wurde von den diagnostischen Meßwerten an der Quarantänezelle bestätigt. Der Wissenschaftler erholte sich noch immer von den Auswirkungen des Phaserbeschusses, hatte seit über vierundzwanzig Stunden nichts zu sich genommen und litt an Übermüdung und den Folgen extremer Belastung. Größtenteils also Kleinigkeiten, erst recht für einen Vulkanier.

»Wenn der Captain mit Ihnen gesprochen hat, Skel«, sagte Beverly, »möchte ich, daß Sie etwas essen. Dann können Sie sich ausruhen und Ihrem Körper die Heilung überlassen. Sie können sich so viel Zeit für eine Heiltrance nehmen, wie Sie brauchen.«

Er sah zu ihr hinüber und senkte dann den Blick. »Ich bezweifle, daß ich die Zeit dafür haben werde,

Doktor, obwohl ich für Ihre Fürsorge sehr dankbar bin. Ich muß bei der Technikmesse meine Entdeckungen vorstellen. Und davor muß ich mich noch mit Kollegen beraten, die schon jetzt hier an Bord sind. Ich habe wertvolle Zeit verloren.«

Beverly seufzte. Sie wußte, es hatte keinen Zweck, mit einem Vulkanier zu diskutieren, ob die eigenen Bedürfnisse wichtiger als die Pflichterfüllung waren. »Aber Sie sollten zumindest ein wenig Zeit ...«

Im Vorraum hinter ihnen öffnete sich die Tür. Das mußte der Captain sein. »Entschuldigen Sie bitte, Skel. Ich muß etwas erledigen.« Der Wissenschaftler nickte ihr zu und setzte die Selbstheilung fort.

Picard und Troi erwarteten sie im Büro der Krankenstation.

»Diagnose, Doktor?« fragte Picard knapp.

Crusher nickte. »Seit unserem Gespräch hat sich nichts Neues ergeben. Skel hat geringfügige Verletzungen, die er gerade in der Quarantänezelle selbst behandelt. Ich kann keine Spur des ansteckenden Organismus finden – weder in ihm noch in den Behältern, die wir an Bord gebeamt haben. Ich habe außerdem unsere Sensormessungen der Artefakte mit denen verglichen, die man uns von Vulkan zugeschickt hat. Zumindest der Computer ist der Meinung, daß die Objekte in keiner Hinsicht verändert wurden.«

»Ihrer Meinung nach ist Skel also gesund, und die Artefakte sind nicht geöffnet worden«, faßte Picard zusammen.

»Das ist meine Meinung, Captain.«

Picard zog seine Jacke glatt und seufzte kurz – Crusher war sich nicht sicher, ob es Erleichterung darüber war, daß die Seuchengefahr gebannt war, oder ob er immer noch zögerte, die Gesundheit seiner Besatzung zu riskieren. Als Picard dann zu Troi hinübersah, folgte sie seinem Blick und fragte sich, was Deannas Anwesenheit überhaupt zu bedeuten hatte. Offenbar war ihre Neugier nicht zu übersehen, denn Picard klärte sie leise auf. »Ich wollte, daß auch die Counselor Skel untersucht. Wir wissen nur wenig über die Seuche, aber sie befällt den Verstand und ruft Zwangsvorstellungen, Halluzinationen und Wahnsinn hervor. Wenn Skel in der Frühphase der Krankheit steckt, kann eine Empathin es vielleicht herausfinden.«

Crusher nickte zustimmend. Obwohl sie überzeugt war, daß Skel nicht infiziert war, konnte man bei einer derart furchtbaren Seuche gar nicht vorsichtig genug sein. Sie wandte sich Deanna zu. »Möchten Sie jetzt zu ihm gehen?«

»Gern«, erwiderte Troi lächelnd. »Aber ich kann Ihnen schon jetzt sagen, Captain, daß ich seine vulkanische Ruhe bis hierher spüren kann. Alle starken Emotionen, die ich vom Ferengi-Schiff empfangen habe, sind verschwunden. Er weiß, daß er jetzt in Sicherheit ist und auch den Artefakten nichts mehr passieren kann. Sein Verstand ist in diese einzigartige Logikdecke gehüllte, in diesen warmen Schutzmantel der Vernunft.«

Während Picard Deanna zuhörte, lösten die besorgten Falten auf seiner Stirn sich ein wenig auf und verschwanden dann ganz. »Counselor, wenn Sie noch immer von Skels Gesundheit überzeugt sind, nachdem Sie mit ihm gesprochen haben, werde ich befehlen, ihn aus der Quarantäne zu entlassen. Stimmen Sie mir zu, Doktor?«

»Sicher«, sagte Crusher. »Ich sehe keinen Grund, ihn einzusperren, wenn er nicht krank ist.«

Picard nickte seinen beiden Offizieren zu. »Dann wollen wir unseren neuesten Gast endlich ordnungsgemäß begrüßen.«

Deanna Troi folgte Crusher und Picard in den Quarantänetrakt. Sie ließ sich ein wenig zurückfallen, um Zeit zu gewinnen, ihre Gedanken zu sammeln. Der

Zwischenfall mit dem Ferengi-Schiff hatte alle Beteiligten tief berührt, und so müde, wie sie war, fiel es ihr schwer, die überschäumenden Emotionen der Besatzung abzublocken, insbesondere die der Leute, die sie am besten kannte. Der ganze Tag war eine emotionale Achterbahnfahrt gewesen, von Fähnrich Itos Tod bis zur Hektik wegen der Technikmesse und dem beunruhigenden Zwischenfall mit Dr. Tarmud. Jedes einzelne Besatzungsmitglied war, abgesehen von Data, noch immer damit beschäftigt, die schwierigen Ereignisse des Tages zu verarbeiten, und es fiel Deanna schwer, sich auf die Diagnose des Geisteszustandes des Vulkaniers zu konzentrieren.

Insbesondere Captain Picard stand unter außergewöhnlicher mentaler Belastung. Trotz seiner introvertierten Zurückhaltung und seines professionellen Auftretens war er doch wie alle anderen anfällig für emotionalen Streß. Seine körperliche Nähe erleichterte es ihr nicht gerade, den Vulkanier unter all den anderen Psychen an Bord zu spüren.

Sie konzentrierte sich, als sie den Raum betrat, verbannte alle anderen Bewußtseinsinhalte und Gefühle an den äußersten Rand ihrer Wahrnehmung, um offener für das Individuum zu sein, das sie analysieren sollte: Skel, der offenbar schon versuchte, von einem kleinen Computer aus mit seinen Kollegen an Bord Kontakt aufzunehmen. Er war nach vulkanischen Maßstäben ein attraktiver Mann mit einem schmalen, kantigen Gesicht. Die Backenknochen waren ebenso stark ausgeprägt wie das Kinn. Deanna fielen vor allem seine Augen auf – strahlend grüne Iris mit schwarzen Rändern, wie Smaragde mit Onyxeinfassungen. Ihr Blick war so einnehmend, daß Troi sie gern genauer betrachtet hätte, doch er schlug fast sofort die Augen nieder.

»Willkommen an Bord der *Enterprise*, Wissenschaftler Skel«, sagte Picard. »Ich bin Captain Jean-Luc Picard. Ich bedaure sehr, daß wir Sie in Quarantäne nehmen mußten.« Er stand kerzengerade, die Hände hinter dem Rücken verschränkt, und obwohl sein Ton freundlich war, blieb er doch betont formell. Er lächelte auch nicht – alles, damit sein Gast sich so wohl wie möglich fühlen sollte. Seine Manieren waren, wie Deanna auffiel, tadellos vulkanisch. Sie bemühte sich, auch ihre eigene Haltung und ihren Gesichtsausdruck angemessen zurückzuhalten.

»Es ist nicht logisch, sich für ein vernünftiges, vorsichtiges Vorgehen zu entschuldigen, Captain.« Der Vulkanier sprach ruhig, zurückhaltend und ohne Emotionen.

Fast schon sorglos, dachte Troi, als sie sich auf seine Stimme konzentrierte und den Mann in der durchsichtigen Zelle mit ihrem Geist sondierte. Es war in gewisser Hinsicht eine Erholung nach den intensiven menschlichen Emotionen, die sie an diesem Tag durchlebt hatte.

»Die Sicherheit Ihrer Besatzung hat Vorrang«, fuhr Skel fort. »Meine Unterbringung hier ist völlig ausreichend. Dr. Crusher hat mir alles zukommen lassen, damit ich meine leichten Verletzungen heilen kann. Ich kann hier sogar schlafen oder mich mit meinen Kollegen beraten. Sie haben mehr als genug getan, um meinen Quarantäneaufenthalt so akzeptabel wie möglich zu gestalten.«

»Das ist das mindeste, was wir tun können, Sir«, versicherte Picard ihm.

»Captain Picard, haben Sie den Ferengi Nabon und die Leiche seines Bruders Dervin an Bord gebeamt?« fragte Skel.

Picard zögerte kurz und antwortete dann in sachlichem Tonfall. »Ich muß Ihnen leider mitteilen, daß der überlebende Ferengi – Nabon, sagten Sie? – das Schiff in die Luft gesprengt hat, nachdem wir Sie und die Artefakte an Bord gebeamt haben. Wir können von Glück sprechen, daß wir Sie noch retten konnten, bevor Nabon, sein Bruder und das Schiff vollständig zerstört wurden.«

Troi spürte, wie die Nachricht Skel überraschte und eine seltsame Welle von Emotionen auslöste. Die Gefühle wurden aber schnell mit den für Vulkanier üblichen Kontrolltechniken analysiert und unterdrückt.

»Es tut mir sehr leid, das zu hören, Captain«, sagte Skel. »Obwohl Nabon an meiner Entführung und dem Diebstahl meiner Forschungsobjekte beteiligt war, zeigte er doch große Logik im Umgang mit den Artefakten und hat versucht, sie in Sicherheit zu bringen. Ich bedaure seinen Tod. Ich bedaure diese ganze Angelegenheit. Ich werde die Sicherheitsvorkehrungen an der Vulkanischen Akademie der Wissenschaften überdenken müssen. Meine Kollegen und ich sind in den Jahren nach dem Wüten der Seuche wohl zu leichtsinnig geworden.«

»Skel«, bohrte Picard nach, »das Verhalten des Ferengi schien insgesamt sehr eigentümlich. Halten Sie es grundsätzlich für möglich, daß Sie der Seuche ausgesetzt wurden? Das könnte zumindest einen Teil von Nabons Reaktionen erklären, etwa die Zerstörung des Schiffes.«

»Ich kann das Verhalten des Ferengi nicht erklären, Captain«, gab Skel zu. »Doch wenn die Seuche den Artefakten entkommen wäre, wären sie geöffnet und ohne Energie zurückgeblieben. Als ich sie in die Stasiskammer der Ferengi sperrte, waren beide noch verschlossen. Wir wissen ganz sicher, daß eine Ansteckung erfolgt, wenn der Deckel geöffnet wird und ein Opfer mit dem Inneren der Behälter in Kontakt kommt. Wenn das Opfer erst einmal infiziert ist, ist der Behälter ›leer‹ und wirkt tot.«

»Als ich die Artefakte in der Stasiskammer der Ferengi erhielt, waren sie noch fest verschlossen, Captain«, versicherte Beverly ihm.

»Können Sie uns sagen, wie Dervin gestorben ist?« fragte Picard leise.

Skel seufzte. »Nein, Captain, leider nicht. Dervin hat versucht, die beiden Hälften eines der Artefakte zu öffnen. Da ich befürchtete, es könnte ihm gelingen, griff ich ihn an, doch ich zögerte, genügend Kraft einzusetzen, um Dervin zu überwältigen, solange er beide Artefakte fest in der Hand hielt. Sein Bruder Nabon betäubte uns beide schließlich, nahm die Behälter an sich und lief davon. Ich erholte mich als erster von dem Phaserbeschuß und nahm die Verfolgung auf. Ich ließ Dervin bewußtlos, aber lebendig zurück. Ich drehte eine Runde durch das gesamte Schiff und kam zu meinem Startpunkt zurück – auf die Brücke, wo ich Nabon über die Leiche seines Bruders gebeugt vorfand. Ich kann nur vermuten, daß er Dervin getötet hat, möglicherweise im Streit über den Umgang mit den Artefakten. Anders kann ich mir den Tod des älteren Ferengi nicht erklären.«

Picard sah zu Troi herüber. Er wollte den Vulkanier nicht beleidigen, indem er sie bat, seinen Bericht zu überprüfen, aber ihr war klar, daß der Captain die Bestätigung brauchte. Inzwischen war es ihr gelungen, die unzähligen Gefühle all ihrer Freunde und Kameraden zu unterdrücken und sich ausschließlich der Psyche des Vulkaniers vor ihr zu öffnen. Wieder fand sie nur die gewohnte Basis von Vernunft, Logik und Gelassenheit. Sie schloß die Augen und wagte sich ein wenig tiefer vor.

LAUF! LAUF, MEIN KIND! DIR DROHT HIER GEFAHR!

Troi taumelte einen Schritt zurück, dann noch einen, als der Drang wegzulaufen, zu fliehen, sie mit urtümlicher Macht überwältigte. Sie stöhnte und trat einen weiteren Schritt zurück, bis sie mit Dr. Crusher zusammenstieß.

»Deanna, was ist los?« fragte Beverly, packte sie an den Armen und stützte sie.

Trois Herzschlag war in die Höhe geschnellt, und sie rang nach Luft. Picard sah sie bestürzt an. Sie schluckte trocken, richtete sich auf und riß sich wieder zusammen.

»Counselor?« fragte der Captain. Er schaute mißtrauisch zwischen Troi und dem Vulkanier hin und her.

Skel wich ihrem Blick aus. Sein Gesicht war so gefaßt wie das jedes anderen Vulkaniers, aber sie wußte jetzt, daß er grundsätzlich anders war als jeder Vulkanier, dessen Geist sie jemals berührt hatte. Sie sah ihn an, eine Erklärung erwartend.

»Bitte verzeihen Sie mir, Counselor«, sagte der Wissenschaftler leise. Sie glaubte zu ihrem großen Erstaunen fast, so etwas wie Scham in seiner Stimme zu hören. »Ich bin noch nie mit einer Betazoidin in Kontakt gekommen. Ich hatte gehofft, Sie würden es nicht bemerken.«

»Was bemerken?« fragte Picard scharf.

Crusher hielt einen Medo-Tricorder in der Hand und untersuchte Deanna damit, um dann die Meßwerte mit denen aus der Quarantänezelle zu vergleichen. »Ja, das möchte ich auch gern wissen.«

Deanna schluckte noch einmal, und Picard holte ihr ein Glas Wasser.

»Es ist meine Schuld, Captain«, erklärte der Vulkanier, während Deanna trank. »Ich hätte sie warnen sollen, aber ich hätte nicht gedacht ...« Er atmete heftig aus und begann noch einmal von vorn. »Als die Seuche, die die Artefakte verbreiteten, auf Vulkan wütete, war ich zehn Jahre alt. Mein Vater wurde infiziert. Er wurde verrückt und tötete meine Mutter T'Reth auf brutale Weise. Ihre letzte Handlung war, mich mit einem mentalen Warnschrei zu wecken und mir die Flucht zu ermöglichen. Jedoch haben die Erlebnisse, die ich in jener Zeit durchlitt – den Wahn meines Vaters zu sehen, die Qual und den Tod meiner Mutter zu spüren, ihre mentalen Schreie zu spüren – bei mir langfristige psychische Schäden hervorgerufen. In Zeiten großer Belastung sucht mich die Warnung meiner Mutter und die Furcht heim, die sie in mir ausgelöst hat, und stört meinen Schlaf und meine Reaktionen auf normale Reize. Entführt werden, in Lebensgefahr sein, befürchten, daß die Artefakte andere anstecken könnten – all das hat die Ängste meiner Kindheit wiedererweckt und sie in die Gegenwart geholt. Die Stimme meiner Mutter scheint unkontrolliert durch meinen Verstand zu hallen.« Er sah Deanna ernst an. »Ich entschuldige mich nochmals, Counselor. Ich dachte, ich könnte mich abschirmen, aber ich hätte Sie warnen sollen.«

»Es ... geht mir gut«, teilte sie ihren besorgten Freunden mit. »Ihre Erklärung macht meine Wahrnehmung verständlich. Sie kam nur so unerwartet. Ich empfange normalerweise nur Gefühle und Eindrücke. Aber ... Es war, als hätte ich die Stimme Ihrer Mutter gehört. Das muß ein grauenhaftes Erlebnis gewesen sein, Skel. Es tut mir furchtbar leid, daß Sie mit dieser schwierigen Erinnerung leben müssen.«

»T'Reths Stimme kann beängstigend sein, doch sie hat mich schon oft vor drohender Gefahr gewarnt«, erwiderte der Vulkanier. »Es ist unlogisch, daran zu glauben, aber ich habe mit den Jahren gelernt, daß ich mich darauf verlassen kann. Meine Mutter war eine tapfere und couragierte Frau. Es gibt Schlimmeres, als ihre Stimme in meinem Kopf zu hören, wie sie mich warnt und nach all den Jahren seit ihrem tragischen Tod noch immer um mein Leben kämpft. Ich danke Ihnen für Ihr Verständnis.«

Deanna fiel auf, daß sie Picard immer noch nicht gesagt hatte, was er wissen wollte, und daß er noch immer wartete. »Wissenschaftler Skel sagt die Wahrheit, soweit er sie kennt. Die mächtigen Emotionen in ihm sind angesichts seiner Kindheit verständlich. Er scheint geistig gesund und vollkommen frei von allen Erregern.«

»Glauben Sie, daß es ungefährlich ist, Skel aus der Quarantäne zu entlassen?« fragte Picard nachdrücklich.

Sie sah den Wissenschaftler wieder an, betrachtete sein ausgeglichenes vulkanisches Äußeres. »Ja, ich glaube, er stellt keine Gefahr dar.«

»Warum wollen Sie dieses Risiko eingehen, Captain?«, warf Skel ein. »In diesem Raum kann ich meiner Arbeit nachgehen und mich mit meinen Kollegen besprechen. In ein paar Tagen werden wir die Technikmesse erreicht haben. Bis dahin werden Sie Ihre Antwort hinsichtlich meines Gesundheitszustandes haben. Warum kann ich nicht einfach hierbleiben, damit Sie ganz sicher gehen?«

Picard schien ernsthaft über diesen Vorschlag nachzudenken, als Crusher sich einmischte. »Captain, vielleicht fühlen Sie sich sicherer, wenn Sie sich die Artefakte ansehen, die Skel vor dem Ferengi gerettet hat.«

»Eine hervorragende Idee, Doktor«, sagte Picard, als würde ein Ortswechsel ihn erleichtern. Er sah die Betazoidin an. »Counselor, sind Sie imstande, uns zu begleiten?«

»Jawohl, Sir«, sagte sie. Sie schaute noch einmal zu dem grauhaarigen Vulkanier zurück, konnte sich jedoch nicht überwinden, wieder in seine Gedanken einzudringen. Sie würde fast alles tun, um diese grauenvolle Kindheitserinnerung nicht nochmals deuten zu müssen.

»Ich bin Ihnen dankbar, daß Sie vorgeschlagen haben, woanders hinzugehen, Doktor«, sagte Picard, als sie auf dem Weg zu der Quarantäneabteilung, in der sich die Artefakte befanden, den primären Bereich der Krankenstation betraten. »Deanna, sind Sie wirklich in Ordnung? Sie sind ja kreidebleich!«

Sie legte dem Captain beruhigend eine Hand auf den Arm. »Jetzt geht es mir schon wieder besser, Sir. Es war nur der unerwartete Gefühlsschock. Und dann auch noch die Emotionen eines Kindes, vielleicht die stärksten, die es gibt. Daß sie von einem Vulkanier kamen, war besonders seltsam. Ich war einfach nicht darauf eingestellt. Aber er sagt eindeutig die Wahrheit, Captain. Sie können Skel ganz bestimmt aus der Quarantäne entlassen.«

Picard sah Crusher an, als solle sie Trois Darstellung bestätigen. »Die Messungen, die ich an Deanna vorgenommen habe, als sie auf die Psyche des Vulkaniers reagierte, entsprachen seinen eigenen so genau«, sagte Crusher, »daß ich wußte, daß sie tatsächlich mit ihm verbunden war. Das war nicht ihre übliche betazoidische Sondierung, bei der sie Gefühle wahrnimmt und Geisteszustände spürt. Da er Telepath und auch noch mit diesen emotionalen Erinnerungen belastet ist, hat er vielleicht ihre mentale Sondierung verstärkt.«

Die drei setzten ihren Weg zur Quarantäneabteilung fort. »Wenn Sie beide der Meinung sind, daß man ihn entlassen kann, stimme ich dem zu«, sagte Picard.

Crusher ging voran, als sie das Labor betraten, und führte die beiden zu einem transparenten Behälter, der wie die Miniaturausgabe von Skels Zelle aussah. Darin lagen zwei unscheinbar aussehende schwarze Gefäße. Sie erinnerten Deanna an die wunderschönen Muscheln von Betazed. Das Licht brach sich auf der glatten Oberfläche der Artefakte und funkelte in schimmernden Pastellfarben – gelb, grün, blau, rosa.

Crusher deutete auf den Behälter. »Das sind sie! Innen werden die Artefakte von doppelten Eindämmungsfeldern umgeben, außen von einem Sicherheitskraftfeld, so daß nichts hinein- oder herausgelangen kann. Die Kraft- und Eindämmungsfelder haben bestimmte Aktivierungskodes, die der Computer festgelegt hat. Nur ich und Sie, Captain, haben Zugriff auf die Kodes.«

»Wollen Sie etwa sagen«, fragte Picard ungläubig, »daß dieser ganze Wirbel diesen beiden kleinen Dinger gilt?«

»Ich fürchte, ja.« Crusher schüttelte langsam den Kopf. Offensichtlich konnte sie es ebensowenig fassen wie der Captain.

»Sie sehen kaum bedrohlicher aus als eine terranische Miesmuschel!« Er beugte sich hinab, um sie genauer zu betrachten.

»Das mag sein«, gab Crusher zu bedenken, »aber man darf sich von Äußerlichkeiten nicht täuschen lassen. Ich kann Ihnen zwar nicht sagen, was sich darin befindet, weiß aber, daß es von einem selbsterzeugten Kraftfeld festgehalten wird, das von einer internen Energiequelle gespeist wird. Es könnte von außen nicht geöffnet werden, auch nicht mit der gesamten Energie, die dieses Raumschiff produzieren kann. Sie können nur durch Auslösemechanismen von innen geöffnet werden – Mechanismen, über die man noch immer fast nichts weiß. Wir hätten gar nicht die technischen Möglichkeiten, etwas Vergleichbares zu erschaffen, und können nur Vermutungen anstellen über die Wesen, die diese Gebilde geschaffen haben.«

»Die Vulkanier gehen also davon aus, daß dies bewußt erschaffen wurde?« fragte Picard. »Sie glauben nicht, daß es sich evolutionär entwickelt hat?«

»Die derzeit gängige Theorie besagt, daß es sich um ein Transportmittel für eine Art hochentwickelte biologische Waffe handelt«, sagte Beverly.

Picard nickte. »Ich habe gehört, daß sie sehr alt sein sollen. Hat man schon die Beschriftung auf den Schalen entziffert?«

»Noch nicht. Sie haben wohl nur einen Satz übersetzen können, mehr nicht.«

»Vielleicht würde Mr. Data gern mal sein Glück versuchen«, überlegte Picard. »Er hat ein einzigartiges Talent dafür, Sprachdaten miteinander zu vergleichen. Er könnte einen Zugang dazu bekommen, der den Vulkaniern verschlossen ist. Ich werde Skel fragen, ob er damit einverstanden ist.« Picard richtete sich wieder auf und wandte sich an Deanna. »Sie können nicht zufällig irgend etwas von ihnen … spüren, Counselor?«

»Wie sollte sie das?« rutschte es Beverly heraus. »Es sind keine intelligenten Wesen. Ich bin mir noch nicht einmal sicher, ob die Vulkanier sie überhaupt als lebendig ansehen.«

Deanna hatte den beiden Offizieren zugehört und währenddessen die kleinen, unscheinbaren Artefakte gemustert. Es war ein eigentümliches Gefühl, sie so anzustarren, wie man eine Giftschlange in einem Glaskäfig betrachten würde – eine Schlange, die wußte, daß sie in einem Käfig war und nur deshalb keinen Angriffsversuch unternahm. Eine Schlange, die nur auf eine günstige Gelegenheit wartete.

»Counselor?« fragte Picard erneut. »Spüren Sie etwas?«

Wieder hörte sie jene schreckliche Stimme, jenen Urschrei einer Mutter, die ihr Kind beschützt.

LAUF! LAUF, MEIN KIND, LAUF! LAUF UM DEIN LEBEN!

Nur hörte sie dieses Mal die Stimme *ihrer* Mutter – Lwaxana, die sie anflehte zu fliehen, von hier zu verschwinden und ihr Leben zu retten.

Troi riß sich zusammen. Ihr war klar, daß sie lediglich auf die traumatische Wirkung der Erinnerungen Skels reagierte. Deanna sah kurz Picard an und widmete sich dann wieder den Artefakten.

Vulkanier übten ihre Telepathie in der Regel durch Berührung aus. Aufgrund der Kraftfelder, die die Artefakte stets abschirmten, und der Ansteckungsgefahr, war wohl keinem Vulkanier je erlaubt worden, diese Objekte zu berühren. Sie mußte selbst herausfinden, ob eine Lebensform in diesen Schalen hauste, die vielleicht, so unwahrscheinlich dies auch schien, sogar intelligent war.

Deanna öffnete den Artefakten in ihrem Eindämmungsfeld zögernd ihre empathischen Sinne.

MACHT!

Es hämmerte wie Faustschläge auf ihren Schädel ein, als eine Sintflut von Sinnesreizen plötzlich in ihren Verstand eindrang. Ihr Kopf peitschte zurück, als hätte man sie geschlagen, und sie hob instinktiv die Hände, um den Angriff abzuwehren.

»Was geschieht mit ihr?« hörte sie Picard fragen. Seine Stimme war von Besorgnis gezeichnet. Doch sie konnte ihm nicht antworten. Sie konnte nur darum kämpfen, nicht den Verstand zu verlieren.

Etwas packte ihre Arme: Crusher, Picard, dann schrie Beverly, doch Deanna verstand die Worte nicht, konnte gar nichts mehr tun, mußte sich in einen Strudel aus Haß und Wut ziehen lassen. Sie nahm unterbewußt wahr, daß Picard sie hochhob und mit ihr aus dem Zimmer stürmte, als könne er vor der Katastrophe und dem bevorstehenden Untergang davonlaufen.

»Deanna! Deanna!« rief Beverly, während die Empathin hinabwirbelte, immer tiefer hinab, in die Hölle. »Deanna! Brechen Sie den Kontakt ab! Sie können es schaffen! Bitte brechen Sie ihn ab!«

Eine Ohrfeige ... wie aus weiter Entfernung, ein flüchtiger Moment körperlichen Schmerzes, wie ein Rettungsring inmitten eines tosenden Ozeans aus überwältigender Wut, Raserei, Schrecken und Verzweiflung. Troi griff mit dem Geist danach.

Die nächste Ohrfeige. Und die nächste, kräftiger ...

Die Schläge schüttelten sie; sie schnappte wie eine Neugeborene nach Luft und brach endlich den Kontakt ab.

Das Gefühl von Normalität, von der Befreiung von geistiger Todesangst, brachte ihr unendliche Erleichterung. Deanna atmete bebend tief ein und sah sich um: Sie lag auf einem Diagnosebett im äußeren Bereich der Krankenstation, so weit wie möglich von den Behältern entfernt, und sowohl Picard als auch Beverly sahen sie zutiefst bestürzt an.

»Deanna, Gott sei Dank!« stieß Crusher hervor, als sie die Anzeige ihres Medo-Tricorders betrachtete. »Jetzt sind Sie außer Gefahr, aber das war knapp.«

Picard betrachtete Dr. Crusher mit einer Mischung aus Sorge, Ärger und Wißbegier. »Was ist da drinnen geschehen?«

»Ihre Körperfunktionen haben versagt«, erklärte Crusher ungläubig, während sie noch immer die Meßwerte studierte, »und ihr Gehirn ...« Die Ärztin schüttelte den Kopf. »Ihr Gehirn hat versucht, seine neuralen Bahnen zu etwas vollkommen anderem umzubauen. So etwas habe ich noch nie gesehen – das heißt, vielleicht einmal. Ich habe von einem ungewöhnlichen Virus gelesen, das vor über hundert Jahren die Gehirne seiner Opfer an seine Bedürfnisse angepaßt hat. Die Opfer waren lebendig, aber keine Humanoiden mehr und in der Alptraumwelt eines fremdbestimmten Bewußtseins gefangen. Das ist der einzige ähnliche Fall, der mir einfällt. Aber Deannas Körper starb, während ihr Gehirn keinerlei Reaktion auf das Versagen ihrer Organe zeigte. Ich verstehe das einfach nicht. Noch nicht einmal ansatzweise. Es ist völlig unlogisch.«

»Was haben Sie gefühlt, während es geschah?« fragte Picard sanft.

»Was ich gerade durchgemacht habe«, sagte Deanna bebend, »war tausendmal schrecklicher als Skels furchtbare Erinnerungen. In diesen Behältern steckt kein Leben, wie wir es verstehen, Captain. Es ist etwas ganz anderes. Es ist organisiert, mächtig, gewissenlos und raubgierig. Aber es ist nicht direkt Leben – kein Virus, sondern viel kleiner und unvorstellbar gefährlicher. Und sein Hunger, seine Begierde sind unersättlich. Es ist abgrundtief *böse*.«

Picard wich bei dem letzten Wort zurück. »Ist es gebaut worden«, fragte er dann nach kurzem Überlegen, »oder hat es sich entwickelt?«

Sie schüttelte bedächtig den Kopf. »Vielleicht beides. Sein Kern, seine Essenz ist wohl natürlich. Man hat es, vermute ich, erkannt, gefangen und dann hochgradig konzentriert – als würde man eine Todesfee fangen und in eine Flasche sperren. Es wurde künstlich konzentriert, verstärkt und verbessert. Die Vermutung der Vulkanier über seinen Zweck ist wohl richtig: Es ist eine Kriegswaffe.«

Sie schloß die Augen und versuchte, nicht allzu lebhaft an den schrecklichen Augenblick der Verbindung mit der unirdischen Macht zurückzudenken. »Es hat seine Feinde wie seine Schöpfer zugleich verschlungen ... bis es niemanden mehr gab, der den Wahnsinn aufhalten konnte, den man erschaffen hatte.«

Worf betrat leise das Zimmer seines Sohnes. Alexander schlief jetzt tief und fest, aber er mußte vorher geträumt haben, denn die Decken waren überall, nur nicht auf seinem Körper, und das Kissen lag auf dem Boden. Über der Ecke von Alexanders Schreibtisch schwebte das Hologramm eines einzelnen Auges in der Luft und blinzelte Worf an, als sei es intelligent.

Wo hat er das nur wieder her? fragte der Klingone sich. Er ging zu dem Zyklopenauge, um es auszuschalten, aber es funkelte ihn dermaßen bösartig an, daß er seine Hand zurückzog. *Natürlich,* machte Worf sich klar, *es ist das allsehende Auge eines klingonischen Kriegers!* Er ließ es schmunzelnd in Ruhe. Die Vorstellung, daß das Auge die ganze Nacht seinen Sohn bewachte, amüsierte ihn.

Worf hob vorsichtig das Kissen auf und ließ es unter den Kopf des Jungen gleiten. Dann deckte er ihn zu. Wäre Alexander wach gewesen, hätte er sich über die zärtliche Geste furchtbar aufgeregt. Doch Worf wußte noch genau, wie sein Vater für ihn das gleiche getan hatte, wenn er glaubte, sein Sohn schliefe. Worf liebte sein Kind mit der wilden Hingabe eines Kriegers und zärtlichen Fürsorge eines Vaters. Nur wenige außerhalb der klingonischen Familie sahen jemals diese Seite des kriegerischen Volkes, aber es gab sie trotzdem. Worf bedauerte nur, daß er die Phase in Alexanders Leben verpaßt hatte, in der er ihn sanft in seinen starken Armen hätte halten können, um ihm Geschichten von siegreichen Schlachten und blutigen Zweikämpfen zuzuflüstern. Heute würde Alexander das nicht mehr mitmachen.

Er beugte sich über seinen Sohn, um ihn auf die hohe Stirn zu küssen, als zu seiner Überraschung der Türsummer leise ertönte. *Wer könnte das so spät noch sein?* Wäre es eine Schiffsangelegenheit, hätten der Captain oder Data, der in der Nachtschicht die Brücke hatte, ihn über den Kommunikator gerufen.

Er verließ das Zimmer seines Sohnes und kehrte ins Wohnzimmer zurück. »Herein!« rief er barsch.

Er war sprachlos, als er die Wissenschaftlerin Kyla Dannelke vor seiner Tür stehen sah. Sie trug nun ein sehr attraktives, saphirblaues Gewand mit tiefem Ausschnitt, das die hellen Augen in ihrem verwirrend blassen Gesicht zum Leuchten brachte. Sie hatte ihr fast weißes Haar ausgebürstet, so daß es ungeflochten über ihre Schultern fiel.

Ihr Anblick rief widersprüchliche Gefühle hervor: Worfs Entrüstung über ihre Vorurteile wurde von ihrer offenen Art besänftigt sowie von ihrer Bereitschaft, sich eines Besseren belehren zu lassen.

Und außerdem ließ sich wirklich nicht abstreiten, daß sie, trotz ihrer menschlichen Züge, eine starke und attraktive Frau war.

Dieses innere Eingeständnis verursachte eine Welle von Schuldgefühlen, als würde er seiner toten Gefährtin untreu werden, K'Ehleyrs Andenken schänden.

Doch als Kyla bei seinem Anblick lächelte, war dies ein Ausdruck solch ehrlicher, unverhohlener Freude und Zuneigung, daß Worf sich dem Charme dieser Geste nicht gänzlich entziehen konnte. Er preßte die

Lippen aufeinander und erlaubte seinen Mundwinkeln, sich kaum merklich zu heben. Stärker konnte er ihr Lächeln zu diesem Zeitpunkt noch nicht erwidern.

Und so blieb er formell und ernst. »Dr. Dannelke«, sagte er schließlich, »es ist schon spät. Ich bin gerade vom Dienst gekommen. Jetzt kümmert sich eine andere Besatzung um Ihre Bedürfnisse. Sie müssen nur den Computer bitten ...«

»Darf ich hereinkommen?« unterbrach sie ihn, und trat so weit vor, daß die Tür sich hinter ihr schloß, noch bevor Worf ablehnen konnte. Unbefangen schritt sie durch das Wohnzimmer. »Also ... das hätte ich wirklich nicht erwartet.«

Worf vergaß den Mund zu schließen. Noch nie hatte er bei einem Menschen ein derart offenes, dreistes Benehmen gesehen. Sie verhielt sich ja wie eine Klingonin!

Dieser Gedankt löste Schuldgefühle und Wut aus, den gleichen Zorn, den er empfunden hatte, als er Alexander ausgeschimpft hatte. *Diese Frau hat überhaupt nichts mit deiner Mutter gemein!*

»Dr. Dannelke, ich weiß nicht, was Sie wollen, aber ...« Er blinzelte, als er endlich darauf reagierte, was sie gerade gesagt hatte. »Was wollen Sie damit sagen ... das hätten Sie nicht ›erwartet‹?«

»Dies ist nicht das Quartier eines *klingonischen Kriegers*«, behauptete sie grinsend. »Klingonische Unterkünfte sind schlicht. Krieger schlafen auf harten Stein- oder Metallplatten. Bequemlichkeit ist für die *Schwachen*. Das habe ich diesen Nachmittag nachgeschlagen, nach unserem Gespräch. Es stimmt doch, oder? Und was ist das hier? Ein ziemlich gemütliches Quartier, Lieutenant.«

Worf knirschte mit den Zähnen und atmetet tief ein, um seine Nerven zu beruhigen. Bei dieser Frau konnte man wirklich aus der Haut fahren! »Ich habe auf klingonischen Schiffen und auf einigen der Föderation gedient. Auf klingonischen Schiffen habe ich klingonische Unterkünfte gehabt, wie Sie sie beschrieben haben. An Bord von Föderationsschiffen wohne ich wie ein Offizier der Föderation. Es ist praktisch, und die anderen Besatzungsmitglieder fühlen sich wohl, wenn sie mich besuchen. Falls *Sie* das irgend etwas angeht!«

Seine Verärgerung beeindruckte sie nicht im geringsten. »Aber ganz bestimmt entspricht doch Ihr privates Quartier – Ihr *Schlafzimmer* – dem traditionellen klingonischen Stil? Harter Block. Kein Kissen.« Sie ging auf die Tür zu Alexanders Zimmer zu; offenbar nahm sie an, daß sie zu Worfs Schlafraum führte.

»Halt!« sagte er leise, da er seinen Sohn nicht aufwecken wollte.

Sein Zögern erlaubte ihr, die Tür zu erreichen und zu öffnen. Worf blieb neben ihr stehen, als sie endlich begriff, wessen Zimmer dies war.

»Ach, ist das nicht süß!« flüsterte Dannelke leise, als das klingonische Auge sie von seinem Computer aus anfunkelte. »Er hat mir nach der Technikmesse über seinen Computer eine Botschaft geschickt, zusammen mit einem Programm, das er geschrieben hat. Er wollte ein kleines Auge konstruieren, das meinem großen auf der Ausstellung ähnelt, und brauchte ein wenig Hilfe dabei. Ich habe sein Programm verbessert und es ihm zurückgeschickt. Aber er hat es verändert! Es war ursprünglich ein menschliches Auge, aber jetzt ist es eindeutig klingonisch. Was für ein begabter Junge!«

Worf spürte, wie sein Ärger verrauchte, als die Wissenschaftlerin so offen seinen Sohn bewunderte. Er nahm sie respektvoll am Arm und zog sie sanft vom Eingang zurück, damit die Tür sich wieder schließen konnte und sie den Jungen nicht aufweckten.

»Vielen Dank, daß Sie sich die Zeit genommen haben, sich um sein Programm zu kümmern«, sagte er aufrichtig. »Ich weiß, daß Sie so kurz vor der Technikmesse mit Ihrer eigenen Arbeit genug zu tun haben.«

»Sie haben einen sehr charmanten Sohn, Lieutenant«, sagte Dr. Dannelke. »Es ist schwer, ihm etwas abzuschlagen. Aber ich kann nicht übersehen, daß er nicht wie ein Klingone schläft.« Hätte auch nur eine Andeutung von Sarkasmus in ihrer Stimme gelegen, hätte Worf endgültig die Selbstbeherrschung verloren. Doch ihre Bemerkung war einfach nur neugierig; offensichtlich interessierte sie sich ernsthaft für das Kind.

»Alexanders Mutter war halb menschlich, er ist also gemischter Herkunft«, gab Worf zu, wobei ihm mehr als nur ein wenig unwohl war. »Er kommt viel mehr auf sie als auf mich heraus. Es genügt mir, ihn mit klingonischer Kultur vertraut zu machen und ihn selbst entscheiden zu lassen, was er davon übernehmen will und was nicht.«

Zum ersten Mal versagte Dannelkes Dreistigkeit. Sie schlug die Augen nieder und sah sich schuldbewußt in der Unterkunft um. »Und Mrs. Worf ... die schläft wohl?«

Die Absicht hinter der Frage war so offensichtlich, daß Worf ein schwaches Lächeln nicht unterdrücken konnte, doch gleichzeitig wurde ihm noch ein wenig unwohler. »Würde sie schlafen, wäre sie vom Geruch einer unbekannten Frau in ihrem Quartier sofort aufgewacht. Nein, Dr. Dannelke, es gibt keine ›Mrs. Worf‹. Meine Gefährtin K'Ehleyr, Alexanders Mutter, wurde vor langer Zeit von einem unserer Feinde getötet.«

Sie hielt sich eine Hand vor den Mund, als wolle sie einen überraschten Schrei zurückhalten. »Das ist ja furchtbar. Ach, das tut mir ja so leid für Sie, und vor allem für Alexander. Ich habe wirklich alles falsch gemacht, Lieutenant!«

Er hatte keine Ahnung, was er sagen sollte, also schwieg er und wartete, bis sie ihre Fassung zurückgewonnen hatte.

»Ich bin aus zwei Gründen gekommen«, gab sie endlich zu, »aber der erste und wichtigste ist ... ich wollte mich entschuldigen. Statt dessen bin ich in Ihr Leben geplatzt, habe Ihre und Alexanders Intimsphäre verletzt und traurige Erinnerungen geweckt. Es ist mir schrecklich peinlich.« Sie trat näher an ihn heran und sah ihm wie eine Gleichberechtigte in die Augen. Das war sehr mutig von ihr, und er mußte sie unwillkürlich dafür bewundern. Die meisten Nicht-Klingonen hätten so etwas nicht gewagt. »Ich wollte mich für mein Verhalten entschuldigen. Ich habe mich wie eine intolerante, ignorante Hinterwäldlerin benommen. Ich habe Sie beleidigt, und es tut mir leid. Ich habe keine Erklärung dafür. Ich weiß fast nichts von Ihrer Kultur und Ihrem Volk und bin nur selten mit Klingonen zusammengekommen. Das wollte ich ändern. Deshalb werde ich Artikel über dieses Thema lesen, aber Sie haben eine sehr komplizierte Kultur, und wir werden schon längst wieder voneinander getrennt sein, bevor ich genug weiß, um nicht noch einmal ins Fettnäpfchen zu treten. Können Sie meine Entschuldigung annehmen – für die dämlichen Sachen, die ich gesagt habe und die ich in Zukunft bestimmt noch sagen werde?«

Worf spürte, wie sich ein seltsames Gefühl in seiner Magengrube entfaltete, als ihm klar wurde, daß Alexander recht hatte. *Sie hat wirklich viel mit K'Ehleyr gemeinsam!* Die Erkenntnis traf ihn wie ein bittersüßer Messerstich mitten ins Herz. Er befeuchtete die Lippen – sein Mund war auf einmal ganz trocken – und suchte nach den richtigen Worten.

»Dr. Dannelke, Sie sind eine bedeutende Wissenschaftlerin. Sie müssen wirklich nicht in das Quartier eines Offiziers kommen, um sich zu erniedrigen, nur weil Sie sich etwas unglücklich ausgedrückt haben.«

»Heute nachmittag haben Sie nicht so großzügig reagiert«, erinnerte sie ihn. Ihr Gesicht war wie eine finstere Gewitterwolke, die drohte, ihre Blitze überall einschlagen zu lassen. »Aber Sie wollen mir wohl – höflich – mitteilen, daß Sie hinter meiner Entschuldigung noch andere Motive vermuten.«

Er wollte es abstreiten, doch sie unterbrach ihn, indem sie die Hand hob. »Das ist schon in Ordnung. Sie haben recht. Es tut mir *wirklich* leid, was ich gesagt habe. Das ist die Wahrheit. Aber ich möchte Sie auch noch um einen Gefallen bitten. Auch das ist die Wahrheit.«

»Und die wäre?«

»Ich will wissen, was los ist!«

»Wie bitte?« fragte er ruhig.

»Schauen Sie mal, Lieutenant. Wir waren auf dem Weg nach Vulkan, um den Wissenschaftler Skel abzuholen, mit dem zusammen ich übrigens an einem sehr wichtigen Projekt arbeite. Dann sehen plötzlich die Sterne von meiner Unterkunft aus ganz falsch aus, und der Computer teilt mir mit, daß wir nicht mehr nach Vulkan fliegen, gibt mir aber keine weiteren Auskünfte. Wir werden die Technikmesse wegen irgendeines Föderationsnotfalls verpassen, nicht wahr?«

Worf seufzte. Er konnte sie natürlich nicht in Starfleet-Angelegenheiten einweihen, aber wenigstens beruhigen. »Doktor, Sie haben mein Wort, daß Sie rechtzeitig zur Messe kommen werden.«

»Wie das denn? Wir sind immer noch nicht unterwegs nach Vulkan, und wenn wir Skel nicht abholen …«

Er nahm an, daß es nichts schaden konnte, ihr soviel zu verraten. »Skel ist bereits an Bord, Doktor. Er ist momentan noch auf der Krankenstation, doch sobald er entlassen wird, wird er sich bestimmt bei Ihnen melden. Mehr darf ich dazu nicht sagen.«

»Skel ist hier? An Bord?« Sie atmete erleichtert aus und lächelte fast, wodurch ihre einfachen, unkomplizierten Gesichtszüge wieder wunderschön wurden. »Ach, da bin ich ja beruhigt. Aber ich darf nicht mit ihm sprechen?«

Die Fixierung auf ihre Arbeit war bewundernswert, wenn auch lästig.

»Dr. Dannelke, Sie können sich darauf verlassen, daß unser medizinisches Personal nur Skels Wohlergehen im Sinn hat. Es ist sehr spät. Er wird sich bestimmt morgen bei Ihnen melden.«

»Sie haben sicher recht. Ich danke Ihnen für diese Informationen, Lieutenant.« Sie sah ihn verschlagen an und hatte wieder ein freches Glitzern in den Augen – woraufhin er sich nervös aufrichtete. »Das mit heute nachmittag tut mir wirklich leid. Manchmal bringt meine große Klappe mich einfach in Schwierigkeiten, und es platzen mir die peinlichsten Dinge heraus. Es scheint immer genau dann zu passieren, wenn ich es am wenigsten will.«

»Wann ist das denn?« fragte Worf, während er dachte. *An wie vielen Technikmessen kann diese Frau teilnehmen?*

Sie grinste ihn schamlos an. »Es scheint einfach immer dann zu passieren, wenn ich einen Mann sehe, der mir gefällt.«

Er riß überrascht die Augen auf. Das war das letzte, was er zu hören erwartet hatte. »Dr. Dannelke!«

Sie kam ihm wieder näher, grinste und kniff die Augen zu wie ein terranischer Wolf. »Ich habe immer diese schlimme Schwäche für große, dunkle und attraktive Männer gehabt, Lieutenant Worf. Und dann sage ich die dämlichsten Sachen. Halten Sie es für möglich, daß wir in nicht allzu ferner Zukunft die Phase mit ›Lieutenant‹ und ›Doktor‹ hinter uns lassen können?«

Worf bemerkte, daß er sich bemühte, sein eigenes Lächeln zu unterdrücken, und ertappte sich bei dem Gedanken, daß dies sehr wohl möglich war.

Deanna stand vor dem Nahrungsreplikator und trommelte gereizt mit ihren Fingern auf die Wand. Sie hätte wirklich gern eine heiße Schokolade getrunken, befürchtete aber, daß die leicht stimulierende Wirkung des Getränks sie am Einschlafen hinderte – und wenn sie nach diesem unendlich langen und deprimierenden Tag etwas brauchte, dann war das Schlaf. So entschied sie sich statt dessen für eine heiße Milch mit Honig und Vanille – aber eigentlich hätte sie doch lieber den Kakao gehabt. Also stand sie unentschlossen vor dem Replikator, den sie wie einen Altar anstarrte, auf dem sie ein Opfer darbringen sollte. Sie hatte zu viele verschiedene Dinge im Kopf, zuviel, das sie beschäftigte – insbesondere ihr letztes Gespräch mit Picard.

»*Captain, vernichten Sie sie. Werfen Sie die Dinger durch eine Schleuse hinaus. Schicken Sie sie ins All*«, hatte sie gefleht, nachdem sie aus der Trance erwacht war, die von den Artefakten ausgelöst worden war. »*Sie sind viel zu gefährlich, um sie an Bord der* Enterprise *zu behalten.*«

»*Aber sie gehören uns nicht*«, hatte er sie erinnert. »*Was würde aus Skels Forschungsarbeit, wenn wir so eine unerhörte Tat begingen? Was sollen wir den Vulkaniern sagen?*«

»*Wenn Sie sie wie ich gespürt hätten, würden Sie verstehen …*«

»*Deanna*«, hatte er geduldig gesagt und ihr beruhigend die Hand auf die Schulter gelegt, »*Sie wissen, wie sehr ich mich auf Ihre Urteilsfähigkeit verlasse. Aber Sie haben gerade nach einem langen und viel zu tragischen Tag zwei schwierige mentale Begegnungen überstanden. Ich bezweifle nicht im geringsten, daß die Eindrücke, die Sie von den Artefakten aufgefangen haben, jeden erschüttert hätten. Aber wir haben nicht das Recht, sie zu zerstören. Ich kann es jedoch einrichten, daß die Verantwortung, sie zu verwahren, jemand anderem übertragen wird. Ich werde die Vulkanier bitten, ein Treffen mit ihrem nächsten Forschungsschiff zu arrangieren. Mit ein wenig Glück können wir uns der Artefakte entledigen, noch bevor wir die Technikmesse erreichen. Schließlich hat Skel nicht vorgehabt, sie bei der Versammlung zu präsentieren.*«

Deanna wußte, daß das nicht annähernd genug war,

aber ihr war auch klar, daß sie auf keinen besseren Kompromiß hoffen konnte. Unter normalen Umständen wäre es auch ein faires Abkommen gewesen.

»*Noch etwas, Counselor*«, hatte Picard streng gesagt. »*Bis diese Artefakte das Schiff verlassen haben, möchte ich, daß Sie sich so weit von ihnen entfernt halten, wie es geht. Und auch von Skel.*«

»*Captain?*« hatte sie verblüfft erwidert.

»*Sie haben genug durchgemacht. Ich möchte, daß Sie sich einen Tag frei nehmen und sich entspannen. Denken Sie nicht mehr an Technikmessen, Artefakte und Zeitpläne. Deanna, Sie werden Zeit brauchen, um sich von dem psychischen Streß zu erholen, den Sie heute erlitten haben. Ich werde Sie bei Skel entschuldigen. Er ist Telepath, er wird das bestimmt verstehen.*«

»*Aber ... Captain, das ist wirklich nicht nötig ...*«

»*Das ist ein Befehl, Counselor*«, hatte er erklärt und damit das Gespräch beendet.

Deanna wußte natürlich, daß er recht hatte, auch wenn sie es nur höchst ungern zugab. Eigentlich war sie dankbar, nichts mehr mit den Artefakten zu tun zu haben. Und auch, Skel nicht wiedersehen zu müssen. Was für eine tragische Gestalt er doch war, mit was für einer Last er leben mußte! Aber wenn die vulkanischen Therapeuten ihm nicht helfen konnten, konnte eine Betazoidin auch nichts tun.

»Einfach nur Wasser, kalt«, teilte sie dem Replikator schließlich mit. Ihr Wunsch wurde umgehend erfüllt. Sie hob das beschlagene, tropfende Glas an die Lippen und leerte es in einem Zug.

Noch während sie trank, ertönte ein leises Summen an der Tür.

Sie sah auf die Uhr und spürte schon in diesem Augenblick, daß es der Wissenschaftler Skel war, der sie sprechen wollte. Ihr Herz schlug sofort schneller.

Aber der Captain hat doch gesagt ...

Sie riß sich zusammen, als ihr klar wurde, wie sehr

sie die Anwesenheit des Vulkaniers aufregte. Sie verhielt sich wie ein Kind. Bestimmt hatte Picard noch gar nicht die Gelegenheit gehabt, wieder mit Skel zu sprechen, und hatte nicht damit gerechnet, daß der Wissenschaftler zu dieser späten Stunde etwas anderes als schlafen wollte. Aber natürlich konnten Vulkanier tagelang ohne Schlaf auskommen.

Was kann es schon schaden, ihn zu empfangen? fragte sie sich, wartete aber nicht auf die Antwort.

»Herein!« sagte sie, und die Tür offenbarte den Wissenschaftler, den sie bereits gespürt hatte.

»Ich war mir nicht sicher, ob Sie noch wach sind«, sagte er leise vom Gang aus. Sein Verhalten war gefaßt, beruhigend, sanftmütig. Seine ernsten Smaragdaugen waren höflich gesenkt, doch trotz allem konnte sie eine irrationale Nervosität nicht abschütteln. »Störe ich Sie? Sie müssen sich gewiß ausruhen.«

»Das werde ich tatsächlich bald müssen, aber bis dahin können wir uns gern unterhalten. Kommen Sie bitte herein.« Sie deutete höflich auf ein Sofa.

»Vielen Dank«, sagte er, setzte sich aber nicht. »Ich wollte mich nur davon überzeugen, daß es Ihnen gutgeht. Ich fühle mich verantwortlich für das schockierende mentale Bild, das Sie empfangen haben.«

Als der Vulkanier stehen blieb, nahm Deanna allein Platz. »Bitte machen Sie sich keine Sorgen um mich. Es geht mir gut. Ich danke Ihnen für Ihre Aufmerksamkeit.«

Er deutete eine Verbeugung an. »Counselor, ich hatte keine Gelegenheit mehr, mit Ihnen zu sprechen, nachdem Sie mich verlassen haben, um die Artefakte zu besichtigen. Haben Sie sie gesehen?«

»Ja«, sagt sie und wandte den Blick ab, da sie nicht mehr an die beunruhigenden Objekte denken wollte. »Ja, ich habe sie gesehen.«

»Sie sind Telepathin, Counselor«, sagte er in demselben, unverändert ruhigen Tonfall. »Haben Sie ... irgend etwas von ihnen empfangen?«

Schon die Frage rief eine Panik hervor, die ihr den Atem raubte. Sie zwang sich, ruhig und langsam ein- und auszuatmen und sich zu sammeln.

»Verzeihen Sie mir, wenn ich Ihnen bei diesem Thema keine Ruhe lasse«, entschuldigte Skel sich, als er offenbar ihre Bestürzung bemerkte. »Aber in achtzig Jahren Forschung hatte kein Vulkanier jemals mit den Artefakten mentalen Kontakt oder irgendwie telepathische Eindrücke von ihnen empfangen. Wenn Ihnen das gelungen ist, würde es uns enorm helfen, diese Objekte besser zu verstehen.«

In Deanna kämpfte der irrationale Drang, den Vulkanier aus ihrem Quartier zu werfen, gegen ihre Verpflichtung als Counselor, sein Problem mit ihm zu besprechen. Wie üblich gewann die berufsmäßige Counselor, und Deanna ertappte sich dabei, daß sie diese Frau bitter verabscheute.

»Für mich war das ... ein schwieriger Moment«, gestand sie ein. Die Erinnerung an den Augenblick der Verbindung ließ sie erschauern. Sie konzentrierte sich auf ihre fest verschränkten Hände, um den Vulkanier nicht mit einem Emotionsausbruch zu beschämen.

»Dann haben Sie die beiden also *gespürt*?« fragte er leise.

Die beiden. Sie blinzelte, hörte auf seine Stimme und hatte das Gefühl, daß seine Worte in ihr eine Erkenntnis erweckten. »Glauben Sie, daß etwas darin lebendig ist? Vielleicht sogar intelligent?«

Skel sah sich in ihrem Quartier um, betrachtete die Kunstwerke an den Wänden, die Anordnung der pastellfarbenen Möbel, das Hologramm von Lwaxana, sah in dem Raum alles an, nur nicht Deanna. »Um Ihre Frage zu beantworten – nein. Ich bin Wissenschaftler, und bei unserer Forschungstätigkeit hat nichts darauf hingedeutet, daß die Entitäten in den Behältern über Intelligenz verfügen. Genausowenig wie ein Virus intelligent ist, das die DNS seines Opfers verändert. Ich bin aber auch ein Überlebender des Wahnsinns, den diese Entitäten hervorgerufen haben. Und wenn ich darüber nachdenke, was im Inneren der Artefakte haust, sehe ich manchmal die groteske Maske meines Vaters nach seiner Ansteckung vor mir. Und so haben die Entitäten für mich eine Gestalt – ein Aussehen. Sie tragen die Seele des Wahnsinns meines Vaters. Deswegen spreche ich manchmal von ihnen wie von lebenden Wesen.«

Sie war sich bewußt, daß dieses Geständnis ihm nicht leicht gefallen war und er es nur vor einer Counselor ablegen konnte, die einen Blick in die Seele dieses Überlebenden geworfen hatte. Einen kurzen Augenblick lang mußte sie an ihre verpaßte Gelegenheit mit Fähnrich Ito denken. Sie konnte diese neue Chance nicht vorbeigehen lassen, wie schwierig dies auch für sie persönlich sein mochte.

»Ich habe *die beiden* nicht gespürt, Skel«, berichtete Deanna ihm. »Aber etwas habe ich doch wahrgenommen. Etwas Furchteinflößendes und Rätselhaftes.« Sie versuchte, ihm ganz genau zu beschreiben, was sie empfunden hatte, als sie hinter dem Behälter mit den Artefakten gestanden hatte, doch schon als sie die Worte aussprach, wußte sie, daß die Beschreibung nur ungenügend war. »Es tut mir leid«, beendete sie ihre Ausführungen, »aber Sprache schränkt einen so sehr ein.«

»Dafür hat jeder Telepath Verständnis«, stimmte Skel zu. »Ich schlage dies nur ungern vor, Counselor, aber als Empathin haben Sie sicherlich Verständnis für meine Bitte und die Gründe, wieso ich sie stelle. Wenn … ich mit Ihnen eine Mentalverschmelzung durchführen könnte …«

LAUF! LAUF, MEIN KIND, LAUF UM DEIN LEBEN!

Deanna blieb so reglos wie eine Statue sitzen, während Lwaxanas Stimme in ihrem Kopf kreischte. Hatte der Kontakt mit den Artefakten ihre Psyche beschädigt?

»Nur einen ganz kurzen Augenblick«, bat Skel, der nichts von der Panik ahnte, die Deanna empfand. »Ich würde genau denselben geistigen Eindruck erhalten, den Sie von den Artefakten empfangen haben. Wir müßten nicht auf unzureichende Worte zurückgreifen. Ich würde das Bild empfangen und verstehen. Diese Verschmelzung würde mein Wissen um die Objekte, die ich jetzt schon so lange studiere, ungemein erweitern …«

LAUF! RAUS AUS DIESEM ZIMMER! LAUF SO WEIT VON IHM WEG WIE MÖGLICH!

Mutter, bitte! hörte Deanna sich die Person ausschimpfen, deren Gedanken sie unmöglich spüren konnte. Lwaxana war Lichtjahre entfernt, so weit außerhalb mentaler Reichweite, daß es schon nicht mehr komisch war. Sie blinzelte und versuchte sich zu zwingen, dem Vulkanier zuzuhören.

»Ich weiß, daß ich sehr viel von Ihnen verlange«, fuhr Skel fort. »Aber auf diese Weise könnte ich Ihren Eindruck mit meinen Kollegen und den Heilern auf meinem Planeten teilen, die noch immer versuchen, den überlebenden Opfern der Seuche zu helfen. Werden Sie es tun?«

Deanna zählte jede Furche auf ihren Fingerknöcheln, bevor sie antwortete. »Eine vulkanische Mentalverschmelzung? Um den Eindruck zu übertragen, den ich von den Artefakten bekommen habe? Das kommt mir vernünftig vor …«

Ihr Drang, aus dem Zimmer zu stürmen und vor Skel zu fliehen, war so überwältigend, daß sie sich fragte, ob er ihn wohl spüren konnte. Aber nein, natürlich nicht, Vulkanier waren schließlich Berührungstelepathen. Er müßte sie berühren. Auf einmal war ihr die Vorstellung, wie er seine Hände auf ihr Gesicht legte, mit seinen Fingerspitzen die Nervenkontakte herstellte und eins mit ihrer Psyche wurde, so widerwärtig, daß ihr klar wurde … sie konnte es nicht. In der vulkanischen Gesellschaft war diese Verschmelzung eine der intimsten Handlungen. Nein. Nein, sie konnte es einfach nicht.

Da er ihre freundliche Bemerkung offenbar für eine Zusage hielt, kam er ihr näher, wobei er eine Hand schon gehoben hatte. »Wenn Sie einfach so bleiben, wie Sie sind, wird es ganz schnell gehen. Ich werde zügig vorgehen und nur die Teile Ihres Verstandes berühren, die mit den Artefakten zu tun haben. Counselor, würden Sie mich bitte ansehen?«

Er berührte sie am Kinn und drehte ihr Gesicht dem seinen zu.

Troi keuchte, als sich ihre Blicke zum ersten Mal wirklich trafen. Lwaxanas Stimme flehte sie in ihrem Kopf an zu fliehen, wegzulaufen. Sie dachte aufgeregt, daß Skel die Stimme ihrer Mutter hören und beleidigt sein würde, bevor sie bemerkte, wie lächerlich es war, sich darüber Sorgen zu machen – wo es doch so viel mehr in den Tiefen dieser vulkanischen Augen zu fürchten gab. Sie mußte flüchten! Doch sie konnte sich nicht dazu bringen, das Sofa zu verlassen.

Skel hob eine Hand an ihr Gesicht.

Plötzlich ertönte wieder der Türsummer, und es schien das lauteste Geräusch zu sein, das Deanna je gehört hatte. Sie wich vor der Hand des Vulkaniers zurück.

»Herein!« rief sie, erhob sich schnell und unvermittelt und ging zur Tür.

Dahinter machte sie Will Riker aus, der bei Skels Anblick die Stirn runzelte. Der Vulkanier stand mit gefalteten Händen in tadelloser Pose mitten in Deannas Wohnzimmer.

»Ich wußte nicht, daß Sie Besuch haben«, sagte Will. Zwar höflich, doch die Betazoidin spürte als Reaktion auf die Anwesenheit des Vulkaniers in ihm eine Vielzahl verschiedener Emotionen.

»Das macht überhaupt nichts«, sagte Deanna gezwungen heiter, als sie sich bei Will einhakte und ihn hereinführte. Sie hielt sich an seinem Arm wie an einem Rettungsring fest, als sei er ihre einzige Hoffnung. Das Mißtrauen in seinem Blick wurde zu Besorgnis, als könne er ihren Gefühlszustand ebenso einfach wahrnehmen wie sie den seinen.

»Das trifft zu«, stimmte Skel zu. »Ich wollte gerade gehen.« Er deutete eine Verbeugung in ihre Richtung an. »Ich danke Ihnen für die Zeit, die ich Ihnen geraubt habe. Sie waren mir eine große Hilfe.«

Und noch bevor Deanna sich soweit zusammengerissen hatte, daß sie seine wahre Reaktion auf ihren Rückzieher hinsichtlich der Verschmelzung wahrnehmen konnte, war er verschwunden.

Und wenn schon. Sie wollte seinen Geist sowieso nicht noch einmal berühren, weder jetzt noch sonst irgendwann. Sie sackte leicht in sich zusammen, als die Tür sich hinter dem Vulkanier geschlossen hatte.

Plötzlich ergriff Will ihre Arme und sah ihr in die Augen. »Was wollte *der* denn hier?«

»Wir haben uns nur über seine Erfahrungen mit ...«, setzte Deanna verwirrt an.

Riker fiel ihr ins Wort. »Captain Picard hat ausdrücklich befohlen, daß er keinen Kontakt mit dir haben darf. Warum war er hier?«

Deanna ging zum Sofa hinüber und ließ sich darauf fallen. Riker folgte ihr und setzte sich seitlich, so daß er sie ansah. »Davon weißt du?« fragte sie, als sie die Kraft zum Sprechen wiedergefunden hatte.

»Hast du vergessen, daß ich der Erste Offizier bin?« tadelte er sie sanft. »Ich weiß alles, sehe alles. Du hast mir noch keine Antwort gegeben.«

»Ich hatte einfach angenommen, daß Captain Picard Skel noch nichts gesagt hat, weil es schon so spät war. Ich kann nicht glauben, daß ein Vulkanier den direkten Befehl des Captains bewußt mißachtet.«

Riker ließ sich die Sache durch den Kopf gehen. »Er

hatte reichlich Zeit, *mir* davon zu erzählen. Ich weiß zwar seine genauen Worte nicht mehr, war aber der Ansicht, daß er mit Skel schon darüber gesprochen hat. Aber vielleicht habe ich ihn da auch falsch verstanden. Ich werde ihn morgen danach fragen. Und Picard hat recht – dieser Wissenschaftler bekommt dir nicht gut. Was hat er sich bloß dabei gedacht, so spät noch hierherzukommen?«

Langsam ging ihr Rikers bemutternde Art auf die Nerven. Deanna setzte sich aufrecht und verschränkte die Arme. »Das könnte ich dich auch fragen«, sagte sie spitz.

»Ich komme gerade aus einer Besprechung mit Picard. Er hat mir erzählt, was bei Skel und den Artefakten vorgefallen ist. Ich habe mir Sorgen um dich gemacht. Ich habe den Computer gefragt, ob du noch wach bist, und als er es bestätigte …« Er grinste. »Ich schätze, ich hätte fragen sollen, ob du Herrenbesuch hast.«

Sie boxte ihm verspielt gegen den Arm, obwohl sie einen Gedanken nicht unterdrücken konnte: *Dieser Vulkanier ist kein Herr.* »Du bist genau zur richtigen Zeit gekommen. Manchmal glaube ich fast, daß unter deinen Vorfahren Betazoiden waren.«

»Du hast dich wirklich über Skel aufgeregt«, sagte er. »Und du hast mir noch immer nicht erzählt, was hier passiert ist.«

Aus irgendeinem Grund wollte Troi ihm nur ungern berichten, daß der Vulkanier eine Mentalverschmelzung mit ihr vorgeschlagen hatte. Sie kam zum Schluß, daß dafür zum größten Teil ihre übriggebliebenen Ängste nach den schlimmen geistigen Erfahrungen des Tages verantwortlich waren. Es hatte keinen Zweck, aus einer Fliege einen Elefanten zu machen. »Gar nichts ist passiert, Will, wirklich nicht. Wegen allem, was heute vorgefallen ist, reagiere ich noch ungewöhnlich auf Skel. Aber das geht bestimmt vorüber. Trotzdem hat der Captain recht. Es ist besser für mich, ihn nicht wiederzusehen.«

»Damit kann ich leben«, entschied Riker. »Laß mich heute nacht hierbleiben – und zwar genau hier, auf dem Sofa. Glaubst du nicht, daß die Anwesenheit eines treuen Wachhundes dir helfen wird, etwas besser zu schlafen?«

Normalerweise hätte dieser Vorschlag sie beleidigt, doch nicht heute nacht. Sie hatte keine Lust, wach im Bett zu liegen und auf einen erneuten späten Besuch Skels zu warten, der natürlich nie kommen würde. Sie legte eine Hand auf Rikers Arm. »Würdest du das für mich tun, Will? Ich wäre dir sehr dankbar.«

Er legte kollegial den Arm um sie und zog sie in eine beschützende Umarmung. »Wofür sind Freunde denn da?«

Troi lächelte und drückte sich an ihn, beruhigt von der Kraft und dem Vertrauen, das sie in ihm spürte. Doch selbst in seinen Armen fühlte sie, wie ihre Gedanken zurückwanderten, nicht zu Skel, sondern zu etwas viel Bedrohlicherem.

So sehr sie es auch versuchte, sie wußte genau, daß sie die Aura des Bösen nicht abschütteln konnte, die von jenen Artefakten ausging – und zwar so lange nicht, wie sie noch an Bord des Schiffes waren.

4

Skel wachte so abrupt auf, daß er 2,4 Sekunden lang nicht wußte, wo er war. Weitere 3,1 Sekunden wußte er noch nicht einmal, *wer* er war.

Obwohl in seiner Kabine eine angenehme vulkanische Temperatur herrschte, zitterte er, als sei er krank. Er überlegte, ob er Dr. Crusher rufen sollte, verwarf den Gedanken aber wieder.

Er brauchte T'Son, seine Therapeutin. Die menschliche Ärztin kannte sich zwar mit vulkanischer Anatomie aus, war aber doch nur ein Mensch. Nur T'Son konnte die Dämonen zum Schweigen bringen, die nachts in seinem Geist wüteten.

Er schwang die Beine aus dem Bett und fuhr mit der Hand über sein müdes Gesicht. Heute nacht hatte nicht sein Vater ihn durch die Wüstenlandschaft seiner Heimat verfolgt, sondern Nabon, der tote Ferengi, dessen grinsendes Gesicht seine Träume gequält hatte. So etwas war noch nie vorgekommen – stets war das Gesicht in dem Traum das seines Vaters gewesen. Vielleicht noch bedeutsamer war die Tatsache, daß ihn nicht die Stimme seiner Mutter gerade noch rechtzeitig gewarnt hatte. Diese Nacht war es Counselor Troi gewesen, die ihn angefleht hatte, wegzulaufen und sein Leben zu retten. Wäre T'Son hier, hätte sie ihm bestimmt gesagt, das sei völlig verständlich, weil Troi die letzte Person war, mit der er vor dem Schlafengehen gesprochen hatte.

Bei dem Gedanken an Deanna Troi fiel ihm wieder

die seltsame, abrupt abgebrochene Unterhaltung ein, die er mit der Betazoidin geführt hatte. Wäre er doch nur eine Bewußtseinsverschmelzung mit ihr eingegangen, hätte er doch nur selbst entdecken können, was sie von ihrem mentalen Kontakt mit den Artefakten erfahren hatte.

Trois Angst vor der Mentalverschmelzung mit ihm hatte ihn überrascht, als sie die Distanz zwischen ihnen überbrückt und ihn berührt hatte. Sie erinnerte ihn sehr an seine eigenen Reaktionen, wenn T'Sons Fingerspitzen sein Gesicht berührten: die gleiche Furcht, der gleiche Drang, wegzulaufen und den Raum zu verlassen. Troi hatte all das wahrgenommen, und er hatte es in ihr gespürt, reine Emotionen einer vollkommen fremden Person. Emotionen, die zugleich fremdartig, komplex, abstoßend – und erregend waren.

Er fuhr erneut erschöpft mit der Hand über sein Gesicht. Ihrer Reaktion entnahm er, daß es sinnlos war, sie noch einmal um eine Mentalverschmelzung zu bitten. Außerdem ... falls Captain Picard erfahren würde ...

Er blinzelte und runzelte die Stirn. Falls Captain Picard *was* herausfinden würde? Der Gedanke schien steckenzubleiben, als sei es ihm unmöglich, ihn zu Ende zu führen. Er führte seine Unkonzentriertheit auf eine weitere Nebenwirkung der beiden Phaserschüsse zurück, die sein Körper hatte einstecken müssen. Seit die beiden Ferengi auf ihn geschossen hatten, schienen seine synaptischen Reaktionen etwas unzuverlässig zu sein, sozusagen aus dem Lot. Dr. Crusher hatte ihm versichert, die Symptome würden nach ein oder zwei Tagen abklingen. Er hoffte, daß sie recht behielt. Er hatte keine Zeit, sich mit langsamen Nervenreaktionen herumzuschlagen.

Er mußte sich dringend auf die Technikmesse vorbereiten. Glücklicherweise hatte Dervin, als er ihn von Vulkan verschleppte, auch einen Datenspeicher mit seiner Forschungsarbeit darauf gestohlen. Bevor Skel die

Verfolgung Nabons aufgenommen hatte, hatte er die Kassetten auf der Konsole gesehen, auf der zuvor auch die Artefakte gelegen hatten. Jetzt war er dankbar dafür, daß er die Geistesgegenwart besessen hatte, sie einzustecken, bevor er Nabon gefolgt war.

Das war, als Dervin wieder zu Bewußtsein kam. Das war, als er versuchte, dich davon abzuhalten, die Datenspeicher an dich zu nehmen und Nabon zu folgen. Das war, als er dich angegriffen hat. Das war, als du ...

Die Erinnerung flimmerte und verblaßte wie ein gestörter Funkspruch. Nein. Dervin hatte ihn nicht der Kassetten wegen angegriffen. Er hatte vergangene Nacht von Dervin geträumt, deshalb war er jetzt durcheinander.

Aber Skels Forschungsergebnisse waren hier. Das war eine der wenigen guten Nachrichten, seit er entführt worden war. Mit Hilfe des Computers der *Enterprise* und ein paar Laborgeräten würde er Duplikate seiner Exponate herstellen können. Er und Tarmud würden endlich zusammen an ihrem Projekt arbeiten können. Er war auch mit ihrer schriftlichen Korrespondenz schon sehr zufrieden gewesen, aber ein Ideenaustausch funktionierte noch immer am besten von Angesicht zu Angesicht. Die Gelegenheit zur Zusammenarbeit, gefolgt vom offenen Forum der Technikmesse, bei der sie ihre Entdeckungen einer breiten Öffentlichkeit zugänglich machen konnten – so etwas bot sich nicht oft.

Tatsächlich war die Universale Technikmesse der Föderation ein einzigartiges Ereignis. Skel und Tarmud würden die Gelegenheit haben, ihre Arbeit mit einigen der größten Denker der erforschten Galaxis zu besprechen – Wissenschaftler, mit denen man mangels Zeit und Nähe sonst nie zusammenkam. Wissenschaftler, die Skel wahrscheinlich nie getroffen hätte, da er Vulkan fast nie verließ. Die Kontakte, die er hier knüpfen konnte, die neuen Kooperationen, die sich ergeben würden – es war fast überwältigend. Der Zustrom neuer Ideen und Standpunkte könnte seiner Arbeit neue Impulse geben und ihm helfen, einige der Rätsel, die die Artefakte umgaben, zu erklären: ihre selbsterzeugten Kraftfelder, die mysteriöse Sprache der Beschriftung. Endlich konnte der vernichtenden Krankheit, die sein Volk fast ausgelöscht hatte, etwas Positives entspringen.

Die vielen Wissenschaftler. Die vielen Leute – ihre Assistenten, Aushilfen, Träger, Techniker. Aus der ganzen Galaxis. Alle bei der Technikmesse.

Skel sah plötzlich vor seinem geistigen Auge, wie er vor den versammelten Wissenschaftlern eine Rede hielt, Tarmud an seiner Seite auf dem Podium. Er sah das Publikum aus Lebewesen jeder Form und Gattung: das intellektuelle Tafelsilber der Föderation, alle Augen auf ihn gerichtet.

Ihre Augen. Du wirst ihnen in die Augen sehen. Einem nach dem anderen. Ihre Hände berühren. In ihre Augen schauen. Und dann gehören sie uns.

Plötzlich lief ein Schauer über seinen Rücken, und er blinzelte verdutzt, während ihn die Stimme seiner Mutter erinnerte: *NICHT IN IHRE AUGEN. DU DARFST NIEMALS EINEM ANDEREN WESEN IN DIE AUGEN SCHAUEN! DAS DARFST DU VOR ALLEN ANDEREN DINGEN NICHT VERGESSEN!*

Ihm wurde klar, daß er Halluzinationen hatte. So etwas kam nicht zum ersten Mal vor, aber es war trotzdem beunruhigend. Er hätte wirklich Dr. Crusher rufen sollen, konnte sich aber nicht dazu überwinden. Er bemühte sich, äußerlich die Ruhe zu bewahren, und schließlich ebbte der Widerstreit der Stimmen in seinem Kopf ab.

Skel ging zum Computer und wandte sich wieder seiner Arbeit zu. Dies war die einzige Therapie, die bei ihm je gewirkt hatte. Er kauerte vor der Konsole nieder; die vertrauten Folgen von Gleichungen und Text entspannten ihn und ließen ihn seine Befürchtung vergessen, der Rolle nicht gewachsen zu sein, die man ihm aufgezwungen hatte, als er noch ein kleiner Junge von gerade zehn Jahren gewesen war.

Der Türsummer ertönte.

Er sah etwas überrascht auf. »Herein.«

Die Tür öffnete sich, und ein junger weiblicher Fähnrich trat ein. Sie war nach menschlichen Maßstäben attraktiv, mit dunklem Haar, olivbrauner Haut, und tiefen, dunklen Augen. Obwohl sie recht klein war, schien sie doch muskulös und athletisch zu sein.

»Guten Morgen, Wissenschaftler Skel«, grüßte sie ihn höflich, aber ohne das Übermaß an Freundlichkeit, das sie einer anderen, emotionaleren Spezies wohl entgegengebracht hätte. Ihr Tonfall war zurückhaltend, ihr Gesichtsausdruck gelassen.

Picards Leute sind offenbar gut ausgebildet, dachte Skel mit einem Anflug von Bewunderung, während er ihr bedeutete, sie möge näher kommen. Das tat sie auch, und die Tür schloß sich zischend hinter ihr.

»Ich bin Fähnrich Barbara Evans, Sir«, fuhr sie fort. »Captain Picard hat mir die Aufgabe zugeteilt, Ihnen während Ihres Aufenthaltes auf der *Enterprise* behilflich zu sein. Der Computer hat mir mitgeteilt, daß Sie schon wach sind, und so habe ich mich entschlossen, mich vorzustellen und Sie zu fragen, ob Sie irgend etwas benötigen.«

Sie versuchte nicht, seine Hand zu schütteln, wie die meisten Menschen es vielleicht getan hätten, sondern hielt die Arme respektvoll hinter dem Rücken. Einem Berührungstelepathen die Hand zu geben – auch wenn es vielen Menschen nicht bekannt war, auf Vulkan galt das als Verletzung der Intimsphäre.

»Vielen Dank, Fähnrich Evans«, erwiderte Skel. »Die Gastfreundschaft Ihres Captains ehrt mich. Der Computer hat Ihnen also mitgeteilt, daß ich wach bin. Kann er mir auch mitteilen, ob einer meiner Kollegen noch schläft?«

»Natürlich, Sir. Ich werde es Ihnen zeigen.« Sie verstummte kurz, hob dann den Kopf ein wenig, sah nach oben und sprach das unsichtbare Wesen an. »Computer, wo ist ...«, sie hielt inne und sah Skel wegen des Namens fragend an.

»Dr. George Tarmud«, beendete er den Satz für sie.

»Dr. Tarmud ist derzeit in seiner Kabine«, erwiderte die emotionslose Frauenstimme des Computers.

»Ist Dr. Tarmud bereits wach?« fragte Fähnrich Evans.

»Ja, Dr. Tarmud ist auf und arbeitet an seinem Computer.«

Sie nickte zufrieden und sah wieder Skel an. »Natürlich beantwortet der Computer nicht jede Frage. Er würde Ihnen zum Beispiel ausschließlich den Aufenthaltsort Dr. Tarmuds angeben, wenn dieser darum gebeten hätte. Und er beantwortet keinerlei Fragen, die die Privatsphäre betreffen.«

»Ausgesprochen logisch«, stellte Skel fest. »Die Information, daß mein Kollege wach ist und arbeitet, genügt mir vollauf. Ich wollte ihn nicht stören. Jetzt kann ich ihn besuchen. Ich danke Ihnen, Fähnrich.«

»Es war mir ein Vergnügen, Sir«, erwiderte sie und hätte beinahe gelächelt, hielt sich aber im letzten Moment davon ab. »Sie können den Weg zu Dr. Tarmuds Kabine finden, indem Sie den Computer vom Gang aus danach fragen. Er wird Ihnen einen Plan des Schiffes zeigen und Ihnen helfen, Ihr Ziel zu erreichen. Außerdem können Sie jederzeit über den Computer mit mir kommunizieren, wenn ich noch irgend etwas für Sie tun kann. Kann ich Ihnen momentan noch irgendwie helfen?«

Er betrachtete sie einen Moment lang. *In der Tat, was konnte sie für ihn tun?* Er erhob sich bedächtig von seinem Arbeitsplatz und ging auf sie zu. »Sagen Sie, Fähnrich Evans, was ist Ihre Aufgabe an Bord der *Enterprise*, wenn Sie mir nicht gerade behilflich sind?«

»Ich gehöre derzeit der wissenschaftlichen Abteilung an. Ich bin mehreren Forschungsprojekten über astronomische Phänomene zugeteilt. Meistens arbeite ich am Computer und vergleiche Daten, die andere gesammelt haben. Da ich diese Tätigkeit jederzeit nachholen kann, ist es mir möglich, einige unserer Gäste zu betreuen.«

»Faszinierend«, sagte Skel und nickte. »Und wie viele Angehörige zählt die wissenschaftliche Abteilung?«

»Über vierzig Besatzungsmitglieder. Mit zwölf davon arbeite ich bezüglich meiner Daten eng zusammen, und diese arbeiten wiederum mit Wissenschaftlern in höheren Positionen zusammen. Der höchste Offizier in unserer Abteilung ist Commander Data unterstellt.«

Vierzig Leute. Vierzig Besatzungsmitglieder der Enterprise. *Mit wie vielen werden diese Vierzig in Kontakt kommen?*

»Vierzig Leute müssen eine Menge zusammen bewerkstelligen.«

Sie versuchte erfolglos, ein stolzes Lächeln zu unterdrücken. »Wir geben unser Bestes, Sir.«

»Es war sehr zuvorkommend von Captain Picard, mir eine Betreuerin mit wissenschaftlichem Hintergrund zuzuweisen. Sie kennen sich gewiß mit Geräten aus, die ich zur Ausführung bestimmter Tests benötige. Sie werden mir ermöglichen, meine Aufgaben sehr viel effizienter zu erfüllen.«

»Dafür bin ich da, Sir. Wenn Sie mir eine Liste der Dinge geben, die Sie benötigen, werde ich mich sofort darum kümmern.«

Er nahm einen Minicomputer, in den er einige Instruktionen eingegeben hatte. »An genau so einer Liste habe ich bereits gearbeitet.«

Er ging einen weiteren Schritt auf sie zu, legte den grauen Minicomputer in ihre Hand – und ließ seine

Finger dann geschmeidig um ihr Handgelenk gleiten und drückte zu.

Sie erstarrte unter seiner Berührung und versuchte, sich zu befreien. Als er nicht losließ, hob sie den Kopf und sah ihn fragend an.

Dieses Mal wandte Skel nicht höflich den Blick ab, wie er es bei der Empathin, dem Captain und der Ärztin getan hatte. Dieses Mal sah er tief in Barbara Evans überraschte Augen.

»Entschuldigen Sie ... Sir ...«, stammelte sie eindeutig verängstigt und wich einen Schritt zurück. Er folgte der Bewegung, kam ihr dann noch näher, bis er sich an ihren Körper drückte. Er hob blitzschnell die freie Hand und stellte den Kontakt her, bevor sie etwas dagegen tun konnte. Fünf Finger fanden die neuralen Pforten so schnell, daß Evans keine Zeit zur Flucht blieb, nicht einmal für einen Hilfeschrei.

In seinem Kopf schrie T'Reths Stimme: *NICHT IHRE AUGEN! DU DARFST NIEMALS EINEM ANDEREN LEBEWESEN IN DIE AUGEN SEHEN! ERINNERE DICH ...*

Aber er hatte zu lange gedürstet, und die anderen Stimmen würden sich so nah an der Erfüllung ihrer Forderungen nicht unterdrücken lassen.

»Mein Geist zu Ihrem Geist«, rezitierte er, während sein durchdringender Blick, ein Blick, mit dem er seit achtzig Jahren niemanden mehr berührt hatte, sich in Fähnrich Evans' Augen bohrte, als könne er sich einen Weg in ihre Großhirnrinde bahnen, und tiefer, noch tiefer bis in ihre Seele.

Evans protestierte schwach mit einem Schnaufen und ließ schlaff die Arme hängen, auch wenn ihre Augen riesengroß blieben, weit aufgerissen und von einem Schrecken gebannt waren, der ihr unbekannt gewesen war, bis sie durch seine Tür getreten war. Der Minicomputer fiel mit einem leisen Geräusch auf den Teppich, und Skel hielt ihre zierliche Gestalt fest, als sie zu stürzen drohte. Er ließ die Hand in ihren Nacken gleiten, berührte ihre nackte Haut und darunter neurale Zugänge, die nicht so günstig lagen wie die im Gesicht und deshalb seltener genutzt wurden. Er spürte, wie der Kontakt hergestellt wurde, der Kreis sich zwischen seinen beiden Händen schloß. Es war wie ein Energiestoß roher Lust, und ein leises Geräusch kam über seine Lippen.

Das war etwas ganz anderes als die Bewußtseinsverschmelzungen mit T'Son. Wenn die Therapeutin auf der Suche nach Geheimnissen seinen Verstand durchkämmte, war es für ihn die reinste Folter. Doch sein müheloses Eindringen in die ahnungslose Menschenfrau war ein großer Genuß.

»Und jetzt sind wir eins«, flüsterte er, als die Mentalverschmelzung vollendet war, und ihre Lippen bewegten sich papageienhaft mit. Ihre Augen blieben riesig groß und angsterfüllt, das einzige Anzeichen, daß sie noch bewußt registrierte, was um sie herum geschah.

»Sie haben mich gefragt, ob Sie etwas für mich tun können, Fähnrich Evans«, murmelte er ihr zu, ohne den Blick von dem ihren zu lösen. »Sie können in der Tat sehr viel für mich tun, und ich werde es Ihnen genau erklären, damit Sie mich auch wirklich verstehen. Und wenn Sie mich verlassen, um Ihren Auftrag zu erfüllen, werde ich meinem Kollegen Dr. Tarmud einen Besuch abstatten.«

Sie zitterte in seinen Armen wie ein Grashalm in einer Sturmböe, aber das war auch der einzige sichtbare Protest, zu dem ihr Bewußtsein fähig war. Nur er konnte die stummen Widerworte in ihrem Geist hören, als er sie mit den Wesen infizierte, die sich in all den Jahren in seinem Hirn verborgen, die ihn seit seiner Kindheit manipuliert und gesteuert hatten. Die Stimme in ihrem Kopf war die, die ihn seit der schrecklichen Nacht vor achtzig Jahren gequält hatte, der Nacht, die sein Leben völlig verändert hatte.

Als der vulkanische Wissenschaftler Barbara Evans

festhielt, in ihre Psyche eindrang und sie infizierte, hörte er in ihr die Stimme, die ihn schon so lange nicht in Frieden ließ.

Hinter Barbara Evans' vor Angst erstarrten Augen schrie seine Mutter und teilte dem jungen Fähnrich mit, daß es zu spät war, zu spät für die Flucht, zu spät, um wegzulaufen und ihrem einzigen Sohn zu entkommen.

»LAUF! LAUF WEG!«

»Deanna!« Riker schüttelte die um sich schlagende Betazoidin beherzt. Ihre Zähne schlugen aufeinander, dann riß sie plötzlich die Augen auf – weit, blind und entsetzt.

»Lauf um dein Leben!« schrie sie, nicht in seine Richtung, sondern irgendwohin in eine weite Ferne, in die nur sie schauen konnte.

Riker betätigte den Kommunikator auf seiner Brust und war froh, daß er sich entschlossen hatte, in Uniform zu schlafen. Etwas an Deannas Nervosität und der seltsamen Aura, die der Vulkanier zurückgelassen hatte, hatte ihn überzeugt, besser auf alles gefaßt zu sein. Als er Schreie aus ihrem Schlafzimmer gehört hatte, war er davon ausgegangen, daß sie angegriffen wurde, und war hineingestürmt, um sie im Kampf mit ihren Bettlaken und laut im Schlaf schreiend vorzufinden.

»Riker an Dr. Crusher!« rief er in den Kommunikator, um das laute Hämmern seines Herzens zu übertönen. »Ein medizinischer Notfall!«

»Crusher hier«, antwortete die Ärztin sofort, obwohl ihre Stimme leicht schläfrig klang. »Was ist los, Will?«

»Es ist Deanna. Sie ist in irgendeinem Alptraum gefangen, und ich kann sie nicht daraus wecken.«

Mittlerweile konnte Crusher die wirren Sätze der Betazoidin über den Kommunikator hören. »Ich bin schon unterwegs!«

Erst da fiel Riker ein, daß Crusher womöglich in Picards Quartier war. Die beiden frühstückten recht oft zusammen, bevor sie ihren Dienst antraten. Aber er konnte nichts daran ändern, daß er sie vielleicht gestört hatte.

»Komm schon, Deanna!« flehte Riker, als er seine gute Freundin an der Schulter faßte. »Ich bin's, Will!« Er ergriff mit der freien Hand ihren Kopf und drehte ihn in seine Richtung, um sie zu zwingen, ihn anzusehen. Er betete, daß sie ihn durch ihren Traum hindurch erkannte.

Sie starrte ihn mit offenem Mund und Augen voller Angst an. Eine lange, dunkle Haarlocke war ihr quer über das Gesicht gefallen ... und zu seiner Überraschung hörte sie auf, um sich zu schlagen.

»Schau mich an, Deanna. *Ich* bin es«, wiederholte er, fest entschlossen, sie aus ihren Träumen zu reißen.

Sie sah ihn bewegungslos an. In seinen Armen ließ ihr Keuchen langsam nach. »Will«, sagte sie, hob die Hände und hielt sich an ihm fest, doch ihr Blick war immer noch wild. »Mein Gott ...«

Sie schloß die Augen, und als sie sie wieder öffnete, lag in ihnen Furcht – gemischt mit dankbarem Wiedererkennen. Riker lächelte.

»Ich bin hier«, sagte er leise. Er hielt sie noch immer, um sie zu beruhigen. »Jetzt ist wieder alles gut.«

Ihre schwarzen Augen wurden traurig und füllten sich mit Tränen. »Nein. Nein, gar nichts ist gut. Oh, Will, es ist furchtbar!«

Er zog sie gerade in die Sicherheit seiner Umarmung, als er hörte, daß die Tür zu ihrem Quartier geöffnet wurde. »Pssst. Es ist gut, Deanna. Du bist wieder wach. Der Traum ist vorbei.«

Doch sie schüttelte nur den Kopf und hielt sich heftig zitternd an ihm fest.

Dr. Crusher kam hereingestürmt. »Wie geht es ihr?« fragte sie, kniete sich mit einem Bein aufs Bett und öffnete gleichzeitig die Notfalltasche. Sie hatte den Medo-Tricorder so schnell gezückt, daß Wills Augen ihr nicht mehr folgen konnten.

Riker schaute zurück und stellte fest, daß Beverly nicht allein gekommen war. Captain Picard folgte ihr in das Quartier. »Sie ist aufgewacht. Sie schien von selbst darüber hinwegzukommen, aber es bereitet ihr offensichtlich Probleme, Traum und Realität auseinanderzuhalten.«

Crusher runzelte die Stirn, als sie die Tricorderwerte betrachtete.

»Es war keine Traum«, widersprach Deanna und löste sich von Riker. »Es waren Erinnerungen, Skels Erinnerungen.« Sie hatte sich wieder unter Kontrolle und rieb ihre Augen. »Ich habe zuerst *normal* geträumt, als ich schlief, aber dann ist etwas passiert, und ich wurde plötzlich von Skels Erinnerungen erdrückt. Auf einmal war ich Skel als Kind, gefangen in der grauenvollen Zeit, als die Wesen aus den Artefakten sein Volk infiziert hatten. Sein Vater hatte die Seuche, wurde wahnsinnig und brachte seine Mutter brutal um. Trotz ihres Leidens und ihrer Todesangst gelang es ihr, sich lange genug zu konzentrieren, um Skel eine starke mentale Warnung zu schicken. Er war damals noch so jung. Ich halte es für möglich, daß eine so übermächtige telepathische Botschaft sein Gehirn in Mitleidenschaft gezogen hat, denn er hört sie immer noch, diese Stimme, diesen stummen Befehl. Ich habe sie durch ihn gespürt – gehört –, als er gestern abend in der Quarantänezelle saß, und dann noch einmal, als er mich später aufgesucht hat.«

Bei dieser Aussage sah Picard Riker an und verzog wütend das Gesicht, als der bestätigend nickte.

»Du hast gerufen: ›Lauf! Lauf um dein Leben!‹« erinnerte Riker sie. »Sagt das die Stimme in Skels Kopf?«

»Ja«, antwortete sie, und plötzlich konnte man die Erschöpfung in ihrer Stimme hören. Sie ließ den Kopf hängen; ihre schwarzen Locken fielen nach vorn, und die Schatten in ihrem schönen Gesicht wurden dunkler. Sie sah so zierlich und zerbrechlich aus, daß Riker wieder das starke Bedürfnis hatte, sie zu beschützen, obwohl er genau wußte, daß dieser Eindruck täuschte. »Die Stimme seiner Mutter, die verzweifelt versucht, ihr einziges Kind zu retten. So eine grauenhafte Erinnerung. Ich werde sie nie vergessen können.«

»Ist es für Sie nicht ungewöhnlich, einen derart starken Eindruck zu empfangen?« fragte Dr. Crusher, die sich genau wie Will besorgt vorbeugte. »Ich meine, Sie berichten uns von Szenen, als wären Sie selbst dabeigewesen, und zitieren vollständige Dialoge.«

»Doch, ausgesprochen ungewöhnlich«, gab Troi zu. »Aber Skel ist Telepath, und wenn Betazoiden manchmal mit Telepathen zusammenkommen, können unerwartete Dinge geschehen. Erst recht unter solch außergewöhnlichen Umständen.«

»Deanna«, sagte Dr. Crusher ruhig, und Riker hörte ihrer Stimme an, daß sie ein schwieriges Thema anschneiden würde, »Ihre Gehirnströme sind sehr unregelmäßig. Ich befürchte, daß der Kontakt mit Skel nicht ohne Auswirkungen für Sie geblieben ist.«

»Es ist nicht nur Skel«, beteuerte Deanna nachdrücklich. »Es sind diese Artefakte.« Sie sah bewußt und mit finsterer Miene Picard an. »Ich weiß zwar nicht, wie, aber sie hatten etwas mit meinem Traum zu tun, und damit, daß ich nicht aufwachen konnte. Sie sind eine Gefahr für jeden an Bord dieses Schiffes!«

»Counselor ...«, setzte Picard versöhnlich an, aber sie wollte nichts davon hören. »Wir müssen sie sofort vernichten, Captain!« sagte sie. »Wir können nicht mehr warten! Jeder Moment, den wir zögern ...«

»Counselor Troi!« unterbrach Picard sie streng. Seine Stimme blieb gefaßt und ruhig, viel ruhiger, vermutete Riker, als er sich tatsächlich fühlte. »Ich habe mit den

Vulkaniern gesprochen. Wir haben morgen eine Verabredung mit einem ihrer Wissenschaftsschiffe.«

Sie sah entgeistert zu ihm auf. »Morgen ist es zu spät! Und wenn wir sie den Vulkaniern zurückschicken, bürden wir die Gefahr einfach nur jemand anderem auf. Wir müssen sie *jetzt* vernichten!«

Picard trat düster einen Schritt zurück. Er schwieg ein paar Sekunden lang und wandte sich dann an die Ärztin. »Doktor, würden Sie Commander Riker und mich bitte entschuldigen?«

»Ja, natürlich«, sagte Beverly und schien beinah erleichtert darüber zu sein, daß die beiden den Raum verließen.

Riker drückte freundschaftlich Deannas Schulter, stand vom Bett auf und folgte Picard hinaus.

»Was zum Teufel geht hier vor?« sagte der Captain, als die Schlafzimmertür sich hinter ihnen geschlossen hatte. »Ich habe ausdrücklich angeordnet, daß Skel keinerlei Kontakt mit Counselor Troi haben darf! Was wissen Sie davon?«

»Ich weiß nur, daß Skel bei ihr war, als ich gestern abend Deannas Quartier betrat, um nach ihr zu sehen. Er wollte offenbar gerade wieder gehen. Es kam mir sinnlos und unfreundlich vor, mich zu erkundigen, was er von ihr wollte. Als ich Deanna danach fragte, ist sie mir ausgewichen und machte eine Bemerkung, durch die ich mir nicht mehr sicher war, ob Sie ihm schon gesagt hatten, daß er sich von ihr fernhalten soll. Da wir uns erst so spät unterhalten hatten, nahm ich fälschlicherweise an, daß Sie das erst am nächsten Morgen erledigen wollten.«

Wills Miene verfinsterte sich, als er überlegte, ob es wohl etwas geändert hätte, wenn er in der vergangenen Nacht noch einmal mit dem Captain gesprochen hätte. »Ich habe auf dem Sofa geschlafen. Damit sie sich sicherer fühlte.« Er lächelte verbittert. »Ich bin von ihren Schreien aufgewacht und dachte zuerst, daß jemand sie angriff. Daß Skel irgendwie an mir vorbeigekommen war und ihr etwas antun wollte. Liegen denn bei uns allen die Nerven so blank?«

Picard wirkte unzufrieden. »Ich habe gestern abend mit Skel gesprochen, *bevor* ich mich mit Ihnen unterhalten habe, Will. Ich habe ihm so freundlich und vernünftig wie möglich mitgeteilt, daß es besser für Deanna ist, wenn sie ihn nicht mehr sieht. Er war die Verkörperung der Vernunft, als er mir zustimmte.«

»Also hat er Ihren Befehl mißachtet. Ein *Vulkanier*, der den Befehl eines Captains nicht befolgt.«

Picard schüttelte den Kopf. »Ich habe es nicht als Befehl formuliert. Natürlich hätte ich das tun können, aber warum sollte man einem Vulkanier eine so einfache Sache befehlen? Ich habe ihn darum gebeten, und er hat akzeptiert. Es ist doch vollkommen widersinnig, daß er dann einfach das Gegenteil tut.«

Riker dachte darüber nach. »Diese Artefakte sind sein Lebenswerk, und Deanna hat auf irgendeine Art mental mit ihnen kommuniziert. Ich weiß, daß er Vulkanier ist, aber wenn man bedenkt, was er durchgemacht hat – könnte ein Vulkanier nicht von einer Sache derart besessen sein, daß er sich *unlogisch* verhält, um an Informationen zu gelangen, die er sonst niemals bekäme?«

Picard seufzte. »Vielleicht. Ich werde trotzdem mit ihm sprechen ...«

»Bitte, Sir«, sagte Deanna ruhig vom Türrahmen zum Schlafzimmer aus, »mir wäre es lieber, wenn Sie das nicht täten.« Sie trug einen langen Morgenmantel über ihrem Nachthemd, und obwohl ihr üppiges Haar noch immer zerzaust wirkte, war die Angst aus ihren Zügen gewichen. Sie sah vollkommen friedlich aus.

Beverly stand neben ihr und legte unterstützend eine Hand auf ihre Schulter. »Ich habe ihr etwas gegeben, um ihren Körper zu entspannen und ihr hyperaktives Bewußtsein zu beruhigen. Ich bin mir zwar nicht sicher, was mit ihr los ist, aber die Medikamente, die ich ihr verabreicht habe, werden ihr einen traumlosen Schlaf ermöglichen – und den hat sie jetzt bitter nötig.«

»Captain, ich möchte mich dafür entschuldigen, gerade so mit Ihnen gesprochen zu haben«, sagte Troi aufrichtig. »Ich habe eine regelrechte Phobie vor diesen Artefakten entwickelt.«

»Ich vermute, daß wir alle besser schlafen werden, wenn sie erst an Bord des vulkanischen Forschungsschiffes sind«, sagte Picard verständnisvoll. »Bleiben Sie einfach in Ihrem Quartier und holen Sie den Schlaf nach. Ich möchte, daß Sie sich sicher fühlen, Deanna.«

»Oh, das tue ich schon, Captain. Und wenn Beverly recht hat und ich wirklich ein paar Stunden ohne Träume schlafen kann, kommt mir bestimmt alles wieder viel normaler vor, wenn ich aufwache.« Sie schenkte Riker ein strahlendes Lächeln. »Danke, daß Sie heute nacht hier geblieben sind, Will.«

»Ich bin froh, daß ich hier war, als ich gebraucht wurde«, versicherte er ihr. »Lassen Sie es mich wissen, wenn Sie wieder wach sind, dann können wir zusammen ›frühstücken‹, einverstanden?«

Sie lächelte und verabschiedete sich von den drei Offizieren, die ihre Unterkunft verließen. Riker beobachtete vom Gang aus, wie die Tür sich vor ihr schloß, und konnte das ungute Gefühl nicht abschütteln, sie im Stich zu lassen.

»Möchten Sie mir noch etwas berichten, Doktor?« fragte Picard leise, als er sicher war, daß Deanna sie nicht mehr hören konnte.

»Nur, was ich Ihnen schon gesagt habe. Ihre veränderten Gehirnströme gefallen mir nicht. Es sieht fast so aus, als würde man ihr einen mentalen Kontakt aufzwingen, den sie nicht unterbrechen kann. Das könnte diese Alpträume auslösen. *Alpträume* ist eigentlich das falsche Wort, denn sie ist wach, wenn sie sie erlebt. Das macht die Episoden so destruktiv. Sie kommt nicht zur

Ruhe und ist in der Realität einer fremden Person gefangen. Ich wünschte nur, ich könnte mit einem Arzt von Betazed darüber sprechen. Die Sache gefällt mir überhaupt nicht.«

»Da sind Sie nicht die einzige«, knurrte Picard. »Nummer Eins, bitte fordern Sie Lieutenant Worf auf, zwei Wachen vor Counselor Trois Quartier zu postieren – und zwar rund um die Uhr. Sie sollen sie begleiten, wenn sie ihre Räumlichkeiten verläßt. Wenn wir ihren Verstand schon nicht schützen können, müssen wir es wenigstens mit ihrem Körper versuchen!«

»Jawohl, Sir«, erwiderte Riker und stellte überrascht fest, wie erleichtert er war, daß Picard auf seine irrationalen Ängste hinsichtlich Deanna eingegangen war.

»Alles kommt mir jetzt ganz anders vor«, flüsterte Tarmud. »So klar.«

Die braunen Augen des Menschen waren weit aufgerissen, sein Körper zitterte. Seine blasse Haut glänzte vor Schweiß, während der Körper mit den Eindringlingen kämpfte, die sein Gehirn übernommen hatten und in dessen tiefste Region vordrangen – die Amygdala.

»Unsere Arbeit«, murmelte Tarmud verträumt. »Jetzt verstehe ich alles viel besser. Sie ist noch viel wichtiger, als ich angenommen habe.«

»Ja«, stimmte Skel zu, während er den Menschen sorgfältig beobachtete. Tarmud hatte viel größere Schwierigkeiten, die Wesen aufzunehmen, als die jüngere und stärkere Barbara Evans. Der Vulkanier befürchtete, daß das Immunsystem des älteren Menschen, vielleicht sogar auch sein Gehirn, das Eindringen nicht überstehen würde. Doch er brauchte Tarmud, und zwar dringend. Wenn er starb, bevor sie ihre Arbeit beendet hatten …

»Wasser«, keuchte der terranische Wissenschaftler und schloß die Augen.

Skel beschaffte umgehend ein Glas aus dem Replikator. Tarmud leerte es in einem Zug und warf es dann ohne Vorwarnung dem Vulkanier ins Gesicht und stürzte sich auf ihn. Er holte aus und versetzte ihm mit aller Kraft einen rechten Haken. Skel packte Tarmuds Faust nur Millimeter vor seinem Gesicht entfernt und hielt sie fest. Tarmud holte mit der Linken aus, doch auch die wurde von Skel abgefangen. Der Vulkanier drehte ihn zügig um, so daß der tobende Wissenschaftler mit dem Rücken an Skels Brust stand, und hielt ihn fest. Tarmud schrie und strampelte mit solcher Inbrunst, daß der Vulkanier befürchtete, der Mensch könnte einen Herzinfarkt erleiden. Doch Skel konnte nichts anderes tun als ihn festhalten, um Tarmud daran zu hindern, sie beide zu verletzen.

Endlich hatte der menschliche Wissenschaftler sich verausgabt und brach in Skels unnachgiebigen Armen zusammen. Da der Vulkanier befürchten mußte, daß Tarmud die Ohnmacht nur vortäuschte, wartete er noch einige Minuten, bevor er reagierte. Doch bemerkte er, daß der Wissenschaftler nicht mehr schwitzte oder zitterte und ganz gleichmäßig atmete.

»Geht es Ihnen besser?« fragte er, wobei sein vulkanisches Ich nur halb zutage trat. In diesem Zustand konnte er seine gesamte vulkanische Ausbildung und all sein Wissen nutzen, in diesem Zustand war er ansteckend. Wenn die Wesen sich wieder in seine Amygdala zurückzogen, erinnerte er sich nur noch an das, was er brauchte, um sein normales Leben zu führen.

Bewundernswert anpassungsfähig, diese Wesen: Im Verlauf der letzten achtzig Jahre hatten sie Skel dazu benutzt, sich zu einer Form weiterzuentwickeln, die der vulkanischen Physiologie besonders angepaßt war. Daß sie dem Trägerkörper ein wenig Kontrolle beließen, hatte es ihnen erlaubt, sehr viel länger zu überleben – und die Seuche besser zu verbreiten.

Und die Technikmesse war die ideale Gelegenheit, sich in der gesamten Galaxis auszubreiten.

Doch Skel kamen Zweifel, ob sein menschlicher Verbündeter in der Lage war, sich zu beherrschen, bis sie die Messe erreicht hatten, ohne Mißtrauen zu erregen.

Endlich nickte Tarmud und wischte sich eine verschwitzte Strähne seines goldenen Haars aus der Stirn. »Bitte entschuldigen Sie meinen Ausbruch.«

»Entschuldigungen sind unnötig«, beteuerte Skel. »Wir können die volle Bandbreite der Reaktionen nicht ahnen, die sich ergeben, wenn verschieden Rassen dem Ganzen hinzugefügt werden. Es mag noch andere geben, die wie Sie reagieren werden. Wir müssen auf alles gefaßt sein.« Skel wußte, daß die Wesen jetzt, genau wie es bei Fähnrich Evans geschehen war, durch Tarmuds Gehirn tobten und die stärksten Emotionen auslösten: Haß, Wut, brutale Leidenschaft. Sie nährten sich von Adrenalin und anderen Hormonen, die ausgeschüttet wurden. Waren sie erst einmal gesättigt, würden die Erreger sich wieder zurückziehen und Tarmud erlauben, sich normal zu benehmen, damit er nicht auffiel.

»Wie lange haben sie gebraucht, um mit Ihrer Hilfe zu dieser überlegenen Form zu mutieren?« fragte Tarmud.

»Jahre«, erwiderte Skel. »Zum Teil haben sie es selbst vollbracht, in meinem Inneren, während ich aufwuchs. Sie hatten die Zeit, die sie brauchten, um sich an meine körperliche Gestalt anzupassen und von mir zu lernen. Ich war der einzige infizierte Vulkanier, der glücklicherweise nicht vollkommen geheilt wurde, als die anderen Erreger vernichtet wurden. Offenbar hat eine mutierte Kolonie in mir überlebt und sich tief in meine Körperchemie zurückgezogen. Als ich dann meine derzeitige Stelle antrat, standen uns viele Jahre lang die Möglichkeiten der Vulkanischen Akademie der Wissenschaften zur Verfügung, um den Wesen zu dieser überlegenen Form zu verhelfen. Die Adaptation verwirrt den Träger etwas, aber im großen und ganzen war es sehr hilfreich. Die Nahrungsaufnahme ist auf ein Minimum beschränkt worden – außer während der Alpträume.« Die furchteinflößenden Träume erzeugten ausreichend Hormone, um die Erreger am Leben zu erhalten, doch ihr Hunger war allgegenwärtig.

»Mit der Ausrüstung der *Enterprise* können wir den Adaptationsprozeß vollenden, so daß jeder vernunftbegabte Organismus in der Lage sein wird, die Wesen zu beherbergen, ohne daß man den Zusammenbruch oder Tod befürchten muß.«

»Ja«, sagte Tarmud und blinzelte verschlafen.

»Sie müssen sich jetzt hinlegen«, erklärte Skel ihm. »Im Schlaf werden Sie träumen, und die Erreger können sich stärken. Und dann werden wir besprechen, auf welche Weise wir neue Verbündete anwerben werden.«

»Jemand muß Kyla anwerben. Sie ist stark ... verfügt über ein so großes Wissen ...« Tarmuds Lider senkten sich, und Skel half ihm vorsichtig, sich auf der Couch auszustrecken. Tarmuds ursprünglicher Ausbruch bereitete ihm noch Sorgen, aber die gewalttätigen Alpträume, die seinen Kollegen im Schlaf begleiten würden, würden die neuen Erreger in seinem Körper sättigen und es ihm ermöglichen, sie besser unter Kontrolle zu halten.

»Ja«, stimmte Skel leise zu, während er darauf wartete, daß Tarmud einschlief, »wir brauchen Dr. Dannelke. Auch Dr. Ellis. Und einige der ranghöheren Offiziere. Aber ganz besonders brauchen wir die Empathin.«

Um Tarmuds Lippen zuckte ein Lächeln, auch wenn seine Augen geschlossen blieben. »Ja«, murmelte er verträumt, »die Empathin. Wir haben sie während des Kontaktes gekostet. Wir brauchen die Empathin ...«

Sie würde niemals infiziert werden, das wußte Skel

ganz sicher. Dafür war sie viel zu wertvoll. Genau wie seine Mutter würde Troi dem Hunger der subatomaren Erreger geopfert werden. Sie konnten ihren Gefühlszustand wahrnehmen, und was noch wichtiger war: Die Energie ihrer Angst konnte sie aus der Entfernung ernähren. Aber im Gegensatz zu T'Reth würde Deanna Troi lange, lange am Leben erhalten werden …

5

Kyla Dannelke schaute sich mit dem VISOR hingerissen die Modelle der neuen Androidenaugen an, die Dr. Tarmud ihr gegeben hatte. Die ausdruckslos starrenden Murmeln mit ihrer leuchtend violetten Iris und dem künstlichen Sehnerv schwammen in einer Flüssigkeit, während Dannelke sie mit einer Pinzette hielt und wie ein Juwelier betrachtete, der einen beeindruckend geschliffenen Diamanten begutachtete. Das Sichtgerät enthielt einen optischen Scanner, der wie ein Mikroskop das Bild bis auf die zellulare Ebene vergrößern oder wie ein Fernglas weit entfernte Objekte sichtbar machen konnte.

Schön, dachte sie und lächelte vor sich hin, als sie die Augäpfel vermaß und analysierte und das VISOR ihren Blick tief in die unteren Schichten der Netzhaut des künstlichen Organs vordringen ließ. *Einfach wunderschön.* Dieses Zusammenspiel von mechanischen, organischen und elektronischen Elementen ergab die perfekten Androidenaugen. Tarmud hatte sich selbst übertroffen. Diese Augen würden alles sehen können, was dem Menschen sichtbar war, sowie ultraviolettes und infrarotes Licht und verschiedene andere Bereiche des Spektrums.

Wenn sie mit der Untersuchung der Augen und der dazugehörigen Sehnerven fertig war, wollte sie ihren Bericht schreiben. Doch die kleine blinkende Anzeige im linken unteren Gesichtsfeld des VISOR zeigte an, daß es schon spät war – und sie wollte doch Worf und seinen Sohn zum Abendessen in ihrer Kabine einladen.

Diese Aussicht ließ sie lächeln. Sie hatte mit dem Gedanken gespielt, nur Worf einzuladen, hatte sich aber schnell anders entschieden. Alexander war so klug, daß sie ihn nicht ausschließen konnte. Und wenn es irgendeinen Weg zum rauhen klingonischen Herzen seines Vaters gab, dann wohl über seinen aufgeweckten Sohn. Sie hatte gelesen, daß Klingonen würzige Gerichte vorzogen, und so hatte sie den Replikator darauf programmiert, die berüchtigte Zwiebelleber ihrer Großmutter herzustellen – natürlich nicht durchgebraten, sondern blutig. Vielleicht wußte Counselor Troi, was Alexanders Lieblingsgericht war. Für sich selbst ...

Der Türsummer riß sie aus ihren Gedanken und ließ sie leicht gereizt erneut auf die Uhr schauen. Sie erwartete niemanden – es sei denn, Tarmud wollte den Bericht schon jetzt haben. Was dachte der sich nur, wie schnell sie arbeiten konnte?

»Herein.« Sie sah zur Tür auf, wobei sie das VISOR schnell von Mikroskop- auf Normalsicht umschaltete.

Die Tür öffnete sich, und ein kleiner, dunkelhäutiger Mann trat ein – ein Fähnrich in Uniform, der ihr eigentümlich bekannt vorkam. Noch eigentümlicher kam ihr vor, daß er keinen Kommunikator trug.

»Ja, bitte?«

»Bitte entschuldigen Sie die Störung, Doktor«, begann er zögernd. »Wie ich sehe, sind Sie noch beschäftigt.«

Sie zwang sich zu einem Lächeln, obwohl seine zurückhaltende Art ihr auf die Nerven ging; sie wollte, daß er zur Sache kam und wieder verschwand, damit sie weiterarbeiten konnte. »Was kann ich für Sie tun?«

»Eigentlich bin ich hier, um Ihnen zu helfen, Doktor.« Er trat schüchtern einen Schritt näher.

»Wobei denn? Ich besinne mich nicht, um etwas gebeten zu haben. Ach, oder hat Fähnrich Evans Sie geschickt?« Ihr fiel plötzlich ein, daß sie an diesem Morgen um ein paar Datenspeicher und einen Minicomputer gebeten hatte, und jetzt war es fast schon Zeit fürs Abendessen. Wo war bloß der Tag geblieben? Da sie annahm, daß er die Gegenstände einfach auf ihren Schreibtisch legen würde, beugte sie sich wieder über die künstlichen Augen.

»Ja, genau«, sagte der junge Mann erleichtert, als sei auch er sich nicht ganz sicher gewesen, worin seine Aufgabe eigentlich bestand. »Fähnrich Evans schickt mich mit Ihren Materialien.«

»Ausgezeichnet«, murmelte Kyla, womit sie wieder die Androidenaugen meinte; die Schönheit ihrer Zellstruktur faszinierte sie. »Legen Sie sie einfach dort ab«, sagte sie und deutete ungefähr in Richtung Couchtisch. »Das wäre dann alles. Danke.«

Sie wurde wieder von ihrer Arbeit gefesselt, die Spur der künstlichen Sehnerven zu verfolgen, und ihr fiel nicht auf, daß die Tür sich nicht erneut geöffnet und geschlossen hatte.

Eine Hand legte sich um ihre Schulter.

Sie wirbelte herum und sah in das eigentümlich vertraute, dunkle Gesicht des Fähnrichs.

»Entschuldigen Sie bitte, Dr. Dannelke«, sagte er, wobei seine Stimme nicht mehr schüchtern, sondern kräftig, streng und selbstsicher war, »könnten Sie mich wohl kurz anschauen?«

Er faßte sie mit einer Hand am Kinn und griff mit der anderen nach dem VISOR.

Instinktiv hob sie beide Arme und schlug so die Finger weg, die sich in ihr Gesicht graben wollten, und die Hand, die von der Seite kam. Blitzschnell war sie vom Stuhl hochgeschnellt und in die Mitte des Raums gesprungen.

»Wer ist Ihr vorgesetzter Offizier?« fragte sie, während sie, die Hitze des Adrenalinstoßes im Gesicht spürend, eine abwehrende Körperhaltung einnahm. *»Wer?«* Das VISOR behinderte ihre Sicht, als der Apparat versuchte, sich ihren raschen Kopfbewegungen anzupassen, aber sie hatte keineswegs die Absicht, Zeit damit zu verschwenden, ihn abzunehmen. Insbesondere da der Fähnrich ihn offenbar aus irgendeinem Grund entfernen wollte.

»Bitte verzeihen Sie mir, Dr. Dannelke«, sagte er schmeichelnd, als habe er sich völlig professionell, Kyla hingegen seltsam benommen. »Ich wollte Sie nicht erschrecken. Ich brauche nur einen Moment lang ihre ungeteilte Aufmerksamkeit.«

»Die können Sie auch länger haben, Freundchen«, fuhr sie ihn an. »Computer!« befahl sie dann.

Sie hatte weder Zeit, nach Lieutenant Worfs Aufenthaltsort zu fragen, noch für sonst etwas: Der Eindringling stürzte sich auf sie, und seine dunklen Hände zielten auf ihr Gesicht.

Sie riß das Bein hoch, und ihr Knie traf zielsicher sein Brustbein. Er knallte hart auf den Boden und verlor keuchend den Atem – doch unglaublicherweise sprang er umgehend wieder auf.

Dieser Anblick erschreckte sie. Er war viel kleiner als sie, und obwohl er kräftig sein mochte, hätte er doch wenigstens ein paar Sekunden benötigen müssen, um sich zu erholen. Allmählich wurde ihr klar, daß hier etwas nicht stimmte, und zwar mehr als nur die aberwitzige Tatsache, daß sie von einem Mitglied der sorgfältig ausgewählten Besatzung Captain Picards angegriffen wurde.

Dieser Gedanke feuerte sie an. Sie ging in die Offensive und versetzte ihm einen heftigen Faustschlag auf die perfekte Nase. Knochen splitterte, Blut floß, doch der junge Mann ließ sich davon nicht beeindrucken. Statt dessen ging er wieder auf sie los und lächelte trotz des strömenden Blutes.

Lächelte.

Wieder griff er sie an. Sie schlug mit der Handkante auf seinen Nacken ein, boxte ihn unter den Bauchnabel, hieb auf seine Schulter. Er fiel flach aufs Gesicht, rappelte sich sofort wieder auf und grinste blutig.

Sie wich ihm aus und stieß einen kleinen Tisch voller Datenspeicher um, damit sie genug Abstand zu ihm gewinnen konnte, um ihre Füße einzusetzen.

Sie drehte sich und trat ihm kraftvoll in die Rippen, als er auf sie zugekrochen kam. Er verdaute den Aufprall, ohne zu stürzen, obwohl jeder andere zusammengebrochen wäre, und war auf ihren zweiten Tritt vorbereitet.

Sie schrie auf, als er ihre Ferse packte, sie hinabzog und auf den Rücken warf. Dann saß er schon auf ihr und griff nach dem VISOR. Er packte es mit einer Hand und versuchte, sie mit der anderen festzuhalten. Zum ersten Mal erhaschte sie durch das VISOR einen vergrößerten und leicht unscharfen Blick auf seine Augen, riesig und braun und von einem brennend kalten Haß erfüllt, der ihr den Atem raubte.

Sie schloß die Augen und stieß ihm mit einem verzweifelten Aufbäumen das Knie zwischen die Beine.

Er schrie auf und lockerte den Griff so weit, daß sie zur Seite rollen und sich befreien konnte. Er hätte gekrümmt in der Ecke liegen und wimmern müssen, war aber schon wieder auf den Beinen und grinste breiter denn zuvor.

Sie raffte sich auf, wich vor ihm zurück und floh. Die Tür öffnete sich nur Millimeter vor ihrem Gesicht. Sie stolperte, konnte sich gerade noch auffangen und hetzte den Gang entlang. Ihr Widersacher hätte eigentlich gar nicht mehr laufen dürfen, doch sie hörte seinen keuchenden Atem nur wenige Meter hinter ihr.

Sie lief, so schnell sie konnte, und bog um eine Ecke, wobei sie fast zwei Besatzungsmitglieder über den Haufen gerannt hätte. Ihr wurde klar, welchen Eindruck sie bei ihnen erwecken mußte: völlig zerzaust, hysterisch, das VISOR noch auf der Nase.

»Sicherheitsdienst!« rief sie, während sie ihre Flucht fortsetzte. »Rufen Sie *Worf*!«

Sie bekam noch mit, wie einer der verblüfften Offiziere »Kein Problem!« sagte, dann war sie schon außer Sichtweite.

»Können wir sie nicht zum Abendessen einladen, Vater?« fragte Alexander, während er seine Schulkleidung auszog.

Worf kam der Verdacht, daß Alexander nur so getan hatte, als schliefe er, während Kyla Dannelke vergangenen Abend hereingeschaut hatte. Kaum war er am heutigen Morgen aufgestanden, fing er auch schon wegen dieser Einladung zu quengeln an.

»Sie hat mir bei meinem schwebenden Auge geholfen«, erklärte Alexander geduldig. »Wäre das nicht eine nette Art, sich bei ihr zu revanchieren? Du sagst doch immer, wenn einem einer hilft, muß man diese Schuld begleichen.«

»Ja, das stimmt«, gab Worf zu. »Aber du darfst nicht vergessen, Alexander, Dr. Dannelke ist nicht an Bord gekommen, um sich zu amüsieren. Sie hat mit ihren Kollegen wichtige Arbeiten zu erledigen. Vielleicht hat sie heute abend schon etwas vor.«

»Und wenn nicht?« beharrte sein Sohn. »Wir können sie doch wenigstens fragen. Mir ist klar, daß sie vielleicht ablehnt. Bitte, Vater? Fragen wir sie?«

Worf seufzte und versuchte sich einzureden, daß er das Ergebnis dieser Diskussion nicht schon von Anfang an geahnt hatte. »Na gut. *Du* darfst sie zum Abendessen bei uns einladen. Sag ihr, daß du meine Erlaubnis hast. Und meckere nicht, wenn sie ablehnt!«

»Klar, Vater!« stimmte Alexander überglücklich zu. »Vielleicht kann sie mir zeigen, wie sie bei ihrem schwebenden Auge das Innere nach außen gestülpt hat!«

Worf gab seine ernste Miene auf und lächelte den Jungen an. »Du magst sie wirklich, nicht wahr?«

Der Junge nickte und sah seinen Vater verschmitzt an. »Ich glaube, *Kyla* mag *dich* sehr.«

Worfs Lächeln verschwand. Dieses Kind war entschieden zu vorlaut! »Für dich immer noch *Dr. Dannelke*, nicht *Kyla*. Du mußt mit einer derart gebildeten Wissenschaftlerin respektvoll umgehen!«

»Sie hat mir gesagt, daß ich sie so nennen darf! Ehrlich, Vater. Ich weiß schon, wie man sich benimmt!«

Jawohl. Das mußte Worf zugeben. Bei anderen benahm Alexander sich oft sehr viel besser als bei seinem Vater. Und zweifellos fühlte er sich wegen des frühen Todes seiner Mutter sehr zu Frauen hingezogen. »Tatsächlich, mein Sohn, mag Dr. Dannelke wohl eher *dich*.«

»Toll! Dann mag sie ja uns beide!«

Worf nickte. Er wußte, daß dem so war. Und wie konnte man eine Frau nicht attraktiv finden, die intelligent, stark und direkt war und auch noch seinen Sohn bewunderte? Er fragte sich, ob die Wissenschaftlerin doch nicht mehr über klingonische Kultur wußte, als sie zugab.

»Mein Dienst endet in zwei Stunden«, teilte Worf seinem Sohn mit. »Wenn sie die Einladung annimmt, können wir dann essen. Frag sie nach ihrem Lieblingsgericht.«

»Was? Du willst ihr kein klingonisches Essen servieren?« fragte Alexander, und sein Vater brummte unterdrückt wegen des verspielten Sarkasmus in der Stimme des Jungen.

»Das ist eine Einladung zum Abendessen«, erinnerte er ihn. »Keine Mutprobe. Ich muß jetzt zurück auf die Brücke. Benachrichtige mich durch den Computer, wenn …«

Sein Kommunikator piepste, und er nickte seinem Sohn zu und verließ das Zimmer des Jungen, um in Ruhe antworten zu können.

Im Wohnzimmer berührte er den Kommunikator. »Hier Worf.«

»Lieutenant Worf«, ertönte eine atemlose Stimme, »hier ist Fähnrich Johannsen. Wir haben einen Notfall auf Deck Fünf. Eine der Wissenschaftlerinnen an Bord hetzt durch das Schiff, als wäre jemand hinter ihr her. Aber ... wir haben keinen Verfolger gesehen.«

»Brauchen wir eine medizinische Einheit?« fragte Worf auf dem Weg von seinem Quartier zum Turbolift.

»Ich glaube nicht, Sir«, sagte der Offizier. »Wir haben sie vom Computer verfolgen lassen. Sie läuft sehr schnell.«

»Welche Wissenschaftlerin ist es?« fragte er, als er den Lift betrat. Wenn er den Namen wußte, konnte er vielleicht in Erfahrung bringen, ob sie mit Chemikalien arbeitete, die eine Schockreaktion oder vielleicht sogar Halluzinationen hervorrufen konnten. Dann war klar, ob sie ärztliche Hilfe brauchte.

»Es tut mir leid, Sir, das weiß ich nicht«, erklärte der Offizier. »Sie ist ziemlich groß und sehr blond. Aber sie trug etwas vor dem Gesicht, deshalb konnte ich sie nicht erkennen. Es sind momentan so viele Wissenschaftler an Bord ... Lieutenant Singh ist bei mir, und er hat sie auch nicht erkannt.«

»In Ordnung, Fähnrich.« Er wollte ihnen gerade sagen, daß er unterwegs war, als Johannsen sich noch einmal meldete.

»Wir haben am Computer überprüft, ob sie wirklich verfolgt wird. Den Sensoren zufolge ist da niemand. Sie hat aber um Hilfe gebeten, Sir. Sie hat ausdrücklich nach Ihnen verlangt.«

Worf hatte plötzlich eine ungutes Gefühl, um wen es sich handelte. »Wo ist sie jetzt?«

»Laut Computer auf Deck Drei, noch immer in vollem Lauf.«

»Gute Arbeit, Fähnrich«, sagte Worf abschließend. Er beauftragte seinen Stab, ein Team von vier Sicherheitswächtern bereitzustellen, bevor er den Lift aufforderte, ihn zu Deck Drei zu bringen.

Um diese Sache wollte er sich persönlich kümmern.

Erschöpft keuchend unterbrach Kyla ihre Flucht, drückte eine Hand auf ihre Rippen und lehnte sich gegen eine Wand, um wieder zu Atem zu kommen. Mit der anderen Hand schob sie das VISOR hoch bis an den Haaransatz, um deutlicher sehen zu können.

Sie sah sich kurz in alle Richtungen um und stellte fest, daß sie in Sicherheit war – im Moment. Der ganze Vorfall war unglaublich. Sie hatte noch nie von einem Verbrechen an Bord von Starfleet-Schiffen gehört, die gemeinhin als die sichersten Orte der gesamten Galaxis galten. Doch der Blick in den Augen des jungen Fähnrichs war Kyla durch Mark und Bein gegangen. Sie hatte noch nie zuvor derart kalt berechnende Mordlust gesehen. War es möglich, daß aus einem Mitglied der Besatzung der *Enterprise* plötzlich ein pathologischer Mörder geworden war?

Ausgeschlossen. Genauso ausgeschlossen wie seine Gleichgültigkeit hinsichtlich seiner Verletzungen, genauso ausgeschlossen wie die Möglichkeit, daß Kyla selbst den Verstand verlor.

Das leise Geräusch raschelnden Stoffs ließ sie erstarren – oder war es ihr Atem? Ihr Verfolgungswahn war jetzt so schlimm, daß alles nach einer Bedrohung klang. Sie stand ganz still und hörte genau hin, wagte nicht einmal zu atmen.

Noch ein leises Geräusch. Dannelke senkte das VISOR wieder vor die Augen und stellte es auf einen entfernten Punkt ein, den sie nicht ganz erkennen konnte. Nichts. Noch nicht ...

Sie sah sich noch einmal um, lief mit sicherem Schritt wieder los und drückte sich kraftvoll von den Bodenplatten ab. Sie sah ein letztes Mal über die Schulter, bog um die nächste Ecke ...

... und stieß unsanft gegen etwas Hartes. Etwas, das sie wie ein Schraubstock gepackt hielt.

Sie verwandelte sich in eine wilde Furie, trat um sich und versuchte, die Arme zu befreien.

»Kyla!« rief eine kräftige Baritonstimme. Sie sah auf, und das VISOR zeigte ein braunes Gesicht, eine gehöckerte Stirn und ein funkelndes Augenpaar.

Sie riß sich das Gerät vom Gesicht, um den Anblick zu bestätigen. »Worf, Gott sei Dank!« hauchte sie und umarmte ihn impulsiv.

Als sie merkte, was sie tat, ließ sie ihn los und errötete. »Wo haben Sie so lange gesteckt?« fragte sie, verzweifelt darauf bedacht, ihrem Image gerecht zu werden, und strich sich die unzähligen Haare, die ihrem Zopf entkommen waren, aus dem Gesicht.

Er runzelte überrascht die eindrucksvolle Stirn, was sie zum Lächeln brachte. Sie genoß es, ihn eiskalt zu erwischen. Das gelang wohl nicht vielen ...

»Wo ich so lange ...«, setzte er an, dann unterbrach er sich, atmete tief durch und setzte wieder seine professionelle Miene auf. »Dr. Dannelke, Sie waren ein ausgesprochen bewegliches Ziel!«

»Ach, wir sind wohl wieder bei Lieutenant und Doktor gelandet?« Sie lehnte sich wieder gegen die Wand, um zu Atem zu kommen.

»Kyla«, sagte Worf ruhig. »Was ist los? Warum laufen Sie durch das Schiff, als würde man Sie verfolgen?«

»Weil ich *tatsächlich* verfolgt werde«, erklärte sie, während sich ihr Herzschlag ganz langsam wieder beruhigte.

»Von wem?« fragte Worf.

»Er hat mir nicht seinen Ausweis gezeigt, bevor er mich angegriffen hat, Worf.«

Der Klingone erstarrte. »Man hat Sie angegriffen? Auf der *Enterprise*?«

»Ich weiß auch, wie unglaublich das klingt. Aber es ist trotzdem passiert. Und zwar auf Ihrem geliebten Schiff.« Sie drückte sich von der Wand ab. »Kommen Sie mit in meine Kabine, ich werde es Ihnen zeigen.«

Auf dem Weg zu Kylas Quartier sprachen sie nicht miteinander. Sie hielt es nicht für nötig. Außerdem verärgerte sie sein ungläubiger Gesichtsausdruck, was nur zu ihrem Adrenalinüberschuß beitrug. Sie nutzte die Zeit, um ihren Atem und ihre Gefühle wieder unter Kontrolle zu bringen. Wenn Worf erst einmal den umgestoßenen Stuhl, die auf dem Boden verstreuten Datenspeicher und die anderen Kampfspuren gesehen hatte, würde seine Meinung sich ändern. Dann würde er mit eigenen Augen sehen, daß sie die Wahrheit sagte.

Als sie endlich an ihrer Gästekabine ankamen, führte sie ihn zügig und selbstbewußt hinein ... und blieb wie vom Donner gerührt stehen.

Vor sich sah sie ihr zeitweiliges Arbeitszimmer ... einwandfrei aufgeräumt. Der Stuhl war sorgfältig hinter den Schreibtisch gestellt worden, auf dem immer noch die Androidenaugen schwammen. Die Datenspeicher waren wieder ordentlich aufgestapelt. Es war, als hätte der Kampf nie stattgefunden.

Worf stand stumm neben ihr, breitschultrig, wartend ... und abschätzend.

»Ich bin nicht verrückt«, murmelte sie und verschränkte die Arme bei dem Versuch, ihre Gefühle nicht zu zeigen. »Ich bin in diesem Raum angegriffen worden. Ein Fähnrich kam herein ... Ich habe ihn nie zuvor gesehen. Ich war mit diesen Androidenaugen beschäftigt. Wir haben miteinander gesprochen. Ich habe mich bei ihm bedankt und ihn gebeten, die Gegenstände, die er mir brachte, auf den Tisch zu legen ... Aber statt wieder zu gehen, kam er zu mir und packte mich an der Schulter. Dann wollte er mir das VISOR abnehmen. Ich riß mich von ihm los, aber er hat sich auf mich gestürzt! Wir haben miteinander gekämpft ...«

»Gekämpft?« fragte Worf. Es war das erste Wort, das er sagte, seit sie in den Turbolift gestiegen waren, und in diesen zwei Silben lag so viel Skepsis, daß Kylas Verwirrung sich in Ärger verwandelte.

Ihr fiel nur eine Möglichkeit ein, dem Klingonen zu

beweisen, daß sie in der Lage war, sich selbst zu verteidigen.

Ohne Vorwarnung wirbelte sie herum, schrie und zielte mit der Hand auf sein Gesicht. Er blockte sie mit geübter Leichtigkeit ab und setzte zum Gegenschlag an. Sie wehrte ebenfalls ab und trat nach Worf, streifte ihn aber nur. Mit schlangenhafter Geschmeidigkeit packte er den Knöchel, der ihn getroffen hatte, und warf sie zu Boden. Sie rollte sich geschickt ab, sprang auf und griff ihn erneut an. Schlag, Block, Gegenschlag – bis Worf endlich »Genug!« rief.

Und damit war es vorbei. Sie standen beide in gebeugten Abwehrhaltungen da und rangen nach Luft.

Er betrachtete sie mit deutlich weniger Zynismus. »Na gut«, knurrte er. »Sie haben *gekämpft*. Und dann?«

Sein Zugeständnis ließ den letzten Rest des Adrenalins aus ihrem Kreislauf verschwinden. Sie ließ sich vollkommen erschöpft gegen die nächste Wand fallen und fuhr mit zitternder Hand über ihr verschwitztes Gesicht. Dabei fiel ihr auf, daß mehr Haare außerhalb des Zopfes hingen als darin. »Wir haben miteinander gekämpft. Ich habe *zwei* schwarze Gürtel, einen in Kung Fu, den anderen in Aikido. Der Kerl war kleiner als ich und leichter. Ich hätte keine Probleme mit ihm haben dürfen, aber er ließ einfach nicht locker. Ich habe ihn *brutal* geschlagen und getreten. Verdammt noch mal, ich habe ihm die Nase gebrochen!« Sie streckte ihre rechte Faust vor, um ihm das angetrocknete Blut auf ihren Knöcheln zu zeigen. »Er stand aber immer wieder auf, wollte mir jedesmal das VISOR abnehmen. Er müßte eigentlich noch immer hier liegen und stöhnen – statt dessen hat er mich durch die Gänge gejagt. Ein paarmal hätte er mich fast gekriegt ... und das, obwohl ich am College einen Leichtathletik-Weltrekord aufgestellt habe, der noch immer Bestand hat.« Sie sah dem Klingonen in die Augen.

»Ich bin nicht verrückt, Worf. Es ist wirklich passiert.«

Eine Zeitlang betrachtete Worf sie wortlos und mit undeutbarem Ausdruck. Dann legte er ihr zu ihrer großen Überraschung eine Hand – groß, kräftig und fiebrig warm – auf die Schulter, dieselbe Schulter, die der Fähnrich berührt hatte.

»Ich glaube Ihnen«, sagte er. »Niemand, der so kämpft wie Sie, würde sich so etwas ausdenken. Ich kann mir nicht erklären, wie das passieren konnte, aber ich verspreche Ihnen, ich werde herausfinden, wer der Angreifer war.«

Sie seufzte unendlich dankbar und war plötzlich zu müde zum Stehen. Er half ihr zur Couch und setzte sich neben sie, noch immer militärisch aufrecht, während sie in den Kissen versank.

»Und ich entschuldige mich, Kyla«, fuhr er fort, die Hand noch immer auf ihrer Schulter, »daß ich Ihre kämpferischen Fähigkeiten angezweifelt habe. Sie sind eine würdige Gegnerin. Vielleicht habe ich« – und hier huschte ein kaum bemerkbares Lächeln über seine Lippen – »kulturellen Vorurteilen erlaubt, meine Einschätzung Ihrer Aussage zu beeinflussen.«

»Tja, in diesem Fall«, erwiderte sie, »hatten Sie das wohl bei mir gut. Danke, daß Sie gekommen sind. Und mir glauben.«

»Gern geschehen. Und, Kyla ... Ich möchte, daß Sie sich Bilder der gesamten derzeitigen Besatzung der *Enterprise* ansehen.«

»Aber das sind doch über tausend Leute«, protestierte sie. »Ich habe vor der Messe noch so viel zu tun.«

»Wenn wir alle Frauen, Kinder, Nichtmenschen und höheren Offiziere aussparen, schränkt das die Suche auf eine akzeptable Zahl ein. Sie müssen Ihren Angreifer unbedingt identifizieren.« Er sah sie strenger an. »Und ich will, daß Sie von jetzt an nur noch jemanden einlassen, wenn Sie wissen, um wen es sich handelt. Wenn jemand an Ihre Tür kommt, dessen Namen Sie nicht kennen, lassen Sie ihn nicht herein!«

»Keine Sorge.« Sie lächelte matt. »Ich habe auch noch einen schwarzen Gürtel in Paranoia.«

Er sah sie düster an; offenbar fand er Witze in einer so ernsten Situation unpassend. »Noch etwas. Alexander wird sich bei Ihnen melden. Er möchte Sie einladen, mit uns zu Abend zu essen. Ich werde ihm erklären, daß Sie sich erholen müssen ...«

»Den Teufel werden Sie tun!« widersprach sie. »Ich nehme die Einladung sehr gern an, um auf andere Gedanken zu kommen. Und wo könnte ich sicherer sein als beim Chef des Sicherheitsdienstes? Lassen Sie Alexander ruhig seine Einladung überbringen. Ich werde zusagen, und zwar gern. Es sei denn, Sie möchten nicht, daß ich komme.«

Er zögerte, und einen furchtbaren Augenblick lang befürchtete sie, er suche nach einem höflichen Weg, ihr einen Korb zu geben. Wenn er ehrlich war und es offen zugab, würde sie es akzeptieren, sagte sie sich stoisch. Sie hatte von Anfang an bei ihm alles falsch gemacht, und jetzt das ...

»Kyla, ich würde mich freuen, wenn Sie mit uns zu Abend essen«, sagte er ruhig, und die Ehrlichkeit in seinen dunklen Augen ließ sie lächeln.

»Großartig. Was gibt es denn Gutes?«

»*Das* sind die Artefakte?« fragte Geordi leise, als er die kleinen, unscheinbaren Objekte durch die Wand des transparenten Quarantänebehälters betrachtete. Sie sahen wie glänzende, schwarze Kunstobjekte oder elegante Schmuckschatullen aus – etwas, das man in der Hand hielt und bewunderte. Er hätte gern eine davon berührt, über die glatte Oberfläche gestreichelt und das schimmernde Funkeln auf der polierten Oberfläche genossen.

»Genau die«, sagte Dr. Crusher neben ihm bedrückt. In ihrer Stimme schwangen die gleichen Gefühle mit, die Geordi auch hatte: Bewunderung, die mit Ekel kämpfte. Data stand auf der anderen Seite neben dem Ingenieur und betrachtete die Meßwerte seines Tricorders.

»Sie sehen jedenfalls nicht so aus, als könnten sie für eine so ernste Sache wie eine planetare Epidemie verantwortlich sein«, stellte Geordi fest. Er ging um die in den Kraftfeldern eingeschlossenen Objekte herum und nahm sie sorgfältig in Augenschein. Sein VISOR konnte nichts Gefährliches an ihnen entdecken, es stellte lediglich ihre Einfachheit fest. So sehr er sich auch bemühte, er konnte jenseits der glatten Oberfläche, die aus einer unbekannten Legierung zu bestehen schien, nichts entdecken.

»Genau genommen«, wurde Geordi von Data korrigiert, als dieser von seinem Tricorder aufsah, »waren es nicht diese Objekte an sich, die auf Vulkan die Krankheit hervorgerufen haben, sondern die Erreger, die sich in ihnen befinden.« Er fixierte die Artefakte neugierig. »Die Auslöser der Seuche sind offenbar subatomare Partikel, aber wie sie auf das Gehirn wirken und den Träger kontrollieren, ist derzeit noch unbekannt.«

»Captain Picard glaubt, daß Sie die Schrift auf den Schalen entziffern können?« fragte Beverly den Androiden.

»Er hat Skel gebeten, mich die Gravuren analysieren zu lassen«, erläuterte Data. »Skel hat zugestimmt und mir Zugriff auf die Ergebnisse der Vulkanier verschafft. Sie haben einen Satzteil als ›Nur zum Krieg ...‹ übersetzt. Ich hoffe, daß ich auf diesen Ergebnissen aufbauen kann. Selbst wenn ich bis zur Technikmesse nicht fertig werde, könnte es mir doch gelingen, eine der Sprachmatrizen zu entschlüsseln.«

»Ich weiß nicht, Data«, sagte Geordi unsicher. »Die Vulkanier arbeiten seit achtzig Jahren an dem Problem.

Wie werden sie sich fühlen, wenn Sie dieses Rätsel in ein paar Tagen lösen?«

Data schien nicht mitzukommen. »Aber Geordi, Vulkanier äußern ihre Gefühle grundsätzlich nicht, als ...« Er verstummte, als der Groschen endlich fiel.

Geordi und Beverly lächelten, als Data nickte. »Ach, jetzt verstehe ich. Vulkanier teilen ihre Gefühle nicht mit, deshalb werden wir überhaupt nie erfahren, wie sie sich ›fühlen‹! Ja. Sehr subtil.«

»Wenn Skel Sie endlich kennenlernt, Data«, meinte Geordi, »wird er wohl eine Seelenverwandtschaft mit Ihnen feststellen.«

Dr. Crusher wurde ernst, was den beiden anderen Offizieren sofort auffiel.

»Habe ich etwas Taktloses gesagt, Doktor?« fragte Geordi.

»Nein, natürlich nicht«, erwiderte sie etwas zu schnell. »Es ist nur ...«, sagte sie, als die beiden sie weiterhin erwartungsvoll ansahen, »daß Deanna Schwierigkeiten gehabt hat, Skel zu ›lesen‹. Offensichtlich haben die schrecklichen Erlebnisse, die er als Kind durchgemacht hat, dauerhafte Auswirkungen auf ihn gehabt. Es ist wirklich sehr traurig.«

»Die wenigen Informationen über die ursprüngliche Epidemie, die die Vulkanier Picard geschickt haben, waren ja recht trocken«, fügte Geordi hinzu, »aber es klang trotzdem ziemlich gräßlich.«

»Er war damals noch ein Kind«, erzählte Crusher ihnen. »Er hat seine Mutter verloren, und sein Vater wurde infiziert.«

»Hat Skel sich auch angesteckt?« wollte Data wissen.

Beverly schüttelte den Kopf. »Nein, aber das traumatische Erlebnis nahm ihn schwer mit. Interessanterweise waren vulkanische Kinder überhaupt nicht betroffen – nur die Erwachsenen. Es ist schon seltsam, wie eine Krankheit sich bestimmte Gruppen aussuchen kann und die einen befällt und die anderen nicht. Aber auch die Kinder haben einen hohen Preis gezahlt.«

»Ich weiß nicht, ob ich mein Leben mit dem Studium der Dinge verbringen könnte, die meine Mutter umgebracht haben«, sagte Geordi leise.

»Skel hat erklärt«, sagte Crusher, »daß er versuchen will, etwas Positives aus einem so negativen Ereignis zu gewinnen.« Dann lächelte sie, als wolle sie die finstere Stimmung vertreiben. »Wenn die Herrschaften jetzt die notwendigen Informationen gesammelt haben … hier sollte eigentlich niemand Zugang haben.«

»Danke, daß Sie uns hereingelassen haben, Doktor«, sagte Geordi.

»Auch ich danke Ihnen«, sagte Data. »Ich hätte die Bilder auch vom Computer anfertigen lassen können, aber so sind die Daten präziser.«

»Na ja, der Captain hat es erlaubt«, sagte Crusher. »Ehrlich gesagt … die Dinger jagen mir kalte Schauer über den Rücken. Ich bin froh, wenn sie nicht mehr an Bord sind.«

Als die beiden Offizier auf den Gang traten, sah Geordi seinen Androidenfreund an. »Fangen Sie mit der Arbeit an diesen Matrizen sofort an?«

»Ich denke schon«, erwiderte Data. »Skel wird nur noch zwei Tage an Bord sein, da habe ich nicht viel Zeit.«

»Dann tun Sie das«, sagte Geordi. »Ich habe noch etwas in der technischen Abteilung zu erledigen, dann mache ich Feierabend und entspanne mich in meinem Quartier.«

»Bis morgen, Geordi«, sagte Data, als ihre Wege sich trennten.

LaForge lächelte, als sein Freund einen gebogenen Korridor entlangging und schon in die Meßwerte seines Tricorders vertieft war. *Wenn irgend jemand aus dieser Sprache schlau wird, dann Data,* dachte er.

Der Chefingenieur machte sich auf den Weg an seinen Arbeitsplatz. Er wollte noch einmal die Leistungswerte des Schiffes überprüfen, nachdem die neuen Eichungen durchgeführt worden waren. Er verbrachte ein paar Minuten an seiner Station und beriet sich mit Mitgliedern seines Stabs. Er unterhielt sich gerade mit dem Offizier, der diese Schicht leitete, als er einen Besucher entdeckte.

»Dr. Tarmud?« fragte er erstaunt.

»Ach, da sind Sie ja, Mr. LaForge!« sagte der Wissenschaftler gut gelaunt.

»Ich ... äh ... freue mich, Sie zu sehen, Sir, aber dieser Bereich ist normalerweise nur befugtem Personal zugänglich. Kann ich Ihnen irgendwie helfen?«

»Ich dachte, Sie hätten schon Feierabend«, sagte Tarmud unschuldig, »also habe ich versucht, Sie mit Hilfe des Computers zu finden, aber Sie sind in Bewegung geblieben. Ich bin den Anweisungen des Computers gefolgt und hier gelandet. Bitte entschuldigen Sie, wenn ich gegen die Vorschriften verstoßen habe.«

»Ist ja nichts passiert«, versicherte Geordi ihm. »Und genaugenommen habe ich auch Feierabend.« Der Ingenieur verabschiedete sich mit einem Nicken vom Schichtleiter und trat zu Dr. Tarmud. »Weswegen wollten Sie mich sprechen?«

Als sie die anderen hinter sich gelassen hatten, legte Tarmud Geordi freundschaftlich die Hand auf die Schulter. »Eigentlich wollte ich mich bei Ihnen entschuldigen, Mr. LaForge.«

Der Ingenieur betrachtete Tarmud verwirrt, der den Blick gesenkt hielt, als sei es ihm peinlich, Geordi in die Augen zu sehen.

»Ich bin nur ein verstaubter Labormensch, Mr. LaForge«, erklärte Tarmud. »Wie Ihnen bestimmt schon aufgefallen ist, gehen wir Wissenschaftler so in unserer Arbeit auf, daß wir unsere Kinderstube vergessen. Ich fürchte, ich war sehr unfreundlich zu Ihnen, als wir uns neulich im Gesellschaftsraum unterhalten haben.

Ich habe keinerlei Interesse an Ihren Worten gezeigt. Das ist mir erst viel später klar geworden, und dann ... also, ich wollte mich einfach entschuldigen. Ich komme mir vor wie ein alter Narr.«

Geordi war überrascht und fühlte sich ein wenig geschmeichelt. Das von Herzen kommende Bedauern des Wissenschaftlers schien aufrichtig zu sein.

»Mr. LaForge«, fuhr Tarmud fort, »die bahnbrechenden Entdeckungen, die meinem Team und mir bei der Entwicklung des VISORs gelungen sind, waren der Grundstein für meine Arbeit an einem funktionstüchtigen Androiden. Die Augen sind schließlich, wie man so sagt, der Spiegel der Seele, und die Fragen, die wir mit dem VISOR beantwortet haben, führten zu noch viel bedeutenderen Dingen. Als ich mich mit Skel zusammengesetzt habe, bin ich auf ein paar meiner alten Aufzeichnungen von meiner Arbeit an dem Instrument gestoßen. Ich war mir noch nicht einmal bewußt, daß ich diese frühen Materialien mitgenommen hatte – sie waren auf einem meiner Computer gespeichert. Ich dachte mir, daß Sie vielleicht gern einen Blick darauf werfen würden. Ich habe Abbildungen der ersten Prototypen und eine interessante Entwicklungsgeschichte. Und während wir uns das ansehen, können wir uns vielleicht ... unterhalten.«

LaForge grinste ob des großzügigen Angebots, das ihn genauso erstaunte wie es ihm schmeichelte. »Vielen Dank, Sir. Ich würde mir dieses Material wirklich gern anschauen. Aber ich weiß, daß Sie und Skel bis zur Technikmesse noch viel Arbeit vor sich haben. Ich möchte Ihnen nicht wertvolle Zeit stehlen.«

»Selbst Vulkanier müssen manchmal Pause machen, Mr. LaForge«, ließ Tarmud sich nicht beirren. »Als ich Skel sagte, ich würde Ihnen gern diese Unterlagen zeigen, fand er das sogar *ausgesprochen logisch.*«

Die beiden Männer betraten den nächsten Turbolift, und Tarmud gab die Etage an, die sein Ziel darstellte.

»Skel war sogar der Meinung«, fuhr der Wissenschaftler fort, »wir sollten uns für die große Gastfreundschaft revanchieren, die wir an Bord genießen. Und bei wem sollte man da anfangen, wenn nicht beim Chefingenieur, der das Schiff in Schuß hält?« Tarmud legte wieder vertraulich eine Hand auf Geordis Schulter, und sie verließen den Lift und gingen zu seiner Kabine.

»Jawohl«, fuhr Tarmud fort, als sie die Tür fast erreicht hatten, »Skel hat mir voll und ganz zugestimmt. Wenn man es genau bedenkt, ist der Chefingenieur der wichtigste Mann der *Enterprise*!«

Bevor Geordi diese stark übertriebene Interpretation seiner Rolle an Bord bestreiten konnte, öffnete sich zischend die Tür zu Tarmuds Quartier. LaForge sah, daß der Vulkanier im Raum stand, als hätte er seine Ankunft erwartet. Er begrüßte den Wissenschaftler, und Skel nickte ihm mit gesenktem Kopf zu. Doch es kam zu einem flüchtigen Augenkontakt, und in diesem Moment …

Geordi runzelte die Stirn. Er dachte, er hätte etwas gesehen, ein ungewöhnliches Energiefeld hinter Skels Augen. Nur eine Sekunde lang, bevor der Vulkanier den Blick abgewandt hatte. Das VISOR konnte Wellenlängen entdecken, die für das menschliche Auge unsichtbar waren, aber so etwas hatte er noch nie gesehen … Er hätte Skel gern dazu gebracht, den Kopf für einen zweiten Blick zu heben, doch Tarmud führte ihn zu einer Konsole und zeigte ihm einige Bilddokumente.

Skel kam zu ihnen und stellte sich neben sie, während Tarmud das historische Material erläuterte. Es war sehr interessant, und Geordi hätte sich gern darauf konzentriert, aber er mußte sich immer wieder fragen, was er in den Augen des Vulkaniers gesehen hatte.

Mitten in einer längeren Ausführung hielt Tarmud plötzlich inne. »Sie scheinen nicht ganz bei der Sache zu sein, Commander LaForge.«

»Es tut mir leid, Sir, aber ... na ja, als Erfinder des VISORs wird Sie das interessieren. Die verschiedenen Wärme- und Energiewahrnehmungen des Geräts fluktuieren ständig. Daran habe ich mich so gewöhnt, daß es mir in der Regel nicht mehr auffällt. Aber gerade eben dachte ich, ich hätte etwas Eigentümliches an Skels Augen bemerkt. Es ist wahrscheinlich nur eine vorübergehende Fehlfunktion oder eine falsche Interpretation aufgrund der abweichenden Körpertemperatur und Energiefelder eines Vulkaniers.«

»Wissen Sie«, sagte Tarmud ruhig, »wir haben uns schon gefragt, ob Sie sie wohl *sehen* können.«

Geordi starrte die Energiestreifen an, aus denen sich für ihn das Bild von Tarmuds Gesicht zusammensetzte. »*Sie*, Sir?«

»Ja«, warf der Vulkanier emotionslos ein. »*Sie*. Die Überbringer unserer Erlösung, Commander.«

Skel stand links von ihm, und Geordi drehte sich in der Hoffnung zu ihm um, diesen Blick noch einmal sehen zu können. Diesmal bekam er die Gelegenheit. Skel sah ihm in die Augen. Und dort, hinter scheinbar normalen vulkanischen Pupillen, funkelte und tanzte etwas. Geordi hatte keine Ahnung, worum es sich dabei handelte.

»Das verstehe ich nicht«, sagte Geordi, während er furchtlos weiter hinsah. »Was *ist* das? So etwas habe ich noch nie gesehen.«

»Schauen Sie genauer hin«, murmelte Skel leise, fast schon hypnotisch. »Finden Sie heraus, was Sie da sehen.«

Geordi runzelte die Stirn. »Wenn ich das wüßte! Es sieht wie eine Art Energiestrom aus, aber er ist nicht mit Ihrer restlichen Körperchemie verbunden.«

Als LaForge gebannt das bunte Spektakel hinter Skels Augen begutachtete, überraschte ihn plötzlich die warme Berührung der Fingerspitzen des Vulkaniers in seinem Genick. Und noch viel unerwarteter kam die seltsame Empfindung, die ähnlich einem elektrischen Schlag sein Rückgrat hinabfuhr. Er schnaufte verwirrt und fühlte, daß seine Beine nachgaben, doch Tarmud stand mit einem Sessel hinter ihm und fing ihn auf. Skel behielt die ganze Zeit über den Griff bei, und Geordi erkannte, daß er neurale Verbindungen zu seinem Gehirn herstellte, als wolle er eine Mentalverschmelzung mit ihm herbeiführen.

Aber das war doch nicht möglich! Gegen seinen Willen?

»Halt«, flüsterte LaForge, der nur noch teilweise die Kontrolle über seine Körperfunktionen hatte. »Nicht. Sie dürfen das nicht! Sie sind Vulkanier. Es ist unmoralisch.«

»Ja, es ist unmoralisch, mit jemandem gegen dessen Willen zu eine Bewußtseinsverschmelzung herbeizuführen«, gab Skel zu, wobei er ungerührt die andere Hand hob, um die neurale Verbindung auf LaForges Gesicht herzustellen. »Aber schon in ein paar Sekunden werde ich Ihre volle Zustimmung haben. Mein Geist zu Ihrem Geist.« Der Vulkanier sprach die traditionelle Formel und begann mit der Bewußtseinsverschmelzung.

Nach außen hin zeigte Geordis Körper bis auf ein leichtes Zittern fast keine Reaktion. Innerlich kämpfte er verzweifelt um den letzten Rest freien Willens; die eigene Persönlichkeit lag im Widerstreit mit dem mächtigen vulkanischen Bewußtsein, das schnell die Oberhand gewann. Er war so sehr zum Widerstand entschlossen, daß es ihm gelang, einen Arm in Richtung seines Kommunikators zu heben. Aber bevor er ihn berühren konnte, hatte Tarmud ihn unbefangen von seiner Uniform entfernt, während Geordi eindringlich um Hilfe flüsterte. »LaForge an Sicherheitsdienst. LaForge an Worf ...«

»Und jetzt sind wir eins«, befahl Skel, und Geordi blieb nur Zustimmung, während er seine Lippen absolut synchron mit denen des Vulkaniers bewegte. Er und der Vulkanier *waren* eins, als der Verstand des Wissenschaftlers den des Ingenieurs überwältigte. Doch noch immer wehrte Geordi sich, noch immer kämpfte er gegen die Übernahme seines Gehirns an.

Sein Herz schlug schneller, sein Blutdruck und seine Körpertemperatur stiegen – alles, um sich dem Vulkanier anzupassen. Aber Geordi sorgte sich nur um sein Bewußtsein, seine Kernpersönlichkeit. Körperlich konnte er dem Vulkanier keinen Widerstand leisten, doch geistig gelang es ihm, bei Bewußtsein zu bleiben und einen kleinen Funken seines Ichs zu erhalten.

»Wie geht es ihm?« fragte Tarmud anscheinend ehrlich besorgt.

»Seine Toleranz ist akzeptabel«, sagte der Vulkanier, und Geordi spürte, wie sein Mund dieselben Wörter formte. »Aber sein Geist ist stark. Er leistet starken Widerstand.«

»Kann er sie aufnehmen?« fragte Tarmud. »Durch das VISOR?«

Wieder *sie*. Wovon sprachen sie nur?

»Sie müssen durch den Sehnerv transportiert werden«, erklärte Skel. »Dazu müssen sie von dem VISOR aufgenommen und dann durch die Schaltkreise in den Nerv geleitet werden. Sie könnten bei der ungewöhnlichen Übertragung steckenbleiben oder verlorengehen.«

»Er ist für unseren Erfolg von entscheidender Bedeutung. Wenn wir erst einmal den Chefingenieur haben ...« Tarmud sprach nicht weiter. Das war auch nicht nötig.

Auf einmal verstand Geordi alles, verstand er es durch Wissen, das er durch die aufgezwungene Mentalverschmelzung erlangt hatte. Skel und Tarmud waren mit den Parasiten aus den Artefakten infiziert. Und jetzt wollten sie auch ihn anstecken ... doch der normale Übertragungsweg erforderte minimalen Körper- und Blickkontakt, und Geordis Blindheit und sein mechanisches VISOR erschwerten ihre Pläne. Ihm brach der Schweiß aus, als ihm klar wurde, daß sie die Technikmesse zur Verbreitung der Seuche mißbrauchen wollten. Wenn sie zur Messe gelangten, würden sie die ganze Galaxis auslöschen! Sie würden fast jede der Raumfahrt mächtige Rasse infizieren können! Er mußte es irgendwie schaffen, ihnen zu widerstehen und sie aufzuhalten! Er mußte Picard erreichen!

»Jawohl, Mr. LaForge«, sagte Skel unverändert leise und monoton, »genau das ist unser Plan. Und Sie spielen eine wichtige Rolle darin.«

Das Gesicht des Vulkaniers kam Geordi näher. LaForge versuchte, den Kopf zur Seite zu drehen oder die Augen zu schließen, doch das hatte keinerlei Auswirkung auf das VISOR, das ihm weiterhin Bilder übertrug.

»Hat er *Angst?*« fragte Tarmud, der neben dem Vulkanier stand. Seine Worte klangen seltsam, als würde er sich daran erfreuen. Aber schließlich war ja alles seltsam, was hier in den letzten Minuten geschehen war.

»Ja«, erwiderte der Vulkanier zu Geordis Schande. »Er hat Angst, aber sie ist noch nicht stark genug.«

»Wenn seine Furcht stark genug ist, werden sie dem Energiefluß folgen. Sie werden den Weg hinein finden, um sich zu ernähren.«

»Ja«, pflichtete Skel ihm bei. »Genau. Sehr logisch, Tarmud.«

Sie *wollten,* daß er Angst hatte? Geordi wurde klar, daß er Angst kontrollieren konnte. Er würde einfach seinen besten Freund Data nachahmen. Er würde Data *sein.* Ohne Furcht. Überhaupt keine Gefühle. Wenn sie seine Angst benötigten, würde er sie ihnen einfach nicht geben. Mit fast übernatürlicher Ruhe dämpfte Geordi seine Gefühle und verwandelte sich in einen menschlichen Androiden.

Dann tat der Vulkanier etwas noch viel Befremdlicheres und Furchteinflößenderes als alles andere, was er bis jetzt getan hatte. Er lächelte. Nein. Es war kein Lächeln. Es war ein boshaftes Grinsen. Skels Gesicht wurde zu einem grinsenden, bedrohlichen Totenschädel, in dessen Augen ein mörderisches Licht loderte.

Geordi kämpfte mit einer fast instinktiven Panikreaktion und zwang sich wieder, Data zu sein, der diese Sache lediglich als interessantes wissenschaftliches Phänomen ansehen würde. Doch für Skel war das nur der Anfang gewesen.

Urplötzlich wurde Geordi aus seinem Sessel und seinem Schiff gerissen und fand sich auf der Oberfläche des Planeten Vulkan wieder. Es war tiefe Nacht, die dichte Schwärze eines Sternenhimmels ohne Mond. Doch er hatte keine Zeit, den Anblick zu bewundern, denn er rannte, lief um sein Leben, und ihm knapp auf den Fersen war Skel, der wie ein Irrer grinste. Wenn Skel ihn erwischte, war er erledigt, soviel stand fest. Er würde ihn langsam umbringen, Stück für Stück und Zoll um Zoll, und Geordis einzige Verteidigung war der Rückzug.

In seinem Kopf hörte er Troi schreien, er solle um sein Leben laufen, und er konnte nur gehorchen.

»Nein«, murmelte der Ingenieur, »nein, das ist nicht real.«

Er war nicht auf Vulkan, er war auf der *Enterprise*, wo ein infizierter Vulkanier sein Bewußtsein übernommen hatte und ihm diese Halluzination aufgezwungen hatte, um eine Angstreaktion hervorzurufen. Er konnte nicht nachgeben. Er durfte es nicht.

Doch er konnte auch nicht aufhören zu laufen. Und Skel hatte ihn fast eingeholt. Troi flehte ihn kreischend an. Und dieses Grinsen, dieses grauenvolle Grinsen lauerte über ihm.

Nein. Keine Angst, keine Angst ...

Geordi rutschte im Sand aus und stürzte. Troi flehte ihn an, sich wieder zu erheben, sich zu beeilen, sein Leben zu retten! Als Skel nach seinem Fuß griff, sprang er auf lief wieder los. Nein! Nein! Er war nicht auf Vulkan!

Sein Lungen röchelten in der dünnen Atmosphäre nach Luft, sein Herz hämmerte. Wenn Skel ihn einholte …

Was dachte er denn da? Skel hatte ihn doch schon längst.

Er fühlte, daß eine zweite Hand – die Tarmuds – sein Gesicht berührte, während er gleichzeitig aufgeregt durch die Wüste taumelte. Einem weit entfernten Teil seines Bewußtseins war klar, daß die beiden Wissenschaftler seine Furcht in sich aufnahmen und die Wesen in ihnen durch die Energie, die er durch die Halluzination verbrannte, stärker wurden. Doch der Vulkanier hatte Geordis Verstand fest im Griff, und die Bilder, die er Geordi aufzwang, waren Skels Erinnerungen, sein Kindheitstrauma, und sie waren zu mächtig, als daß Geordi ihnen widerstehen konnte. Von Trois Warnschreien begleitet, verlor er sich in den Bildern der Halluzination und versuchte verzweifelt, dem Vulkanier zu entkommen, obwohl er wußte, daß nichts von alledem Wirklichkeit war.

Als er die schimmernden, tanzenden Lichter hinter Skels und Tarmuds Augen deutlicher sehen konnte, verfolgte er mit banger Faszination, wie sie immer heller leuchteten, während er gleichzeitig noch immer vor seinen Phantasieverfolgern floh. Geordi beobachtete, wie die funkelnden Energiestreifen schließlich Skels Augen verließen und auf sein Gesicht zurasten.

Kontakt.

Sein Körper zuckte zusammen – in der Wirklichkeit wie in der Traumwelt –, als habe er einen Stromschlag bekommen. Mit Gedanken, die nicht die seinen waren, wurde Geordi klar, daß die Erreger seinen Sehnerv gefunden hatten und durch ihn hindurchströmten.

Hat Janice Ito das gleiche empfunden, als der elektrische Schlag sie getötet hat?

In der Traumwelt holte Skel ihn ein, so wie das vulkanische Kind von seinem Vater eingeholt worden war. Es war jetzt nicht mehr nötig, Geordis Angst weiter anzufachen, sie loderte heftig auf, als er sich bewußt wurde, daß die Infektion jetzt unmittelbar bevorstand.

Geordi stöhnte und wünschte sich in der kurzen Zeitspanne, bevor die Wesen sein Gehirn erreichten, er wäre wirklich Data, ein Androide, der zwar Freundschaft vortäuschen konnte, in Wirklichkeit aber nichts empfand. Skels Kontrolle fiel von ihm ab, als der Vulkanier die Mentalverschmelzung beendete, und die Wesen breiteten sich in Geordis Großhirnrinde aus. Der Ingenieur zuckte in seinem Sessel, als stünde er noch immer unter Strom, und durchlebte Skels furchtbare Erinnerungen an dessen Infektion durch seinen Vater. Die Erreger fielen ausgehungert über seine wütenden Emotionen und die Hormone her, die durch seine Angst ausgeschüttet wurden. Als sie gesättigt waren, zogen sie sich in seine Amygdala zurück.

Geordi atmete tief durch und stand langsam auf. Seine Beine trugen ihn wieder sicher. Skel und Tarmud sahen ihn mißtrauisch an. Er nickte ihnen zu. Er fühlte sich stärker und gefestigter.

»Gute Arbeit, meine Herren«, sagte er, als würde er sich an seine Untergebenen wenden. »Der Chefingenieur gehört nun zu uns.«

6

Nachdem Fähnrich Barbara Evans Skels Kabine verlassen hatte, kümmerte sie sich um die anderen Wissenschaftler, denen sie zugewiesen worden war. Sie infizierte drei von ihnen, die wiederum ihre Ehepartner, Hilfskräfte und Assistenten ansteckten. Diese infizierten während ihres Aufenthaltes auf der Minimesse im Gesellschaftsraum weitere Besatzungsmitglieder sowie andere Wissenschaftler und deren Mitarbeiter. Barbara kam im Verlauf eines normalen Tages mit fünfzehn Mitarbeitern der wissenschaftlichen Abteilung in Kontakt, die wiederum mit anderen Mitgliedern dieser Abteilung zusammenkamen, die mit ganz anderen Leuten zu tun hatten. Während dieser Begegnungen wurden mindestens vierzig Prozent der Betroffenen infiziert.

Am Ende ihrer Schicht hatte Barbara die meisten von Skels Aufträgen erfüllt, mit nur einer nennenswerten Ausnahme – der Ansteckung von Kyla Dannelke. Barbara hatte sie getroffen, bevor sie zu Skel gegangen war, und danach waren alle Versuche der Besessenen, sie für ihre Gruppe zu gewinnen, erfolglos gewesen. Die Frau schien von Körperkontakt nicht viel zu halten und verstand es geschickt, ihre ›Privatsphäre‹ zu wahren. Da Barbara Skels Befehlen unbedingt befolgen wollte, verkleidete sie sich als dunkelhäutiger Mann und unternahm einen letzten, vergeblichen Versuch, Dr. Dannelke zu infizieren.

Durch einige geschickte Schachzüge war es Barbara gelungen, nicht erwischt zu werden und Dannelkes Behauptung, angegriffen geworden zu sein, unglaubwürdig erscheinen zu lassen. Ihre besessenen Kollegen verwischten ihre Spuren, als sie Dannelke durch das Schiff verfolgte, aber Lieutenant Worfs Eingreifen hatte ihre Jagd beendet.

Die einzigen Vorteile, die ihr die Auseinandersetzung mit Dr. Dannelke eingebracht hatte, waren die Verletzungen und der Schmerz, die die Wissenschaftlerin Barbara zugefügt hatte. Ihre Nase war gebrochen, aber das war keineswegs die einzige schwere Verletzung. Keine der Wunden war tödlich, doch die Adrenalin- und Hormonproduktion, die vom Schmerz hervorgerufen wurde, ernährte ihre hungrigen Erreger. Sie hatte sich in einen selten genutzten Lagerraum in den Tiefen des Schiffes zurückgezogen, kauerte dort in einer Ecke und gewährte ihren Erregern das Privileg, vorübergehend ihren unendlichen Hunger zu sättigen. Als Gegenleistung würden sie ihre Wunden rasch heilen und ihren Körper in knapp einem Tag wiederherstellen, damit sie weitere Personen anwerben konnte.

Während sie sich dort versteckte, spürten die Wesen in den anderen Besessenen ihre Anwesenheit und die Nahrungsquelle, die sie zu bieten hatte. Einige Stunden lang kamen immer wieder Wissenschaftler und Besatzungsmitglieder zu dem abgelegenen Lagerraum, um sich an dem verwundeten Fähnrich zu stärken. Bis die Betazoidin aus ihrem Betäubungsschlaf erwachte und infiziert werden konnte, würden sie sich nur selten sättigen können. Denn Nahrungsaufnahme war gleichbedeutend mit dem Anrichten von Chaos, und das wäre auf dem straff durchorganisierten Schiff Jean-Luc Picards viel zu auffällig.

Und so gab Barbara sich vorerst damit zufrieden, ihren Gefährten, der Gemeinschaft der Besessenen, helfen zu können und ihnen die Kraft zu geben, immer mehr Besatzungsmitglieder der riesigen *Enterprise* zu übernehmen. Denn das war nur der Anfang, ein Anfang, der aus Vorsicht und wohldurchdachten Plänen geboren war. Ein Anfang, wie ihn sich nur ein Vulkanier hatte ausdenken können.

»Eines verstehe ich nicht, Nummer Eins«, beschwerte Picard sich bei seinem Ersten Offizier, als Riker den Bereitschaftsraum betrat. »Wie kann eine persönliche Botschaft von Guinan mich schneller erreichen als eine Sicherheitsakte von Starfleet?«

»Sicherheitsakte, Sir?« fragte Riker.

Picard seufzte. Will hatte sicherlich seine Gründe gehabt, mit dem Captain zu sprechen, aber Picard hatte so viel im Kopf, daß er die Unterhaltung begonnen hatte, bevor Riker überhaupt Gelegenheit gehabt hatte, etwas zu sagen.

»Über diese Artefakte«, erklärte der Captain. »Starfleet soll mir eine Akte schicken, die sich mit den Ereignissen vor achtzig Jahren beschäftigt. Ich würde dieses Material wirklich gern einsehen, um zu erfahren, was wir da an Bord haben.« Er stierte seinen kleinen Computerbildschirm an, als sei Guinans gutgelaunter Brief an allem schuld. Ihm war sowieso schleierhaft, wie seltene alkoholische Getränke und neue Varianten von Schokoladendesserts eine religiöse Erfahrung aufwerten sollten. Er schaltete den Bildschirm aus.

Riker zeigte sein typisches trockenes, verschmitztes Grinsen. »Sie machen sich Sorgen um Deanna, nicht wahr?«

Er verabscheute es, wenn Will ihn so einfach durchschaute, aber natürlich war das eine wertvolle Eigenschaft für einen Ersten Offizier. Er bemerkte, wie er mit den Zähnen knirschte, und zwang sich, damit aufzuhören.

»Ja, natürlich mache ich mir Sorgen um sie. Sie liegt mit den ›Gefühlen‹, die sie von allem empfängt, was an Bord vorgeht, nur selten daneben. Ein Teil von mir will am liebsten tun, was sie vorschlägt, und die Artefakte aus der nächsten Schleuse werfen, aber ...«

Riker nickte. »Ich bezweifle, daß in der Starfleet-Akte etwas stehen wird, das diese Reaktion rechtfertigen könnte.«

»Nein, aber sie könnte andere lebenswichtige Informationen enthalten.«

»Lebenswichtig?« fragte Riker verwirrt. »Falls es eine Panne mit der Quarantäneeinheit gibt? Falls die Seuche ausbricht?«

»Ich mache mir keine Sorgen über unsere Sicherheitsstandards. Aber das haben die Vulkanier auch nicht getan!« Picard sah seinen ersten Offizier an. »Doch deshalb wollten Sie mich nicht sprechen, Commander. Sie wollten sagen ...?«

Riker holte tief Luft. »Lieutenant Worf hat mir von einem ungewöhnlichen Vorfall berichtet, auf den ich Sie aufmerksam machen möchte. Eine der Wissenschaftlerinnen, Dr. Kyla Dannelke, gibt an, in ihrer Kabine von einem männlichen Mitglied der Besatzung tätlich angegriffen worden zu sein. Es handelt sich wahrscheinlich um einen Fähnrich, der keinen Kommunikator trug. Sie konnte ihn überwältigen und fliehen, kann ihn aber in unseren Personalakten nicht ausfindig machen. Mitarbeiter des Sicherheitsdienstes haben in einem abgelegenen Spind aber Schminke von unserer Theatergruppe, eine Perücke und einen Stimmen-Manipulator gefunden. Worf vermutet, daß ihr Angreifer verkleidet war.«

Damit hatte Picard nun wirklich nicht gerechnet. »Könnte es einer der anderen Wissenschaftler sein? Oder einer ihrer Assistenten und Techniker?« Zu diesem Zeitpunkt waren mindestens einhundertundfünfzig Passagiere an Bord der *Enterprise*. Er konnte sich einfach nicht vorstellen, daß ein Mitglied seiner Besatzung zu so einem Verbrechen fähig war. Ihre Leute wurden sorgfältig ausgewählt, ständig auf ihre geistige

Zurechnungsfähigkeit überprüft – *und standen normalerweise unter der behutsamen empathischen Überwachung einer Counselor von Betazed,* dachte er, als ihm einfiel, daß Deanna derzeit unter Betäubungsmitteln stand.

»Nichts ist unmöglich«, gab Riker zu. »Wie Sie sich vorstellen können, ist Worf alles andere als glücklich über die Sache. Die Sicherheitsabteilung ist informiert worden, aber sonst ...«

Picard nickte. »Danke, daß Sie mich darauf aufmerksam gemacht haben. Halten Sie mich auf dem laufenden. Vielleicht sollte ich Dr. Dannelke einen Besuch abstatten und mich entschuldigen.«

Riker sah ihn teils erheitert, teils unbehaglich an. »Ich habe selbst mit Dr. Dannelke gesprochen, Sir. Sie hat vor, den Abend mit Lieutenant Worf und seinem Sohn zu verbringen. Sie hat mir versichert, daß sie sich dort sehr geborgen fühlen wird.«

»Ach, so ist das«, sagte Picard erstaunt. In diesem Zusammenhang fiel ihm etwas ein. »Haben Sie vor, der Counselor heute abend einen Besuch abzustatten?« Picard erkundigte sich nur höchst selten, was seine Besatzung nach Dienstschluß tat, hoffte jedoch, daß Riker Verständnis für seine Frage hatte.

»Ja. Ich wollte einmal nach ihr schauen. Herausfinden, ob sie schlafen konnte und es ihr besser geht.«

Picard nickte. »Tun Sie das. Sie muß sich wieder sicher fühlen, Will. Das wird ihr dabei helfen, über das Trauma des Kontakts mit den Artefakten wegzukommen.« *Und während Sie nach Deanna schauen,* dachte der Captain, *werde ich nach den Artefakten schauen und persönlich nochmals die Sicherheitsvorkehrungen überprüfen.*

Dr. Crusher drehte vor dem Ende ihrer Schicht noch eine letzte Runde durch die Krankenstation. Dr. Ramirez, dessen Schicht nun begann, wurde über die Fälle informiert, um die man sich derzeit kümmerte, und darum gebeten, auf eine Person zu achten – Besatzungsmitglied oder auch nicht –, die mit einer gebrochenen Nase oder Unterleibsverletzungen auf die Krankenstation kam. Beverly packte in ihrem Büro ein paar Computerbänder weg und überzeugte sich, daß alle Instrumente gereinigt und aufgeräumt waren. Sie ließ nur ungern Arbeit für die nächste Schicht liegen, wie sie auch nur ungern unerledigte Arbeit vorfand, wenn sie morgens ihren Dienst antrat.

Als sie alles zu ihrer Zufriedenheit überprüft hatte, kämpfte sie mit sich, ob sie noch einmal nach den Artefakten sehen sollte. Ein Teil von ihr betrachtete sie nur widerstrebend, ein anderer verspürte den Zwang, sie ständig zu kontrollieren und sich zu versichern, daß alle Sicherheitsvorkehrungen intakt waren. Natürlich würde beim Ausfall eines einzigen Systems sofort Alarm ausgelöst werden, doch sie wollte trotzdem noch einen kurzen Blick auf sie werfen, bevor sie sich in ihr Quartier zurückzog, es sich mit einem guten Buch bequem machte und den Tag ausklingen ließ.

Sie durchquerte geräuschlos die Krankenabteilung und betrat die Quarantänestation, wie sie es an diesem Tag schon dutzende Male getan hatte. Nur wurde sie dieses Mal von drei Personen begrüßt: Der Vulkanier Skel, der Forscher Dr. Tarmud und der Chefingenieur des Schiffes drehten sich zu ihr um, als die Tür zu der Station sich hinter ihr schloß.

Sie versuchte, ihre Bestürzung zu verbergen, doch es gelang ihr nicht. Gerade LaForge hätte nicht gegen das Zutrittsverbot des Captains verstoßen und dann auch noch Besucher mitbringen dürfen.

»Entschuldigen Sie bitte«, sagte sie unterkühlt, aber höflich, »der Zutritt zu diesem Bereich erfordert die ausdrückliche Erlaubnis des Captains. Er hat mir nichts davon gesagt, daß Sie kommen, um sich die Artefakte anzusehen.«

»Es tut mir leid, Doktor«, entschuldigte Geordi sich lächelnd. »Ich bin davon ausgegangen, daß die Erlaubnis, die ich bekommen habe, noch gültig ist. Skel, Dr. Tarmud und ich haben uns über bestimmte Forschungsergebnisse bezüglich der Artefakte unterhalten, aber Dr. Tarmud hat sie noch nie gesehen. Skel nahm an, daß nichts dagegen einzuwenden ist, da ich ja schließlich die Erlaubnis erhalten habe und es sich um seine Forschungsobjekte handelt.«

So verworren hatte sie Geordi noch nie argumentieren hören, doch sie wollte sich nicht auf einen Streit mit ihm einlassen. Alle Sicherheitsvorkehrungen waren intakt. Die Artefakte ruhten noch immer friedlich hinter der mehrfachen Abschirmung.

»Sie sind Ärztin«, schmeichelte Tarmud ihr, »und wissen doch bestimmt, wie impulsiv Wissenschaftler sein können. Bitte haben Sie Verständnis, Dr. Crusher.«

»Mir ist klar, daß Wissenschaftler impulsiv sein können«, sagte sie ruhig, als sie auf den Quarantänebehälter zuging, in dem die Artefakte lagen, und die diagnostischen Anzeigen betrachtete: *Alles im grünen Bereich, Gott sei Dank.* »Mir ist aber auch klar, daß Wissenschaftler Anweisungen befolgen sollten. Und daß Chefingenieure sie umsetzen sollten.« Sie warf LaForge einen giftigen Blick zu. »Und daß Sie drei sich diesen Anweisungen widersetzt haben. Der Zutritt zu diesem Bereich erfordert die ausdrückliche Erlaubnis des Captains. Ich muß während jedes befugten Besuchs anwesend sein. So einfach ist das. Würden Sie jetzt bitte gehen?«

Sie wandte der diagnostischen Anzeige den Rücken zu und stellte fest, daß die drei Männer sie umzingelt hatten. Skel stand rechts, Geordi links von ihr und Tarmud direkt vor ihr. Sie drängten sie fast an den Quarantänebehälter mit den Artefakten. »*Entschuldigen* Sie bitte«, sagte sie spitz und versuchte, sich an Tarmud vorbeizudrängen, doch der trat noch weiter vor und verstellte ihr vollends den Weg.

»Einen Moment noch, Doktor«, sagte Geordi ruhig. »Wir müssen Ihnen noch etwas mitteilen.«

Sie sah ihn an, und ein schwacher, ungewohnter Unterton in seiner Stimme – etwas Heimtückisches, Altes, Kaltes – erzeugte in ihr einen Anflug unerklärlicher Panik.

Ein ängstlicher, ungebetener Gedanke drängte sich ihr auf: *Das ist nicht Geordi. Es sieht aus wie er, aber das ist etwas anderes.*

»Was geht hier vor?« wollte sie tapfer fragen, brachte aber nur ein Flüstern zustande.

»Doktor, ich kann Ihnen alles erklären«, sagte Tarmud mit dem gleichen selbstgefälligen Lächeln, das sie schon im Gesellschaftsraum auf die Palme getrieben hatte.

»Und das wäre?« fragte sie ungeduldig und schaute zu ihm hinüber.

Sie sah tief in seine braunen Augen und entdeckte etwas darin, etwas seltsam Hypnotisches. Der eigentümliche Forscher aus Neuengland berührte sie an der Hand.

Rohe, belebende Energie durchfuhr sie wie ein elektrischer Schlag. Sie stöhnte auf, und Geordi nahm ihre andere Hand, während sie Skels Finger an ihrem Nacken spürte.

»Es dauert nur eine Minute, Dr. Crusher«, sagte Geordi geduldig, wobei er mit einem überzogen vernünftigen Tonfall ein denkbar unvernünftiges Verhalten erklären wollte.

Ihr Körper erschauerte, als die Männer ihr näher kamen und sie stützten, um ihr zu helfen, dem seltsam angenehmen Stromstoß zu widerstehen. Schließlich war alles vorbei. Und alles wurde ihr klar, genau wie Dr. Tarmud es versprochen hatte.

Sie fand ihr Gleichgewicht wieder, und die Männer zogen sich respektvoll zurück. Da sie noch immer Ärztin war, zog sie den Medo-Tricorder aus der Tasche und untersuchte ihren eigenen Körper, während die Wesen von ihr Besitz ergriffen und sich von ihrem Adrenalinstoß nährten. Es war wirklich wunderbar.

»Wird der Captain morgen mit Ihnen frühstücken?« fragte Geordi.

Beverly lächelte, ohne den Blick vom Medo-Tricorder zu wenden. »Ja, bestimmt. Ich werde mich mit ihm in seinem Quartier treffen.«

»Sehr schön«, sagte Dr. Tarmud und zeigte sein ansteckendes Grinsen.

»Wie du siehst«, erklärte Dr. Dannelke, während sie Alexander dabei half, den Tisch abzuräumen und das Geschirr in den Recycler zu stellen, »kann man durch die Augen sehr viel über den restlichen Körper erfahren – Krankheiten, Gefäßerweiterungen, alles mögliche. Deshalb hat das Thema mich wohl so interessiert. Hast du auch schon irgendwelche besondere Interessen?«

Der Junge zuckte mit den Schultern. »Vielleicht werde ich mal Steuermann.«

»Da braucht man viel Mathematik«, sagte Kyla. »Physik. Und so weiter.«

Er nickte, als er den letzten Teller in den Recycler stellte, das Gerät schloß und einschaltete. »Ich weiß. Ich bin gut in den Fächern, das ist kein Problem. Es ist nur ...«

»Was?«

Alexander sah sich um, ob sein Vater in der Nähe war. Worf wollte sich bei seinen Sicherheitswächtern erkundigen, ob es etwas Neues über den Angriffs auf Kyla gab, und war noch in seinem Zimmer. »Es ist nur ... na ja, ich weiß nicht, ob sie einen Klingonen überhaupt zulassen. Das darf ich gar nicht sagen, wenn Vater dabei ist, dann kriegt er immer einen furchtbaren Wutausbruch.«

Kyla fühlte sich, als hätte sie einen Schlag ins Gesicht bekommen. Sie dachte an ihre taktlose Bemerkung vom Vortag zurück und verabscheute sich dafür. »So darfst du nicht denken! Dein Vater ist Starfleet-Offizier, und ich möchte wetten, niemand hätte geglaubt, daß Starfleet einen Klingonen aufnehmen wird, bevor er zugelassen wurde!«

»Sie mußten ihn ja auch nehmen«, erklärte Alexander geduldig. »Seine Pflegeeltern – meine Großeltern – sind von der Erde, und mein Großvater war Unteroffizier bei Starfleet. Vater hat nicht nur alle Prüfungen bestanden, er war gleich der Drittbeste. Sie konnten ihn einfach nicht ablehnen.«

»Hör mal gut zu, Alexander.« Kyla hockte sich hin, damit sie mit dem Jungen auf Augenhöhe war. »Du darfst es niemandem zu einfach machen. Du darfst keine Chance verpassen, nur weil du glaubst, daß man dich nicht nehmen wird. Sollen sie dich doch ablehnen! Dann müssen sie es dir ins Gesicht sagen. Glaubst du, die trauen sich? Du bist ein aufgeweckter, starker Junge! Du kannst in diesem Universum alles werden was du willst. Und laß dir das von niemandem ausreden!«

Auf seinem kleinen, ernsten Gesicht erschien ein fröhliches Lächeln. »Das hätte meine Mutter auch gesagt. Sie erinnern mich unheimlich an sie!« Alexander nahm sie spontan in den Arm und ging dann zu den Sofas herüber. Er nahm einen Holoprojektor und schaltete ihn ein, als er zu Kyla zurückkehrte. Eine großgewachsene Frau mit eindeutig menschlichen Zügen, aber Stirnhöckern, die auf ein klingonisches Erbteil hindeuteten, stand winkend auf der kleinen Plattform, die er in der Hand hielt. Sie lächelte und hatte eine Augenbraue gehoben, als würde irgend etwas sie ständig erheitern.

»Das ist deine Mama?« fragte die Wissenschaftlerin überrascht. »Sie scheint einen wunderbaren Sinn für Humor gehabt zu haben.«

»Oh, ja. Mutter konnte an allem etwas Witziges finden.«

Das klingt so unklingonisch, dachte Kyla.

»Sie war halb menschlich«, sagte Alexander leise, als wolle er Kylas unausgesprochene Frage beantworten. »Aber das sieht man mir nicht an. Ich komme hauptsächlich nach meinem Vater.«

»Ich finde, du hast von deinen beiden Eltern etwas«, widersprach Kyla. »Dein Gesicht ähnelt deiner Mutter, und dein Körperbau auch. Und ich glaube, du hast auch ihren Sinn für Humor geerbt.«

Alexander grinste, als er plötzlich seinen Vater zustimmen hörte.

»Er ist K'Ehleyr sehr ähnlich«, sagte Worf, der gerade zu ihnen zurückkehrte. »Vor allem, was die *Dickköpfigkeit* angeht.« Doch der Sicherheitschef lächelte, als er seinen Sohn tadelte. »Du mußt noch Hausaufgaben machen, und dann gehst du zu Bett.«

Der Junge verdrehte die Augen, und einen Moment lang sah es so aus, als würde er sich auf eine Diskussion mit seinem Vater einlassen. Doch dann überlegte er es sich offenbar anders, und Kyla konnte fast die Räder sehen, die sich in seinem Kopf drehten. »Werden Sie morgen früh hier sein, Kyla?«

Die Wissenschaftlerin spürte, daß sie errötete, und konnte sich denken, daß Worf kurz vor einem Tobsuchtsanfall stand. »Wie bitte?« fragte sie ruhig und lächelte den Jungen an.

»Ich dachte, Sie möchten vielleicht zum Frühstück vorbeikommen«, erwiderte Alexander mit vorgetäuschter Unschuld.

»Na ja, ich bin nicht gerade ein Morgenmensch, aber das könnte ich wohl gerade noch schaffen. Oder macht Ihnen das etwas aus, Mr. Worf?« Sie sah, wie der Klingone bei dem Versuch, höflich zu bleiben, mit den Zähnen knirschte.

»Wenn es Ihnen nicht lästig ist«, knurrte Worf, »wäre es mir eine Freude, mit Ihnen zu frühstücken.« Dann funkelte er seinen Sohn an, der nur kicherte und davonlief.

Kyla versuchte, hinter vorgehaltener Hand ein Grinsen zu verbergen, was ihr nicht annähernd gelang. »Seien Sie ihm nicht böse, Worf. Er vermißt seine Mutter. Er sagt, ich erinnere ihn an sie. Also versucht er, uns zu verkuppeln.«

»Ich habe noch nie erlebt, daß er sich bei einer menschlichen Frau so benimmt!« sagte Worf nachdrücklich. »Ich muß mich entschuldigen ...«

»Ach, bitte lassen Sie das«, unterbrach sie ihn müde und setzte sich auf ein Sofa. »Es ist mir eine Ehre, so geschätzt zu werden. Gibt es etwas Neues von meinem Besucher?«

Worfs Gesicht verfinsterte sich unzufrieden. »Leider nicht. Ich kann mir nicht vorstellen, wie jemand, der so schwer verletzt sein muß, sich auf diesem Schiff so lange verbergen kann.«

Nun schaute Kyla besorgt drein. »Dieses Schiff ist ja auch eine fliegende Großstadt, Worf. Es kann nicht so schwer sein, ein Versteck zu finden.«

»Es ist keine Stadt«, widersprach er. »Es ist ein Raumschiff der Föderation. Es gibt keine Verbrechen an Bord der *Enterprise*, und es ist nicht leicht, sich zu verstecken!«

»Ich glaube noch immer, daß es der Mitarbeiter eines Wissenschaftlers war und kein Besatzungsmitglied. Vielleicht wird er von seinem Arbeitgeber versteckt, weil der verbergen will, daß ausgerechnet sein Assistent sich kriminell verhalten hat.« Sie schloß die Augen und dachte kurz an den schrecklichen Augenblick in ihrer Kabine zurück. Der Klingone wußte es noch nicht, aber sie hatte keineswegs vor, dorthin zurückzukehren. Sie wußte noch genau, wie schlimm es gewesen war, als sie damals in London in ihr Gebäude zurückkehren mußte. »Ach, Worf, ich bin heute abend zu Ihnen gekommen, um den Angriff zu vergessen. Lassen Sie uns nicht mehr davon sprechen.«

Er kam herüber und setzte sich neben sie, wobei er höflich Abstand hielt und sie nicht in die Ecke drängte. »Kyla, ich akzeptiere Ihren Wunsch, merke aber, daß Sie mir etwas vorenthalten.«

Sie seufzte und sah ihn direkt an. »Nein, Worf, ehrlich nicht. Ich habe Ihnen alles erzählt. Es ist nur ...« Sie verstummte und sah in sein ernstes Gesicht. »Ach, ich habe heute abend wohl so viele Erinnerungen aufgewühlt, daß ich mich nicht beschweren kann, wenn Sie das bei mir auch tun.« Sie mußte trocken schlucken. Sie erzählte die Geschichte nicht gern, wußte aber, daß sie sich danach besser fühlen würde. »Ich habe Ihnen alles zu dem Zwischenfall berichtet. Was Sie spüren, ist meine Reaktion darauf – und die Tatsache, daß der Angriff mich an etwas erinnert hat, das ich unbedingt vergessen wollte. Als ich dreizehn Jahre alt war, habe ich mit meiner Mutter in einem alten Viertel von London gewohnt. Eines Abends kamen wir nach Hause und wurden im Treppenhaus angegriffen. Ich war damals schon schnell. Meine Mutter schrie, ich solle weglaufen, und ich habe gehorcht. Aber bis ich einen Bobby aufgetrieben hatte und zurückgekommen war, war der Kerl schon verschwunden.«

»Ihre Mutter ...?« fragte Worf.

»Sie lebte noch, aber er hatte sie ziemlich brutal zusammengeschlagen.«

»Das erklärt Ihr Verhalten«, sagte Worf. »Sie halten mindestens eine Armeslänge Abstand zu den meisten Leuten. Sie wirken mißtrauischer, als es bei Menschen üblich ist. Und es erklärt natürlich Ihr Training.«

»Ich ... habe immer gedacht, ich hätte bei ihr bleiben und ihr helfen, gegen ihn kämpfen sollen.« Kyla schüttelte den Kopf. »Aber mir blieb nur die Flucht.«

»Es war die einzig vernünftige Entscheidung«, versicherte Worf ihr. »Sie waren nur ein unerfahrenes Kind. Sie haben Ihre einzige Waffe – Schnelligkeit – genutzt, um Hilfe zu holen. Wären Sie geblieben, hätten Sie dafür mit Ihrer Gesundheit oder sogar Ihrem Leben bezahlt. Und Ihre Mutter hätte dann damit leben müssen.«

»Das sagte sie auch, aber … na ja, später habe ich alles getan, daß mir so etwas nie wieder passiert. Jetzt ist es doch wieder passiert. Und trotz meines Trainings … schließlich bin ich doch wieder weggelaufen.«

»Sie haben den Angreifer aber abgewehrt und sich gut geschlagen. Sie haben ihn bluten lassen, ohne selbst verletzt zu werden. Ich wünschte nur, ich könnte diesen Feigling dingfest machen.«

Kyla zog sich in sich zusammen, immer enger, bis sie bemerkte, daß sie ihre Arme fest um ihren Körper geschlungen hatte und angespannt und erwartungsvoll dasaß. »Ich gehe nicht dahin zurück«, erklärte sie, als könne diese Ankündigung ihr wenigstens teilweise die Kontrolle über ihre Situation zurückgeben.

Worf wirkte angespannt. »Normalerweise wäre es gar kein Problem, Ihnen eine andere Unterkunft zu besorgen. Aber bei all den Wissenschaftlern an Bord könnte es schwierig werden. Ich kann einen der rangniedrigeren Offiziere bitten, sein Quartier für diese Nacht mit Ihnen zu tauschen, wenn das für Sie annehmbar ist.«

»Nein, das ist überhaupt nicht annehmbar. Bei meinem Glück würde ich mit dem tauschen, der auf mich losgegangen ist. Offen gesagt gibt es nur eine Person auf dem ganzen Schiff, der ich noch vertraue – und das sind Sie. Ich bleibe hier.«

Worfs Augenbrauen schnellten in die Höhe. »Kyla!« sagte er leise.

»Bilden Sie sich bloß nichts ein«, warnte sie ihn grinsend. »Ich werde gleich hier schlafen, auf diesem Sofa. Ich würde niemals *Alexander* in Verruf bringen. Und außerdem stehe ich morgens nicht gern auf. Nur so werde ich rechtzeitig zum Frühstück hier sein können. Und was den Rest des Abends angeht …« Sie rutschte näher an ihn heran. »Sie spielen nicht zufällig Poker, oder?«

Zögernd entspannte Worfs Miene sich zu einem Lächeln.

Picard nickte dem Arzt und den Krankenschwestern zu, als er die ruhige Krankenstation durchquerte. So spät in der Nacht war es hier sehr ruhig. Wenn keine Patienten versorgt wurden, war das Licht gedämpft und alles still.

Er durchquerte den schattenverhangenen Flur und erreichte die Quarantänestation. Hier wartete er kurz vor der geschlossenen Tür, um sich zu sammeln. Schließlich trat er vor, und die Tür glitt zur Seite, um ihn einzulassen.

Auch im Quarantänebereich waren die Lichter gedämpft, nur ein einzelner Strahler beleuchtete die uralten Artefakte hinter ihrer Abschirmung, wodurch sie für Picard wie Museumsstücke aussahen, was sie irgendwie ja auch waren. So angestrahlt sahen sie wie edle Kunstwerke aus – schön zu betrachten, doch tödlich für Geist und Körper.

Picard näherte sich ihnen zögernd und behutsam, so wie man auf eine gereizte Kobra zugehen würde, nahm dann einen Tricorder von einem Tisch und überprüfte die Sicherheitsvorkehrungen, die Alarmanlage und den Rest der Konstruktion. Alles war in Ordnung. Beverly hatte die diagnostischen Meßwerte ihrer letzten Kontrolle zurückgelassen, und alles war genau so, wie es sein sollte.

Vielleicht war er übervorsichtig, aber angesichts Trois Reaktion auf die Artefakte würde er erst Ruhe finden, wenn sie dem vulkanischen Schiff übergeben worden waren.

Bei diesem Gedanken mußte er sie erneut betrachten. Sie sahen so unscheinbar, ungefährlich und wirklich schön aus, wie sie hinter den Eindämmungs- und

Kraftfeldern lagen. Was steckte bloß in ihnen, das Deanna so verstören konnte und sie unnachgiebig fordern ließ, sie zu vernichten?

Und was mochten es für Wesen gewesen sein, die eine so bösartige Waffe erschaffen hatten? Die Behälter selbst schienen zeitlos zu sein, sahen aus wie neu, waren aber den Vulkaniern zufolge Tausende von Jahren alt.

Als die Tür sich hinter ihm zischend öffnete, drehte er sich sofort um und sah seinen Wissenschaftsoffizier auf der Schwelle stehen.

»Bitte um Erlaubnis einzutreten, Sir«, sagte Data.

»Erteilt, Mr. Data. Sind Sie hier, um mich zu sprechen oder nach den Artefakten zu sehen?«

»Beides, Sir. Ich habe nämlich den Computer gefragt, wo ich Sie finde, und er hat mir gesagt, daß Sie hier sind. Ich wollte tatsächlich die Artefakte noch einmal untersuchen und dafür Ihre Erlaubnis einholen. Doch als ich herausfand, daß Sie hier sind, entschied ich mich, Sie auf verschiedenes hinzuweisen.«

»Ja, bitte?«

»Captain, ich habe mir bei dem Versuch, eine Sprachmatrix zur Entschlüsselung der Beschriftung der Artefakte zu erstellen, Skels Forschungsergebnisse angesehen. Etwas an Skels Arbeit beunruhigt mich.«

Picard runzelte besorgt die Stirn, doch Data war ein äußerst penibler Forscher. Es war nicht ungewöhnlich, daß ihm Fehler an der Arbeit anderer auffielen.

»Skel arbeitet jetzt seit über fünfzig Jahren an diesen Artefakten. Immer wieder stand er im Verlauf seiner Forschung kurz vor der Entdeckung wichtiger Erkenntnisse über die Objekte. Aber jedesmal ist er der richtigen Antwort in letzter Minute ausgewichen und hat eine andere, unzutreffende Lösung bevorzugt – oder gleich eine völlig andere Forschungsrichtung eingeschlagen.«

Picard dachte kurz nach. »Skels Arbeit wird doch sicherlich von anderen Wissenschaftlern begutachtet. Warum ist denen dieses Verhaltensmuster nie aufgefallen?«

»Soweit ich das beurteilen kann, wurde seine Arbeit mit den Jahren immer weniger beachtet. Je weniger Ergebnisse ein Wissenschaftler vorzuweisen hat, desto weniger ernst nehmen seine Kollegen seine Arbeit. Ich vermute, daß Skel seine Stellung an der Akademie der Wissenschaften als Überlebender der Seuche eher ehrenhalber bekommen hat. Hätte er bahnbrechende Entdeckungen gemacht, wäre seine Arbeit viel sorgfältiger unter die Lupe genommen worden.«

»Aber solange er jeden echten Durchbruch vermied, wollte niemand zu genau hinsehen, nicht wahr?« Das war für Picard einsichtig. Der Ausbruch der Seuche auf Vulkan lag über achtzig Jahre zurück, die Überlebenden waren in alle Winde zerstreut. Und nur Skel hatte sich entschieden, tatsächlich mit den Artefakten selbst zu arbeiten. »Mr. Data, können Sie eine Vermutung darüber anstellen, *warum* Skel absichtlich, vielleicht auch unterbewußt, vermieden haben könnte, genau die bahnbrechenden Entdeckungen zu machen, auf die er eigentlich doch hinarbeitet?«

»Nein, Sir, das kann ich nicht. Deshalb wollte ich Sie ja darauf hinweisen. Ich hatte gehofft, daß Sie es mir erklären können.«

Picard betrachtete die Artefakte erneut und mußte wieder an Deannas Warnung denken, an ihre Forderung, daß er sie aus einer Schleuse werfen und in die Leere des Weltalls schicken sollte. »Nein, mein Freund, das kann ich Ihnen auch nicht erklären. Ich kann mir beim besten Willen nicht vorstellen, warum jemand sein eigenes Lebenswerk sabotieren sollte.«

Und während Picard weiterhin die unbeteiligt daliegenden Artefakte musterte, fragte er sich, ob ein einsamer vulkanischer Wissenschaftler wohl mehr Geheimnisse hüten konnte als diese einfachen, austernförmigen Objekte.

7

Worf hörte die Frauenstimme, die nach ihm rief, trotz des wilden Kampfes, in den er verwickelt war, trotz des Blutes, das in seinen Ohren rauschte, trotz der Schreie der Krieger, die ihn umgaben. Wie ein Berserker kämpfte er und sah nichts mehr außer dem *Bath'leth* in seiner Hand und den Feind vor sich – Duras, der seine Gefährtin ermordet hatte. Erneut schwang er die Waffe und hätte fast getroffen. Doch die weiche Frauenstimme zerstörte die Szene.

»Lieutenant Worf! Hier ist Fähnrich Alvarado! Lieutenant Worf!«

Mit einem animalischen Knurren schlug Worf die Augen auf und sah sich eine Millisekunde lang verwirrt in seinem Schlafzimmer um. *Fähnrich Alvarado?*

»Lieutenant Worf, bitte antworten Sie!« In der vertrauten Stimme lag ein ungewöhnlich angespannter Unterton.

Worf fuhr sich übers Gesicht. Er hatte geträumt und den Kampf wieder erlebt, in dem er K'Ehleyrs Mörder getötet hatte – diesen Traum hatte er nicht mehr gehabt, seit Alexander zu ihm gezogen war. Er tastete in der Dunkelheit nach seinem Kommunikator. »Hier Worf.«

»Bitte entschuldigen Sie, daß ich Sie geweckt habe«, sagte Alvarado hektisch. »Ich weiß, es ist noch früh, aber ...«

»Computer«, befahl Worf leise, »Licht an.« Die Helligkeit ließ ihn blinzeln, genau wie die Feststellung, daß es noch zwei Stunden dauern würde, bis seine – beziehungsweise Alvarados – Schicht begann. »Wo sind Sie, Fähnrich?«

»In Zehn-Vorne, Sir. Ich bin extra früher gekommen, um dafür zu sorgen, daß genug Wasser da ist, um die Obstschalen zu füllen und ein kleines Frühstück zu bereiten ...«

Worf erinnerte sich: Alvarado hatte sich freiwillig gemeldet, während der Minimesse im Gesellschaftsraum für die Erfrischungen zu sorgen. Worf schwang die Beine aus dem Bett, griff nach einer frischen Uniform und zog sich an. Alvarado war eine ausgesprochen vernünftige weibliche Offizierin, die nicht zu unnötiger Aufregung neigte. Wenn sie es für nötig hielt, ihn aus dem tiefsten Schlaf zu reißen, war die Anwesenheit des Sicherheitschefs bestimmt dringend erforderlich.

»Doch als ich den Gesellschaftsraum betrat ...« fuhr Alvarado kurz angebunden fort und holte tief Luft, bevor die Worte dann aus ihr hervorsprudelten. »Lieutenant, hier sieht es aus, als hätte der Blitz eingeschlagen! Hier ist alles auf den Kopf gestellt worden. Hundert Leute scheinen hier Amok gelaufen zu sein!«

»Haben Sie etwas berührt?« fragte Worf, während er weiterhin schnell die Uniform anlegte.

»Nein, Sir. Ich habe gesehen, was hier los ist, und Sie sofort gerufen.«

»Sehr gut, Fähnrich. Bleiben Sie, wo Sie sind, und halten Sie die Augen offen. Bedenken Sie, daß jeder, der in Ihre Nähe kommt, etwas mit der Sache zu tun haben könnte, und verhalten Sie sich entsprechend. Ich komme so schnell wie möglich. Worf Ende.«

»Jawohl, Sir«, stimmte sie zu, doch Worf konnte hören, daß ihr Selbstbewußtsein angeschlagen war. Und warum auch nicht? Dieser Vorfall war genauso abwegig wie der Angriff auf Kyla Dannelke. Worf hatte Verständnis für Verbrechen aus Leidenschaft, aber Akte sinnloser Gewalt ohne Motiv überstiegen seine Vorstellungskraft.

Er zog die hastig angelegte Uniform glatt und fuhr schnell mit einer Bürste durch sein Haar. Dann verließ er das Schlafzimmer, durchquerte den Wohnraum, blieb in respektvollem Abstand vor dem Sofa stehen und nannte leise ihren Namen. »Kyla?«

»Ich sehe Sie, Worf. Ich habe Ihren Kommunikator gehört.« Ihr Stimme war klar, vollkommen wach. Als seine Augen sich an das Halbdunkel gewöhnt hatten, sah er, daß sie sich aufgesetzt hatte und ihre Decke vor sich hielt.

Er befahl dem Computer, das Licht auf nur zwanzig Prozent zu verstärken. »Wenn Sie das gehört haben, müssen Sie einen sehr leichten Schlaf haben.«

»Den habe ich tatsächlich. Ich habe zwar nichts verstanden, aber habe die Stimme gehört. Ich nehme an, Sie müssen sich um eine Schiffsangelegenheit kümmern?«

»Ja.« Er sagte ihr nicht, worum es ging, da er sie nicht beunruhigen wollte, und sie bohrte auch nicht nach. »Ich schaffe es vielleicht nicht, rechtzeitig zurückzukommen, um Alexander für die Schule fertig zu machen.«

»Darum kann ich mich kümmern.«

Die Vertraulichkeit in alledem war ihm ausgesprochen peinlich; er wand sich geradezu. »Ich dränge mich nicht gern so auf. Normalerweise kümmert sich eine andere Offizierin um Alexander, wenn ich dienstlich gerufen werde, und ich sehe nach ihrer Tochter, wenn sie Überstunden machen muß. Ich glaube aber, daß ich sie heute morgen lieber nicht um Hilfe bitten sollte.«

Kyla lachte. »Schon wieder diese ritterliche Ehre der Klingonen, Worf? Sie drängen sich überhaupt nicht auf. Alexander und ich werden ein gesundes Frühstück genießen, und dann bringe ich ihn zur Schule. Ich muß sowieso früh zu meinem Ausstellungsstand. Ich möchte mich mit Dr. Tarmud treffen, und wenn ich Glück habe, auch mit dem Vulkanier Skel.«

»Danke, Kyla.« Bevor er weggehen konnte, stand sie schnell auf und überraschte ihn, indem sie sein Gesicht in ihre Hände nahm und seine Stirnplatte küßte. Sie konnte die Wärme der Schamröte auf seinen Wangen fühlen.

»Ich habe zu danken«, teilte sie ihm mit, während er sich aufrichtete und zusammenriß. »Dafür, daß Sie mir einen Hafen in diesem Sturm geboten haben.«

Er nickte knapp und machte sich auf den Weg zum Gesellschaftsraum.

Der Captain hatte gerade seine Morgendusche hinter sich gebracht, als sein Erster Offizier mit ihm Kontakt aufnahm.

»Hier Picard. Was ist los, Nummer Eins?« Er sah auf die Uhr, wußte jedoch instinktiv, daß es noch viel zu früh war. Wills Dienst hatte noch gar nicht angefangen.

»Sir, ich denke Sie sollten sofort in den Gesellschaftsraum kommen«, sagte Riker mit jenem Tonfall von Dringlichkeit in der Stimme, der stets größere Katastrophen ankündigte. »Mr. Worf hat mich hierherbestellt, und ich bin der Ansicht, daß Sie gebraucht werden.«

Die Erreger, dachte Picard sofort mit einer üblen Vorahnung. Das Bild der schimmernden Artefakte hinter den Kraftfeldern drängte sich ihm ungebeten auf. »Ich bin umgehend da. Picard Ende.«

Er machte sich nicht die Mühe, Riker zu fragen, worum es ging. Was es auch war, es war schlimm, und er würde es noch früh genug herausfinden.

An der Tür zögerte er. Beverly war bestimmt noch nicht wach. Es hatte keinen Zweck, sie zu wecken, er würde ihr einfach eine Notiz auf dem Tisch hinterlassen. Ihr gemeinsames Frühstück fiel nicht zum ersten Mal ins Wasser.

Es war viel schlimmer, als er es sich vorgestellt hatte. Picard stand hinter einer demolierten Konsole – sie war buchstäblich in zwei Teile zerrissen worden, die Metallkanten waren zackig und verbogen – und betrachtete fassungslos die übel zugerichtete Leiche, die darunter eingeklemmt war.

Barbara Evans lag auf dem Rücken; ihre erstarrenden Arme und Beine hingen wie bei einer Stoffpuppe herab. Ihr mißhandeltes, verquollenes Gesicht sah mit hängendem Kiefer blind zur Decke. Dem verblassenden gelbgrünen Bluterguß und den schwarzen Blutverkrustungen auf Oberlippe und Kinn nach zu urteilen, war ihre Nase vor geraumer Zeit gebrochen – zerschmettert – und nie verarztet worden. Wesentlich später hatte jemand sie mit der zerfetzten Konsole totgeschlagen, und zwar so brutal, daß die scharfe Kante sie fast in zwei Hälften gerissen hatte und noch immer tief in ihrem Bauch steckte. Ein dunkler werdender Schmetterling aus Blut bedeckte den Teppich unter ihr – so viel Blut, daß Picard es riechen konnte. Er wandte sich angeekelt ab.

»Wer kann so etwas nur tun?« murmelte er, obwohl er die Antwort kannte, bevor Riker sie grimmig vorschlug.

»Ein Wahnsinniger.«

Hinter dem Ersten Offizier lagen die sorgfältig arrangierten Ausstellungsstände in Trümmern – zerschmettert, zerfetzt und über die gesamte Fläche des Gesellschaftsraums verteilt.

Picards Miene verfinsterte sich bei Rikers Antwort, und er sah Worf an, der den Raum gemeinsam mit anderen Angehörigen der Sicherheit sorgfältig mit Tricordern untersuchte. »Lieutenant ...«

Der Klingone setzte sein Gerät ab und ging zu Picard. »Wir haben den Raum nach Haar- und Hautzellen abgesucht«, berichtete er pflichtbewußt, »um so die Identität der Täter festzustellen. Der Computer wertet die Daten aus, aber wir haben überraschend wenig Beweismittel gefunden.«

»Als wären sie so durchtrieben, keine Spuren zu hinterlassen«, knurrte Riker.

»Bis jetzt«, fuhr Worf fort, »konnte der Computer jede einzelne Zelle, jeden Tropfen Blut und jedes Haar eindeutig Fähnrich Evans zuordnen. Ich weiß, daß es mehr Indizien geben muß, aber alle Funde führen zum selben Ergebnis.«

»Es werden Indizien an ihr sein«, stellte Riker verbittert fest. »Dr. Crusher wird sie bei der Autopsie finden.«

»Kann es einen Zusammenhang mit dem Angriff auf Dr. Dannelke geben?« fragte Picard.

»Eindeutig«, spekulierte Worf. »Ky ... Dr. Dannelke hat in ihrem Bericht ausdrücklich auf die Brutalität des Angreifers und seine kämpferischen Fähigkeiten hingewiesen.« Der Klingone schwieg einen Moment. »Diese Frau wurde auf bestialische Art und Weise erschlagen«, fuhr er dann fort.

»Aber kann das das Werk *einer* Person sein?« Picard deutete auf die Zerstörung, die sie umgab.

Worf überlegte kurz. »Es ist denkbar.«

Riker nickte und sah sich ebenfalls in dem verwüsteten Raum um. »Ein Klingone hätte die Stärke und die Ausdauer dazu.«

»Oder ein Vulkanier«, fügte Picard nachdenklich hinzu, womit er einen scharfen Blick Rikers provozierte.

»Glauben Sie, daß Skel es war, Sir?«

Der Captain seufzte. »Ich weiß es nicht. Ich kann mir nicht vorstellen, daß ein Vulkanier zu einer derart brutalen Tat fähig ist, und würde annehmen, daß selbst ein Vulkanier nicht verhindern könnte, während des Handgemenges wenigstens einen Tropfen seines Blutes zu vergießen. Und vulkanisches Blut ist so einfach zu finden. Aber ich werde ihn auf jeden Fall fragen, wo er sich zum

Zeitpunkt von Fähnrich Evans' Tod aufgehalten hat.« Er dachte kurz nach. »Lieutenant Worf, lassen Sie bitte den Computer jeden einzelnen Assistenten und Mitarbeiter der Wissenschaftler an Bord sorgfältig überprüfen. Sie müssen alles über sie in Erfahrung bringen, wirklich alles. Falls jemand verdächtige Lücken in seinem Lebenslauf hat, werden wir ihn eventuell unter Arrest stellen müssen. Wenn nichts Verdächtiges zum Vorschein kommt, überprüfen Sie auch die Wissenschaftler.«

»Und wenn sich dann immer noch nichts ergeben hat?« fragte Worf.

»Dann nehmen Sie sich die Besatzung der *Enterprise* vor«, erwiderte Picard ohne das geringste Zögern. »Fangen Sie bei den Neuankömmlingen an und arbeiten Sie sich, wenn es sein muß, durch das gesamte Personal durch. Halten Sie mich ständig auf dem laufenden.«

Worf nickte und sah zur hinteren Wand, wo Fähnrich Alvarado fröstelnd stand. »Ich glaube, ich habe genau die richtige Person für diese Aufgabe, Sir.«

Als Worf zu der jungen Frau ging, traten Picard und Riker von Barbara Evans' Leiche zurück.

»Will«, sagte der Captain leise, als die beiden zum Ausgang gingen, »haben Sie in letzter Zeit mit Deanna gesprochen?«

Riker schüttelte den Kopf. »Was auch immer Beverly ihr gegeben hat, es scheint sie wirklich umgehauen zu haben. Als ich gestern abend nach ihr gesehen habe, schlief sie noch. Nach allem, was sie durchgemacht hat, hielt ich es für das beste, ihr so viel Ruhe wie möglich zu gönnen. Sie hat sich noch nicht bei mir gemeldet, also nehme ich an, daß sie noch schläft.«

»Schade. Unter dem Einfluß dieser Droge hat sie die Gewalt, die hier zum Ausbruch kam, sicher nicht wahrgenommen. Wenn sie wieder wach ist, sollte sie dabei sein, wenn wir Verdächtige verhören, so Worf denn welche findet.«

»Captain, darf ich frei sprechen?« sagte Riker.

»Natürlich.«

»Ich werde das Gefühl nicht los, daß Sie sich wegen etwas Sorgen machen. Und Sie wollen es nicht aussprechen. Aber wenn es uns helfen kann, dieser Sache auf den Grund zu gehen ...«

Picard schüttelte den Kopf. »Es ist nur ... Diese unglaubliche Brutalität. Da die Artefakte noch an Bord sind ...« Er vollendete den Satz nicht.

»Das würde den Vulkanier belasten, Sir«, stellte Riker fest. »Er ist der einzige, der den Artefakten ausgesetzt war ... an Bord des Ferengi-Schiffes.«

»Ja, das stimmt. Aber dann müßte es irgendwelche Indizien geben. Es ist unmöglich, sämtliche Geräte kurz und klein zu schlagen und einen Menschen zu töten, ohne *irgendwelche* Spuren zurückzulassen. Und die vulkanische Physiologie ist so einzigartig, daß sie sofort auffallen würden. Außerdem berichten die Vulkanier, daß noch nicht einmal *sie* sich während der Seuche unter Kontrolle hatten. Wäre Skel infiziert, wäre er ständig ein rasender Irrer. Es paßt einfach nichts zusammen.«

Riker seufzte. »Ich sollte Sie darauf hinweisen, Sir, daß Fähnrich Evans Skels Verbindungsoffizier war. Natürlich war sie das auch für Kyla Dannelke und acht andere Wissenschaftler.«

»Wir werden abwarten müssen, ob Worf uns konkrete Beweise liefern kann. Bis dahin will ich nicht, daß Panik unter den Wissenschaftlern ausbricht.« Picard blieb unmittelbar vor dem Eingang zum Lift stehen und sah seinen Ersten Offizier an. »Wie schnell können wir den Gesellschaftsraum wieder aufräumen?«

»Ich kann sofort eine Mannschaft darauf ansetzen«, sagte Riker. »Die Replikatoren können die beschädigten Geräte wiederherstellen. Bis zum Nachmittag müßten wir alles hingekriegt haben.«

»So gut, daß die Wissenschaftler nicht bemerken werden, was passiert ist?«

Riker zuckte mit den Schultern, als wolle er sagen, theoretisch sei alles möglich. »Wenn ich ein paar von LaForges Leuten aus der technischen Abteilung haben kann ... vielleicht. Warum wollen Sie es vor Ihnen verbergen?«

»Um am Käfig der Täter zu rütteln«, sagte Picard. »Ich habe den Eindruck, daß sie uns Angst einjagen wollen und mit der Brutalität ihres Verhaltens eine Reaktion provozieren wollen. Das gilt für die verschiedensten Formen kriminellen Verhaltens. Wenn wir ihnen diese Belohnung vorenthalten, kommen sie vielleicht aus ihren Löchern.«

Riker nickte. »Ich werde mich sofort darum kümmern, Sir. Und ich werde ein medizinisches Team mit dem Abtransport der Leiche beauftragen und eine Autopsie anordnen.«

»Ich möchte, daß Beverly sie persönlich durchführt«, befahl Picard. »Stellen Sie sicher, daß sie die Berichte direkt an mich schickt, und zwar unter größtmöglicher Geheimhaltung. Und stellen Sie Skel ein paar diskrete Fragen, was er vergangene Nacht so getan hat. Ich bin in meinem Bereitschaftsraum.«

»Jawohl, Sir.«

Damit ließ Picard den Tod und die Zerstörung im zehnten Vorderdeck zurück und ging zu seinem Bereitschaftsraum, wobei er es nicht fassen konnte, daß er schon wieder mit den Eltern eines vielversprechenden jungen Offiziers Kontakt aufnehmen mußte, um ihnen die schlechteste Nachricht zu überbringen, die es überhaupt gab. Aber vorher würde er sich noch einmal alles ansehen, was ihm die Vulkanier über die Artefakte und die Seuche, die sie auslösten, zugeschickt hatten. Dann würde er Data auch noch um eine Kopie von Skels Forschungsberichten bitten.

Geistesabwesend dachte er, wie dankbar er dafür war, daß Guinan die Entweihung des Gesellschaftsraums nicht mitbekommen hatte. Für sie war Zehn-

Vorne ein Ort der Nachdenklichkeit und der Heilung – ein Ort, an dem die Besatzungsmitglieder sich wirklich entspannen und sie selbst sein konnten.

Was ihn betraf, so wußte er, es würde noch lange dauern, bis er den Gesellschaftsraum wieder betreten konnte, ohne Barbara Evans' geschundene Leiche auf dem Boden zu sehen.

Skel stand vollkommen ruhig und gefaßt in der Mitte seines komfortablen Gästequartiers und hatte die Hände flach zu einer vulkanischen Geste der Gelassenheit gefaltet. »Was ist passiert, Doktor?«

Trotz der scheinbar ruhigen Frage tobten unter der Oberfläche die Gefühle des Vulkaniers: bitterer Zorn, Enttäuschung, Frustration. Sie nährten und stärkten wiederum die Erreger, die ihn übernommen hatten, und der schwache Schimmer des Bewußtseins, das einmal Skel gewesen war, konnte nur hilflos zuschauen.

»Das weiß ich nicht genau«, beteuerte Tarmud mit rot glänzendem Gesicht und außer Atem. »Evans' Verletzungen haben die anderen zu ihr gerufen. Der Schmerz, den sie empfand, hat sie förmlich angelockt. Nach achtzig Jahren der Entsagung ist der Hunger der Erreger fast übermächtig und schwer zu kontrollieren. Die Besatzung der *Enterprise* ist diszipliniert, geschult und in der Lage, sie zu bändigen. Aber die anderen – die Techniker, unsere Assistenten ... das sind Zivilisten. Die meisten von ihnen sind junge, hoffnungsvolle Wissenschaftler, die neugierig sind und möglichst viele Erfahrungen sammeln wollen. Sie haben die Kontrolle verloren ...«

»Das können sie sich nicht leisten, wenn wir unser Ziel erreichen wollen«, entgegnete Skel kühl.

»Haben Sie Geduld«, drängte Tarmud. »Nicht alle von uns sind nämlich Vulkanier ... die Wesen haben sich an Sie und Ihr Kontrollvermögen angepaßt. Für uns andere ist es nicht leicht ...« Er holte erneut keuchend Luft. »Sie haben Evans aus ihrem Versteck getragen und in den Gesellschaftsraum gebracht«, fuhr er dann fort, »weil sie wußten, daß sich dort niemand aufhielt. Sie hat ihnen noch dabei geholfen, ihnen gezeigt, wo sie hingehen müssen. Das Zertrümmern der Stände hat emotionalen Aufruhr in ihrem ursprünglichen Ich erzeugt, in den Menschen, die in ihnen lebten und sich gegen die Zerstörung ihrer eigenen Arbeit wehrten. Und als die Wesen alles vernichtet hatten, was sie fanden, wandten sie sich ihrer ursprünglichen Quelle zu.«

»Sie ist also tot«, sagte Skel nüchtern. Ermordet, wie es mit seiner Mutter geschehen war.

»Ja.« Tarmud senkte den Kopf wie in tiefem Bedauern, doch Skel konnte gerade noch ein sadistisches Funkeln in seinen Augen sehen. »Sie ist tot. Die anderen haben ihre Erreger aufgenommen, damit dem Ganzen nichts verlorengeht.«

»Sie haben sie dort zurückgelassen?«

»Ja. Sie wollten die anderen verängstigen, damit sie sich an ihren emotionalen Reaktionen stärken und ihren Hunger zügeln können.«

»Ihr Tod und die Zerstörung des Gesellschaftsraums wird die Besatzung der *Enterprise* auf unsere Anwesenheit aufmerksam machen«, erwiderte Skel.

»Vielleicht. Die Techniker haben die Tat trotz ihres Hungers vorausgeplant. Sie haben Schutzkleidung getragen. Die einzigen Spuren, die man finden wird, werden von Barbara Evans stammen. Wenn wir ihren Appetit zügeln können, wird so etwas nicht noch einmal vorkommen.«

»Es darf nicht«, betonte Skel. »Es könnte unsere Niederlage bedeuten, wenn wir entdeckt werden, bevor wir die höheren Offiziere auf unsere Seite gebracht haben. Kontrolle ist absolut nötig. Sie müssen lernen zu warten.«

»Sie müßten nicht warten, wenn wir die Empathin zu unserer Verfügung hätten«, erinnerte Tarmud ihn.

»Sie hat in der vergangenen Nacht keinerlei Träume gehabt. Keiner von uns hat sie überhaupt wahrgenommen.«

Skel nickte. »Ihre Empathie ist zwar bedeutsamer als eine reiche Nahrungsquelle, stellt aber auch weiterhin eine Gefahr für uns dar. Wenn die Betazoidin uns zu früh bemerkt, werden wir bloßgestellt, bevor wir bereit sind. Wir müssen sehr vorsichtig sein, bis die Mehrheit der Besatzung zu uns gehört, vielleicht sogar, bis das vulkanische Schiff uns erreicht hat und erobert werden kann. Die Empathin muß unwissend bleiben – und abwesend. Rekrutieren wir noch immer neue Verbündete?«

»Ja«, versicherte Tarmud ihm. »Die Rekrutierung verläuft gut.«

»Nicht gut genug«, widersprach der Vulkanier. »Wir brauchen noch Dannelke und mehr hochrangige Offiziere.«

In diesem Augenblick ertönte der Türsummer, und Tarmud und Skel wechselten einen Blick. »Herein«, sagte der Vulkanier.

Die Tür öffnete sich, und Dr. Crusher trat ein. »Picard hat heute morgen nicht gefrühstückt. Was ist passiert?«

Die beiden Männer berichteten ihr von den Ereignissen im Gesellschaftsraum.

Sie schüttelte mißbilligend den Kopf. »Jetzt wird er mißtrauisch sein. Wir kommen nicht mehr so leicht an ihn heran.«

»Wir können uns noch immer die restlichen Offiziere vornehmen«, sagte Tarmud. »Alle, bis auf die Betazoidin.«

»Sogar Data?« fragte Crusher. »Kann er als Androide denn überhaupt übernommen werden?«

»Unbekannt«, teilte Skel ihr mit, »aber unwahrscheinlich. Die positronische Matrix könnte die Wesen zwar aufnehmen, doch da der Androide über keine

Emotionen verfügt, würde es ihnen schwerer fallen, sich zu ernähren. Andererseits wäre es aus praktischen Gründen sehr wünschenswert, den Androiden zu kontrollieren. Aber wir müssen sehr vorsichtig sein. Ein Rekrutierungsversuch könnte ihn auf unsere Anwesenheit aufmerksam machen. Wenn der Versuch scheitert, könnte er uns entlarven.«

Crusher nickte, als sie über ihren Kommunikator plötzlich eine Botschaft Picards erhielt. »Hier Crusher.«

»Doktor, ich muß Sie sofort sprechen. Ich bin auf dem Weg zur Krankenstation.«

»Jawohl, Sir. Bin schon unterwegs.« Sie sah zu ihren Verbündeten hinüber. »In der Krankenstation sind zu viele Leute, um das Risiko einzugehen, ihn da anzuwerben. Ich werde einen günstigeren Moment abwarten müssen.« Dann verließ sie die beiden.

»Vernünftige Einstellung«, sagte Skel zu Tarmud. »Wir werden alle vorsichtiger sein müssen. Wir werden alle auf günstige Momente warten müssen.«

Tarmud dachte über das Gesagte nach und nickte.

Unter einem mondlosen Sternenhimmel schritt Deanna durch eine Wüste auf einen entfernten, düsteren Bergkamm zu. Lwaxana ging neben ihr her.

Deanna blieb jäh stehen und sah ihre Mutter an. »Wo sind wir hier?«

Lwaxana kniff ihre Lippen entschlossen zusammen und antwortete stumm. *Der Planet Vulkan.*

»Warum sind wir hier? Mutter, was soll das alles?«

Natürlich war ihr klar, daß es nicht ihre Mutter war, denn obwohl die mentale Stimme über Lwaxanas Klang verfügte, ihren mütterlichen Ton, konnte sie es einfach nicht sein. Die Frau neben ihr war zu ruhig, zu zurückhaltend.

Das stimmt, Kleines. Ich bin nicht deine Mutter. Aber du mußt mir jetzt zuhören. Schau ihnen nicht in die Augen, keinem von ihnen. Laß dich nicht von ihnen berühren. Und schirme vor allem deinen Geist ab. Du bist in furchtbarer Gefahr, und ich kann nur wenig tun, um dir zu helfen.

»Das verstehe ich nicht«, sagte Deanna gereizt. »Wer Sie auch sind, Sie sprechen in Rätseln. Meinen Geist abschirmen? Wie denn? Vor wem? Erklären Sie mir das.«

Aus dem Augenwinkel sah Deanna eine flinke Bewegung auf dem Sandboden und drehte sich danach um. Mit großen Augen sah sie, wie ein vulkanisches Kind verzweifelt durch die Wüste hetzte. Hinter ihm holte ein Vulkanier unbarmherzig auf.

»Nein«, stöhnte Deanna. »Nein, das kann nicht wahr sein. Ich träume wieder. Das ist Skel als Kind. Ich träume seine Erinnerungen! Ich muß aufwachen.«

Die Frau, die wie ihre Mutter aussah, ergriff mit übermenschlicher Kraft Deannas Schultern, und ihre mentale Stimme war ruhig, aber unsagbar entschlossen. *Das ist kein Traum. Du mußt zusehen und lernen.*

Der Junge verlor im Sand den Halt und fiel vornüber in den Wüstenstaub. Der Mann packte ihn am Kragen und riß ihn herum. Der Knabe wehrte sich tapfer, als der ältere Vulkanier sein Gesicht in die Hände nahm.

»Wie schrecklich!« murmelte Deanna und hätte am liebsten die Augen geschlossen. »Er *zwingt* den jungen Skel zur Mentalverschmelzung!«

Das Kind erschlaffte, doch seine großen Augen waren voller Panik, wie die Deannas voller Tränen waren.

Ja, sagte die ältere Frau, deren Stimme trotz des furchtbaren Anblicks noch immer unbeteiligt klang. *Es war grauenhaft. Die Vergewaltigung. Die Infektion.*

Deanna sah mit wachsendem Ekel zu, wie der Vulkanier endlich die Hände vom schmalen Gesicht des Jungen nahm. Der stand auf, wischte sich mit vulkanischer Fassung den Staub von der Kleidung und machte sich auf den Heimweg.

Währenddessen drehte der Vulkanier sich zu Deanna um, wobei sein Gesicht zu einer Grimasse solch sadistischer Bosheit verzerrt war, daß die Betazoidin keuchend zurückwich. Sie sah, wie der Mann auf sie zukam, dabei immer schneller wurde, bis er schließlich weite Sätze über den Sand machte.

Bald schon hatte er sie erreicht und griff nach Lwaxana.

»Mutter!« schrie Deanna, als der Vulkanier Lwaxanas Handgelenk packte und sie zu sich zog.

Die Frau sah Troi über ihre Schulter an, gelassen und widerstandslos selbst im Angesicht des Todes. *Denk daran. Dies ist kein Traum. Das darfst du nicht vergessen. Bring dich in Sicherheit.*

Und dann stürzte der Vulkanier sich auf Lwaxana, warf sie zu Boden und drückte ihr die Kehle zu.

»Mutter!« schrie Deanna und saß kerzengerade in ihrem Bett.

Zur Antwort erhielt sie nur Stille sowie den beruhigenden Anblick ihres eigenen Quartiers. Sie drückte eine zitternde Hand auf ihre Stirn. Als sie sie wieder herunternahm, glänzte sie vor Schweiß.

Beverly hatte ihr versprochen, daß sie nicht träumen würde. Bestanden etwa noch Reste der Verbindung mit Skel? Sie tastete vorsichtig mit einem mentalen Fühler nach ihm, sie konnte seine Gefühle auf dem überfüllten Schiff jedoch nicht ausfindig machen. Wenigstens das war einleuchtend. Wenn er ihr nicht nah war, konnte sie ihn wegen seiner vulkanischen Selbstkontrolle gar nicht wahrnehmen.

Der Türsummer ertönte und erschreckte sie so sehr, daß sie heftig zusammenzuckte. Sie ärgerte sich über ihre Schreckhaftigkeit und gab sich einen Ruck, während sie einen Morgenmantel über ihr Nachthemd zog und schnell das Schlafzimmer verließ.

»Herein«, rief sie, und lächelnd trat Dr. Crusher ein. Als sie Troi sah, wurde ihr Gesichtsausdruck ernst und besorgt.

»Deanna, geht es Ihnen nicht gut?«

Troi schüttelte den Kopf. »Ich fürchte, Ihr Medikament war nicht die ideale Lösung für meine Probleme.«

Beverly zückte sofort den Medo-Tricorder und schwenkte ihn vor Deannas Körper. »Wieder Alpträume?«

»Nur einer, mit meiner Mutter. Er war sehr beängstigend.«

Beverlys Lächeln kehrte andeutungsweise zurück. »Na ja, wenn man bedenkt, was für ein Verhältnis Sie zu Ihrer Mutter haben, überrascht das nicht gerade.«

Deanna schüttelte den Kopf. »Wissen Sie ... in Träumen ist manchmal nichts so, wie es scheint. Nun ja, es war meine Mutter, gleichzeitig aber auch nicht. Wir waren auf Vulkan, und Lwaxana hat sich wie eine Vulkanierin verhalten!«

Beverly runzelte überrascht die Stirn. »Lwaxana? Ich kann mir beim besten Willen keine unvulkanischere Person vorstellen!«

Nun mußte auch Deanna lächeln. »Das stimmt schon. Es war trotzdem sehr aufwühlend. Sie hat ständig versucht, mir etwas zu erklären, zu zeigen, aber ich habe es nicht verstanden. Dann tauchten plötzlich diese furchtbaren Erinnerungen Skels wieder auf.« Sie verstummte, als sie sah, daß Crusher verwirrt auf ihren Medo-Tricorder schaute. »Was ist los? Was sagt das Gerät?«

»Diesen Messungen zufolge«, sagte Beverly bedeutungsschwer, »haben Sie die ganze Nacht kein einziges Mal geträumt. Sie haben zwar ein paar neue *Erinnerungen*, aber es gibt kein Anzeichen von Traumaktivität.«

Deanna erstarrte und erinnerte sich: Lwaxana hatte immer wieder darauf bestanden, daß ihr Erlebnis kein Traum war.

»Jedenfalls brauche ich diesen Tricorder nicht, um festzustellen, daß Sie aufgeregt sind«, sagte Beverly, ohne Deanna ins Gesicht zu sehen. »Und ich stelle einen auffälligen Mangel an jenen Neurotransmittern fest, die für Telepathie und Empathie von Bedeutung sind. Das allein kann schon starke Angstzustände hervorrufen. Ich werde Ihnen etwas geben, das Sie entspannt, die Produktion der Neurotransmitter anregt und Ihre Fähigkeit dämpft, die Gefühle anderer wahrzunehmen. Das wird weitere Mangelerscheinungen verhindern. Außerdem würde ich Ihnen empfehlen, sich noch einen Tag in Ihrem Quartier zu entspannen, bis Sie wieder ganz die Alte sind.«

Auf einmal überkam Deanna das Gefühl, daß Beverly ihr nicht die Wahrheit sagte. Sie spürte außerdem einen gezügelten Hunger, der sie überraschte und verwirrte. Sie runzelte die Stirn und wagte sich tiefer in die Psyche ihrer Freundin vor. Das seltsame Gefühl verschwand, und es blieb nur die übliche ärztliche Sorge und der starke Wunsch, daß Deanna ihrem Rat folgte, damit es ihr bald wieder besser ging. Deanna glaubte ihren eigenen Sinnen nicht mehr.

Und dann erinnerte sie sich an Lwaxanas Warnung. *Schau ihnen nicht in die Augen, keinem von ihnen. Laß dich nicht von ihnen berühren. Und schirme vor allem deinen Geist ab.*

Troi versuchte, daraus schlau zu werden, aus alledem schlau zu werden, spürte jedoch, wie die Realität ihr entglitt.

»Deanna, bitte«, murmelte Beverly und kam ihr mit dem Injektor näher. »Es ist normal, unter diesen Bedingungen mißtrauisch zu sein, sogar paranoid. Aber das hier wird Ihre Genesung unterstützen und Ihnen Zeit geben, diese Verwirrung abzuschütteln. Ich bin Ihre Ärztin und Freundin. Bitte lassen Sie mich helfen.«

Deanna trat einen Schritt zurück, außer Reichweite. »Ich möchte das nicht, Beverly. Danke.«

Einen Augenblick lang empfing sie Gefühle von Beverly: Die Ärztin wollte sie zwingen, das Medikament zu nehmen.

Dann ertönte der Türsummer, und das Gefühl verschwand.

Beverly senkte den Injektor und lächelte. »Natürlich, Deanna. Aber kommen Sie bitte sofort zu mir, wenn Sie Probleme haben. Ich kann Ihnen einen Teil von dem abnehmen, was Sie durchmachen. Würden Sie das nicht einem Ihrer Patienten auch empfehlen?«

»Ja, sicher«, stimmte Deanna zu, als der Türsummer erneut betätigt wurde. »Wer ist da?«

»Commander Data.«

»Herein«, rief Deanna. Die Vorstellung, in Gegenwart des einzigen Besatzungsmitglieds zu sein, das sie überhaupt nicht ›lesen‹ konnte, erleichterte sie plötzlich gewaltig.

»Counselor«, setzte Data an, als er den Raum betrat. »Captain Picard ... Ach, guten Morgen, Doktor Crusher! Ich hoffe, ich störe nicht ...«

»Nein, das ist schon in Ordnung, Data«, teilte Beverly ihm mit und verlagerte ihr Gewicht, als ob sie aufbrechen wollte. »Ich wollte sowieso gerade gehen.«

Der Androide wandte sich an sie beide. »Captain Picard hat ein sofortiges Treffen aller Brückenoffiziere im Konferenzraum angeordnet. Er hat Sie über Ihren Kommunikator gerufen, aber Sie haben nicht geantwortet. Er befürchtet, daß das Signal Sie wegen der Medikamente vielleicht nicht geweckt hat, und hat mich deshalb gebeten, Sie zu holen. Ich nehme an, Sie sind über die Konferenz bereits informiert, Doktor?«

»Ja, Data«, versicherte Beverly ihm. »Ich wußte, daß er mich sehen wollte, sobald ich mit der ...« Sie sah zu Deanna hinüber, als fiele ihr plötzlich ein, daß die Betazoidin über die jüngsten Ereignisse an Bord noch nicht informiert war.

»Etwas ist geschehen«, sagte Deanna. »Was?«

Data zögerte und sah die Ärztin an. Beverly erläuterte knapp, was im Gesellschaftsraum vorgefallen war.

»Und ich habe diesen ganzen Gewaltausbruch verschlafen?« fragte Deanna bestürzt.

»Machen Sie sich keine Vorwürfe«, tröstete Beverly sie. »Das Beruhigungsmittel, das ich Ihnen gegeben habe, sollte ja gerade Ihre empathische Wahrnehmung stillegen. Sie brauchen Ruhe. Wir konnten nicht ahnen, was passieren würde.«

Um so mehr Grund, jetzt nüchtern zu bleiben, entschied Deanna.

»Counselor«, sagte Data höflich, »wenn es Ihnen noch nicht so gut geht, daß Sie an der Konferenz teilnehmen können, werde ich das dem Captain mitteilen.«

»Nein, danke, Data. Ich muß mich nur schnell anziehen.« Sie hatte sich halb zu ihrem Schlafzimmer umgedreht, als etwas Kühles ihren Hals berührte und zischte: Crushers Injektor.

Sie wirbelte wütend herum und legte die Hand auf die Stelle an ihrem Hals. »Beverly! Wie konnten Sie das tun?«

Crusher sah sie entschuldigend und mitfühlend an. »Bitte verzeihen Sie mir, Deanna«, sagte sie verständnisvoll, »aber Ihre Weigerung, Medikamente zu nehmen, ist ein Symptom Ihrer Krankheit. Je mehr Ihnen die Neurotransmitter fehlen, desto angespannter und mißtrauischer werden Sie. Es ist nicht unüblich, daß Patienten in Ihrem Zustand selbst lebenswichtige Hilfe ablehnen. Als Ihre Ärztin mußte ich das tun, was ich für das Richtige hielt ... und was Sie meiner Meinung nach wollten, wären Sie gesund. Bevor Sie Ihre Wut an mir auslassen, überlegen Sie kurz, wie Sie sich jetzt fühlen.«

Die Betazoidin rieb sich über den Hals, wo das Medikament in ihren Blutkreislauf eindrang, und dachte über die Worte ihrer Freundin nach. Sie fühlte sich *tatsächlich* besser. Ihre Anspannung war verflogen. Sie fühlte sich nicht berauscht oder schummrig, nur eher wie sie selbst. Sie versuchte instinktiv, Crushers Gefühle zu lesen, fand aber nur wenig. Sie spürte etwas Vertrautes, etwas, das Beverly war, aber ihre Empathie war stark gedämpft. Und irgendwie war diese Tatsache seltsam angenehm. Ihr besorgter Geist war plötzlich beruhigt und konnte sich Zeit für die Genesung nehmen.

»Ehrlich gesagt, es geht mir besser«, gab sie widerstrebend zu. »Ich bin ruhiger und entspannter. Und wie Sie angekündigt haben, ist mein empathischer Sinn stark eingeschränkt. Normalerweise würde mich *das* wieder aufregen, weil ich mich nicht voll funktionstüchtig fühlen würde, aber momentan ist es mir so lieber. Sie hatten recht, Beverly.« Sie lächelte matt. »Ich schätze, deshalb sind Sie die Ärztin und ich die Counselor.«

Data sah immer wieder von der einen Frau zur anderen und verstand eindeutig nicht, was los war. »Counselor, sind Sie jetzt in der Lage, an der Konferenz mit dem Captain teilzunehmen?«

»Oh, ja«, versicherte sie ihm. »Ich bin dabei, Commander.«

»Wäre es Ihnen lieber, wenn jemand hier wartet, bis Sie sich umgezogen haben, Deanna?« bot Beverly ihr an.

»Das ist eine gute Idee«, sagte Deanna und überraschte die Ärztin dann, indem sie sagte: »Data, würde es Ihnen etwas ausmachen?«

»Natürlich nicht, Counselor«, erwiderte der Androide.

Beverly nickte den beiden zu. »Das ist eigentlich auch günstiger für mich«, sagte sie gut gelaunt, »da ich meinen Autopsiebericht für den Captain noch abschließen muß. Bis gleich.« Doch als sie ging, spürte Deanna eine schwache Spur widersprüchlicher Emotionen in ihrer Freundin, die sie nicht genau identifizieren konnte.

»Ist zwischen Ihnen und Dr. Crusher alles in Ordnung, Counselor?« fragte Data bedächtig.

Deanna sah ihn an. Seine Auffassungsgabe für menschliche Verhaltensmuster wurde von Tag zu Tag besser. Es überraschte sie kaum, daß er die Spannung zwischen den beiden Frauen bemerkt hatte.

»Alles bestens«, behauptete sie und zwang sich zu einem Lächeln. »Beverly und ich sind nur nicht ganz einer Meinung, was meine Behandlung angeht. Und außerdem ist es mir nach all den mentalen Eindrücken, die ich gestern aufnehmen mußte, lieber, etwas Zeit mit einem starken, stillen Typ zu verbringen.« Sie tätschelte seinen Arm und ging sich umziehen. Data blieb mit einem sehr perplexen, fast menschlichen Gesichtsausdruck im Wohnzimmer zurück.

8

Picard saß im Bereitschaftsraum und grübelte über Barbara Evans' Autopsieergebnis und Dr. Crushers Bericht über die anderen Beweismittel aus dem verwüsteten Gesellschaftsraum.

Die Beweise beeindruckten nur durch ihre Abwesenheit. Picard wußte, daß es so oder so schon schwer werden würde, Barbaras Tod ihren Eltern beizubringen. Doch wie sollte ihm das gelingen, wenn er ihnen noch nicht einmal erklären konnte, wie oder warum sie gestorben war? Es mußte doch irgend etwas in diesen Berichten stehen, ein Schlüssel, der ihm die Tür zur Wahrheit öffnete ...

»Bron an Captain Picard.« Es war eine weibliche Stimme. Jendar Bron war ein Fähnrich im zweiten Jahr und verwaltete momentan die Kommunikationssysteme.

»Ja, Fähnrich«, murmelte Picard, die Augen immer noch auf die schrecklichen Details der Todesursache gerichtet: Schock durch Blutverlust und brutales Trauma. Jemand, der noch auf diesem Schiff war, hatte daneben gestanden und zugesehen.

»Entschuldigen Sie bitte die Störung, Captain, aber ich habe eine Unstimmigkeit in den Kommunikationsaufzeichnungen gefunden.«

»Und welche?« Widerwillig sah er auf. Der Dienstordnung zufolge hätte Bron sich mit ihrem Problem an Commander Riker wenden sollen. Hatte sie ihre Ausbildung völlig vergessen?

Bron schien seine Verärgerung zu bemerken und

klang nun noch zögerlicher und unterwürfiger. »Captain, es ist eine Nachricht von Starfleet Command gekommen, eine Datenbank. Sie ist an Sie adressiert, aber es gibt keinen Eintrag darüber, daß Sie sie gelesen haben. Sind Sie über diese Botschaft informiert worden, Sir?«

Picard seufzte. »Wann ist sie eingetroffen?«

»Gestern, Sir. Sie wurde als dringende Botschaft empfangen, aber dann ins Hauptarchiv umgeleitet und als niedrige Priorität klassifiziert.«

Ein plötzlicher Verdacht ließ ihn nachdenken. »Schicken Sie mir die Datei sofort zu. Ich möchte sie sehen.«

»Jawohl, Sir.«

Er drehte sich auf seinem Stuhl wieder zu der kleinen Konsole um und beobachtete, wie auf dem Bildschirm das Starfleet-Symbol erschien, gefolgt von dem Dateinamen. Die Sternzeit bestätigte seinen Verdacht. Es war die Akte mit den Informationen über die Epidemie.

»Wer hat diese Botschaft angenommen, Fähnrich?«

»Das ist auch wieder seltsam, Sir. Es gibt keinerlei Vermerk darüber.«

Das war unmöglich. Die Entgegennahme einer Nachricht wurde automatisch dokumentiert. »Wer hatte Dienst, als sie von der Brücke angenommen wurde?« Diese Offiziere konnten den ursprünglichen Empfänger vielleicht ausfindig machen.

»Es sieht nicht so aus, als hätte die Botschaft je die Brücke erreicht. Hier ist niemand davon unterrichtet worden, Captain. Die Sendung scheint von den Sensoren des Schiffes empfangen und automatisch umgeleitet worden zu sein, ohne daß irgend jemand sie überhaupt gesehen hat. Ich habe sie rein zufällig gefunden, als ich für einen der Wissenschaftler nach einer anderen Datei suchte.«

Picard starrte die Nachricht auf seinem Bildschirm

ungläubig an. Was Bron ihm da erzählte, deutete auf absichtliche Vergehen gegen Starfleet-Vorschriften und eine Manipulation des Zentralcomputers hin.

»Vielen Dank, daß Sie mich darauf aufmerksam gemacht haben, Fähnrich. Gut gemacht.« Er lehnte sich zurück. Er konnte LaForge und Data einen vollständigen Diagnose-Check Stufe I des Schiffes durchführen lassen, war sich aber nicht sicher, ob er es sich leisten konnte, diesem Problem so viel Zeit zu widmen, wenn es dringender schien, sich um die wahllosen Gewaltverbrechen an Bord zu kümmern. Er würde nach der Konferenz mit den Senioroffizieren LaForge und Data befragen, was sie für die Ursache hielten. Sabotage würde darauf hinweisen, daß die Gewalt an Bord doch nicht so wahllos war.

»Fähnrich Bron«, sagte er ruhig.

»Jawohl, Captain.«

»Bitte informieren Sie die Senioroffiziere, daß ich zu unserer Konferenz einige Minuten zu spät kommen werde. Sie sollen auf mich warten.«

»Jawohl, Sir.«

Crusher und LaForge unterhielten sich im Bereitschaftsraum und sahen hektisch – fast schon schuldbewußt, dachte Will – auf, als Riker hereinkam. Er vermutete, daß sie etwas Privates mit Picard besprechen wollten, der normalerweise immer zeitig zu Konferenzen erschien. Wenn dem so war, hatten sie eindeutig kein Glück gehabt.

»Hat man Sie über die Verspätung des Captains informiert?« fragte er.

»Gerade eben«, erwiderte Geordi. »Da wir schon hier waren, haben wir uns entschieden, einfach zu warten.«

Beverly betrachtete neugierig Wills Gesicht. »Commander, was ist mit Ihrem Auge passiert?« fragte sie, während sie den Medo-Tricorder zückte und auf ihn zuging.

»Mit meinem Auge? Gar nichts, hoffe ich«, sagte Riker fröhlich.

Sie untersuchte Rikers Gesicht sorgfältig eine Weile, wobei er ganz still stand und nach oben blickte, während sie das betroffene Auge betrachtete. Dann schnalzte sie – ganz die besorgte Ärztin – mit der Zunge. »Ja, eindeutig. Sie haben ein geplatztes Äderchen in der Lederhaut Ihres Auges.«

»Wirklich?« Er zuckte mit den Schultern. »Ich spüre nichts.«

»Nein, das muß auch nicht unbedingt der Fall sein«, sagte sie besorgt und hielt den Tricorder vor sein Gesicht. »Lassen Sie mich ganz sicher gehen, daß es nichts Ernsteres ist. Das ist schnell repariert. Gut, daß der Captain zu spät kommt.«

Als Riker still hielt und Beverly erlaubte, seinen Kopf mit geübter, sanfter Hand festzuhalten, sah er aus dem Augenwinkel einen ungewöhnlichen Anblick: LaForge, der entzückt grinste.

Was ist denn an einem geplatzten Äderchen so komisch? fragte Riker sich. Er dachte nicht länger darüber nach, als Beverly ihm die nächste Anweisung gab. »Jetzt schauen Sie mir bitte direkt in die Augen, Will.«

Als er in ihre warmen, braunen Augen sah, fühlte er sich von ihrem Blick magnetisch angezogen. Ihre Pupillen weiteten sich, und er sah glühende, wirbelnde Farben darin, die so schön und betörend schimmerten, daß er nie wieder wegsehen wollte. Er runzelte die Stirn und sah tiefer in ihre Augen, als ihre Fingerspitzen über seine Wange strichen und ein plötzlicher, heftiger Schlag seinen Organismus durchfuhr.

Als Picard endlich den Konferenzraum betrat, nahmen Commander Data, Lieutenant Worf und Counselor Troi gerade Platz. Nachdem er die Besatzung mit einem Nicken begrüßt hatte, ging er zum Ende des Tisches.

Will Riker saß zu seiner Rechten, blinzelte und rieb sich ein Auge. Der Commander sah etwas blaß aus.

»Alles in Ordnung, Nummer Eins?«

Riker nickte und lächelte ein wenig kläglich. »Geplatztes Äderchen. Dr. Crusher hat mich gerade verarztet. Ich sehe ein bißchen verschwommen, das ist alles.«

»Das geht schnell vorbei«, versicherte Crusher dem Captain.

Picard nickte. »Na gut, dann gehen wir zur Tagesordnung über? Und ich fürchte, es ist eine sehr ernste Angelegenheit. Ich hatte ursprünglich vorgehabt, Ihnen Dr. Crushers Autopsiebericht und eine Auswertung der Spuren aus dem Gesellschaftsraum vorzulegen. Leider wurde in beiden Fällen jedoch fast nichts gefunden, was uns helfen könnte, diese verwirrende Tragödie zu verstehen.« Er sah Crusher an. »Ich nehme an, Sie haben nichts Neues zu berichten?«

»Nein, Sir. Momentan nicht.«

»Vielleicht haben wir auch schon die entscheidenden Informationen, um diesem Rätsel auf den Grund zu gehen«, fuhr Picard fort. »Und diese Informationen stammen von Starfleet.«

»Dann haben Sie also endlich die Akte über die vulkanische Epidemie erhalten?« fragte Data.

»Korrekt«, bestätigte Picard. »Sie sollten wissen, daß die Botschaft eigentlich schon gestern angekommen, aber irgendwie umgeleitet und archiviert worden ist, bevor ich sie lesen konnte.« Er hob die Hand, um Data davon abzuhalten, detailliert zu erläutern, warum das unmöglich war, und fuhr fort. »Wie ich vermutet habe, war die Föderation nicht annähernd so zurückhaltend wie die vulkanische Regierung, und die Starfleet-Akte enthält sehr viel mehr bedeutsame Informationen über die Epidemie.«

Picard sah sich in der Runde um. »Auf Basis dieser Informationen und dem, was ich bereits von den Vulkaniern wußte«, sagte er dann, »muß ich annehmen, daß die Gewalt auf der *Enterprise* der Beginn der gleichen Epidemie ist, die vor achtzig Jahren sowohl die Besatzung eines Föderationsschiffes als auch die Bevölkerung des Planeten Vulkan heimgesucht hat.«

Crusher beugte sich verwirrt vor. »Darf ich fragen, wie Sie zu diesem Schluß gekommen sind, Captain?«

»Durch Ihren Autopsiebericht, Doktor«, erklärte Picard, während er sich umdrehte und ein Schaubild auf einem Monitorterminal aufrief. »Vor achtzig Jahren haben die medizinischen Offiziere des betroffenen Raumschiffs eine ungewöhnliche Form von Gewebeveränderung sowohl bei lebenden als auch toten Opfern der Seuche nachgewiesen.« Er zeigte auf die farbige Abbildung des menschlichen Gehirns. »Sehen Sie hier, wie sich die blaue Farbe von Stirn- und Scheitellappen bis in die Amygdala zieht? Fast sternförmig? Sehr ungewöhnlich. Tatsächlich konnte der Computer bei keiner einzigen Erkrankung, die das Gehirn betrifft, etwas Vergleichbares finden. Es deutet auf einen sehr spezifisch fortschreitenden Gedächtnisverlust hin. Üblicherweise haben Opfer der Krankheit nach ihrer Heilung keinerlei Erinnerung mehr an den Zeitraum, in dem sie infiziert waren.«

Picard betätigte einen Schalter auf dem Tisch, wodurch sich die Anzeige in zwei Hälften aufteilte und einen weiteren Hirnquerschnitt zeigte. »Und hier, in Ihrem Autopsiebericht, läßt sich genau das gleiche Muster bei Barbara Evans beobachten. Ich habe keinerlei Zweifel, daß Barbara Evans von Lebensformen infiziert wurde, die denen entsprechen, die derzeit in den Behältern in der Quarantäneabteilung der Krankenstation verwahrt werden. Wahrscheinlich hat sie sich bei Skel infiziert, da sie seine Verbindungsoffizierin war. Wie es auch genau geschehen ist, sie hat eindeutig andere bei ihren täglichen Kontakten auf dem Schiff angesteckt – unter anderem auch Wissenschaftler, die hier zu Gast sind, sowie deren Assistenten und Mitarbeiter.

Die Form von sinnloser Gewalt, wie wir sie im Gesellschaftsraum gesehen haben, ist typisch für die Seuche in der Frühphase.«

»Aber, Captain«, widersprach Beverly, »wie hätte das geschehen sollen? Skel hat alle Quarantäneprozeduren bestanden, die wir haben. Und Sie haben selbst mit ihm gesprochen. Er ist eindeutig bei klarem Verstand.«

»Muß ich Sie an die Geschichte von der Typhus-Marie erinnern, die eine ganze Stadt angesteckt hat, ohne selber Symptome zu haben, Doktor?« fragte er kühl. »Wir können nicht ausschließen, daß er Krankheitsträger und dabei entweder immun ... oder sich seines Zustands gar nicht bewußt ist.«

»Entschuldigen Sie, Captain«, meldete Commander LaForge sich zu Wort, »aber ich habe die Sicherheitsvorkehrungen an den Quarantäneeinheiten selbst überprüft. Wie kann es nicht aufgefallen sein, daß Skel mit diesen Organismen infiziert ist?«

»Auf dieses Problem ist auch die Besatzung des infizierten Raumschiffs gestoßen«, erklärte Picard. »Sie haben gefolgert, daß die Organismen kleiner waren als alle anderen, die ihnen vorher bekannt waren – möglicherweise so klein wie subatomare Teilchen oder noch kleiner. Sie sind definitiv zu klein, um von den Biofiltern erkannt zu werden. Während des ursprünglichen Ausbruchs ist es weder der Besatzung des Föderationsschiffes noch den Vulkaniern gelungen, einen Test zu entwickeln, der bestimmen kann, ob jemand infiziert ist oder nicht, und sie haben auch nie ein Gerät entwickelt, das die Wesen aufspüren kann.«

Picard sah zu Troi hinüber, die am andere Ende des Tisches saß. »Allerdings – und das ist besonders interessant – haben die Chronisten in jener Zeit darauf hingewiesen, daß ein *talentierter, nicht auf Berührung angewiesener Telepath* dabei geholfen hat, die Krankheit zu erkennen, als immer mehr Mitglieder der Besatzung davon betroffen wurden. Damals hatte Betazed sich der Föderation natürlich noch nicht angeschlossen.«

»Captain«, warf Deanna ein, »wenn Sie glauben, daß ich die Krankheit in Skel wahrnehmen könnte, kann ich Ihnen nur mitteilen, daß ich sie nicht gespürt habe, als ich mit ihm sprach. Ich habe lediglich die übliche vulkanische Selbstkontrolle und Anflüge seiner schrecklichen Erinnerungen wahrgenommen.«

»Wie ich schon sagte«, erinnerte Picard sie, »wenn es so etwas wie einen Überträgerstatus bei dieser Infektion gibt, könnte Skel vollkommen nichtsahnend sein. Die Erreger könnten ihre Anwesenheit auch vor uns verbergen ... eine Art von Selbstverteidigungsmechanismus, wie viele Krankheiten ihn mit der Zeit entwickeln. Bedenken Sie, es ist schon achtzig Jahre her, daß Menschen und Vulkanier zum ersten Mal an dieser Seuche erkrankten. Sie könnte sich weiterentwickelt haben, anpassungs- und widerstandsfähiger geworden sein. Wir wissen einfach nicht genug über sie.«

»Da haben Sie recht, Captain«, stimmte Beverly milde zu. »Selbst mit den Informationen von Starfleet wissen wir nicht genug über die Epidemie von vor über achtzig Jahren. Ganz bestimmt nicht genug, um anzunehmen, daß Skel eine Infektion eingeschleppt hat, von der wir noch nicht einmal wissen, ob wir sie wirklich haben!«

Picard sah sie nachdenklich an. »Das mag stimmen, Doktor, aber angesichts der Bedeutung der Besucher an Bord und unserer Verantwortung gegenüber der Besatzung müssen wir meiner Meinung nach sofort handeln.«

Worf beugte sich vor. »Wenn Sie sagen, daß Counselor Troi in der Lage ist, die Infizierten mit ihrem empathischen Sinn zu entdecken, könnte sie doch einfach die Besatzung untersuchen und uns mitteilen, wer betroffen ist.«

Picard sah Troi an. »Das ist recht wahrscheinlich«, erwiderte sie. »Aber da mein Gefühlszustand nach dem Kontakt mit den Artefakten sehr aufgewühlt war, hat Dr. Crusher mir ein Medikament gegeben, das meine empathische Wahrnehmung dämpft. Momentan empfange ich nur sehr verschwommene Gefühle. Ich bezweifle, daß ich zuverlässige Diagnosen erstellen kann.«

»Wie lange wird die Wirkung dieses Medikaments anhalten?« wollte Picard von Crusher wissen.

»Vierundzwanzig Stunden«, erwiderte Beverly. »Aber ich habe ihr das Medikament verabreicht, um den Mangel an einem bestimmten Neurotransmitter zu bekämpfen. Wenn die Werte nicht besser werden, wird sie das dämpfende Medikament morgen erneut benötigen.«

»Ich verstehe und begrüße Ihre Sorge um die Gesundheit des Counselor«, sagte Picard ruhig. »Unter diesen Umständen möchte ich Sie jedoch bitten, das Medikament nicht noch einmal zu verabreichen, ohne sich vorher mit mir abzusprechen. Vielleicht haben wir keine andere Wahl, als auf die Hilfe der Counselor zurückzugreifen, um herauszufinden, ob die *Enterprise* infiziert ist.«

»Jawohl, Sir«, sagte Crusher folgsam, auch wenn ihr der Befehl sichtlich nicht gefiel.

»Mr. Worf«, sagte Picard, »was Skel betrifft, halte ich es für das beste, wenn er wieder in die Quarantänezelle umzieht. Ich werde ihm das nach dieser Konferenz persönlich erklären. Ich möchte, daß Sie ihn zur Krankenstation bringen, aber unter keinen Umständen dürfen Sie sich von ihm berühren lassen oder ihm in die Augen sehen. Sowohl Körper- als auch Blickkontakt sind entscheidend für die Übertragung dieser Organismen, und wir können nicht wissen, wie sie sich auf einen Klingonen auswirken.« Daran wollte Picard vorerst gar nicht denken.

»Jawohl, Sir«, stimmte Worf zu.

»Wir können wohl annehmen, daß nur Mr. Data immun gegen diese Organismen ist«, teilte Picard ihnen mit, »obwohl ich auch das nicht garantieren kann.«

Data nickte. »Theoretisch haben Sie wahrscheinlich recht. Meine Sehnerven sind eher mechanischer als organischer Natur, und organische Sehnerven scheinen bei der Übertragung eine wichtige Rolle zu spielen. Selbst wenn ich infiziert werden könnte, wäre mein Mangel an emotionalen Reaktionen ausnahmsweise einmal ein Vorteil. Wenn die Wesen erst in meinem positronischen Netzwerk sind, würden sie höchstwahrscheinlich verhungern.«

Picard nickte. »Unser nächstes Problem ist das vulkanische Forschungsschiff, die *Skal Torr*. Sie wird uns in zehn Stunden erreichen. Wir könnten sie noch zur Umkehr auffordern. Ich möchte die Vulkanier nur ungern mit hineinziehen, vor allem, wenn man bedenkt, wie schwer sie vor achtzig Jahren von dieser Seuche betroffen waren.«

»Entschuldigen Sie bitte, Sir, aber die Vulkanier haben eine zu lange Reise hinter sich, um einfach wieder nach Hause geschickt zu werden«, sagte Riker. »Und wenn die Erreger nicht an Bord sind? Counselor Troi hat mir mitgeteilt, wie wichtig es ist, die Artefakte von Bord zu bringen. Wer weiß, ob es nicht ihre bloße Anwesenheit ist, die Deanna zu schaffen macht. In diesem Fall würde sie erst genesen, wenn sie entfernt worden sind. Ich halte es nicht für sonderlich geschickt, die Vulkanier zu diesem Zeitpunkt abzuweisen.«

»Auf welche Weise ist die Besatzung dieses Föderationsschiffes mit der Seuche fertig geworden, nachdem sie ausgebrochen ist?« fragte Worf.

»Sie hat entdeckt, daß man die Wesen buchstäblich verhungern lassen kann«, erläuterte Picard. »Solange sie nicht in Speicherbehältern wie den Artefakten eingeschlossen sind, müssen sie fast ununterbrochen Nahrung aufnehmen. Diese Nahrungsaufnahme ruft dann auch die gewalttätigen Handlungen ihrer Gastkörper hervor. Und je mehr gewalttätige Gefühle das Opfer empfindet, desto mehr Nahrung bekommen die Wesen. Daher eskaliert die Gewalt stets. Die Besatzung hat das ganze Schiff mit einem Gas in eine Vollnarkose versetzt, die achtundzwanzig Stunden lang anhielt. Dadurch verhungerten und starben die Wesen. Als die Wirkung des Gases nachließ, war die Besatzung geheilt – und alle verzeichneten jenen Gedächtnisverlust, unter dem auch Fähnrich Evans litt. Ich würde ja vorschlagen, das gleiche noch einmal zu versuchen ... nur haben wir keine achtundzwanzig Stunden Zeit. Die Vulkanier kommen in zehn.«

»Da könnte ich eine Lösung haben«, meldete Crusher sich. »Die Technologie hat in den letzten Jahren Fortschritte gemacht. Wir könnten die Besatzung in Tiefschlaf versetzen und ihr gleichzeitig eine kompatible Substanz verabreichen, die den Stoffwechsel beschleunigt, so daß ihre Körper buchstäblich auf Hochtouren laufen und wir sie nicht so lange betäuben müssen.«

»Wie lange müßten wir dann noch schlafen?« erkundigte Picard sich.

»Um den verschiedenen Rassen an Bord gerecht zu werden, müßte ich mehrere Faktoren mit einberechnen. Aber ich glaube, daß ich die benötigte Zeit auf bis zu vier Stunden reduzieren kann.«

»Hervorragend!« sagte Picard. »Nummer Eins, ich überlasse es Ihnen, die Einstellung aller unnötigen Aktivitäten während dieser Phase zu überwachen. Sie werden die Gruppenleiter, Verbindungsoffiziere und Familiengruppenleiter informieren, damit jeder auf die Zwangspause vorbereitet ist. Normalerweise würde ich Counselor Troi bitten, Ihnen zu helfen, aber angesichts ihres Bedürfnisses nach Erholung werde ich davon absehen und ihr raten, sich zu entspannen.«

»Jawohl, Sir«, stimmte Riker zu. Troi nickte gleichzeitig.

»Dr. Crusher, wenn Sie das Narkotikum und den Beschleuniger vorbereitet haben, werde ich eine Ansage an alle machen.« Picard sah sich am Tisch um. »Wir haben noch einen Vorteil gegenüber denen, die den ersten Ausbruch der Seuche mitgemacht haben: Mr. Data, der das Schiff bewachen kann, während wir schlafen, und der für den Fall, daß wir notfalls vorzeitig geweckt werden müssen, über den Computerkode für ein Gegenmittel verfügen wird.«

»Captain«, warf Data ein, »sind Sie sicher, daß das alles nötig ist? Es ist reine Spekulation, daß die Wesen jemanden infiziert haben. Lieutenant LaForge und ich könnten einen tragbaren Medoscanner so einstellen, daß er Gedächtnisverluste der Art registriert, wie Sie sie gerade beschrieben haben, und Dr. Crusher kann sich mit der Föderationsakte beschäftigen und versuchen, eine medizinische Lösung zu finden. Wenn Barbara Evans sich als einzige angesteckt und wiederum nur ein Fünftel der Leute infiziert hat, mit denen sie in Berührung gekommen ist, welche dann wieder ein Fünftel ...«

»Dann sind das noch immer eine Menge Leute!« stimmte Deanna zu.

»Datas Frage ist berechtigt«, gab Picard zu. »Er und Mr. LaForge sollten an solch einem Scanner arbeiten. Sie müssen aber bedenken, daß so ein Gerät keine aktiven Infektionen anzeigt, sondern nur Leute, die die Seuche einmal *hatten*. Wir brauchen etwas, das uns verrät, ob wir diese Wesen tatsächlich vernichtet haben, wenn wir aus der Narkose erwachen.«

Picard wurde noch ernster, als er den zentralen Punkt in Datas Frage ansprach. »Sie müssen sich alle der Ernsthaftigkeit dieser Bedrohung bewußt sein. Bevor ich es riskiere, daß diese Wesen bei der Technikmesse auf eine mannigfaltige Ansammlung von Föderationsmitgliedern treffen, würde ich die *Enterprise* eher mit Mann und Maus in die Luft sprengen. Ist das klar?«

»Vollkommen«, sagte Will Riker.

Lieutenant Worf ging durch die Gänge auf Deck Fünf. Obwohl er versuchte, sich davon abzuhalten, konnte er es sich nicht verkneifen, jeden mißtrauisch anzusehen, dem er begegnete. War Fähnrich Meyer infiziert? Er wirkte irgendwie zerstreut. Was war mit Lieutenant Mata? Sie wich seinem Blick aus. Er zwang sich, diese sinnlosen Grübeleien zu beenden und sich auf seine tatsächliche Aufgabe zu konzentrieren.

Wenigstens war er dazu gekommen, Alexander über die vier Stunden zu informieren, die sie bewußtlos sein würden. Worfs Sohn hatte seine Verantwortung als Besatzungsmitglied immer sehr ernst genommen. Er hatte schon mehrere Notfälle an Bord miterlebt. Und er war Klingone – er würde nicht in Panik geraten, sondern dem Unwetter so trotzen, wie es sein Vater von ihm erwartete.

Worf war nicht überrascht, daß Kyla noch bei Alexander war. Er teilte seinem Sohn die Befürchtung mit, er könne der Frau lästig fallen, doch Kyla bestand darauf, daß er ihr bei ihren Experimenten ›assistierte‹. Worf war stolz auf Alexanders Interesse an der Wissenschaft, und nach einem Anflug von Paranoia, daß Kyla infiziert sein könnte, war er froh, daß die terranische Kriegerin bei seinem Sohn war, wenn sie schlafen mußten. Obwohl Alexander gut auf sich aufpassen konnte, fühlte Worf sich besser, wenn er eine kampfgeschulte Erwachsene bei ihm wußte.

Als der Klingone die Kabine des Vulkaniers erreicht hatte, verlangsamte er seine leisen Schritte. Obwohl Vulkanier in der Regel ein friedliebendes Volk waren, verfügten sie über gewaltige Körperkraft. Worf knirschte bei dem Versuch, ein Lächeln zu unterdrücken, mit den Zähnen. Sollte der Vulkanier Widerstand leisten, würde es einen *glorreichen* Kampf geben.

Er betätigte den Türsummer und hörte Skels ausgeglichene Stimme antworten: »Herein.«

Der Klingone schritt durch die sich öffnende Tür und fand Skel in der Mitte des Quartiers, eine Reisetasche über die Schulter geworfen und die Hände in den Ärmeln versteckt, als wolle er so passiv wie nur irgend möglich erscheinen. Neben ihm stand Dr. Tarmud und machte ein verärgertes und kämpferisches Gesicht.

»Ich habe soeben mit Captain Picard gesprochen«, sagte Skel ruhig. »Er hat mir erklärt, daß ich in die Quarantänezelle zurückkehren muß. Ich habe meine Arbeitsmaterialien eingepackt und bin bereit.«

Worf unterdrückte ein Seufzen durch und durch klingonischer Enttäuschung. »Vielen Dank, Sir. Wenn Sie mich bitte be ...«

»Und ich muß Einspruch erheben!« unterbrach Tarmud vehement. »Es ist doch Unsinn, diesen Mann von unserer Arbeit abzuhalten! Ich schwöre Ihnen, Sie sind auf dem falschen Dampfer!«

Worf runzelte ob der unbekannten Redewendung die Stirn.

»Ich bitte Sie, Doktor«, sagte Skel versöhnlich und wandte sich seinem Freund zu. »Wir können über unsere Computer miteinander kommunizieren und unsere Arbeit fortsetzen. Sie können sich nicht vorstellen, welches Unheil diese Organismen anrichten. Wenn man befürchtet, daß sie für den Tod meines Verbindungsoffiziers verantwortlich sind, ist es nur logisch, daß ich kooperiere. Ich habe mich mein ganzes Leben lang mit diesem Problem auseinandergesetzt.«

»Wenn Sie darauf bestehen«, murmelte Tarmud, doch er wirkte immer noch unwillig.

»Ich werde Kontakt mit Ihnen aufnehmen, sobald ich kann«, versicherte Skel ihm und verließ dann die Kabine, um Worf zur Krankenstation zu folgen.

Worf mochte an Vulkaniern lediglich, daß sie nicht geschwätzig waren. Daher war er überrascht, als Skel im Turbolift zu plaudern begann. »Lieutenant, ist Ihnen bekannt, daß wir keine Ahnung haben, wie die Infektion sich auf einen klingonischen Organismus auswirkt?«

Worf ließ seinen Blick fest auf die Spalte in der Aufzugstür gerichtet. »Ja, Sir, das ist mir bekannt.«

»Ich jedenfalls kann mir nicht vorstellen, was geschehen würde, wenn ein Klingone mit Erregern infiziert wird, die sich von den urtümlichsten und wildesten Emotionen ernähren, den stärksten Gefühlen. Können Sie das?«

Worf sah seinen Gefangenen aus dem Augenwinkel an und fragte sich, warum Skel ihm diese Frage stellte. »Nein, Sir.«

»Diese Erreger wurden als Kriegswaffe entwickelt, Lieutenant«, fuhr Skel fort. »Können Sie sich das Blutbad vorstellen, das sie angerichtet haben mußten, als sie auf den Feind losgelassen wurden? Innerhalb eines Tages, höchstens von zweien, hätte die ganze Armee sich angesteckt und würde sich untereinander wild bekämpfen und gegenseitig abschlachten, um die Geschöpfe ihrer Gegner zu füttern.«

Worf konnte weder die Woge des Zorns unterdrücken, die ihn überkam, noch das ungebetene Knurren in seiner Kehle. »Das ist keine Kriegführung. Das ist Massenmord. Ich kann eine so *unehrenhafte* Methode, einen Gegner zu bezwingen, nicht nachvollziehen. Es übersteigt meine Vorstellungskraft.«

»Ich nehme an, daß es auch die ihrer Schöpfer überstiegen hat«, sagte Skel beschwichtigend. »Denn es besteht kein Zweifel daran, daß die Wesen, die sie so geschickt erschaffen haben, sie selbst genauso verschlungen haben wie ihre Gegner.«

Es befriedigte Worf auf eine seltsame Weise, daß ein derart ehrloses Volk seinen eigenen Untergang verursacht hatte. Der Turbolift hielt an, und die beiden setzten den Weg zur Krankenstation fort.

Als sie dort angekommen waren, suchten sie Dr. Crusher und Captain Picard auf.

»Ich danke Ihnen für Ihre Hilfe in dieser Angelegenheit«, sagte Picard höflich.

»Ich denke, daß Sie alle meine Meinung zu dieser Sache kennen«, beschwerte Dr. Crusher sich, wobei sie ungewohnt gereizt klang. Ihre Direktheit überraschte Worf, aber ihm war bekannt, daß Medo-Offizieren eine Offenheit zugestanden wurde, die bei anderen nicht akzeptiert worden wäre.

»Die Quarantänezelle steht bereit«, erklärte Dr. Crusher. »Sobald Skel sie betritt, wird sie sich automatisch versiegeln.« Sie sah den Vulkanier an. »Ihr Computer und die anderen Dinge, um die Sie gebeten haben, befinden sich bereits in der Zelle. Wir haben versucht, sie so bequem wie möglich zu gestalten. Wenn die Herrschaften mich jetzt entschuldigen würden, ich muß die Stillegung des gesamten Schiffes vorbereiten.«

Die drei Männer nickten, als Dr. Crusher den Raum verließ. Worfs Blick folgte ihr, als sie im Nachbarraum begann, an einem Computerprogramm zu arbeiten. Neben ihr schwebte eine Antigravtrage, auf der zehn große Gasflaschen standen. Sie waren farbig markiert: einige blau, andere gelb, um anzuzeigen, welche das Narkotikum und welche den Beschleuniger enthielten.

»Ich werde jetzt die Quarantänezelle betreten, Captain«, sagte Skel und zog Worfs Aufmerksamkeit wieder auf sich. »Ich überlasse Ihnen und Ihrer fähigen Besatzung die Entscheidung, wann ich sie wieder verlassen kann.«

»Vielen Dank, Skel«, sagte Captain Picard, während der Vulkanier die Zelle durch eine Tür in der Aluminiumwand betrat. Noch während die Tür sich hinter ihm versiegelte, packte Skel schon seine Forschungsunterlagen aus. Worf beobachtete Picard, wie er die

Kontrollanzeigen überprüfte, um sich zu vergewissern, daß alles seine Ordnung hatte.

»Captain, werde ich hier postiert sein, wenn das Schiff stillgelegt wird?« stellte Worf eine private Frage. Er wäre lieber bei seinem Sohn gewesen, wußte aber, daß das unwahrscheinlich war.

Picard schaute auf, als wolle er antworten, zögerte dann aber. Plötzlich drehte er sich wieder verwirrt zu dem Vulkanier in der Zelle um, der Picards Blick nicht zu bemerken schien. Der Captain schüttelte verstört den Kopf und wandte sich wieder Worf zu.

»Mr. Worf, haben Sie das gehört?«

»Was denn, Sir?« Auf einmal überkam den Sicherheitschef eine ernste Sorge: War es möglich, daß der Captain infiziert war? Er spannte die Muskeln an und machte sich auf eine Auseinandersetzung gefaßt.

Doch Picards Verhalten drückte nur Entschuldigung aus. »Bitte verzeihen Sie, Mr. Worf, ich war abgelenkt. Sie hatten mich gefragt, wo Sie während der Stillegung stationiert sein werden. Ich denke, es ist eine gute Idee, Sie hier in der Krankenstation zu lassen, wenn ...«

Er verlor wieder den Faden und starrte Skel erneut ungläubig an. Dieses Mal hielt der Vulkanier inne und sah auf, um den Blick des Captains nichtssagend zu erwidern. Offensichtlich spielte sich zwischen den beiden Männern etwas ab.

Nun machte Worf sich ernsthafte Sorgen. »Captain Picard, was ist los? Geht es Ihnen nicht gut?« Er öffnete den Mund, um Dr. Crusher zu rufen, die ihnen immer noch den Rücken zugedreht hatte und nichts von dem Blickwechsel zwischen Picard und Skel mitbekommen hatte.

Doch bevor der Klingone reagieren konnte, sagte Picard etwas auf Vulkanisch, wirbelte herum, lief in den Nachbarraum, packte Beverly an den Schultern und riß sie von der Konsole zurück.

»Mr. Worf! Helfen Sie mir, sie aufzuhalten!«

Worf duckte sich kampfbereit, zögerte dann aber. Sollte er Dr. Crusher überwältigen ... oder den Captain, dessen plötzliches Verhalten so irrational wirkte?

Er war nur ganz kurz unentschlossen – aber lange genug für Crusher, herumzuwirbeln und Picard mit einem brutalen Schlag gegen die Schläfe zu Boden gehen zu lassen. Sogleich wandte sie sich ruhig und gelassen wieder ihrer Arbeit zu, als sei es die normalste Sache des Universums, den Captain niederzuschlagen.

»Halten Sie sie auf, Worf!« befahl Picard benommen, während er sich auf die Knie kämpfte. »Sie ist infiziert – das ist nicht Beverly! Lassen Sie sie nicht das Programm starten!«

Der Klingone brüllte laut, packte Crusher und zerrte sie von der Konsole weg. Sie wand sich wie eine Schlange, drehte sich um und schaffte es zugleich – unmöglicherweise –, sich von ihm loszureißen. Sie holte mit ihrem langen Bein aus und zielte auf Worfs Kopf. Er bekam den Knöchel zu fassen und riß ihren Körper hoch.

Sie prallte so hart auf den Rücken, daß es der echten Beverly den Atem geraubt hätte, reagierte jedoch sofort. Vom Boden aus trat sie dem Klingonen vor das Brustbein und warf ihn problemlos hinter sich.

Er rollte sich ab und kam wieder auf die Beine, doch sie stand längst schon wieder und schlug ihm ins Gesicht: einmal, zweimal, dreimal – mit unmenschlicher Kraft und übernatürlicher Geschwindigkeit, die ihm keine Zeit ließ, die Schläge abzublocken. Er schrie vor Schmerz und Wut.

Er warf sich erneut gegen sie und stieß ihren feingliedrigen menschlichen Körper auf das Deck. Unterbewußt bekam er mit, wie Picard Data rief, Befehle brüllte und nach einem Betäubungsmittel für Crusher schrie, das Schwester Ogawa hastig vorbereitete.

Es gelang Worf, sie am Boden festzuhalten. Sie

wehrte sich wütend und so entschlossen, daß er Schwierigkeiten hatte, sie zu halten – doch er konnte sich nicht dazu bringen, sie zu schlagen. Egal, was mit ihrem Verstand geschehen war, der Körper war immer noch der Beverlys und mußte nach ihrer Heilung noch zu gebrauchen sein. Er wollte ihr keine schweren Verletzungen zufügen, die auch noch vorhanden sein würden, wenn die Wesen aus ihrem Gehirn verschwunden waren.

Sie hatte solche Vorbehalte allerdings nicht.

Sie rammte den Ellbogen in seinen Magen; er grunzte ob des unerwarteten Schlages und verzerrte das Gesicht, als sie mit ihrem Absatz seine Schienbeine malträtierte.

Dann wand sie sich so in seinen Armen, daß sie ihm direkt in die Augen sah. Das plötzliche Tête-à-tête überraschte ihn, und sie nutzte seine Verwirrung, um einen Arm zu befreien und sein Gesicht an das ihre zu ziehen.

»Schauen Sie nicht in ihre Augen! Mr. Worf – sehen Sie weg!«

Worf bemerkte die Rufe des Captains in der Hitze des Gefechts kaum, ihre Blicke trafen sich unmittelbar.

»Mr. Worf!«

Ein Leuchten in ihren Augen, sprühende Funken, wie die farbige Glut einer Feuersbrunst. Worf erzitterte, als ein Schock durch seinen Hals fuhr, seinen Rücken hinab und in seine Glieder.

Das Gefühl stachelte seine Wut nur weiter an. Er brüllte einen klingonischen Kriegsschrei, den Crusher ebenso wild erwiderte. Als die Schreie verklangen, hörte man ein leises Zischen …

Die wirbelnden Funken in ihren Augen verblaßten jäh und verschwanden dann hinter blassen Lidern, und Crusher sackte in seinen Armen zusammen. Er schaute auf und sah Ogawa mit einem Injektor in der Hand.

Worf rang nach Luft, stand mit der bewußtlosen

Frau in den Armen auf und legte sie sanft auf das nächste Diagnosebett.

»Lieutenant Worf«, flüsterte Picard. Der Klingone sah auf und stellte fest, daß Picard und Ogawa ihn mißtrauisch musterten. Die Schwester wich vor ihm zurück und hatte eindeutig Angst.

»Ja, Captain?«

Picard sah ihn grimmig an. »Ich glaube, Dr. Crusher hat Sie angesteckt.«

Worf blinzelte und vergegenwärtigte sich seinen Geisteszustand. Nun erinnerte er sich – an den Blickkontakt, die Berührung seines Gesichts, an den Schock. Ogawa starrte auf ihren Tricorder ... als würde der ihr etwas verraten! Picard hatte bereits erläutert, daß es derzeit keine Möglichkeit gab, eine Infektion nachzuweisen. »Captain, ich weiß, daß ich dem Erreger ausgesetzt worden bin. Ich habe einen Schock wahrgenommen, fühle mich aber vollkommen normal. Sie wollen mich doch wohl nicht in eine Quarantänezelle sperren, während das Schiff in Gefahr ist?« Schon die Vorstellung erniedrigte den Krieger.

»Meine erste Wahl wäre das nicht«, gab Picard zu und sah zu Ogawa hinüber, als erwarte er von ihr eine Bestätigung, von der er wußte, daß die Schwester sie ihm nicht geben konnte.

Sie runzelte die Stirn. »Nun ja, Sir, die Meßwerte sind normal – für einen Klingonen im Schlachttaumel!«

»Könnte er immun sein?« fragte Picard.

»Fragen Sie *ihn* doch«, sagte Worf und deutete auf Skel. Es überraschte den Klingonen nicht, daß der Vulkanier allem, was geschehen war, unbeteiligt zugesehen hatte. »Er hat Vermutungen zu genau diesem Thema angestellt, als wir auf dem Weg hierher waren.«

Picard runzelte skeptisch die Stirn und schwieg. Er traute Skel so wenig, daß er ihn überhaupt nichts fragen wollte. Statt dessen sah er den Klingonen wieder an. »Sie hat die Betäubung sabotiert«, sagte er und zeigte mit dem Kopf auf Crushers bewußtlose Gestalt. »Sie hatte den vierstündigen Schlaf einprogrammiert, aber keinen Beschleuniger. Hätte sie Erfolg gehabt, hätten die Wesen überlebt.«

»Captain, *woher haben Sie das gewußt?*« fragte Worf verblüfft. Picards Schlußfolgerung war ihm ein einziges Rätsel.

Der Captain sah ihn ausgemacht schüchtern an. »Ich traue mich kaum, es zuzugeben, Lieutenant, sonst glauben Sie noch, ich sei auch ein Opfer dieser Wesen.« Er warf einen kurzen Blick auf Skels Quarantänezelle und fuhr dann leise fort. »Es ist passiert, während wir in seiner Nähe standen und Sie mich nach ihrem Dienstplan gefragt haben. Urplötzlich hörte ich, wie meine Mutter sagte: ›Vertrau keinen Ärzten!‹«

Worf konnte weder seine Überraschung noch seine Sorge um den Geisteszustand des Captains verbergen.

Picard nickte, als könne er das nachvollziehen. »Ich weiß auch, daß es ziemlich verrückt klingt. Aber das war einer ihrer Lieblingskalauer, wenn sie gefragt wurde, wieso sie so alt geworden ist. ›Vertrau keinen Ärzten!‹ Ich habe es so deutlich gehört, als hätte sie direkt neben mir gestanden. In fließendem, perfektem Französisch, mit ihrer präzisen Betonung und ihrem herben Sinn für Humor. Da ich befürchtete, unter Halluzinationen zu leiden, wollte ich die Bemerkung ignorieren, aber sie wiederholte es, ein-, zwei-, dreimal – bis sie plötzlich in fehlerfreiem *Vulkanisch* sagte: ›Jean-Luc, vertraue deiner Ärztin nicht!‹ Da überkam mich das Bedürfnis, nein, der *Zwang*, Dr. Crushers Arbeit zu überprüfen.«

»Die Klingonen kennen viele Legenden von großen Kriegern, die in der Hitze des Gefechts die Stimmen von vor ihnen gefallenen Kämpfern hören, aber …«

»Worf, wenn Sie meine Mutter gekannt hätten, wüßten Sie, daß diese Bezeichnung durchaus auf sie zutrifft.« Jedes bißchen Heiterkeit verschwand schlagartig, als Picard auf seine ranghöchste Medo-Offizierin hinabblickte. »Jetzt gibt es keinen Zweifel mehr: Die Seuche ist auf diesem Schiff ausgebrochen.« Er sah finster auf. »Verdammt, wo ist Data? Nur ihm können wir jetzt noch die Stillegung des gesamten Schiffes anvertrauen.«

»Geordi«, sagte Data geduldig, »Ich verstehe nicht, warum Sie sich weigern, ein mögliches Eindämmungsfeld für die Erreger zu testen. Da wir wissen, daß das Kraftfeld der Artefakte wie ein Subraum-Sensorgitter Zyklen durchläuft, müßte es uns möglich sein, einen Behälter zu konstruieren, in dem man die Organismen sicher unterbringen kann.«

»Ich finde einfach, daß Sie das Pferd von hinten aufzäumen, Data«, sagte Geordi angespannt. »Was nutzt uns ein Gefängnis, wenn wir noch keine Ahnung haben, wie wir diese Dinger hineinkriegen sollen?«

»Das ist ein Argument«, gab Data zu. Er entschied sich, Geordi nicht daran zu erinnern, daß dieser jede einzelne Theorie für unmöglich erklärt hatte, die der Androide zur Ausschaltung der Erreger aufgestellt hatte. Und als Data versucht hatte, die verschiedenen Möglichkeiten zu analysieren, mit denen man die Organismen gefahrlos aus den Trägerkörpern treiben konnte, hatte Geordi wiederum lediglich Gründe gefunden, warum das alles nicht funktionieren würde.

Seit der Konferenz mit Picard hatte eine Sache Data verwirrt, über die er lieber nicht mit seinem besten Freund sprechen wollte, und nun verstärkte Geordis seltsames, unkooperatives Verhalten seine Sorge noch. Seit der Konferenz hatte Data immer wieder nur dieses eine Problem analysiert: Wie hatte die Botschaft von Starfleet an Picard alle normalen Vorgänge und Computerleitungen umgehen können, um direkt ins Archiv abgeschoben zu werden?

Dies war ausgesprochen geschickt angegangen worden. Hätte der Täter versucht, den Computer die Botschaft löschen zu lassen, hätten diverse Sicherheitsvorkehrungen die Besatzung darauf aufmerksam gemacht. Indem er sie einfach dahin umgeleitet hatte, wo sie früher oder später sowieso landen würde, konnte der Verschwörer fast sicher sein, daß die Nachricht nie gelesen werden würde. Es war reines Glück, daß ein Fähnrich die Botschaft entdeckt und bemerkte hatte, daß sie ungelesen war.

Aber es war nichts Zufälliges daran gewesen, daß der Computer so reagiert hatte; es handelte sich eindeutig um Sabotage. Und nur zwei Offiziere an Bord der *Enterprise* hatten die Befugnis, den Computer auf dieser Ebene umzuprogrammieren: Commander LaForge und Data selbst.

»Geordi«, sagte Data zögerlich, da er ahnte, daß der Ingenieur ihm nur weitere Steine in den Weg legen würde, »ich muß Sie etwas fragen.«

LaForge sah ihn mit fast vollkommen ausdruckslosem Gesicht an.

»Ich habe die Situation so gründlich analysiert, wie ich konnte, und ich bin zu dem Ergebnis gekommen, daß Sie es waren, der den Computer dazu gebracht hat, die Botschaft von Starfleet nicht an den Captain weiterzuleiten. Was ich nicht herausfinden kann, ist ... *warum?*«

LaForges Gesichtsausdruck veränderte sich kein bißchen. »Das ist doch verrückt, Data. Warum sollte ich dem Computer so einen seltsamen Befehl erteilen?«

Ja, warum? Data befürchtete, daß er die Antwort auf die Frage bereits kannte. »Der einzig denkbare Grund wäre, den Captain davon abzuhalten, mehr über die Erreger zu erfahren.«

Seine Androidenaugen konnten sehr viel besser sehen als Geordis VISOR. Tatsächlich wußte Data, daß seine Augen auch leistungsfähiger waren als die, die Dr. Tarmud konstruierte. Diese verfügten weitgehend über die beschränkte Sehkraft menschlicher Augen. Und menschliche Augen hätten das kaum merkliche Erröten von Geordis dunkler Haut übersehen, genau wie die geringfügige Anspannung seiner Muskulatur. Data erkannte es als Streßreaktionen.

»Data, wir haben jetzt keine Zeit, Sherlock Holmes zu spielen«, murmelte Geordi.

Der Androide wollte etwas erwidern, als sein Kommunikator plötzlich piepte. »Commander Data! Hier ist Captain Picard! Wir haben einen Notfall auf der Krankenstation! Kommen Sie sofort her!«

Als Data aufstehen wollte, griff Geordi ihn an.

Natürlich waren Datas Reflexe zu schnell. Er hob einfach den Arm und fing die Faust ab, bevor sie sein Gesicht erreichte. LaForge holte nun völlig widersinnig mit dem anderen Arm aus, den der Androide ebenfalls problemlos festhalten konnte.

Um sie herum ließen Techniker alles liegen, um bei dem bizarren Kampf zwischen dem Chefingenieur und Data zuzusehen, wobei der Androide die ganze Zeit über trotz der bemerkenswerten Kraft, die der Mensch aufbrachte, sitzen blieb. Geordi war allerdings nun sehr viel stärker als ein normaler Mensch, soviel war Data klar.

»Geordi, bitte lassen Sie das. Sie werden sich nur verletzen«, warnte er ihn, doch LaForge war vollkommen außer Kontrolle, kreischte, kratzte, prügelte wild auf Data ein, doch keiner der Schläge erreichte sein Ziel.

Dann bemerkte Data, daß die anderen Besatzungsmitglieder nicht nur erstaunt zusahen – sie *reagierten* auf die Situation und kamen mit unverhohlenem Appetit näher.

Sie *nährten* sich von LaForges ungebändigtem Zorn.

»Ich muß mich im voraus entschuldigen, Geordi«, teilte Data dem wütenden Ingenieur mit, bevor er ihm so vorsichtig wie möglich einen Kinnhaken versetzte. Als LaForge in Datas Armen zusammenbrach, nahm der Androide seinen Freund auf die Schulter und wandte sich an die anderen Besatzungsmitglieder, die, wie er jetzt wußte, genau wie Geordi infiziert waren. Momentan waren sie aber unter Kontrolle. »Kehren Sie an Ihre Arbeitsplätze zurück«, bat er sie ruhig, »und warten Sie auf weitere Anweisungen.«

Und so gelassen, als zöge er ständig mit einem bewußtlosen Freund auf der Schulter durch die Hallen des riesigen Schiffs, machte Data sich auf den Weg zum Turbolift. Als er dem Lift sein Ziel genannt hatte, fragte er sich plötzlich, ob die Mitarbeiter der technischen Abteilung nun auf weitere Anweisungen warteten, die vom Captain kamen – oder von einer anderen, bösartigen Macht.

»Commander Data!« fauchte Picard in seinen Kommunikator. »Kommen Sie sofort auf die Krankenstation!« Er hatte den letzten Satz kaum ausgesprochen, als auch schon die Tür geöffnet wurde und Data hereinmarschiert kam – mit dem Chefingenieur des Schiffes auf der Schulter.

»Verdammt«, stöhnte Picard, während Worf Data zu der Quarantänezelle führte, in der sie die bewußtlose Ärztin untergebracht hatten. »LaForge auch.«

»Ich fürchte ja, Sir. Er hat unsere Bemühungen sabotiert, Diagnosewerkzeuge und Sicherheitsbehälter zu konstruieren, und mich dann angegriffen, als Sie mich hierherbestellten.«

Worf berichtete kurz, was mit der Ärztin vorgefallen war.

»Wenigstens haben wir jetzt zwei erwiesene Fälle«, sagte Picard mit Blick auf die beiden ohnmächtigen Offiziere.

»Nach der Stillegung des gesamten Schiffes werde ich sie auf das spezifische Gedächtnisverlustmuster hin überprüfen können«, bestätigte Data.

»Das reicht uns nicht«, wandte Picard ein. »Wir brauchen etwas, das uns Aufschluß darüber gibt, ob jemand die Organismen in sich trägt. Was wir hier gesehen haben, deutet darauf hin, daß die Wesen sehr viel geschickter darin geworden sind, ihren Gastkörper zu manipulieren.«

»Das sehe ich auch so«, sagte Data und erzählte Picard von der Reaktion der Techniker auf Geordis Gewalt.

»Sind Sie imstande, die Vollnarkose der gesamten Besatzung und die zusätzliche Verabreichung des Beschleunigers durchzuführen, Mr. Data?« fragte Picard.

Data begab sich an die Konsole, von der aus Dr. Crusher versucht hatte, die Programmierung zu sabotieren. Seine langen, flinken Finger glitten schneller über die Kontrollfläche, als Picards Blicke ihnen folgen konnten. »Jawohl, Sir«, versicherte er dann dem Captain auf seine gewohnt fröhliche Art. »Das werde ich allein bewerkstelligen können. Das komplette System ist bereit. Ich würde Ihnen vorschlagen, sich an die Besatzung zu wenden und sich dann einen bequemen Ort für Ihren Tiefschlaf auszusuchen.«

»Das ist eine ausgezeichnete Idee, Data«, stimmte Picard zu. »Machen Sie es so. Mr. Worf wird Ihnen behilflich sein. Mr. Data, Sie haben das Kommando.«

9

Picard öffnete die Augen, sah ein Stück der schwach beleuchteten Decke der Krankenstation und holte tief Luft. Er fühlte sich durch den tiefen Schlaf erholt, und das Narkotikum hatte seinen Kreislauf vollständig wieder verlassen, so daß sein Verstand klar genug war, den ersten wachen Gedanken zu formulieren.

Die Erreger …

Er stützte sich auf die Ellbogen. Ein paar Meter von ihm entfernt stand Data vor Skels Quarantänezelle und untersuchte den Vulkanier mit einem Tricorder. Er hatte dem Captain den Rücken zugewandt. Worf stand neben dem Androiden und betrachtete die Meßwerte. Hinter der transparenten Wand saß Skel würdevoll und bei vollem Bewußtsein auf seiner Liege.

»Data?« Picard räusperte sich. »Lieutenant Worf?«

Der Androide drehte sich um. »Gute Nachrichten, Sir. Die Medikamente scheinen erfolgreich gewesen zu sein. Die gesamte Besatzung – und alle Passagiere – sind vier Stunden lang bewußtlos gewesen, und ich habe einige sehr interessante Entdeckungen gemacht.«

Picard setzte sich auf und ließ die Beine von der Liege gleiten. In der Quarantänezelle neben der Skels rührten sich sowohl Beverly als auch Geordi.

»Jean-Luc?« Beverly strich sich mit der Hand über die Stirn, als sie sich aufsetzte.

»Was für interessante Entdeckungen?« fragte Picard, als Geordi sich gerade zu Wort meldete.

»Ja, Data, was *tun* wir hier?«

Data stellte sich vor die Zelle, die die Ärztin mit dem Ingenieur teilte. »Sie beide sind von Mikroorganismen befallen worden, die offenbar von Skel an Bord gebracht worden sind.« Dann sah er Picard an und deutete auf den Tricorder. »Diesen Messungen zufolge sind Dr. Crusher und Geordi beide nicht vier, sondern achtundzwanzig Stunden gealtert – geistig wie körperlich. Der Beschleuniger hat also wie geplant funktioniert: Für den Körper – und die Erreger – ist die nötige Zeit vergangen, um die Infektion auszuhungern.«

Im Inneren der Zelle stand Geordi auf und trat an die durchsichtige Wand, die ihn gefangenhielt. »Data, wollen Sie etwa sagen, daß wir vom Wahnsinn befallen waren?«

»Ich fürchte, ja.«

LaForge atmete langsam und gedehnt aus. »Ich erinnere mich überhaupt nicht mehr daran. Das letzte, was ich weiß, ist, daß ich mit Skel gesprochen habe …«

»Und ich war dabei, vor meinem Feierabend noch ein letztes Mal nach den Artefakten zu sehen.« Beverly stand auf, stöhnte und massierte sich den Nacken und die Schultern. »Meine Güte, das war aber eine heftige Infektion. Ich fühle mich, als wäre eine Herde Gnus auf mir herumgetrampelt.«

Picard erlaubte sich ein kurzes, erleichtertes Lächeln darüber, die alte Beverly Crusher wiederzusehen. »Doktor, eigentlich bestand die Herde nur aus einem Klingonen.«

Worf schämte sich sichtlich und senkte den Blick.

Beverly richtete sich auf und sah erst den Captain, dann Worf zutiefst verwirrt an. Dann verwandelte sich ihre Neugier jäh in Bestürzung. »Wenn wir wirklich infiziert waren … Jean-Luc, ich habe doch niemanden verletzt, oder?«

»Natürlich nicht«, versicherte Picard ihr und unterdrückte den Drang, ob des Unbehagens des Klingonen zu lächeln. »Obwohl Sie vorübergehend schon ein ... Sicherheitsrisiko für Mr. Worf dargestellt haben.«

Während der Captain sprach, ging Data zu Skels Quarantänezelle. Picard stand auf und stellte sich neben den Androiden, der ihm das Display des Tricorders zeigte.

»Wie Sie sehen, Sir«, murmelte Data und lenkte seine Aufmerksamkeit auf den kleinen Anzeigeschirm des Gerätes, »sind dies die Ergebnisse der Hirntomographie von Dr. Crusher. Das sternförmige Muster des Gedächtnisverlusts ist deutlich zu erkennen. Bei Commander LaForge ergibt sich fast genau das gleiche Bild. Allerdings ...«

Er drehte sich um und untersuchte erneut den schweigsamen Vulkanier. Dann zeigte er Picard das Ergebnis. »Ich kann allerdings nicht das Muster deuten, das ich bei Skel vorfinde. Hier können Sie ein undeutliches Sternmuster erkennen – nicht identisch mit dem von Dr. Crusher, da vulkanische Muster sich grundsätzlich von menschlichen unterscheiden. Es weist nichtsdestotrotz auf einen geringfügigen Gedächtnisverlust hin. Aber ich entdecke außerdem eine ungewöhnliche elektrische Aktivität ...«

Picard betrachtete die Meßwerte finster und wich dann mißtrauisch zurück. »Die Organismen?«

»Nicht unbedingt, Sir ...«, begann Data, doch der Vulkanier beendete endlich sein Schweigen und unterbrach ihn. »Es könnte auch das Trauma sein, das ich als Kind erlebt habe.«

Picard warf ihm einen skeptischen Blick zu, doch Data nickte.

»Das ist durchaus möglich, Captain. Diese Meßwerte wären nicht untypisch für schwere Kindheitstraumata.«

»Aber könnte es eventuell auch bedeuten, daß er ein Krankheitsträger war – oder sogar noch immer ist?«

Data neigte nachdenklich den Kopf zur Seite. »Auch

das ist möglich, Sir. Ich kann es weder bestätigen noch vollkommen ausschließen. In den Informationen, die uns über den Ausbruch der Seuche vor achtzig Jahren zur Verfügung stehen, wurde die Möglichkeit von Krankheitsträgern allerdings nicht erwähnt.«

»Das heißt aber nicht, daß es sie nicht trotzdem gab oder sie sich im Verlauf eines knappen Jahrhunderts nicht entwickelt haben könnten«, beharrte Picard.

»Das ist korrekt«, sagte Data. »Obwohl ich derzeit nicht feststellen kann, ob Skel ein Träger ist oder nicht, habe ich doch in den letzten vier Stunden Forschungsarbeit geleistet, die uns möglicherweise dabei helfen wird.« Er zeigte auf das Laborpult, auf dem ein vertraut aussehendes Gerät lag. »Ich habe an einer Version von Geordis VISOR gearbeitet, die die Frequenz der Erreger zweifelsfrei aufspüren kann. Mit diesem Gerät könnten wir sie tatsächlich ›sehen‹ und herausfinden, ob jemand die Infektion in sich trägt oder nicht.«

»Wollen Sie etwa sagen«, fragte Picard sehr leise, als wolle er den Vulkanier nicht beleidigen, »daß noch niemand ein Gerät entwickelt hat, um ...«

Data schüttelte den Kopf. »Nein, Sir. Es wurde nie benötigt, da die Organismen hinter mehrfachen Kraftfeldern gesichert waren.«

»Ich verstehe.« Picard atmete erleichtert aus. Es sah so aus, als sei seine Besatzung mit Ausnahme von Barbara Evans verschont geblieben. Trotzdem konnte er sich noch nicht völlig entspannen. Nicht, solange er diese Erreger noch an Bord hatte. »Wir brauchen dieses Gerät so schnell wie möglich, Data. Die Vulkanier sind in weniger als sechs Stunden hier.«

Data sah zu LaForge herüber, der voll Tatendrang am Ausgang der Quarantänezelle stand. »Ich weiß nicht, ob ich es bis dahin ohne Unterstützung schaffen werde«, sagte der Androide. »Aber da Geordi jetzt wieder er selbst ist, könnten wir Ihnen in ein paar Stunden einen Prototypen präsentieren.«

»Darauf können Sie wetten, Sir«, sagte LaForge. »Geben Sie mir nur die Gelegenheit ...«

Picard betrachtete Crusher und LaForge unsicher. Sie schienen beide ganz die Alten zu sein – ein erfreulicher Anblick. Trotzdem beugte er sich zu Data und fragte leise: »Und Sie sind absolut sicher, Commander, daß die beiden nicht mehr infiziert sind?«

»Ich habe die Verabreichung des Beschleunigers und des Narkotikums selbst überwacht, Sir. Wenn die Dokumente über den ersten Ausbruch der Seuche korrekt sind, haben wir das Kriterium für die Heilung erfüllt.«

»In Ordnung. Entlassen Sie Dr. Crusher und Mr. LaForge«, sagte Picard seufzend. »Ich möchte, daß Sie und Geordi sich sofort an die Arbeit machen.«

Data betätigte eine Kontrollfläche an der Wand, und ein leises Summen ertönte. Crusher und LaForge verließen die Zelle.

Ernst ging Beverly zu Picard, dem Androiden und dem immer noch schüchternen Klingonen, der ihrem Blick auswich. Dabei massierte sie ihr Genick. »Wie geht es der Besatzung? Waren auch noch andere infiziert? Wurde jemand verletzt?«

»Meinen vorläufigen Sensorscans zufolge«, erwiderte Data, »waren etwa fünfundzwanzig Prozent der Besatzung infiziert.«

»Fünfundzwanzig Prozent«, flüsterte Picard und unterdrückte beim Gedanken an die nur knapp vermiedene Tragödie einen Schauer. Er zwang sich wieder in die Gegenwart zurück. »Was Skel angeht, Commander Data ... Mir gefallen diese abweichenden Meßwerte überhaupt nicht. Solange Sie mir nicht garantieren können, daß sie nur auf sein Kindheitstrauma zurückzuführen sind ...«

Neben Picard knurrte Worf leise. »Vertrauen Sie ihm nicht, Captain. Er ist schon für den Tod einer ...«

Picard brachte ihn mit einer Handbewegung zum Schweigen.

Der Vulkanier saß noch immer auf der Liege in der transparenten Zelle und hatte die Beine übereinandergeschlagen, als habe er sich bereits damit abgefunden, dort bleiben zu müssen. »Wenn Sie vorschlagen möchten, daß ich in Quarantäne bleibe, würde ich Ihrem Sicherheitschef voll und ganz zustimmen. Sie können die Sicherheit Ihrer Besatzung nicht weiterhin um meinetwillen aufs Spiel setzen.«

»Es wäre anzuraten, Sir«, stimmte auch Data zu.

In Picard kämpfte das Mitgefühl, das er für Skel empfand, mit seiner Wut über die Erreger, die an Bord der *Enterprise* gebracht worden waren. »Ich entschuldige mich erneut für die Unannehmlichkeiten, Skel, aber ich denke daran, Sie gemeinsam mit den Artefakten auf das vulkanische Schiff zu verfrachten. Ich muß an meine Besatzung denken. Und an die vielen Teilnehmer der Technikmesse.«

Skel nickte verständnisvoll, und es gelang ihm, die – wie Picard annehmen mußte – gewaltige Enttäuschung zu unterdrücken, die ihn zweifellos überkam. »Ich gebe zu, daß ich lieber zur Technikmesse weiterreisen würde, da ich mich ein ganzes Jahr darauf vorbereitet habe ... Aber ich werde mich Ihrer Entscheidung trotzdem beugen.«

»Apropos Vulkanier, Sir ...«, warf Data ein und fuhr erst fort, als der Captain ihn spitz ansah. »Als Sie alle bewußtlos waren und ich mit der Überwachung der Narkoseprozedur beschäftigt war, hat die *Enterprise* eine Nachricht vom vulkanischen Schiff *Skal Torr* erhalten. Sie haben uns gebeten, die Artefakte unter strikter Quarantäne zu halten und den Ort und die Zeit unseres Treffens zu bestätigen.«

Picard seufzte, doch bevor er sich mit dem Problem der Vulkanier befassen konnte, wandte Worf sich an ihn. »Sir, mit Ihrer Erlaubnis werde ich zur Sicherheitsabteilung gehen und meine Leute informieren, und dann würde ich gern nach meinem Sohn sehen.«

Der Klingone hatte kaum seine Bitte geäußert, als Picards Kommunikator piepte. »Erlaubnis erteilt, Mr. Worf«, sagte der Captain und drückte auf das Gerät.

»Picard.«

»Hier Riker. Sir, verdammt noch mal, was geht hier vor? Ich bin gerade auf der Brücke aufgewacht und habe keine Ahnung, wie ich hierhergekommen bin. Sonst scheint hier auch niemand zu wissen, was passiert ist.«

Picard erlaubte sich nur ein ganz flüchtiges Schaudern, als ihm klar wurde, daß auch sein Stellvertreter betroffen gewesen war. »Es hat einen Ausbruch der Seuche gegeben, Will – und offensichtlich sind Sie und die Besatzung auf der Brücke infiziert gewesen.«

Er konnte Riker keuchen hören. »Sie meinen den Wahnsinn aus den vulkanischen Artefakten?«

»Ich fürchte, ja. Wir waren gezwungen, die gesamte Besatzung zu betäuben und die Erreger auf diese Weise absterben zu lassen. Mr. Data zufolge ist eine der Nebenwirkungen der Heilung Gedächtnisverlust.«

Dem folgte eine lange Stille. Als Riker endlich Atem holte und etwas erwidern wollte, fiel Picard ihm ins Wort.

»Kommen Sie sofort in meinen Bereitschaftsraum, Nummer Eins. Die Vulkanier werden in wenigen Stunden hier sein, und wir müssen entscheiden, was wir ihnen erzählen.«

Zum ersten Mal, seit die Artefakte an Bord gekommen waren, erwachte Deanna Troi leichten Herzens aus einem traumlosen Schlaf. Das Grauen, das ihre Träume wie ihre wachen Momente so unbarmherzig im Griff gehalten hatte, war Gott sei Dank verschwunden. Sie gönnte sich den Luxus, sich zu räkeln, bevor sie sich aufrichtete und nach dem Kommunikator neben dem Bett griff.

»Troi an Krankenstation.«

Die Antwort der vertrauten, professionellen Stimme kam beruhigend schnell. »Krankenstation. Hier Schwester Ogawa.«

»Alyssa! Wie hat alles geklappt?«

»Genau nach Plan, Counselor. Es hat sich herausgestellt, daß etwa ein Viertel der Besatzung infiziert war, darunter Dr. Crusher und Commander Riker. Aber die Untersuchungen zeigen, daß sie jetzt alle geheilt sind.«

Deanna zuckte innerlich zurück, als sie sich an den Zwischenfall mit Beverly erinnerte, die ihr eine Injektion verabreicht hatte ...

Damit ich sie nicht wahrnehmen konnte. Aber Will – mein Gott, Will hat die Nacht hier verbracht ...

Sie schüttelte sanft den Kopf, als könne sie den unangenehmen Gedanken damit loswerden. Nein, da war Will noch nicht von den Organismen befallen gewesen. Sie hatte nur Hilfsbereitschaft und Zuneigung von ihm gespürt.

»Es geht ihnen also gut?«

»Bestens«, beruhigte Ogawa sie, als sie die Angst in Deannas Stimme hörte. »Dr. Crusher untersucht gerade Patienten, und ich glaube, Commander Riker ist beim Captain.«

»Und ... Skel?« Aus irgendeinem Grund beunruhigte sie der Gedanke an den Vulkanier noch immer. Wenn er infiziert gewesen war ... *warum* hatte sie es nicht bemerkt? Und warum war er so ruhig gewesen? Er hatte doch selbst berichtet, daß der Wahn aus sonst stoischen Vulkaniern rasende Killer machte ...

»Skel ist noch in Quarantäne.«

»Wirklich? Warum?«

»Ungewöhnliche Hirnströme. Ansonsten scheint er aber vollkommen normal zu sein, es ist nur eine Vorsichtsmaßnahme. Der Captain hat befohlen, ihn bis auf weiteres nicht aus seiner Zelle zu entlassen.« Ogawa ändere plötzlich ihren Ton. »Dr. Crusher läßt Ihnen ausrichten, daß medizinisch gesehen achtundzwanzig

Stunden für Sie vergangen sind, so daß alle Medikamente – auch das zur Dämpfung ihrer Neurotransmitter – Ihren Kreislauf verlassen haben. Sie möchte Sie gern so schnell wie möglich auf der Krankenstation sehen, damit sie sich überzeugen kann, daß Sie in Ordnung sind.«

Troi lächelte vor sich hin. Es erfreute sie, daß Beverly wieder sie selbst war und sich um sie Sorgen machte. »Sagen Sie ihr ...«

Bevor sie ihren Satz vollenden konnte, piepte ihr Kommunikator erneut.

»Hier Picard. Wie geht es Ihnen, Counselor?«

Ihr Lächeln wurde strahlender. »Sehr gut, Sir, danke. Und Ihnen?«

»Sagen wir mal, ich bin sehr erleichtert.« Er verstummte kurz. »Commander Riker und ich treffen uns im Bereitschaftsraum, um eine Erklärung für die Vulkanier vorzubereiten. Wenn Sie sich dazu in der Lage fühlen, wäre uns Ihre Meinung sehr willkommen.«

»Natürlich, Captain. Ich bin in zehn Minuten da. Troi Ende.«

Sie stand auf und ging zu ihrem Kleiderschrank, wobei sie sich vor Erleichterung fast schon beschwipst fühlte. Immer noch lächelnd schob sie die Schranktür zur Seite, griff nach einer frischen Uniform ...

Und schrie auf, als ihre Finger über Lwaxanas grün und blau geschlagenes, blutendes Gesicht strichen.

Sie sind noch immer hier! Oh Gott, Kind, sie sind noch immer hier! LAUF!

»Will«, sagte Picard zur Begrüßung, als Riker den Bereitschaftsraum betrat. Obwohl keiner von ihnen lächelte – denn dafür war die Lage viel zu ernst –, war der Captain doch ungemein erleichtert, seinen Ersten Offizier wieder auf seiner Seite zu wissen. Will war ein wunderbarer Freund – und wäre sicherlich ein grauenhafter Feind gewesen.

Dieser Gedanke war Riker offenbar auch gekommen. Sein jungenhaftes Gesicht war finster und irgendwie besorgt. »Sir«, erwiderte er und nahm auf eine Geste Picards hin auf dem Sofa Platz. Hinter dem Schreibtisch drehte der Captain sich mit seinem Stuhl so, daß er seinem Ersten Offizier direkt ins Gesicht sehen konnte.

»Counselor Troi wird sich uns in etwa zehn Minuten anschließen. Bis dahin wollte ich mit Ihnen über die Situation mit den Vulkaniern sprechen.«

»Ich gehe davon aus, daß sie noch unterwegs sind?«

Picard nickte langsam und bedächtig. »Jawohl. Aber während unserer vierstündigen Bewußtlosigkeit hat der Schiffscomputer eine Botschaft von ihnen empfangen, in der sie uns ermahnt haben, die Artefakte sicher zu verwahren, und um Bestätigung der Zeit und der Koordinaten unseres Treffens gebeten haben. Ich möchte von Ihnen – und Counselor Troi – wissen, was wir ihnen antworten sollen. Instinktiv würde ich sie am liebsten bitten, respektvoll Abstand zu halten und sowohl Skel als auch die Artefakte auf ihr Schiff zu beamen.«

Zwischen Rikers Augenbrauen bildete sich eine Falte. »Aber, Sir, Skel sieht die Technikmesse bestimmt als eine einmalige Gelegenheit, seine Arbeit mit anderen zu teilen. Ihm das zu nehmen ...«

»Könnte bedeuten, die Ausbreitung der Infektion auf die besten Denker der Galaxis zu verhindern, Will. Commander Data hat ungewöhnliche elektrische Felder in Skels Hirn festgestellt ... als gäbe es eine andere Art von Energie darin.«

»Und es ist ausgeschlossen, daß diese Energie von etwas anderem verursacht wird als von den Erregern?«

Picard neigte den Kopf weder zustimmend noch ablehnend. »Schon möglich. Aber Sie müßten wirklich außergewöhnlich gute Argumente aufbringen, um mich dazu zu bewegen, ihn als Passagier an Bord der *Enterprise* zu behalten.«

»Ich verstehe.« Riker senkte den Blick und überlegte einen Augenblick, bevor er wieder aufsah. »Ich habe gehört, daß ich an einer Konferenz teilgenommen habe, auf der die Informationen besprochen wurden, die wir von Starfleet über die Infektion erhalten haben.«

»Das stimmt, Will.«

»Aber das Komische ist, daß ich mich an nichts mehr erinnere, was während dieses Treffens besprochen wurde. Wenn ich Ihnen bei dieser Diskussion wirklich von Nutzen sein soll, sollte ich vielleicht herausfinden, was Sie mit Skels ungewöhnlichen Hirnströmen meinen. Könnte ich vielleicht einen Blick auf die Untersuchungsergebnisse werfen?«

»Natürlich.« Picard drehte sich zu seiner Konsole und betätigte ein paar Kontrollflächen, und auf dem kleinen Bildschirm setzte sich eine Abbildung zusammen. Er drehte den Bildschirm so, daß Riker ihn besser sehen konnte. Der Erste Offizier stand auf und lehnte sich lässig gegen den Tisch, um das Bild genauer zu betrachten.

Es war eine dreidimensionale Aufnahme des Gehirns von *Riker, William T.*, das der Captain aus dem Computer der Krankenabteilung abgerufen hatte. Tief im Inneren des Hirns war das Sternmuster zu erkennen. Picard zeichnete die tödliche Blüte mit dem Finger nach. »Hier sehen Sie erst einmal Ihre eigenen Aufnahmen, die normal sind für jemanden, der einmal befallen gewesen ist. Das leuchtende Blau hier zeigt die Gebiete an, in denen es zu Gedächtnisausfällen gekommen ist ...«

»Was Sie nicht sagen«, meinte Riker entspannt und beugte sich vor, um den Bildschirm besser erkennen zu können. Schließlich hob er den Arm, um den Bildschirm zu sich zu drehen – dachte Picard zumindest.

Statt dessen packte er Picards Handgelenk. Der Captain sah verblüfft auf ...

Und direkt in Rikers klare, blaue Augen, die so groß vor ihm schwebten, daß sie einen Augenblick lang Picards gesamtes Universum mit einem strahlenden hypnotischen Leuchten ausfüllten. Die andere Hand des Ersten Offiziers fand das Gesicht des Captains und verharrte dort.

Ein elektrischer Schlag fuhr wie eine trockene statische Entladung aus Rikers Fingern in die Wange des Captains. Picard stöhnte auf und schwankte einen Moment auf einem schmalen Grat zwischen vollkommener Kapitulation und totalem Widerstand.

Widerstand war der Sieger: Statt Wills Gesicht stellte Picard sich die seelenlose, mechanische Grimasse eines Borg vor.

Ihr könnt mich infizieren, aber ihr könnt mich nicht haben, könnt mein Gesicht, meine Stimme nicht benutzen, wie sie es getan haben ... um zu töten ...

Rein instinktiv befreite Picard sich und schoß von seinem Stuhl hoch. Er machte seinen Schädel zur Waffe und versetzte dem Ersten Offizier einen heftigen Stoß unter das Kinn, der seine Zähne aufeinander schlagen ließ. Will verlor das Gleichgewicht und fiel der Länge nach auf den Rücken, die langen Beine von sich gestreckt. Bevor er sich wieder aufraffen konnte, schoß Picard um den Tisch herum und machte das Beste aus der plötzlichen Woge von brutaler Energie und Haß.

In der Tat verschmolzen Angst, Verzweiflung und Haß mit dem Bild des Borg, um die Rage in ihm zu nähren. Er bezweifelte nicht, daß er, zumindest vorübergehend, genauso stark wie Riker war.

Und geschmeidiger, schneller.

Blitzschnell stand Picard auf der anderen Seite des Tisches und packte Rikers Knöchel, bevor der Erste Offizier sich wieder mühsam aufrichten konnte. Mit einer Kraft, die ihm normalerweise die Schulter ausgerenkt hätte, zerrte Picard an Wills Bein.

Er riß Riker damit erneut zu Boden, wobei sein Kopf so heftig zurückgeworfen wurde, daß Picard sich nicht sicher war, ob das splitternde Geräusch von Wills zubeißenden Zähnen oder von einem brechenden Halswirbel herrührte. Sein Hinterkopf schlug mit einem ekelhaften, dumpfen Geräusch gegen die Schreibtischkante.

Ekelhaft, stellte Picard entsetzt fest, und doch zugleich wunderbar. Riker rutschte mit einem matten Stöhnen hinab und ließ eine verschmierte Blutspur auf dem Tisch, der Wand und schließlich dem Boden zurück, wobei sein Kopf weit zur Seite hing.

Picard sah auf den bewußtlosen – möglicherweise toten – Ersten Offizier hinab und stöhnte leise ob des überwältigenden Gefühls sadistischer Zufriedenheit, die dieser Anblick in ihm erzeugte.

Nein. Nein, dieses Mal werden sie mich nicht benutzen. Ich werde nicht zulassen, daß sie mich benutzen ...

Dieser Satz schützte seinen Verstand wie ein Mantra, als er sich bemühte, die Atmung, das Zittern und sein Gleichgewicht wieder unter Kontrolle zu bringen. Fünfundzwanzig Prozent der Besatzung, hatte Data gesagt, fünfundzwanzig Prozent, und mit jedem Augenblick gerieten mehr Crew-Mitglieder unter den Einfluß des Wahnsinns ...

Er eingeschlossen.

Aber er würde nicht zulassen, daß sie ihn benutzten ...

»Data«, flüsterte er vor sich hin und holte tief Luft, um seine Haltung zurückzugewinnen. Die Wesen waren in ihm, rasten durch sein Gehirn und versuchten, seinen Willen zu übernehmen. Aber wenn er sich nur so lange zusammenreißen konnte, bis er Data erreicht hatte ...

Er wischte sich den Schweiß von der Stirn und zwang sich zu einem schwachen Lächeln, bevor er ruhig durch die Tür zur Brücke ging. Momentan war sie mit Besatzungsmitgliedern der zweiten Schicht besetzt, da alle Senioroffiziere mit anderen Aufgaben beschäftigt waren.

Eine von ihnen, eine dunkelhäutige Frau, Lieutenant Martinez, sah ihn vom Pult des Steuermanns aus an und lächelte mit abgrundtief boshafter Komplizenschaft.

Er erlaubte den Organismen in ihm, zur Erwiderung anerkennend zu nicken, wich aber unmerklich ihrem Blick aus – ihrem und dem aller anderen Offiziere auf der Brücke.

Besessen, allesamt – alle mit dem gleichen bösartigen Gesichtsausdruck wie Lieutenant Martinez. Sein Schiff war in den Händen der Organismen.

»Weiter so«, sagte er heiser und schaffte es, ein fiebriges Zittern zu unterdrücken, bis er den Turbolift betreten hatte.

Lauf, Kleines! schrie Lwaxana stumm, das schwarze Haar zerzaust und an der aufgeschlagenen Stirn blutend. *Sie sind noch hier ...*

Troi wich taumelnd vor dem Bild zurück, fort von dem Schrank, und stolperte über ihr Bett. Sie konnte sich im letztem Moment auffangen, keuchte und wurde von einer Welle des Grauens erschlagen, die genauso schrecklich war wie das, was sie bei den Artefakten gespürt hatte.

Sie lief zum Nachttisch und schnappte sich ihren Kommunikator, um den Captain und Will zu warnen, doch eine Eingebung hielt sie zurück. Sie schloß die Augen und konzentrierte sich auf Picard ...

Dann sackte sie unter der Last des Grauens zusammen und glitt an ihrer weichen Bettdecke zu Boden.

Der Schmerz eines Bewußtseins, das nicht zum ersten Mal vergewaltigt wurde, das brutale Bild von Picard, der sich hilflos gegen die Borg wehrte, der wort- und machtlos zusehen mußte, wie sein Gesicht und seine Stimme mißbraucht wurden, um seine eigenen Leute umzubringen ...

Einen schrecklichen, lodernden Moment lang war da auch Will, der wie Picard im gnadenlosen Griff gedankenloser Wut, gedankenloser Frustration, gedankenlosen Hungers gefangen war.

Gewalt. Schmerz. Alles, was sie von Will spüren konnte, war furchtbar verschwommen; ob aufgrund von Bewußtlosigkeit oder Tod, das konnte sie nicht entscheiden. Hatte Picard ihn umgebracht?

Von Angst und Hilflosigkeit überwältigt, kauerte Deanna sich neben dem Bett auf den Boden. Sie konnte nichts tun, um diesen Wahnsinn zu bekämpfen, seine Ausbreitung aufzuhalten – nicht, wenn Will und der Captain ihm schon verfallen waren.

Das Grauen saß so tief, daß es alles Denken überlagerte. Sie saß einfach da, die Knie an die Brust gezogen, den Kopf gesenkt und die Augen geschlossen. Wie lange sie so verharrte – ob Minuten oder Stunden –, konnte sie nicht abschätzen.

Doch nach einiger Zeit kam sie soweit zu sich, daß sie sich beim Atmen zusehen konnte. Einfach nur zusehen. Sie versuchte nicht, ihr Keuchen zu beruhigen, das Grauen zu bekämpfen, sah einfach nur mit geduldiger Aufmerksamkeit zu.

Schon bald atmete sie ruhiger, und ihr Verstand wurde wieder klarer. Sie stand langsam und betäubt auf und fühlte sich wie jemand, der gerade noch vor dem Ertrinken in eiskaltem Wasser bewahrt worden war. Sie war sich ihrer Lebendigkeit intensiv bewußt, ihrer Existenz an diesem Ort, in diesem Augenblick, so schrecklich er auch sein mochte.

Sie öffnete die Augen. Lwaxanas Bild war verschwunden. Statt dessen hörte sie nun ihre eigene Stimme, die ihr gut zuredete.

Atme gleichmäßig, Deanna. Steh jetzt auf ... steh auf und zieh deine Uniform an.

Sie folgte ihren eigenen Anweisungen mit den langsamen, präzisen Bewegungen einer Schlafwandlerin, warf das Nachthemd ab und legte die Uniform an, drehte sich dann um und betrachtete den Kommunikator auf ihrem Nachttisch.

Nein. Nimm ihn nicht mit. Du darfst sie nicht wissen lassen, wo du bist.

Auf der ganzen *Enterprise* gab es nur noch eine Person, der sie vertrauen konnte: Data. Er war auch der einzige an Bord, den Deanna mit ihrem empathischen Sinn nicht wahrnehmen konnte. Wenn sie den Computer fragte, wo er war, oder versuchte, mit ihm Kontakt aufzunehmen, konnten die anderen das Gespräch mithören. Sie würden ihn suchen und abschalten.

Bei diesem Gedanken wurde ihr klar, daß der Androide Deanna ebenso brauchte wie sie ihn: Denn nur sie konnte herausfinden, wer infiziert war. Wenn sie beide überleben wollten, mußten sie sich gegenseitig finden.

Was auch immer sie tat, sie konnte nicht in ihrem Quartier bleiben. Bis ihr etwas besseres eingefallen war, würde sie sich in Datas Unterkunft verstecken. Sie versuchte, die Angst aus ihrem Geist zu vertreiben, und ging vom Schlaf- ins Wohnzimmer und hinaus ins Chaos ...

Der Wahnsinn überkam Picard wie Fieberkrämpfe und zwang ihn immer wieder, sich bebend und schwitzend gegen die kühle, harte Liftwand zu lehnen.

WIDERSTAND IST ZWECKLOS.

WIR WERDEN EUCH ASSIMILIEREN.

»Nein«, keuchte er und versuchte, die Wut unter Kontrolle zu bringen, die der Anblick von ihm als Locutus hervorrief. Wut, die den Erregern als Nahrung diente, wie er genau wußte. Aber die Situation ähnelte so schrecklich der geistigen Vergewaltigung, die er als Gefangener der Borg erlitten hatte: das Gefühl, daß das eigene Bewußtsein übernommen, in die Knie gezwungen, zu Passivität verdammt wurde, während eine geistlose, herzlose, seelenlose Macht die Gewalt über seine Arme, Beine und Stimme gewann ...

»Dieses Mal nicht«, flüsterte er und drückte das Gesicht gegen das kalte Metall.

Plötzlich blieb der Lift stehen, und die Tür öffnete sich. Seine Willenskraft war noch stark genug, ihnen zu widerstehen – vielleicht, weil der direkte Kontakt mit Will Riker so kurz gewesen war, vielleicht auch, wie die Informationen von Starfleet angedeutet hatten, weil man eine Zeitlang gegen den Effekt angehen konnte.

Er mußte nur lange genug durchhalten, um Data zu warnen ...

Er drückte sich von der Fahrstuhlwand ab und wischte sich über die feuchte Stirn. Sein erster Schritt auf dem Boden der technischen Abteilung war wacklig, der zweite schon sicherer. Verzweiflung und wilde Entschlossenheit gingen eine Verbindung ein, die ihm ein Mindestmaß an Kontrolle erlaubte.

Als er Data und LaForge erreichte, die zusammen an einer Konsole im offenen Herzen der riesigen technischen Abteilung arbeiteten, bewerkstelligte er trotz des Krieges, der in seinem Hirn tobte, und trotz der Erkenntnis, daß LaForge zweifellos noch infiziert war, mühsam ein Lächeln.

»Mein Herren«, sagte er locker. »Wie kommen Sie voran?«

Data sah als erster auf. Falls er Picards inneren Tumult bemerkte, war dies seinem sachlichen Gesichtsausdruck nicht anzusehen. »Ziemlich gut, Captain. Wir sollten innerhalb der nächsten Stunde einen Prototypen für Sie fertiggestellt haben.«

»Sehr gut.« Picard verstummte und bekämpfte den Befehl der Wesen, Interesse an der Anzeige auf der Konsole des Androiden vorzutäuschen, sich an ihn heranzuschleichen und die Steuerung an Datas Seite zu betätigen ...

»Mr. LaForge«, sagte er statt dessen, »kann ich Sie kurz sprechen?«

Geordi sah ihn mit unschuldigem Pflichteifer an. »Klar, Captain.« Er stand auf und folgte Picard außer Hörweite des Androiden.

Picard drehte Data den Rücken zu und lächelte LaForge hintergründig an. »Ich gehöre jetzt zu Ihnen, Geordi. Aber was Data angeht ...«

Das Gesicht des Chefingenieurs verwandelte sich in eine Maske solch hinterhältiger, grinsender Bösartigkeit, daß Picard nur mit Mühe ein Schaudern unterdrücken konnte. »Wunderbar, Captain! Aber ... ich habe Schwierigkeiten mit Data. Ich habe versucht, ihn zu infizieren, aber unsere Theorien waren zutreffend – er nimmt die Wesen nur in sich auf, und sie verhungern in ihm. Und ich versuche schon die ganze Zeit, ihn abzuschalten, aber er ist sehr vorsichtig mit seiner Steuerung. Jedesmal, wenn ich mich in Position gebracht habe, dreht er sich weg und schützt sie. Bis jetzt konnte ich ihn auch noch nicht angreifen, aber mir wird wohl nichts anderes übrigbleiben, denn wenn der Detektor erst funktioniert, wird er bemerken, daß ich ...«

Picard nickte wissend. »Gehört die ganze technische Abteilung zu uns?«

Geordi schüttelte den Kopf. »Noch nicht, Sir. Nur etwa die Hälfte. Deshalb kann ich auch nicht einfach in aller Öffentlichkeit eine Schlägerei anfangen. Zumindest nicht, wenn alles normal aussehen soll, wenn die Vulkanier kommen ...«

»Alles klar«, sagte Picard leise. »Überlassen Sie den Androiden einfach mir. Commander Riker und ich haben einen Plan entwickelt.« Dann fügte er lauter hinzu: »Gut gemacht, Mr. LaForge. Gehen Sie zurück an die Arbeit.«

Geordi nickte und nahm wieder seinen Platz neben Data an der Konsole ein.

Picard winkte dem Androiden zu. »Mr. Data, würden Sie mich bitte begleiten?«

Data sah blinzelnd von der Arbeit auf und neigte verblüfft den Kopf. Doch auf Picards strengen Blick hin verließ er gehorsam die Konsole und ging auf den Captain zu.

Ohne ein weiteres Wort führte Picard ihn zum Turbolift. Als die Tür sich hinter ihnen geschlossen hatte, ließ er sich wieder gegen die Wand fallen. »Deck Neun«, flüsterte er.

»Captain?« Der Androide runzelte die goldene Stirn. »Geht es Ihnen nicht gut, Sir?«

Picard stöhnte und setzte sich auf den Boden. Data beugte sich besorgt über ihn.

»Nein«, keuchte der Captain. Sprechen war die reinste Folter. Jedes Wort verursachte Schmerzen, als würde es ihm buchstäblich aus dem Magen gerissen. »Mir ... geht ... es ... überhaupt nicht ... gut. Riker ... hat mich ... infiziert. Data ... die Narkose hat versagt. Geordi, Beverly ... sie sind noch infiziert. Vertrauen Sie niemandem! Sperren Sie mich in eine Zelle, sorgen Sie dafür, daß ich nicht entkommen kann, niemanden ... verletzen kann. Brennen Sie ... die Schaltkreise durch, wenn es ... sein muß, aber lassen Sie ... sie mich nicht ... benutzen. Ich befehle Ihnen: Warnen Sie ... die Besatzung. Sagen Sie den Vulkaniern ... und Starfleet Bescheid. Und finden Sie Deanna ... Sie ernähren sich von ihrer Empfindsamkeit für Emotionen ...«

Das geistige und körperliche Leiden wurde schlimmer, und er stöhnte. Das Fahrstuhlinnere verblaßte, und er sah mit allen brutalen Einzelheiten die riesige stählerne Honigwabe eines Borgschiffes und seine Bewohner vor sich – seelenlose Verbindungen von Technik und Fleisch. Die Erreger bekämpften ihn nun erbittert, bemühten sich, den möglicherweise letzten Befehl zu unterdrücken, den Picard, wie er sehr wohl wußte, jemals aussprechen würde.

»Und wenn Sie die Infektion nicht aufhalten können ... Data, dann müssen Sie alles tun, was nötig ist ... um dieses Schiff zu zerstören.«

Er schloß die Augen, gab sich dem Chaos hin – und hörte wie aus unendlicher Ferne den Androiden leise antworten.

»Jawohl, Sir.«

10

Lieutenant Worf schritt den Gang entlang, der zu den Quartieren der Senioroffiziere führte, und empfand Erleichterung darüber, daß sowohl die Hilflosigkeit des erzwungenen Schlafes als auch das Erbe eines ehrlosen Volkes, das Jahrtausende vor seiner Geburt an seinen eigenen Waffen zugrunde gegangen war, der Vergangenheit angehörten. Er freute sich auf einen angenehmen Abend mit seinem Sohn und, wie er sich eingestehen mußte, mit Kyla Dannelke. Vielleicht konnte er einen Teil der Chips zurückgewinnen, die er in der vorherigen Nacht verloren hatte. Der Gedanke ließ die Andeutung eines Lächelns seine Mundwinkel umspielen.

Es verblaßte wieder, als er Deanna Troi auf ihn zukommen sah. Sie ging so schnell, wie sie konnte, ohne offensichtlich zu laufen, und schaute immer wieder zurück, als befürchtete sie, verfolgt zu werden. Die Anspannung ihres Körpers deutete auf eine tiefe Angst hin.

Als sie den Klingonen sah, blieb sie stehen, und ihr ganzer Körper schien sich auf Flucht einzustellen – weg von ihm. Ihre dunkel glänzenden Augen weiteten sich, und Worf wurde klar, daß sie ihn empathisch überprüfte. Er hatte das bei ihr allerdings noch nie so offensichtlich erlebt.

»Counselor?« Er hielt sich zurück, um sie nicht zu erschrecken und in die Flucht zu schlagen. »Counselor, geht es Ihnen nicht gut?«

Offenbar beschäftigte sie nur die Frage, ob es *ihm*

nicht gutging. Sie starrte ihn weiterhin an und bohrte tiefer. Sie hatte ihm einmal gesagt, daß das klingonische Bewußtsein nicht so leicht zu lesen sei wie das der Menschen, die darauf trainiert waren, ihre tieferen Gefühle zu verbergen. Klingonische Emotionen schwammen unverhohlen auf der Oberfläche, doch einem Empathen fiel es schwerer, tiefer vorzudringen, um ihre wahren Gefühle zu entdecken. Er blieb geduldig stehen und ließ sie weitermachen.

Endlich trat sie einen Schritt auf ihn zu, und die Anspannung in ihrem Körper schien etwas nachzulassen. Aber ihre Augen waren noch immer vor Angst weit aufgerissen. »Sie ... Worf«, flüsterte sie, »Sie sind von ihnen berührt worden.«

Sprach sie von der Infektion? Er erinnerte sich an den elektrischen Schlag, den er gespürt hatte, als Crusher sein Gesicht berührt und ihm in die Augen gesehen hatte. Konnte sie nun, da das dämpfende Medikament bei ihr nicht mehr wirkte, etwa die Infektion in ihm wahrnehmen, die sich nach und nach aufbaute, vielleicht langsamer als bei Menschen, und nur darauf wartete, die Kontrolle über ihn zu gewinnen?

Er riß sich zusammen. Er war Klingone und wußte tief in seinem Herzen, daß er sich nie derart unehrenhaften Organismen unterwerfen würde. Niemals.

»Sie sind von ihnen berührt worden«, wiederholte sie und kam näher, bis sie neben ihm stand, »aber sie haben keinen Einfluß auf Sie. Sie sind in Ihnen gefangen ... und harmlos.«

Er glaubte ihr unbesehen. »Kann ich ... andere anstecken?« Der Gedanke an Alexander und Kyla, die ihn nichtsahnend in seinem Quartier erwarteten, bereitete ihm Sorge.

Sie sah tief in seine Augen, und er öffnete ihr seinen Geist, um ihr die Informationen zu geben, die sie brauchte. Ihre großen, schwarz glänzenden Augen waren offen, ehrlich und frei von dem Wahn und den seltsam wirbelnden Farben, die er in denen Dr. Crushers gesehen hatte.

»Nein«, sagte sie endlich, was ihn zu einem erleichterten Seufzen brachte. »Die Erreger sterben ab. Sie sind in Ihnen gefangen, doch die gesamte Gefühlstiefe, alle mächtigen Emotionen, die in Ihnen wüten, sind für sie unerreichbar. Sie sterben schnell und können nicht entkommen.«

»Ein angemessener Tod für so feige Kreaturen«, fand Worf.

Während er sprach, keuchte sie, sah sich hektisch um und hielt sich an seinem Ärmel fest.

»Was ist los, Counselor? Belasten Sie die Artefakte auf der Krankenstation noch? Wir können Dr. Crusher um Hilfe bitten. Nachdem die Krankheit nun besiegt ist ...«

Sie schüttelte den Kopf und sah sich wieder in dem ungewöhnlich leeren Gang um. »Wir müssen Data suchen! Sofort, Worf. Wir müssen ihn finden.«

»Natürlich«, stimmte er zu, wollte ihr den Gefallen tun und hob die Hand an seinen Kommunikator.

Sie hielt ihn zurück. »Nicht so! Die anderen könnten es hören.«

»Die anderen? Counselor, stimmt etwas nicht? Sie benehmen sich, als hätten Sie ein Gespenst gesehen!«

Sie holte tief Luft, um sich zu beruhigen, atmete dann zitternd wieder aus und sah ihn ernst an. »Genau das habe ich gesehen ... Die Erreger, Worf ... sie sind noch hier. Die Stillegung, die Narkose und der Beschleuniger – das alles hat nichts genutzt.«

»Aber Dr. Crusher und Geordi ... ich habe sie doch mit eigenen Augen gesehen.«

»Sie tun nur so. Sie sind noch immer infiziert. Sie müssen mir glauben, Worf – jeder an Bord dieses Schiffes ist in furchtbarer Gefahr. Sie haben den Captain!«

»Das ist vollkommen ausgeschlossen! Ich habe ihn

gerade noch gesehen. Es war alles in Ordnung, und er hat mich in mein Quartier geschickt.«

Troi schüttelte den Kopf. »Riker hat ihn im Bereitschaftsraum angegriffen. Ich kann Picards Gefühle wahrnehmen ...« Sie schloß die Augen, als würde der Eindruck sie kurz überwältigen, und öffnete sie dann wieder. »Nichts hat sich geändert. Sie kontrollieren fünfundzwanzig Prozent der Besatzung, und zwar die wichtigsten fünfundzwanzig Prozent, Crusher, LaForge, Riker ... und jetzt auch den Captain!«

Nun war es an Worf, nervös den Korridor abzusuchen. Etwas unsanfter, als er beabsichtigt hatte, ergriff er Troi am Arm und zerrte sie den Gang entlang zu seinem Quartier.

Ihr plötzliches Eintreten erschreckte Kyla und Alexander, die gerade den Tisch deckten. Ohne ein Wort der Begrüßung an sie zu richten, stellte Worf der Empathin die Frage, die ihn jetzt am meisten bewegte: »Sind die beiden auch betroffen?« Er zeigte auf seinen Sohn und Dr. Dannelke, die ihn nur verwirrt ansahen. »Gehören sie zu den fünfundzwanzig Prozent?«

Counselor Troi tat, wozu er sie aufgefordert hatte, und überprüfte die beiden, die sie vollkommen verständnislos anstarrten.

»Nein«, sagte Deanna endlich, und ihre Stimme verriet die gleiche Erleichterung, die auch Worf empfand. »Nein, sie sind in Ordnung.«

»Worf?« Kyla stellte endlich die dampfende Schüssel ab, die sie gehalten hatte. »Was geht hier vor?«

»Das ist die Counselor der *Enterprise*, Deanna Troi«, erklärte der Klingone. »Sie haben die Erläuterungen des Captains über die Infektion gehört, die wir durch die schiffsweite Stillegung ausrotten wollten? Counselor Troi behauptet, die Aktion sei fehlgeschlagen. Offensichtlich wurde der Captain angegriffen und überwältigt, nachdem wir uns getrennt haben! Er ist jetzt von diesen verfluchten Organismen versklavt worden.«

»Wir müssen Data finden«, wiederholte Deanna. »Die Erreger können ihm nichts anhaben, und das wissen sie auch. Sie werden versuchen, ihn zu deaktivieren, weil er unsere beste Chance ist, das Schiff von der infizierten Besatzung zurückzuerobern. Gerade jetzt ist er mit Picard zusammen. Ich kann spüren, wie der Captain mit ihm spricht, sich auf ihn verlassen will. Er hat noch einen Teil seiner Willensfreiheit. Er bekämpft die Infektion mit aller Kraft! Oh, Worf!« Ihr Ton wurde verzweifelter. »Er muß immer daran denken, wie die Borg ihn entführt haben!«

Diese Vorstellung erzürnte den Klingonen so sehr, daß er seine Gefühle unbedingt in produktive Taten umsetzen mußte – wenn er nicht mit der bloßen Faust ein Loch in eine Wand schlagen wollte. »Wir müssen sofort aufbrechen! Aber wir werden Verpflegung benötigen. Alexander! Besorge Notrationen aus dem Replikator und packe ein Überlebensset zusammen. Du weißt, was du zu tun hast.«

»Ja, Vater«, sagte der Junge lebhaft und machte sich ohne Umschweife an die Arbeit.

Kyla ging zu der Empathin und sah sie besorgt an. »Was ist mit Ihnen, Counselor? Wenn Sie Picard wahrnehmen können, dann doch auch die anderen, oder?«

Troi holte Luft. Sie rang deutlich sichtbar um ihre Beherrschung. »Seit die Wesen wissen, daß ich wach bin und von ihnen weiß, kann ich ... sie spüren. Sie ernähren sich von meinem empathischen Sinn. Es ist, als ...« Sie schluckte und hob die zitternden Hände vors Gesicht. »Als würden mich hundert Fremde ständig begrapschen ... und ich muß ihre Berührung hilflos ertragen!«

Die große, blonde Wissenschaftlerin legte beruhigend den Arm um die kleinere, dunkelhaarige Empathin. »Denken Sie nicht an sie, Deanna – konzentrieren Sie sich auf mich, Worf und Alexander. Konzentrieren

Sie sich auf unsere Stärke und Entrüstung. Wir sind Ihnen nah, die anderen sind weit weg. Nehmen Sie unsere Gefühle auf und machen Sie sie zu den Ihren.«

»Ja …«, antwortete Troi leise. »Ja, schon besser …« Sie schnappte nach Luft, erschauerte und riß sich zusammen. »Ja, das funktioniert …« Sie brachte ein mattes Lächeln zustande. »Ich danke Ihnen.«

»Wenn Sie sie derart stark wahrnehmen können und sie sich von Ihnen ernähren, werden die Wesen Sie unter ihren Einfluß bringen wollen. Sie machen sich Sorgen um Data, doch wir sollten uns Sorgen um Sie machen!«

Inzwischen war Alexander ins Wohnzimmer zurückgekehrt. Er trug einen Rucksack, der Notrationen, ein paar Minicomputer und drei Phaser enthielt. Worf sah die Ausrüstung durch und stellte fest, daß sein Sohn genau das eingepackt hatte, was er auch ausgewählt hätte. Alexander strahlte vor Stolz, als sein Vater ihn anerkennend ansah.

»Denken Sie daran, was ich Ihnen im *Nok'bara*-Unterricht von der Ruhe vor der Schlacht erzählt habe«, erinnerte Worf die Betazoidin, als er ihr einen Phaser aushändigte. »Sie müssen diese Ruhe in sich sammeln, Ihren Geist damit füllen und die Invasion der Erreger vollkommen verdrängen. Zeigen Sie ihnen Ihre klingonische Ruhe, und sie werden erstarren.«

Sie nickte entschlossen mit zusammengepreßten Lippen. »Ich werde es schon schaffen. Aber wir müssen Data finden. Er ist nicht mehr mit dem Captain zusammen.«

Worfs Miene verfinsterte sich besorgt. Die Bewegung des Androiden stellte ein logistisches Problem dar. Zweifellos hatte Data, der schneller als sie alle war, seinen Kommunikator ebenfalls abgelegt. »Wie sollen wir ihn finden, wenn Sie ihn nicht wahrnehmen können und er nicht mehr mit einem Humanoiden zusammen ist?«

»Ich glaube, ich weiß, wo er ist, Vater«, erklärte Alexander fröhlich.

Der Klingone verbarg seine Skepsis, als er seinen Sohn ansah. »Und wo?«

»Deck Zwölf, in der Jefferies-Röhre achtundzwanzig. Er hat vor sechs Monaten unsere Klasse dahin geführt, um uns das Innenleben eines Raumschiffs zu erklären. Er hat diese Stelle ausgesucht, weil sie ein wichtiger Knotenpunkt ist, mit vielen Schalttafeln, Computerterminals und sogar einem Replikator. Es gibt fünf solcher Knotenpunkte im Schiff, aber Data hatte diesen ausgesucht, weil er abgelegen ist und er wußte, daß wir dort ungestört sind. Es ist ganz schön schwierig, dorthin zu kommen.«

Worf mußte ob der Findigkeit seines Sohnes lächeln. »Dann mußt du uns schnell und unauffällig dorthin bringen!«

Was sind wir bloß für ein bunter Haufen, dachte Deanna, als sie kriechend Alexander und Worf folgte. Dannelke spielte das Schlußlicht, damit Troi von einem emotionalen Schutzwall umgeben war. *Eine Betazoidin, ein Klingone, ein Mensch und ein klingonisch-menschliches Kind …*

Alexander hatte nicht übertrieben, als er gesagt hatte, daß man nur schwierig zur Jefferies-Röhre achtundzwanzig gelangen konnte. Sie hatte das Gefühl, daß sie sich zwischen den Tunnels und Röhren im Kreis bewegten. Vielleicht kam es ihr auch nur so vor, überlegte Deanna, weil jede Bewegung eine enorme geistige Anstrengung erforderte. Die Wesen saßen ihr noch immer im Nacken, vermaßen und begrapschten sie und versuchten, ihr so viel Angst und Wut wie möglich zu entlocken. Sie schloß kurz die Augen, konzentrierte sich, um nicht zu stolpern, und sonnte sich in der Hitze von Worfs und Kylas Entrüstung und Hilfsbereitschaft. Selbst Alexanders unschuldige Entschlossenheit stärkte sie und ließ sie Demut und Stolz empfinden, solche Freunde zu haben.

Plötzlich hielt der kleine Junge ihre stille Prozession an und wies mit einer Handbewegung darauf hin, daß sie ihr Ziel fast erreicht hatten. Als Troi das Surren und Piepsen aktiver Computerkonsolen hörte, versuchte sie, an Worfs massigem Körper vorbeizusehen. Der Klingone drehte sich um und sah sie fragend an.

Troi schüttelte den Kopf. »Ich spüre niemanden«, flüsterte sie. Falls Data hinter dieser Biegung war, dann Gott sei Dank allein.

Alexander und Worf bogen, noch immer mißtrauisch, um die Ecke – und verharrten. Deanna sah vorsichtig über die Schulter des Klingonen und direkt in Datas wunderschönes, unmenschliches Gesicht.

Der Androide saß auf dem Boden neben einer offenen Schalttafel und hatte vier Minicomputer auf seinem Schoß liegen, auf denen er wie ein Konzertpianist spielte, der seinem Instrument eine komplizierte Melodie entlockte. Als er Troi und die anderen bemerkte, hörte er sofort damit auf.

»Counselor?« fragte er und musterte die Gruppe argwöhnisch.

Deanna stellte sich vor den Klingonen und lächelte erleichtert. »Wir sind in Ordnung, Data! Wir haben Sie gesucht.«

Die Betazoidin sah gar nicht, wie seine Hand sich bewegte, doch plötzlich richtete Data einen Phaser auf sie.

»Leider«, sagte der Androide, »habe ich kein verläßliches Mittel, um herauszufinden, ob Sie wirklich ›in Ordnung‹ sind.«

Worf zerrte Alexander an dessen Hemd hinter sich und stellte sich gleichzeitig schützend vor Troi. Der Klingone war offensichtlich bereit, die volle Wucht des Phaserbeschusses abzufangen. »Wie können wir Sie überzeugen, daß wir gekommen sind, um Ihnen zu helfen, Commander? Wir müssen Sie und die Counselor gemeinsam beschützen und verhindern, daß die Vulkanier an Bord kommen. Das können wir nicht, wenn wir in einer Pattsituation stecken.«

Data senkte den Phaser. »Ihr Verhalten hat mich bereits überzeugt, Lieutenant. Die mit den Wesen infizierten Besatzungsmitglieder würden sich für niemanden opfern, nicht einmal für ihre Kinder, wie Sie das gerade beabsichtigten.« Als sei die Sache damit erledigt, widmete Data sich wieder nüchtern seinen Computern. Seine Hände verschwammen vor den Augen der anderen, so flink glitten sie über die Geräte. »Offensichtlich hat Alexander bei meinem Instandhaltungsunterricht sehr viel besser aufgepaßt, als es damals den Anschein hatte.«

Der Junge verdrehte ungeduldig die Augen, als sein Vater ihm einen strengen Blick zuwarf.

Von Optimismus belebt, zwängte Deanna sich zu dem Androiden durch, um ihm bei der Arbeit zuzusehen. »Was tun Sie da, Data?«

Seine Hände legten keine Pause ein. »Verschiedenes. Ich sende falsche Daten aus, die jedem, der mich sucht, anzeigen, daß ich an zwölf beliebigen Stellen zugleich bin. Ich sende schriftliche und mündliche Anweisungen an die nicht infizierte Besatzung, sich in ihren Unterkünften zu verschanzen und keinem ihrer Kollegen zu vertrauen, egal, wie normal sie wirken. Ich habe absichtliche Fehler in nebensächliche Funktionen des Schiffes eingebaut, die bei normalen Abläufen zu kleineren Störungen führen werden. Die Wesen können mit Streß nicht gut umgehen – er könnte bei manchen Betroffenen Wutausbrüche auslösen. Wenn die Vulkanier eintreffen, werden sie das Schiff automatisch überprüfen. Wenn hier einiges nicht stimmt, zögern sie vielleicht, an Bord zu beamen. Ach ja ... und ich habe alle zur Verfügung stehenden Informationen, darunter die Berichte der Vulkanier und der Föderation sowie Skels gesammelte Forschungsbibliothek, meinem positronischen Netzwerk zugefügt, damit ich auf möglichst viele Quellen zurückgreifen kann, wenn ich Methoden entwickle, die Wesen zu entdecken und einzusperren.« Er drehte den Kopf, um ihnen ein kleines Gerät an seiner Schläfe zu zeigen, dessen Lämpchen in dem gleichen koordinierten Muster aufblinkten wie die bloßgelegten Schaltkreise.

»Sie waren ja ein fleißiger kleiner Androide«, sagte Kyla scherzhaft.

»Mir blieb sogar Zeit«, erwiderte Data, während er immer noch zügig Eingaben an den Computern machte, »zukünftige Computersabotage zu planen, Ablenkungsstrategien und Fluchtmanöver. Allerdings mußte ich dafür die Arbeit an meinen Gedichten unterbrechen.«

»Na, das beruhigt mich etwas«, knurrte Worf. »Wie lange können wir hier ungefährdet bleiben?«

»Ich schätze, noch vier Komma drei Minuten.« Data ließ die Hände endlich ruhen und sah auf. »Das ist eine unerfreuliche Tatsache, an der ich aber leider nichts ändern kann. Die Arbeit, die ich an den Computern leiste, wird ständig von Commander LaForge in der technischen Abteilung zunichte gemacht – wie ich es erwartet habe. Er braucht länger dafür, meine Hindernisse aus dem Weg zu räumen, als ich benötige, um sie aufzubauen. Aber wenn ich zu lange von derselben Stelle aus arbeite, wird er unweigerlich meinen Aufenthaltsort ausfindig machen. Und *das* dürfen wir nicht zulassen. Bis zu Ihrer Ankunft wußte ich nicht, wie ich dieses Problem lösen sollte.«

»Und nun wissen Sie es?« fragte Deanna.

»Ja. Statt lediglich auf die Terminals in den Jefferies-Röhren zurückzugreifen, von denen es nur eine sehr begrenzte Zahl gibt, können wir nun auch leere Privatquartiere nutzen – weil Sie, Counselor, uns jetzt Aufschluß darüber geben können, ob sich jemand darin aufhält.«

Sie lächelte erschöpft. »Ja, natürlich.«

Data sammelte rasch die Minicomputer ein. »Dann müssen wir nun aufbrechen. Alexander, willst du uns den nächsten Einsatzort vorschlagen?«

»Die Jefferies-Röhre sechzehn hat mir besonders gut gefallen. Die ist echt *eng*.«

Doch. Mutter würde uns einen ziemlich bunten Haufen nennen, dachte Deanna und hätte fast gelächelt, als die Gruppe weiterzog. Der Ausspruch brachte die Erinnerung an Lwaxanas mißhandeltes Gesicht zurück, doch diesmal fand Troi die Kraft, sie zu analysieren. *Meine Mutter hat versucht, mich zu warnen, obwohl sie unter Angst und Schmerzen litt. Hat versucht, mit mir zu kommunizieren ...*

Vielleicht konnte Lwaxana ihr noch mehr mitteilen, falls Deanna nicht mehr vor dem Bild davonlief, sondern sich ihm stellte. Früher oder später würden sie anhalten müssen, damit Data seine Arbeit fortsetzen konnte. Schon jetzt besprach Kyla mit ihm, was er vorhatte und wie sie ihm dabei helfen konnte. Wenn sie wieder in vorübergehender Sicherheit waren, würde sie vielleicht den Mut aufbringen, das Gesicht ihrer Mutter zu suchen und sich anzuhören, was sie ihr zu sagen hatte.

»Achtung! Achtung! Hier spricht Commander Data, mir ist das Kommando über die *Enterprise* übertragen worden ...«

Skel stand vor der Zelle, in der Jean-Luc Picards zusammengekauerte Gestalt saß, und hörte teilnahmslos die Warnung an, die über das Komsystem des Schiffes ertönte. Auf jedem Deck verkündeten Sirenen, daß Alarmstufe Rot herrschte, und LaForge hatte noch nichts dagegen unternehmen können.

»Vertrauen Sie niemandem, wenn Sie nicht ganz sicher sind, daß diese Person nicht von anderen Besatzungsmitgliedern infiziert worden ist. Vermeiden Sie

Körper- und insbesondere Blickkontakt. Verschanzen Sie sich in Ihren Quartieren und schotten Sie, wenn möglich, Ihre Decks ab. Bewaffnen Sie sich mit Phasern, die auf maximale Betäubung eingestellt sind. Stellen Sie sich darauf ein, auf jeden zu schießen, unabhängig von dessen Rang oder Beziehung zu Ihnen, der Sie zu berühren versucht. Infizierte Besatzungsmitglieder können nichtinfizierten schwere Verletzungen zufügen, um die Erreger in ihnen zu ernähren. Geben Sie ihnen dazu keine Gelegenheit.«

Die aufgezeichnete Botschaft wurde endlos wiederholt, aber Skel fiel es nicht schwer, sie zu ignorieren.

Vor ihm kauerte Picard auf Knien und Ellbogen und brach dann zugleich lachend und mit schmerzverzerrtem Gesicht zusammen. Tränen strömten über seine markanten Wangen. »Sie kriegen ihn nicht, Vulkanier. Es geht nicht! Er hat keine Gefühle! Und er ist *schlau*, schlauer als wir alle. Er wird einen Weg finden, uns zu besiegen. Wir können nicht gewinnen ...«

Mit einem plötzlicher Aufschrei sprang der Captain auf und warf sich gegen das unsichtbare Kraftfeld. Skel zuckte unwillkürlich zurück.

Einen knisternden Augenblick lang hielt das Kraftfeld Picards verkrampften Körper gefangen. Dann schrie er auf und brach stöhnend zusammen.

Die Erreger in Skel drängten ihn, den Menschen zu berühren, Picards Schmerzen zu spüren, damit sie sich daran stärken könnten. Wäre es möglich gewesen, die durchgebrannten Schaltkreise zu umgehen, hätte er es auch getan. Doch so konnte er nur zusehen, wie Picard den Erregern in ihm genau das gab, was sie wollten.

Wenn der Captain der *Enterprise* so weitermachte, würde er sterben. Es wäre ein schrecklicher Verlust, aber logischerweise konnte nichts dagegen unternommen werden. Riker hatte sich dank Dr. Crusher von seinen Kopfverletzungen erholt und würde die Vulkanier überzeugen können, daß an Bord der *Enterprise* alles in

Ordnung war. Der Androide hatte beim Verschmoren der Schaltkreise so hervorragende Arbeit geleistet, daß es ohne seine Hilfe Stunden dauern würde, durch die Zellenwand zu brechen und Picard zu befreien. Bis dahin war das vulkanische Schiff bestimmt schon eingetroffen.

Skel war gekommen, um zu sehen, wie es Picard ging, um den Menschen zu beruhigen und zu überreden, den Wesen in ihm zu gestatten, ihn für ihre Pläne zu benutzen. Auch wenn Picard ihnen nicht helfen konnte, das vulkanische Raumschiff willkommen zu heißen, hätte er doch rechtzeitig vor ihrem Eintreffen bei der Technikmesse befreit werden können, und da wäre seine Hilfe von unschätzbarem Wert gewesen.

Doch etwas stimmte nicht. Die Wesen hatten den Captain eindeutig infiziert, übten jedoch nicht genug Macht über ihn aus, um ihn zur Mitarbeit zu zwingen. Offenbar hatte Riker während der Übertragung nicht lange genug Kontakt gehalten.

Picard lag wie ein Embryo zusammengerollt auf der Seite, und Tränen flossen aus seinen geschlossenen Augen. »Sie werden mich nicht benutzen«, flüsterte er. »Ich werde es nicht zulassen, daß Sie mich benutzen, wie *sie* mich benutzt haben …«

Skel trat näher an die unsichtbare Abschirmung und kniete davor nieder. Die Erreger drängten ihn, dem Captain zu befehlen, ihn anzusehen, doch insofern es nicht ihren Zielen widersprach, schenkten sie dem wahren Skel – dem sich wehrenden, gefangenen vulkanischen Bewußtsein – gelegentlich ein wenig Freiheit. Und der wahre Skel sah den wirr redenden Irren in der Zelle mit Mitleid und Neugier an.

»Wer, Captain?« fragte er leise. »Wer hat Sie sonst noch so benutzt?«

»Die Borg«, schluchzte Picard, der vor Schmerz und weißglühender Wut zugleich zitterte. »Sie haben meinen Verstand gestohlen, meine Stimme, mein Gesicht, haben mich als Waffe gegen meine eigenen Leute benutzt ... und ich werde sterben, bevor ich das noch einmal zulasse!«

Skel hörte mit geteiltem Bewußtsein zu. Der stärkste, überwältigende Gedanke kam von den Erregern: Wie schade, daß Picard sich gegen eine Zusammenarbeit entschieden hatte – aber diese Unannehmlichkeit würde ihre Pläne nicht scheitern lassen.

Doch tief unter der erdrückenden mentalen Last flüsterte eine leise Stimme: *Ich kann das nachvollziehen. Wenn ich könnte, würde ich auch den Tod wählen ...*

Noch ein drittes Bewußtsein mischte sich ein. Eins, das unabhängig von dem Skels war und doch untrennbar mit ihm verbunden.

Skel blinzelte verwirrt, als sich Picards schlanke, athletische Gestalt vor seinen Augen schimmernd und flimmernd veränderte. Auf der anderen Seite des Kraftfeldes öffnete der Captain langsam die Augen und sah Skel an.

Doch Picards Augen waren nicht mehr menschlich. Skel konnte dabei zusehen, wie die hellbraunen Iris des Menschen sich zu tiefglänzendem Schwarz verdunkelten und die Brauen eine typisch vulkanische Schräglage annahmen. Auch das Gesicht veränderte sich und nahm die Züge einer vulkanischen Frau an. Sie war von königlicher Schönheit, die jedoch von blauen und grünen Flecken auf den Wangen, der Stirn und dem Hals entstellt wurde.

Mein Sohn ist noch in dir, sagte sie in fließendem Vulkanisch. Sie verhielt sich trotz der Schmerzen, die ihren Körper verkrampften, ruhig und gefaßt. *All die Jahre in dir gefangen.* Sie hielt inne, und als sie fortfuhr, war ihr Tonfall minimal wärmer geworden, da sie sich direkt an Skel wandte. *Ich weiß, daß du da bist, mein Sohn – und auf deine Freiheit wartest. Sei geduldig; sie wird kommen. Ich werde dich nicht im Stich lassen ...*

Urplötzlich starrte er wieder in Picards schweißnasses Gesicht. Der Mensch kämpfte sich auf die Knie. »Wer ist sie?« wollte der Captain wissen. »Wer ist diese Frau, die das Gesicht meiner Mutter trägt und trotzdem Vulkanisch spricht?«

»Sie ist meine Mutter«, sagte Skel. Obwohl der Vulkanier, der noch in ihm lebendig war, bleiben wollte, zwangen ihn die Organismen in ihm, sich umzudrehen, bevor er oder seine Mutter die Gelegenheit hatten, dem Starfleet-Captain erneut zu Hilfe zu kommen. Als Skel zügig den Raum verließ, hallten sowohl die Schreie Picards als auch die seiner Mutter in seinen Ohren.

In dem düsteren Tunnel, der sich an die Jefferies-Röhre sechzehn anschloß, saß Deanna erschöpft zwischen Alexander und Worf und versuchte, sich mit den Gefühlen der beiden vom Zerren der Erreger abzulenken. Die drei sahen Data dabei zu, wie er ein kleines, rundes Gerät an seiner Schläfe befestigte. Die Signalleuchte daran blinkte sofort fröhlich auf.

»Ich bin zuversichtlich, daß ich die Wesen jetzt ausfindig machen kann«, versicherte der Androide ihnen. »Dr. Dannelke hatte recht mit ihrer Annahme, daß Commander LaForge die spezifische Wellenlänge der Erreger mit seinem VISOR sehen konnte, bevor er infiziert wurde.«

»Das war bestimmt das letzte, was er gesehen hat, bevor sie ihn erwischt haben«, murmelte Kyla bitter, obwohl ihr Gesichtsausdruck ausschließlich wissenschaftliche Versunkenheit verriet, als sie das Gerät an Datas Schläfe aus der Nähe betrachtete.

»Mit der Erweiterung meiner eigenen Sehfähigkeit, bei der Dr. Dannelke mir geholfen hat«, erklärte Data ihnen, »kann auch ich sie sehen.«

»Ein sprechender Infektionsdetektor auf zwei Beinen«, stellte Kyla ihn leicht prahlerisch der Gruppe vor.

»Ist Ihre normale Sicht dadurch eingeschränkt, Data?« fragte Deanna.

»Überhaupt nicht.« Der Androide sah in der kleinen Gruppe vom einen zum anderen. »Und ich kann Ihnen versichern, daß keiner von Ihnen infiziert ist.«

»Das wußten wir schon«, nörgelte Worf. »Wie soll uns das helfen, sie zu besiegen?«

Dannelke hob die kleine rechteckige Kiste hoch, die sie mit den Replikatoren hergestellt hatten. »Die Kraftfeldanpassungen, die Data entwickelt hat, sollten die kleinen Ungeheuer gefangen halten können ...«

»Wenn wir sie dorthinein locken können«, entgegnete der Klingone gereizt. »Wie wollen Sie das anstellen?«

Dannelke seufzte. »So weit sind wir noch nicht ...«

»Und wir sollten uns schnell etwas einfallen lassen«, sagte Data, als wolle er den Einsatz noch erhöhen. »Das vulkanische Schiff wird uns im Verlauf der nächsten Stunde am vereinbarten Treffpunkt erreichen.«

Neben Troi gab Worf einen Laut tiefer Frustration von sich. Deanna konnte ihn verstehen. Die Belastung, dem Ansturm der Wesen zu widerstehen, hatte sie erschöpft. Sie wollte sie einfach nur loswerden oder Data und Dannelke wenigstens dabei helfen, eine Lösung zu finden.

Aus dem Augenwinkel sah sie, wie sich in den Schatten am anderen Ende des Tunnels etwas bewegte. Deanna drehte sich mit schneller schlagendem Herz um ...

Und sah eine vertraute Gestalt auf sie zukommen.

»Mutter ...« Sie stand auf, schenkte ihrer Umgebung und ihren Begleitern keinerlei Beachtung und ging durch den Tunnel auf die Erscheinung zu.

Lwaxanas Gesicht war ernst, gefaßt und – zumindest im Augenblick – erfreulich unverletzt. Sie kam in einem dunkelvioletten Gewand auf ihre Tochter zu, wobei sie eine ungewöhnliche Zurückhaltung an den Tag legte. Ihr schwarzes Haar war zu einem strengen Zopf geflochten.

Wirst du mir jetzt zuhören, Kleines?

Troi lächelte. »Ja, bitte – wir brauchen deine Hilfe. Die Organismen ...«

... dringen durch die Fenster zur Seele ein.

»Die Augen«, sagte Deanna nickend. »Aber Geordi ... er ist doch blind und trägt ein VISOR und wurde trotzdem infiziert.«

Lwaxana nickte einmal bedächtig. *Durch die Leitungen, die sie in sein Gehirn geführt haben.*

Deanna runzelte ob der rätselhaften Ausdrucksweise ihrer Mutter die Stirn. »Durch seine Sehnerven?«

Das ist auch der Schlüssel zu ihrer Vernichtung. Was sie anzieht, kann sie auch in die Falle locken.

»Sehnerven«, wiederholte Deanna, obwohl sie die zugrunde liegende Bedeutung nicht verstand. Je länger sie ihre Mutter betrachtete, desto sicherer wurde sie, daß sie *jemand anderen* vor sich hatte. Doch von dieser Erscheinung ging so viel aufrichtige Gutmütigkeit aus, daß sie dieser Fremden genauso vertraute wie Lwaxana. »Wir können Sehnerven benutzen, um sie einzufangen?«

Die Nerven. Die Falle. Aber am dringendsten mußt du dir über den Köder Klarheit verschaffen, Kleines. Das alles wird nötig sein, um sie zu besiegen. Lwaxanas Gesichtszüge verschwommen kurz und verwandelten sich dann in etwas Fremdartiges und doch Wunderschönes.

»Sie ködern ... wie mache ich das, Mutter?«

Du weißt schon, was du zu tun hast – genau wie mein Sohn schon seit all den Jahren weiß, wie man unsere Folterknechte besiegen kann. Aber sie haben ihm in der wachen Welt die Wahrheit vorenthalten ...

»Ihr *Sohn*«, wiederholte Troi, und in diesem Augenblick wurde ihr alles klar. Vor ihren Augen verwandelte die Erscheinung sich in eine Vulkanierin: jung, schwarzhaarig, dunkeläugig und mit einem unendlich zurückhaltenden, zugleich unendlich besorgten Gesichtsausdruck. »Skel. Skel ist Ihr Sohn.«

Seit vielen Jahren unter Kontrolle dieser Wesen. Ich habe getan, was ich konnte, um ihm dabei zu helfen, sich zu befreien, doch es genügte nicht. Ich weiß über die Erreger alles, was auch Skel weiß – und sogar das, was sie tief in seinem Unterbewußtsein vergraben haben. Doch ohne Körper kann ich sie nicht besiegen.

»Genausowenig wie wir sie ohne Ihre Hilfe besiegen können«, erwiderte Troi engagiert. »Sagen Sie uns, was wir tun müssen.«

»Counselor … Counselor! Geht es Ihnen nicht gut?«

Deanna blinzelte, als aus dem Antlitz von Skels Mutter das vertrautere Gesicht Worfs wurde, der sie an den Armen hielt und besorgt ansah.

»Counselor!« rief er wieder, und sie seufzte und ließ das Bild in ihrem Geist los.

»Ich bin in Ordnung«, sagte sie. »Ich habe gerade ein Gespräch mit …« Sie verstummte und sah in die sorgenvollen Gesichter von Worf, Kyla, Alexander, sogar Data, der trotz seines ausdruckslosen Gesichts mit seiner Körpersprache Besorgnis vermittelte. Sie würden wohl annehmen, daß die Belastung durch die Erreger sie in den Wahnsinn getrieben hatte, doch sie vollendete den Satz trotzdem. »… Skels Mutter geführt.«

»Skels Mutter!« Worf ließ Deannas Arme los und trat zurück, bis er wieder zwischen Kyla und Alexander stand. »Die ist seit achtzig Jahren tot.«

»Ja«, gab Deanna zu. »Aber ihr Katra – ihr körperloses Bewußtsein, könnte man sagen – hat seit damals zusammen mit den Erregern in Skels Gehirn überlebt. Sie weiß alles, was der *wahre* Skel weiß, alles, was die Wesen ihn in seinen Studien nicht veröffentlichen ließen …«

»Der Sehnerv«, sagte Kyla aufgeregt. »Wir konnten hören, was sie darüber gesagt haben. Es leuchtet ein.« Sie sah Data an. »Hat Commander LaForge intakte Sehnerven?«

Data nickte. »Sein VISOR hat Kontaktstellen an seinen Schläfen, über die die Sinneseindrücke zu den Sehnerven und weiter ins Gehirn geleitet werden.«

»Wir brauchen also ein VISOR«, teilte Kyla dem Androiden mit so ansteckender Begeisterung mit, daß Troi lächeln mußte. »Wir könnten es an Ihre Sehnerven anschließen. Wir wissen schon, daß die Erreger Ihnen nicht schaden. Wenn Sie die Wesen erst einmal eingefangen haben, können wir uns etwas ausdenken, um sie hier hineinzulocken.« Sie hielt das Kästchen hoch.

»Meine Sehnerven sind eher mechanisch als organisch«, informierte Data sie. »Und mir fehlt außerdem die emotionale Ausstrahlung, die die Erreger anlockt. Ich glaube nicht, daß es uns helfen wird, wenn ich das VISOR auf diese Art verwende.«

Kyla runzelte die Stirn und dachte über das Problem nach. Deanna konnte ihre wilde Entschlossenheit spüren, eine Lösung zu finden. »Dann bleibt uns nur eine Möglichkeit. Wir brauchen organische Sehnerven – und ich weiß, wo wir die finden. In Dr. Tarmuds Kabine.«

Troi atmete zögernd ein, was Dannelke dazu veranlaßte, sie anzusehen. »Was ist, Counselor?«

»Tarmud«, erklärte Deanna. »Wenn wir zu ihm gehen, müssen wir sehr vorsichtig sein. Er ist einer der Besessenen.«

In der Kabine des Vulkaniers Skel streichelte George Tarmud liebevoll das Gerät, das er zusammen mit Skel entwickelt hatte. Alles, was er war, alles, was er wußte, war in diese Erfindung eingegangen. Dem Wissenschaftler, der einmal dafür gelebt hatte, den Tod für die gesamte Menschheit zu besiegen, war genau das endlich gelungen – nur nicht auf die Art, die er sich einst erträumt hatte. Seine Pläne, den Androiden zu verbessern und mit Skel und Dannelke an der Entwicklung persönlicher Kraftfelder zu arbeiten, waren bedeutungslos geworden. Er und Skel hatten aus den fortschrittlichsten Geräten zur Veränderung von Wellenlängen an Bord der *Enterprise* eine Maschine entwickelt, die es den Erregern erlaubte, sich noch höher zu entwickeln. Sie waren schon lange nicht mehr die einfachen Kreaturen, die vor achtzig Jahren auf Vulkan Tod und Verwüstung angerichtet hatten. Und ihr Kontakt zu den Vulkaniern hatte sie gelehrt, wie wichtig Zurückhaltung sein konnte.

Unter Einfluß dieses neuen Gerätes würden die Wesen sich so weit entwickeln, daß sie ihren Gastkörper vollkommen unter Kontrolle hatten und so die spontanen Gewaltausbrüche und Freßorgien vermeiden konnten. Statt dessen wären sie in der Lage, das Wissen und die Erfahrung des Besessenen zu nutzen, um noch nicht eroberte Völker zu überlisten. Sie könnten den Planeten Betazed überwältigen und seine Bewohner dauerhaft versklaven, nur um für ihre Ernährung zu sorgen. Sie würden schließlich die gesamte Föderation absorbieren und die Bevölkerungen in Nahrung und Gastkörper unterteilen. Ihre Herrschaft über diese intelligenten organischen Lebensformen würde absolut sein.

Hätte Dannelke zu ihnen gehört, hätten sie die Maschine schneller entwickeln können, was Tarmud lieber gewesen wäre. Dannelke hätte dem Gerät einen gewissen Schliff gegeben, eine komplexe Eleganz, aber sie war unmittelbar nach der Narkose verschwunden, und bis jetzt war es noch keinem der Besessenen gelungen, sie zu finden. Wirklich schade …

Tarmud zitterte und gähnte, als ihn plötzlich eine Welle von Müdigkeit überkam. Seit die Erreger ihn übernommen hatten, hatten sie seinem Körper keinen Schlaf zugestanden, und er konnte sich nicht erinnern, wann sie ihm zuletzt feste Nahrung erlaubt hatten. Die Narkose war für die Besessenen nicht erholsam gewesen. Die Erreger hatten dafür gesorgt, daß die Infizierten nur scheinbar schliefen, um so ihr Überleben zu sichern. Alles unbedeutend, wenn man im großen Rahmen dachte. Doch sein Körper war wertvoll. Da er nicht zusammenbrechen durfte, entschloß er sich, in seine Kabine zu gehen. Dort würde er Werkzeuge finden, die er benötigte, und Computerchips, die er probeweise in das Gerät einbauen wollte, um dessen Wirksamkeit zu steigern. Und dort würde er seinem Körper auch ein oder zwei Stunden Schlaf gönnen. Er steckte einen Musterchip ein, um nicht aus Versehen die falschen mitzubringen.

Der Weg von Skels zu Tarmuds Kabine war kurz, und die Gänge waren leer. Wieder hallte die Stimme des Androiden Data durch die Flure und empfahl der nicht infizierten Besatzung, sich zu verstecken, in Sicherheit zu bringen und sich zu bewaffnen. Tarmud kicherte vor sich hin: Es war alles so zwecklos. Über vierzig Prozent der Besatzung waren bereits infiziert, und trotz Datas Warnungen und des Heulens der Alarmsirenen war die Position der Rekruten gefestigt. Alle waren fest entschlossen, die Vulkanier zu übernehmen. Selbst die jüngsten, die zerbrechlichsten Gastkörper rissen sich zusammen, weil ihnen dieses Ziel mehr als alles andere bedeutete. Ein Schiff voller Vulkanier. Die verdiente Belohnung für ihre Selbstbeherrschung.

Die Tür zu seiner Kabine öffnete sich geräuschlos, während er die Kennziffer auf dem Musterchip las. Er hatte mindestens zehn davon in seiner …

Eine Bewegung. Ein Huschen.

Der Schlag auf sein Kinn kam völlig unerwartet und warf ihm den Kopf weit in den Nacken. Als er zurücktaumelte und Blut schmeckte, flog der Chip in hohem Bogen aus seiner Hand. Greller, diamantenscharfer Schmerz fuhr elektrisch vom Kiefer zum Schädel und Nacken. Er stöhnte vor Lust und Leid, als die Nahrungsaufnahme der Erreger ihn in einen manischen Rausch versetzte. Er öffnete die Augen und sah einen verschwommenen Fleck: einen Körper, groß und blaß wie eine Wolke, ein Bein mit einem Stiefel, der zum zweiten Mal auf seinen Kopf zuraste.

Dannelke.

Der Tritt ließ ihn taumeln. Er fiel auf die Knie, doch die Wesen in ihm stärkten seinen Körper, ließen ihn die Wucht und den Schock des Tritts aufnehmen, während sie sich wie toll an seinen Gefühlen nährten.

Dannelke war hier … Er durfte die Gelegenheit nicht verpassen, sie anzustecken. »Kyla«, flüsterte er hungrig durch zersplitterte, blutverschmierte Zähne und griff nach ihr. »Kyla, sehen Sie mich an …«

Kyla, nicht! schrie Troi. *Benutzen Sie den Phaser! Sie bringen ihn noch um!*

Doch Dannelkes Adrenalinspiegel erlaubte ihr nicht, die Warnung der Counselor zu hören und sich an den Phaser an ihrem Gürtel zu erinnern, bevor es zu spät war. Sie wirbelte herum und trat ein letztes Mal kraftvoll zu, ohne Trois und Worfs Schreie zu registrieren. Außer der Angst und der Erinnerung an Tarmuds hinterhältiges Lächeln hatte sie alles vergessen.

Kyla, sehen Sie mich an …

Wieder traf ihr Stiefel Tarmuds Kinn, und diesmal ertönte das abscheuliche Geräusch zersplitternder Knochen. Tarmud fiel flach auf den Rücken und erschlaffte, den Blick fest auf die Decke gerichtet, die Beine weit gespreizt.

Dannelke bekam das alles fast gar nicht mit. In ihrem Geist vermischten sich die Rufe ihrer neuen Freunde mit den Schreien ihrer Mutter vor der Wohnung im Osten Londons …

»Kyla, hören Sie auf!« donnerte eine tiefe Stimme. Sie wollte erneut zutreten, töten, doch starke Arme schlossen sich um sie und zogen sie von der reglosen Gestalt ihres Opfers zurück.

Sie schnappte nach Luft und kam in Worfs Armen

wieder zu Sinnen. Er sah streng zu ihr hinab. »Kyla, warum haben Sie nicht den Phaser benutzt?«

»Ich weiß nicht.« Sie keuchte und sah an ihm vorbei zu Troi, die sich zu dem Wissenschaftler hinabbeugte, als Data mit mehreren VISORS in der Hand aus Tarmuds Labor kam. Er hatte auch einen Behälter mit den langen Strängen der künstlichen Sehnerven dabei, die in Konservierungsflüssigkeit schwammen. Alexander folgte ihm und trug mehrere Sicherheitsbehälter. »Ich habe gerade ... Seien Sie vorsichtig, Counselor! Er könnte die Ohnmacht nur vortäuschen!«

Deanna schüttelte düster den Kopf. »Er liegt im Sterben. Ich glaube, sein Genick ist gebrochen.«

»Berühren Sie ihn nicht!« befahl Data streng, und Troi wich sofort von Tarmud zurück. Der Androide legte seine Last ab und ging zu dem Verwundeten. »Die Erreger könnten auch nach dem Tod des Trägerkörpers noch ansteckend sein. Wir wissen nichts mit Gewißheit.« Er hob Tarmuds Lider und sah in seine Augen. »Die Erweiterung meines Sehvermögens funktioniert. Ich kann das Wellenmuster der Wesen erkennen. Sie leben noch und sind aktiv.«

»Data«, sagte Deanna, »wir können ihm nicht helfen, das kann nur ein Medo-Techniker. Aber wir können ihn stabilisieren und mit dem Erste-Hilfe-Set in Stasis versetzen.«

»Das wird vorerst reichen müssen«, stimmte Data zu und ließ sich von ihr die medizinischen Geräte geben. »Er ist schwer verletzt, aber wir müßten ihn wenigstens vierundzwanzig Stunden lang stabilisieren können.« Er befestigte ein kleines Rechteck an Tarmuds Kopf und ein weiteres an seiner Brust. »Mehr können wir nicht tun. Seine Lebenszeichen sind schwach, aber stabil.«

»Und wenn wir unsere Aufgabe in den nächsten vierundzwanzig Stunden nicht erledigt haben, wird er sterben?« Kyla starrte den reglosen Tarmud betroffen an.

Data stand auf und sammelte seine Ausrüstung wieder ein. »Wenn wir unsere Aufgabe in den nächsten vierundzwanzig Stunden nicht erledigen«, sagt er teilnahmslos, »werden sämtliche Vulkanier an Bord der *Skal Torr* infiziert, und aller Wahrscheinlichkeit sind wir dann auch alle am Ende.«

Auf die düstere Äußerung des Androiden konnte niemand etwas erwidern, also verließen sie einfach den Raum und ließen den unbeweglichen, hilflosen Körper George Tarmuds zurück.

11

In der beengten Umgebung der Jefferies-Röhre sechzehn saß Kyla auf dem Kabelschacht und konzentrierte sich voll und ganz darauf, die letzte Verbindung der filigranen Mikroschaltkreise zu dem VISOR herzustellen. Wenn sie nur genau genug hinsah, würde es ihr vielleicht gelingen, das Gesicht des im Sterben liegenden George Tarmud zu vergessen, dessen Schicksal sie mit ihrer Panik verschuldet hatte. Troi saß unweit von ihr und sah ihr mit einer Mischung aus technischem Interesse und Mitleid zu. Die Counselor in ihr wollte ihr bestimmt dabei helfen, mit ihren Schuldgefühlen fertig zu werden. Aber dafür hatten sie im Augenblick keine Zeit.

»Brauchen Sie noch lange für diese Einheit?« fragte Data leise. »Das vulkanische Schiff wird jeden Moment in Transporterreichweite kommen.«

Kyla schluckte trocken und vergewisserte sich, daß ihre Stimme fest war, bevor sie antwortete. »Ich bin fast fertig. Noch eine Minute ...« Sie überprüfte einen letzten Kontakt, dann gab sie dem Androiden das Gerät. »Das war's.«

Worf, Alexander und Deanna betrachteten die seltsame Ausrüstung – fünf VISORS, die durch Drähte und ein dünnes Faserbündel aus organischen Sehnerven mit einer kleinen Kiste verbunden waren, die man am Gürtel befestigen konnte. Das Kästchen erzeugte ein Eindämmungsfeld, war sozusagen ein klobiger Ersatz für die eleganten, rätselhaften Artefakte.

Die anderen sahen erwartungsvoll zu, wie Data

einen Gürtel um seine Hüfte schnallte, die kleine Kiste daran klemmte und dann das VISOR aufsetzte.

»Und, wie sieht es aus?« fragte Kyla.

»Es schränkt die Sicht nicht zu sehr ein«, erwiderte der Androide, wobei er den Kopf hin und her bewegte, um die Reichweite des Geräts zu testen. »Und die neue Programmierung erlaubt mir eine ungefähre Annäherung an Geordis Sehvermögen. Normale elektrische Wellenlängen, wie humanoide Lebensformen sie absondern, nehme ich als Leuchten wahr – einem ›Heiligenschein‹ nicht unähnlich. Wir müßten die Organismen – oder zumindest ihre Wellenlänge – tatsächlich sehen können, wenn sie sich dem VISOR nähern, um uns zu infizieren.«

Kyla schüttelte den Kopf. »Sie sagen das so gelassen.«

»Wenn die VISORS so funktionieren, wie wir sie programmiert haben«, erinnerte Data sie, »werden die Erreger nicht unsere Augen erreichen, sondern den Leitungen in den künstlichen Sehnerv folgen, um dann von dem Eindämmungsfeld eingefangen zu werden.«

»*Falls* sie so funktionieren, wie wir es geplant haben«, betonte sie.

»Und mehr können wir nicht tun?« fragte Worf, dem diese passive Methode, den Feind zu bekämpfen, offensichtlich nicht paßte.

»Es ist die angemessenste Lösung für ein sehr schwieriges Problem«, versicherte Data ihm.

Worf setzte mit unzufriedenem Gesicht sein VISOR auf. »Wenn man so ein Ding trägt, kann man kaum mit dem Phaser zielen.«

»Ich glaube nicht, daß Phaser uns dieses Mal helfen werden, Worf«, erinnerte Deanna ihn und schob ihr eigenes VISOR gerade.

Kyla beobachtete, wie Alexander sich mit dem für Erwachsene konstruierten Gerät abmühte. »Meins ist zu groß!« beschwerte er sich und hielt es unbeholfen vor seine Augen.

Die Augenärztin stellte sich hinter ihn und knotete die beiden Enden des VISORS mit einem ihrer Haarbänder zusammen, damit das Gerät nicht herunterfiel. Dabei sah sie Worf an. »Finden Sie nicht, daß Alexander in den Jefferies-Röhren bleiben sollte, bis alles vorbei ist? Hier wäre er in Sicherheit. Muß er uns wirklich helfen?«

Worf legte abrupt eine Hand auf die Schulter des Jungen. »Kyla, wir alle sind in Gefahr. Wir alle können verletzt werden. Alexander ist ein Mitglied dieser Besatzung, ein Mitglied dieses Schiffes. Er wird seinen Beitrag leisten. Wir alle werden stolz auf ihn sein können.«

»Ich erwähne es nur ungern«, warf Data ein, »doch wir scheinen zwar über ein funktionierendes System zu verfügen, um die Erreger zu fangen und aufzubewahren, aber noch über keinen Köder.«

»Können wir nicht einfach auf die Besessenen zugehen und ihnen die Erreger aussaugen?« fragte Alexander.

»Ich wünschte, das wäre möglich«, antwortete Data. »Aber wenn eine Person infiziert wird, findet immer nur eine teilweise Übertragung statt. Ein Teil der Organismen dringt in den neuen Träger ein, der Rest bleibt in dem alten, damit dieser weiterhin infiziert bleibt. Wir müssen eine Möglichkeit finden, *sämtliche* Erreger aus allen Infizierten in unsere Sicherheitsbehälter zu locken.«

»Ich weiß, wie es geht«, sagte Deanna leise. Sie wollte gerade fortfahren, als auf der Schalttafel an der Wand ein kleiner Bildschirm aufleuchtete.

Skel stand auf der Brücke der *Enterprise* neben dem Sessel das Captains und betrachte den Bildschirm, auf dem die geschmeidige, elegante *Skal Torr* vor einem sternenübersäten Hintergrund schwebte. Der Hauptteil seines Bewußtseins, der unter vollkommener Kontrolle der Erreger stand, war bei diesem Anblick stolz und erleichtert. Trotz aller Rückschläge stand der absolute Sieg der Mikroorganismen, ihre Herrschaft über die Galaxis, unmittelbar bevor. Die Besatzung war unter Kontrolle, und es war LaForge endlich gelungen, die Alarmsirenen und Datas Warnbotschaften abzustellen. Alles war in Ordnung.

Doch das ursprüngliche vulkanische Bewußtsein – der stille Beobachter, der wahre Skel – sah mit großem Bedauern und einer in der Tat höchst unvulkanischen Frustration über seine eigene Hilflosigkeit zu.

Er hatte den irdischen Mythos von Fegefeuer und Hölle nie richtig verstanden, doch jetzt wußte er genau, was damit gemeint war.

Er hatte sogar das Gefühl, am Rand einer schweren Psychose zu stehen, denn während er sich der Kontrolle durch die Erreger bewußt war, spürte er zugleich stärker denn je zuvor in seinem Leben die Anwesenheit seiner Mutter T'Reth. Ihre Schreie hallten in seinem Verstand wider:

Hilf ihnen! Warne sie! Laß nicht zu, daß unser Volk das noch einmal durchmachen muß!

Es war gewiß der Wahnsinn. Doch manchmal war er überzeugt, daß seine Mutter wirklich da war, sie sich genau wie er bemühte, die Erreger zu besiegen. Als die Wesen Dr. Crusher auf der Krankenstation gezwungen hatten, die Druckflaschen für den Beschleuniger leer zu lassen, hatte T'Reth eine Warnung gerufen. Und einen kurzen, wunderbaren Moment lang hatte der wahre Skel den Einfluß der Erreger abgeschüttelt und diese Warnung an das aufnahmefähige Bewußtsein Jean-Luc Picards weitergeleitet.

Seit jenem Zeitpunkt hatten die Erreger Skel keinerlei Freiheit mehr gestattet. Nun konnte er nur noch machtlos und stumm zusehen, wie das Bild der *Skal Torr* verschwamm und dem strengen, ernsten Gesicht einer Vulkanierin Platz machte. Sie trug in ihrem blauschwarzen Haar eine breite silberne Spange.

»Captain T'Lal«, sagte Riker, der neben Skel saß, ungemein schmeichlerisch. »Hier spricht der Erste Offizier William Riker. Captain Picard bedauert, daß er Sie nicht persönlich begrüßen kann, aber ich heiße Sie in seinem Namen und dem der gesamten Besatzung der *Enterprise* willkommen.«

T'Lals Selbstkontrolle war makellos, ihre Betonung bemerkenswert ausdrucksarm, und doch sah Skel einen Anflug von Unsicherheit in ihrem Blick – einen kurzen Moment des Zweifels, den wohl nur ein anderer Vulkanier bemerken konnte. »Wir hoffen, daß es Ihrem Captain gutgeht. Sind Sie bereit, die Artefakte zu uns an Bord zu beamen?«

Riker bestätigte den zweiten Teil des Gesagten mit einem Nicken, auf den ersten ging er ausführlicher ein. »Captain Picard ist ein wenig unpäßlich, unsere Ärztin hat ihm strenge Bettruhe verordnet. Wie Sie aber sehen« – er drehte sich mit seinem Sessel um und deutete auf den Vulkanier neben ihm – »ist Wissenschaftler Skel unverletzt und bester Gesundheit. Er bittet darum, jemanden von Ihrem Schiff zu uns zu beamen, damit gewährleistet ist, daß die Artefakte gefahrlos transportiert werden können.«

Captain T'Lal richtete ihren kühlen, offen abschätzigen Blick volle fünf Sekunden lang auf Skel. »Unsere Messungen zeigen an, daß an Bord Ihres Schiffes alles in Ordnung ist. Um das Risiko einer Infektion jedoch möglichst gering zu halten, gebietet die Logik, daß wir die Artefakte direkt auf unser Schiff beamen.«

Skel sah als passiver und unwilliger Beobachter zu, wie die Erreger einen Gedanken in seinen belagerten Kopf setzten, wie sie seinen Mund steuerten, die Zähne, die Zunge – wie sie die Logik der Vulkanier benutzten, um diese Rasse zu besiegen. »Die Logik läßt eindeutig erkennen«, teilte er T'Lal mit fester, klarer Stimme mit, die nichts von seiner inneren Zwietracht verriet, »daß auf diesem Schiff keine Infektion ausgebrochen ist. Sie werden sicher zustimmen, daß meine Sorge um eine ordnungsgemäße Sicherung der Artefakte auch sehr logisch ist ...«

T'Lal unterbrach ihn ungerührt. »Ich versichere Ihnen, Skel, daß wir die Artefakte mit größter Sorgfalt in Empfang nehmen werden. Geben Sie uns detaillierte Anweisungen, und wir ...« Sie verstummte, als ein anderer Offizier sich zu ihr hinabbeugte und ihr etwas zuflüsterte. »Aha«, sagte sie, bevor sie Skel wieder ansah. »Hier ist jemand bereit, sich auf die *Enterprise* beamen zu lassen ...«

Die Therapeutin T'Son trat ins Blickfeld.

»Ich grüße Sie, Skel«, sagte T'Son und hob die Hand kurz zum vulkanischen Gruß. »Ich mache mir Sorgen um die Auswirkungen, die die Ereignisse der letzten Zeit auf Ihre Gesundheit gehabt haben müssen. Mit Ihrer Erlaubnis würde ich Sie gern auf der *Enterprise* untersuchen.«

Um eine Mentalverschmelzung herbeizuführen, wurde Skel mit einem Anflug von Panik bewußt, als er instinktiv den Gruß erwiderte. Das Gefühl wurde schnell von der Begeisterung der Erreger vertrieben. Eine kurze Bewußtseinsverschmelzung, und die Therapeutin wäre infiziert – und mit ihrer unfreiwilligen Hilfe dann ganz Vulkan ...

Troi stand neben den anderen in der Jefferies-Röhre sechzehn und beobachtete den Wortwechsel mit Sorge und Entsetzen. Sie spürte den Hunger in Will Riker, Geordi LaForge und den anderen Menschen auf der Brücke der *Enterprise*, die sich den Vulkaniern mit täuschend ruhigem Äußeren präsentierten. Bei Skel nahm Deanna eine ruhige Oberfläche wahr, doch in seinem Inneren kämpften zwei gefangene vulkanische Bewußtseine darum, ihr Volk vor der Gefahr zu warnen.

»Wir müssen sie aufhalten!« Worf sah Data an, der noch immer mit vier Minicomputern auf dem Schoß auf dem Boden saß. »Commander, haben Sie Zugriff auf die Kommunikationssysteme?«

Die flinken Finger des Androiden flogen so schnell über die Bedienungsflächen der Computer, daß Deanna nicht nachvollziehen konnte, was er tat. »Genau das versuche ich gerade, Lieutenant. Aber die Systeme werden streng überwacht. Sie haben unsere Versuche, uns einzumischen, vorausgeahnt.«

»Was ist mit den Schutzschilden?« fragte Worf. »Wenn Sie die Schilde aktivieren, können die Vulkanier nicht an Bord beamen.«

Data bediente wieder die Rechner und schüttelte den Kopf. »Ich kann die Schilde nicht beeinflussen.«

»Können wir den Transporter sabotieren?« fragte Deanna.

Datas Hände bewegten sich schneller. »Negativ.« Plötzlich verharrten seine Finger und schwebten über den Minicomputern. Er sah die anderen an; offenbar fiel ihm nichts mehr ein. Eine frustrierte Stille entstand, die dann von Worf unterbrochen wurde. »Es wäre wohl töricht, nach den Waffensystemen zu fragen?«

Data sah den Klingonen an. »Die Waffensysteme?«

»Wenn wir ihnen einen Schuß vor den Bug feuern«, erklärte Worf nicht übermäßig geduldig, »würden sie automatisch die Schilde aktivieren. Und dann können sie sich nicht mehr an Bord beamen.«

»Eine interessante Idee«, überlegte Data. »Das Feuer auf sie zu eröffnen ... das käme so unerwartet, daß es eine große emotionale Belastung für die besessene Besatzung der *Enterprise* darstellen wird.«

»Und sie stehen jetzt schon kurz vorm Siedepunkt«, bestätigte Deanna aufgeregt. »Bei etwas mehr Druck werden die ersten platzen. Die Vulkanier würden die ungewöhnliche Aktivität mit den Sensoren feststellen.«

Der Androide bediente die Computer, und sein starrer Gesichtsausdruck schien sich kaum merklich zu ändern. Er sah auf und nickte anscheinend zufrieden.

»Wir könnten Glück haben. Die infizierte Besatzung ist mit meinen elektronischen Krisen und den Störmanövern ihrer gesunden Kollegen so beschäftigt – ganz zu schweigen von der Sicherung der Kommunikationssysteme, der Transporter und so weiter –, daß den Waffen nur sehr wenig Aufmerksamkeit geschenkt wird.«

»Nun ja«, erinnerte Kyla sie, »schließlich sind die Vulkanier ja auch unsere Verbündeten.«

»Wir wollen hoffen, daß sie es auch noch sind, wenn das hier vorbei ist«, entgegnete Data. »Ich werde die Kontrolle über die Phaser nur kurz aufrechterhalten können, aber für unsere Zwecke sollte es genügen. Es wäre hilfreich, wenn wir die beiden Schiffe ablenken könnten, während ich daran arbeite.«

Alexander wühlte rasch in seinem Rucksack und zog grinsend eine kleine Kassette heraus. »Da habe ich genau das richtige!«

»Ich grüße Sie, T'Son«, murmelte Skel mit teilnahmslosem Gesicht. »Vielen Dank für Ihre Besorgnis. Das Erlebnis auf dem Schiff der Ferengi war recht ... ermüdend. Ich würde mich selbst als erholt einschätzen, aber Sie sind die Therapeutin. Wie immer beuge ich mich Ihrer Einschätzung.«

Er senkte unter ihrem professionell hilfsbereiten Blick die Augen. »Es wäre mir lieber, wenn ich Sie untersuchen könnte, Skel, bevor Sie zur Technikmesse weiterreisen.«

»Und ich«, sagte Riker mit höflicher Diplomatie, »möchte T'Son und alle anderen herzlich einladen, sich die Ausstellung anzuschauen, die die Wissenschaftler, die bei uns zu Gast sind, aufgebaut haben.«

Captain T'Lals Antwort kam umgehend und war ebenso diplomatisch, wenn auch entschieden weniger herzlich. »Wir danken Ihnen für die Einladung, Commander. Ich weiß, daß unsere Wissenschaftler die Exponate sicherlich faszinierend finden würden. Es ist aber in unserem Interesse, auf soziale Aktivitäten weitgehend zu verzichten und die Artefakte so schnell wie möglich zu übernehmen, schon aus Sicherheitsgründen.« Sie sah auf und entließ T'Son mit einem Blick. Die Therapeutin nickte und verschwand vom Bildschirm. Skel konnte sich denken, daß sie zum Transporterraum ging.

»Inzwischen«, fuhr T'Lal fort, »würden wir gern die angeforderten Logbücher bezüglich des Zwischenfalls an Bord des Ferengi-Schiffes auswerten.«

»Entschuldigen Sie bitte die Verzögerung«, erwiderte Riker unterwürfig. »Wir waren wegen kleinerer Computerprobleme nicht in der Lage, diese Daten zu übertragen. Aber wenn Sie möchten, könnten wir ... Verdammt, was ...?«

Skel folgte dem entgeisterten Blick des Commanders zum Bildschirm, wo statt Captain T'Lal plötzlich wieder die *Skal Torr* zu sehen war. Doch das vulkanische Schiff sah sich nicht mehr dem leeren Weltall und den Sternen, sondern einem riesigen, grün leuchtenden Auge gegenüber – einem klingonischen Auge, wie Skel sofort bemerkte, da ihm seine vulkanische Ruhe erlaubte, trotz seiner überraschten Ungläubigkeit auf die Einzelheiten der Erscheinung zu achten.

Das riesige Auge starrte kurz das vulkanische Schiff an, dann blinzelte es und funkelte böse die *Enterprise* an.

»Impulstriebwerke«, befahl der vulkanische Captain knapp. »Bringen Sie uns ein Stück weg.« Dann widmete sie ihre Aufmerksamkeit wieder Riker. »Commander ...« T'Lal klang vollkommen gefaßt und sachlich. Der einzige Hinweis auf ihre sorgfältig verborgene Überraschung war, daß ihre Augen sich kaum merklich weiteten. »Würde es Ihnen etwas ausmachen, dieses Phänomen zu erklären? Unsere Sensoren zeigen an, daß es von *Ihrem* Schiff erzeugt wird.«

Rikers Mund stand verblüfft offen, seine blauen Augen waren noch viel weiter aufgerissen als die der Vulkanierin. Zuerst antwortete er nicht. »Captain, ich ...«, stammelte er dann. »Ich muß mich entschuldigen. Es handelt sich entweder um einen Computerfehler oder um einen schlechten Scherz.«

Skel sah wortlos zu, wie der menschliche Offizier in seinem Sessel herumwirbelte und niemanden und alle auf der Brücke zugleich anschrie. Skel erkannte, daß Rikers Erreger heftig auf die Überraschung und den Streß reagierten. »Jemand soll dieses verdammte Ding *sofort* abschalten!«

Die Besatzung auf der Brücke tat ihr Bestes, dem Befehl nachzukommen, doch auch sie war überarbeitet und stand wie Riker kurz davor, die Beherrschung zu verlieren. Die kleinste zusätzliche Belastung, und ...

Als der Bildschirm plötzlich grell aufleuchtete, kniff Skel die Augen zu: Ein blendender Phaserstrahl durchdrang das Hologramm und streifte die *Skal Torr*.

»Commander Riker!« beschwerte sich T'Lal, während ihre Brücke erschüttert wurde. Dieses Mal konnte man deutlich die Überraschung und den Ärger in ihrer Stimme hören. »Warum feuert Ihr Schiff auf uns?«

Bevor Riker sich eine Antwort einfallen lassen konnte, rief der vulkanische Captain dem Steuermann einen Befehl zu: »Schutzschilde aktivieren!«

»Die Vulkanier haben ihre Schilde aktiviert«, erklärte Worf mit einem zufriedenen Grinsen von seiner taktischen Station an Datas behelfsmäßiger Schalttafel. Deanna nahm bei der guten Nachricht Kyla und Alexander in den Arm und erlaubte dem Triumphgefühl, das unheimliche Zerren der Erreger kurzzeitig zu überdecken.

»Dann können sie auch noch einen zweiten Treffer vertragen«, entschied Data. »Wir dürfen nicht zulassen, daß sie die Schilde wieder senken. Ich werde die Energie erhöhen. Feuern Sie, wenn Sie soweit sind, Mr. Worf.«

»Phaser werden abgefeuert«, bestätigte der Klingone. Deanna hatte den einen Arm um Alexanders Schultern, den anderen um Kyla gelegt und sah grinsend zu, wie die Schutzschilde der *Skal Torr* den zweiten Schuß abfingen.

»Und nun müssen wir uns sputen.« Data stand auf und trennte eilig seine Minicomputer vom System.

Ein greller Lichtstrahl schoß an Deanna vorbei, blendete sie und prallte gleißend von der Wand ab. Kyla und Alexander duckten sich instinktiv und zogen Deanna mit sich zu Boden.

»Zu spät!« rief Worf. »Sie sind hier!«

Er lief zu den dreien und zerrte sie hoch. Hinter ihnen, am anderen Ende der Röhre, ertönten laute Schritte. Die Betazoidin sah über die Schulter zurück und entdeckte vier uniformierte Sicherheitswächter, die sich im Laufschritt näherten.

»Die VISORS!« rief Kyla, und Deanna schnappte sich ihr Gerät, während sie Alexander an der Hand nahm und loslief.

Therapeutin T'Son hatte sich wieder zu Captain T'Lal auf die Brücke des Föderations-Forschungsschiffs *Skal Torr* gesellt, das sich mittlerweile außer Schußweite der *Enterprise* befand. Auf dem Bildschirm war statt der unerklärlichen Erscheinung des klingonischen Auges nun die ergraute und erhabene Gestalt Admiral Du-Cheynes im Hauptquartier von Starfleet zu sehen.

Nachdem die *Enterprise* das Feuer auf die Vulkanier eröffnet hatte, hatten die Sensoren bei einer zweiten Überprüfung eindeutig einen Ausbruch der Seuche an Bord des Schiffes angezeigt. Auf fast allen Decks war es zu Gewalttätigkeiten gekommen. Commander Riker war nach dem Vorfall sogar wutschnaubend aufgesprungen und hatte sich auf ein anderes Mitglied der Besatzung gestürzt. Innerhalb weniger Sekunden war auf der Brücke eine Schlägerei ausgebrochen – ein emotionales Verhalten, das sogar Menschen als unangemessen empfanden.

»Bis ihr Schiff auf uns gefeuert hat«, erklärte T'Lal dem Admiral sorgfältig, »schien es ihnen gelungen zu sein, die Infektion unter Kontrolle zu halten. In jenem Augenblick hat Commander Riker jedoch völlig die Fassung verloren.«

DuCheyne – unbestreitbar menschlich und von jähzornigem Temperament – runzelte die Stirn so heftig, daß seine buschigen Augenbrauen eine einzelne, durchgehende und zottelige weiße Linie über den funkelnden schwarzen Augen bildeten. »Vollkommen die Fassung verloren?«

T'Lal entschloß sich, der unangenehmen Angewohnheit des Admirals, alles zu wiederholen und anzuzweifeln, einfach keine Beachtung zu schenken, und fuhr geduldig fort. »Er erhob sich schreiend von seinem Sitz, Sir, und hat einen Unteroffizier mit solcher Kraft geschlagen, daß der Angegriffene zusammenbrach.«

»Ach. Sie meinen, er ist durchgedreht.«

»Jawohl, Sir.« Die Vulkanierin schwieg kurz. »Unsere Sensoren haben ähnliche Gewaltausbrüche auf der ganzen *Enterprise* registriert. Laut Therapeutin T'Son besteht kein Zweifel, daß ein Großteil der Besatzung infiziert ist.«

DuCheyne schüttelte den Kopf. »Und all die Wissenschaftler auf dem Weg zur Technikmesse ... *Das* wäre eine Tragödie von unglaublichem Ausmaß.« Er stierte sie an, und in seinen kleinen, stechenden Augen lag deutliche Aggression. »Warum haben Ihre Leute diese verdammten Artefakte überhaupt aufbewahrt?«

T'Lal öffnete den Mund und wollte dem Admiral das Prinzip des Wissens und der Toleranz gegenüber allen Lebensformen vermitteln, das einen viel besser schützte als Unwissenheit, doch der Admiral ließ sie mit einem Kopfschütteln und einer Handbewegung verstummen.

»Ich weiß, ich weiß. Ich brauche jetzt keinen Vortrag über vulkanische Philosophie. Passen Sie mal auf: Picard hat uns über einen Ausbruch der Seuche auf seinem Schiff informiert. Er hat uns außerdem mitgeteilt, daß er die nötige Vollnarkose durchführen würde, um die Erreger abzutöten. Also gibt es zwei Möglichkeiten: Entweder hat es bei der Narkose eine Panne gegeben, oder die Biester sind mutiert und nicht mehr so einfach zu besiegen. So wie ich Picard und seine Besatzung kenne, haben sie bei der Narkose auf alles geachtet. Und damit bleibt nur noch eine Möglichkeit ...«

»Sir«, unterbrach T'Lal ihn, »dies ist ein Forschungsschiff. Wir verfügen nicht über die Waffen eines großen Raumschiffs. Außerdem ist unsere Besatzung ausschließlich vulkanisch. Wenn Sie mich bitten, die *Enterprise* mit Mann und Maus zu zerstören ...«

Seine Antwort verriet, daß er offensichtlich verärgert über ihre Unverschämtheit war. »Ich *bitte* Sie um gar nichts, Captain. Ich *befehle* es Ihnen. Ich bin aber auch noch nicht so verdammt alt oder arrogant, um nicht zu wissen, daß Ihre Bewaffnung nicht ausreicht, die *Enterprise* außer Gefecht zu setzen. Sie haben den Befehl, sich nicht weit von der *Enterprise* zu entfernen, bis Verstärkung eingetroffen ist.«

»Admiral ...«, setzte T'Lal geduldig an.

Als er fortfuhr, klang er sanfter, und sie konnte in seinen Augen eine Spur des Bedauerns entdecken, das auch sie empfand. »Captain, ich kann nachvollziehen, daß Sie die von diesem Wahnsinn infizierten Personen lieber heilen würden, ohne ihnen oder dem Schiff Leid zuzufügen. Und glauben Sie mir, wir werden alles tun, um das zu erreichen. Aber wenn wir sie nicht aufhalten können, bevor sie die Technikmesse erreichen ... werden wir keine andere Wahl haben, als die *Enterprise* mit der gesamten Besatzung zu vernichten.«

Deanna drückte im düsteren, weiten Frachtraum den Rücken an die kalte Wand und ließ sich langsam zu Boden sinken. Neben ihr saßen Alexander und Dr. Dannelke im Schneidersitz, während Worf auf und ab ging und den Phaser nicht aus der Hand legte. Die vier waren von der knappen Flucht noch außer Atem, doch Data wirkte taufrisch und perfekt frisiert und machte eine Schalttafel ausfindig, um nach weiteren Verfolgern zu suchen.

»Ich glaube, wir sind vorerst in Sicherheit«, sagte der Androide. »Obwohl ...«

Er deutete auf den Bildschirm an der Schalttafel. Das kleine vulkanische Schiff schwebte immer noch anmutig im All, wurde jetzt jedoch von zwei Raumschiffen der Galaxy-Klasse flankiert. »Die *Odyssey* und die *Constitution*«, stellte Data sachlich fest. »Sie analysieren mit ihren erstklassigen Sensoren die Aktivitäten an Bord unseres Schiffes.«

Und überlegen, ob sie ihre erstklassigen Waffen einsetzen sollen, wußte Deanna, ohne den Gedanken auszusprechen. »Data ... es ist soweit. Wir haben die VISORS, wir haben die Sicherheitsbehälter ... und wir haben auch den Köder.«

Der Androide drehte sich um und sah sie aus goldenen Augen an, doch sein Gesichtsausdruck drückte keinerlei Neugier aus. Er war offenbar zur selben Erkenntnis gekommen wie sie, wollte die Entscheidung aber wohl ihr überlassen.

»Den Köder?« fragte Dr. Dannelke. Sie hatte die langen Arme vor den Knien verschränkt, und ihr blasses Haar fiel aus ihrem Zopf nach vorn und rahmte ihr ebenso blasses Gesicht ein.

Deanna überlegte und wählte sorgfältig ihre Worte.

»Die Infizierten sind momentan in einer gefährlichen Situation. Die Erreger sind am besten an vulkanische Träger angepaßt, und die menschlichen Träger können den unstillbaren Hunger der Wesen nicht sehr lange beherrschen. Und da sie nun die Gelegenheit verpaßt haben, die Vulkanier zu infizieren, sind sie noch verzweifelter – und verlieren nach und nach die Kontrolle. Da sie jetzt besonders verletzlich sind, können wir sie zu uns locken ...« Sie holte tief Luft. »Indem ich meinen empathischen Sinn weit öffne und ihnen praktisch die Botschaft zusende, daß sie zu mir kommen sollen. Um sich zu ernähren.«

Neben ihr erschauerte Kyla und schloß die Augen.

»Das werde ich nicht erlauben!« rief Worf. Deanna ließ sich von seiner Entrüstung für eine paar willkommene Sekunden vor Beginn der Schlacht beschützen. Worf sah den Androiden an. »Commander, sagen Sie mir nicht, daß Sie das zulassen!«

Data blinzelte hektisch, als stürmten die kraftvollen Emotionen des Klingonen auch auf ihn ein. »Ich kann ihr in dieser Angelegenheit nichts befehlen oder verbieten. Das ist eine sehr persönliche Entscheidung, die sie nur selbst treffen kann. Und ich nehme an, daß sie das schon getan hat.«

Deanna sah ihn dankbar an. Die Menschenkenntnis des Androiden wurde immer besser.

Sie war von der Idee selbst nicht begeistert gewesen, als Skels Mutter sie zum ersten Mal aufgebracht hatte. Sie hatte Zeit gebraucht, die möglichen Auswirkungen zu akzeptieren – insbesondere für den Fall, daß ihr Gerät versagen sollte. Aber wenn sie an T'Reth dachte, an das Grauen, das in das Leben dieser tapferen Vulkanierin getreten war, und die Kraft, mit der sie ihm entgegengetreten war, konnte sie nicht hinter ihr zurückstehen. Da sie verstand, daß Data ihr in dieser taktischen Situation die Verantwortung übertragen hatte, griff sie nach ihrem VISOR und dem daran befestigten Sicherheitsbehälter.

»Die Kurzwellenfrequenz, die Data und Kyla in die VISORS einprogrammiert haben, wird den Ködereffekt noch verstärken. Sie hier werden mir dabei helfen, die Besatzung daran zu hindern, durchzudrehen oder uns zu zerquetschen. Da Sie alle VISORS tragen, muß ich nicht die Erreger von jedem einzelnen Infizierten einsammeln. Jede Person, um die Sie sich kümmern, erspart mir die Mühe.«

Data nickte. »Da wir im Frachtraum sind, können wir die Kraftfelder benutzen, die sonst die Fracht stabilisieren, wenn das Schiff in Turbulenzen gerät. Wir können in jedem Kraftfeld zwanzig bis dreißig Besessene festhalten, bis wir sie abfertigen können.«

»Wie Bierfässer«, stellte Kyla fest.

Deanna zeigte ein unsicheres Lächeln.

»Die Kraftfeld-Einheiten sind klein«, warf Alexander ein. »Um die kann ich mich kümmern, während Vater und Data die Gruppe im Zaum halten.«

»Gute Idee«, stimmte Deanna zu. »Es wird entscheidend darauf ankommen, daß wir alle zusammenarbeiten und ...« Ihre Stimme überschlug sich fast, doch sie riß sich rechtzeitig zusammen und sprach ruhiger weiter. »Und wir dürfen unsere Angst nicht siegen lassen. Denken Sie daran: Am wichtigsten ist es, das VISOR nicht abzulegen und es funktionstüchtig zu halten. Sind wir soweit?«

Troi zeigte den anderen mit einem Nicken ihre Bereitschaft, und sie setzten stumm die VISORS auf.

Die anderen nahmen Positionen rechts und links von ihr ein, bis auf Alexander, der sich zurückhielt, damit er von der Flutwelle der Erwachsenen nicht erdrückt würde. Sie bildeten eine Art Trichter, wobei Worf direkt vor ihr stand, um sie vor den Besessenen zu schützen, die ...

Die mich berühren, meine Emotionen aufsaugen werden, wie tausend Fremde, die mich überall begrapschen. Sie schüttelte den Gedanken ab und schloß die Augen, bevor sie ihren Geist und ihre Gefühle dem wirbelnden, wahnbringenden Bösen öffnete, das das Schiff in seinem Griff hielt.

Sie spürte die Macht der Begierde und strauchelte.

Data und Kyla hielten sie an den Armen fest und stützten sie. Sie hätte sich gegen ihre Hilfe nicht wehren können, auch wenn sie es gewollt hätte. Die Gier, der Hunger, dieses unstillbare Bedürfnis erdrückten sie fast, erfüllten Verstand, Körper und Seele mit Schrekken und Ekel.

»Tief durchatmen, Deanna!« hörte sie Kylas Stimme schwach, wie aus großer Entfernung, durch das Grauen. »Tiefe, gleichmäßige Atemzüge ... Sie schaffen das ...«

Nein! Hinter dem VISOR traten Tränen der Panik in ihre Augen und liefen die Wangen hinab. *Nein, ich schaffe es nicht ...*

Doch durch den Wirbel kranker Sehnsüchte ertönte eine leise, besonnene Stimme, die zugleich unendlich stark, unendlich tröstend und unendlich gefaßt war. *Ich bin hier, Deanna.*

»T'Reth ...«

Deanna griff nach dieser Ruhe und zog sie zu sich.

Ich bin hier, versicherte die Stimme ihr. *Ich werde dich nicht verlassen. Du kannst ihrer Macht widerstehen. Stärke dich an mir, an meiner vulkanischen Selbstdisziplin. Berühre meinen Geist ...*

Die Tür zum Frachtraum öffnete sich. Durch das Halbdunkel taumelte eine schlanke Gestalt in blauer Medo-Uniform auf sie zu. Sie stolperte in ihrer Verzweiflung und fiel auf ein Knie. Hinter ihrem roten Haar schimmerte ein unheimlicher violetter Schein.

»Beverly«, keuchte Deanna. Crushers Augen waren fiebrige Seen aus Dunkelheit in einem blassen, schweiß- und blutverschmierten Gesicht. Als sie Troi sah, zischte sie vor Gier.

»Hungrig«, flüsterte sie, und ihre Augen wuchsen auf unfaßbare Größe. »So hungrig ...« Sie griff mit zitternder Hand nach Deannas Gesicht.

Berühre meinen Geist, Kind.

Deanna holte Luft und griff im Geiste nach dem wohltuenden Balsam der vulkanischen Selbstkontrolle T'Reths, bevor sie die Augen aufschlug und sah, wie Worf der Ärztin den Weg versperrte.

»Lassen Sie sie zu mir kommen«, hauchte Deanna.

Der Klingone trat beiseite. Die Infizierte stürzte sich auf Deanna und nahm sie in eine erdrückende Umarmung, zog ihr Gesicht zu dem ihren.

»So hungrig!« Crushers Uniform war von Schweiß durchtränkt, und sie zitterte unkontrolliert am ganzen Körper. Eine schreckliche Millisekunde lang erstrahlten ihre Augen wie eine grellbunte Supernova.

Das laute Knistern von Energie und die blauen Funken, die wie ein Schwarm wütender Bienen auf das VISOR einstürmten, ließen Deanna keuchen und zurückweichen.

Bleib ruhig, Kleines. Es ist gleich vorbei.

Mit einem leisen Summen verschwanden die Funken so schnell wieder, wie sie gekommen waren. Einen atemlosen Moment lang stand Beverly schwankend und mit geschlossenen Augen da, die Arme noch immer um Deanna gelegt.

Der violette Schein verschwand von einer Sekunde zur anderen wie ein abgeschaltetes Kraftfeld. Crusher lockerte ihren Griff. Sie öffnete die Augen und wich verwirrt zurück. »Deanna?« Sie sah von Troi zu den anderen drei mit VISORs ausgerüsteten Erwachsenen. »Meine Güte, was geht denn hier vor?«

Troi hatte das Gefühl, daß es noch stundenlang so weiterging. Irgendwann verwandelte der Frachtraum sich in eine Vision der Hölle, die den Phantasien eines Hieronymus Bosch entsprungen sein mochte, mit Dutzenden von Besessenen, die in unsichtbaren Kraftfeldern gefangen waren, verzweifelt nach Deanna griffen und schrien. Doch T'Reth blieb die ganze Zeit standhaft bei ihr und half Deanna, ihre dürftige Kontrolle nicht zu verlieren, während sie mühsam jeden einzelnen befreiten. Endlich kamen keine weiteren Infizierten mehr in den Frachtraum, und die Pferche aus Kraftfeldern leerten sich nach und nach.

Aber das war noch nicht alles, noch nicht.

Picard saß noch in einer Zelle. Deanna öffnete ihren Geist, suchte nach ihm und zwang sich sofort, ihn auszusperren, als sie ihn gefunden hatte. Er war vollkommen durchgedreht und schrie von seinem Gefängnis aus nach ihr.

Und noch jemand war nicht gekommen: Skel.

Du wirst zu ihm gehen müssen, warnte seine Mutter sie. *Er lebt schon zu lange mit ihnen. Sie haben ihn fest im Griff.*

Deanna spürte eine unerwartete Emotion in der Stimme der Vulkanierin. *Sie haben Angst, nicht wahr? Sie befürchten, daß er die Heilung nicht überleben wird.*

Ich kann nicht abschätzen, was mit ihm geschehen wird. Sie haben ihn seit seiner Kindheit begleitet. Vielleicht überlebt er die Heilung nicht – aber auch der Tod wird eine Erlösung für ihn sein.

Aber wenn er stirbt, wurde Deanna klar, *wird Ihr Geist, wie auch der seine, in alle Winde verstreut werden.* Das wollte natürlich jeder Vulkanier vermeiden.

Ich werde alles akzeptieren, was geschehen wird, antwortete T'Reth gefaßt. *Doch mein Sohn wird endlich frei sein.*

12

Jean-Luc Picard kauerte zitternd in der Zelle und erlaubte den Erregern in ihm, sich an seinem Grauen und seiner Wut zu nähren. Obwohl seine Augen weit aufgerissen waren, sah er nicht die Wände der Zelle auf der *Enterprise*, sondern die graue, metallische Bienenwabe im Inneren eines Borgschiffes.

Sie werden mich nicht benutzen. Ich werde nicht zulassen, daß sie mich benutzen …

Schritte hinter ihm, leise Stimmen – er lachte über diese Geräusche. Sollten sie doch kommen – er würde ihnen nicht die Gelegenheit geben, ihn zu benutzen. Eher würde er hier allein sterben, und sie würden mit ihm vergehen.

Er drehte sich um und stierte schwitzend und wirr die Gesichter auf der anderen Seite des Kraftfelds an: das blasse Mondgesicht des Androiden, das dunklere Antlitz des Klingonen, Will Rikers bärtige Miene.

Aber sie sahen anders aus – ihre Augen waren mit Metall bedeckt. Picard begann zu lachen und driftete in ein Schluchzen ab. Die Borg hatten seine Freunde verwandelt, so wie sie ihn einst in Locutus verwandelt hatten, der weder Mensch noch Maschine gewesen war, sondern eine monströse Vermählung von Metall und Fleisch.

»Nein«, murmelte er und schlang seine Arme um seinen Oberkörper. »Nein!«

Stimmen ertönten von jenseits des Kraftfeldes.

»Bleiben Sie ganz ruhig, Captain. Wir holen Sie sofort da raus. Data?«

»Ich fürchte, ich bin sehr gründlich vorgegangen, Commander. Diese Schaltkreise sind irreparabel durchgebrannt.«

»Dann bleiben Sie zurück – ich werde solange darauf schießen, bis der Strom unterbrochen ist und das Feld zusammenbricht ...«

»Die Spannung in den Leitungen ist zu hoch. Sie würden einen tödlichen Schlag erleiden. Leider werde wohl nur ich den Captain befreien können ...«

Plötzlich das Geräusch von Metall, das auf Metall schlug – Picard blickte auf und sah einen grellen Funkenflug, hörte ein Summen, dem ein trockener Knall folgte.

Dann Rikers bärtiges Gesicht, die Augen hinter einem Metallstreifen verborgen. Wenigstens nicht die rot blinkenden Sensoren der Borg, doch Picard zuckte trotzdem zurück. *»Captain, können Sie uns hören? Wissen Sie, wer wir sind?«*

Er stürzte sich mit einem lauten Schrei auf seinen Ersten Offizier – und stieß keuchend auf ein unüberwindbares Hindernis. Er ruderte wild mit den Armen, bis sie festgehalten wurden.

»Captain, ich bin es, Commander Data. Bitte wehren Sie sich nicht gegen uns. Wir möchten Sie nicht verletzen.«

Er heulte in tiefer Frustration auf, als eine plötzlich aufkommende Begierde ihn zwang, nach ihren Augen zu suchen – doch er konnte sie nicht finden.

»Lassen Sie mich näher an ihn heran ...«, sagte eine leise Stimme. *»Captain, sehen Sie mich an. Ich bin es, Deanna. Lassen Sie mich Ihnen helfen ...«*

Ihre Gegenwart zog ihn an wie der Mond die Gezeiten, er starrte zu ihr auf und suchte ihre dunklen, glänzenden Augen, aber auch die waren hinter Metall verborgen. Und doch brachte sie Erlösung – emotionelle Wärme, Mitgefühl. Aber noch schöner war das Leid, das sein Anblick in ihr erzeugte. Er griff nach diesem Schmerz und sah tief in die Metallfacetten ihres VISORS.

Die Erreger in ihm wirbelten auf und hinaus, stürzten sich auf sie und ließen seine Nerven vibrieren. Sie waren ausgehungert, und einen Augenblick lang machte er sich Sorgen um sie, aber konnte nichts dagegen tun. Sie strömten aus ihm hinaus und in sie hinein. Seine Trauer war unermeßlich, als sie aus ihm herausgezogen wurden und ihn leer und hohl zurückließen.

Zugleich erstrahlte der Metallstreifen vor ihrem Gesicht in elektrisch blauem Licht. Er blinzelte geblendet ...

Dann lächelte er bei der Erkenntnis, daß er frei war ... und sein Gegner besiegt. Die vorübergehende Freude füllte die Leere in ihm und ließ ihn wieder er selbst sein.

Im nächsten Augenblick sah er vollkommen verwirrt Counselor Troi, Nummer Eins, Mr. Worf und Commander Data an, die allesamt VISORs vor ihren Gesichtern trugen und um ihn herum auf dem Boden knieten – in einer *Arrestzelle*? Noch beunruhigender war die Tatsache, daß er von Data beschützend im Arm gehalten wurde.

Er machte sich von dem Androiden los, zog seine Uniform gerade und wollte aufstehen. Doch sein Körper fühlte sich an, als sei er einen Marathon gelaufen – und habe verloren, um dann von den enttäuschten Zuschauern zusammengeschlagen zu werden. Lieutenant Worf fing ihn auf und stützte ihn, und diesmal wehrte er sich nicht dagegen.

»Was ... was ist hier passiert?«

Troi nahm ihr VISOR ab. Die anderen taten es ihr gleich. »Woran können Sie sich noch erinnern, Sir?«

Picard besann sich auf Rikers Angriff und wich instinktiv vor ihnen zurück.

»Alles in Ordnung, Captain«, beruhigte Deanna ihn. »Commander Riker ist geheilt, genau wie Sie. Er hat Sie mit den Erregern infiziert. Sie haben unter ihrer Kontrolle gestanden.«

Data, Riker und Troi berichteten ihm rasch, was vorgefallen war, seit die *Enterprise* sich in Feindeshand befand.

»Ich hätte auf Sie hören sollen«, sagte er zu Troi, als sie fertig waren. »Ich hätte die Dinger ins Weltall beamen sollen. Zum Teufel mit den Vulkaniern.«

»Das hätte auch keinen Unterschied gemacht, Captain«, sagte sie nüchtern. »Skel hat die Infektion seit seiner Kindheit in sich getragen – obwohl er sich dessen gar nicht bewußt war.« Sie schwieg und ließ Picard diese grauenhafte Nachricht verdauen. »Ich fürchte, Sie werden jetzt auf der Brücke benötigt, Captain. Wir haben ein kleines Problem mit ... Raumschiffen, die zu Besuch gekommen sind.«

In der unendlichen Stille des Gesellschaftsraums saß Skel an der Bar und hielt sich mit einer Hand an der glänzenden Theke fest, während er sich zitternd bemühte, Trois Sirenenruf zu widerstehen. In der anderen Hand hielt er einen auf *Töten* eingestellten Phaser. Sein Verstand war ein wüstes Schlachtfeld, auf dem zwei Mächte miteinander kämpften: die Erreger – voll bösartiger Wut und Begierde, die von den Gefühlen der Counselor angezogen wurden, aber nicht nachgeben würden – und sein wahres, vulkanisches Selbst, das keine Begierde empfand und sich doch verzweifelt bemühte, sich von der Theke loszureißen und auf die Erlösung zuzueilen.

Unter alledem redete die leise Stimme T'Reths ihrem Sohn gut zu, stark zu sein und die Hoffnung nicht aufzugeben.

Doch die Wesen waren zu mächtig, und so saß Skel zitternd an der Bar, wartete und kämpfte mit sich selbst, die Waffe fallen zu lassen oder die Einstellung zu ändern, aber er verlor.

Bald. Bald würde Troi zu ihm kommen.

Und er wartete weiter, zitterte weiter, bis er endlich hörte, wie die Tür sich hinter ihm öffnete. Er drehte sich nicht um, bewegte nur die Hand mit dem Phaser, zog sie näher an sich, damit die anderen die Waffe nicht bemerkten.

Hinter ihm ertönte die tiefe Stimme des Klingonen. »Counselor, lassen Sie mich ihn jetzt betäuben.«

Und die leise Antwort: »Nein, warten Sie ...«

Skel hörte auf das Geräusch von Schritten, wartete bis zum letzten Augenblick, um dann aufzuspringen und herumzuwirbeln ...

Doch plötzlich kreischte T'Reths Stimme in seinem Kopf. *Paß auf! Er ist bewaffnet ...*

Im gleichen Augenblick schrie auch Troi. »Vorsicht! Er ist bewaffnet!«

Skel betätigte widerwillig den Abzug.

Vor ihm liefen die drei Starfleet-Offiziere wie eine Welle auseinander, und der blendende Schaft des Phaserstrahls blitzte zwischen ihnen hindurch und brannte eine schwarze Narbe in die Wand am anderen Ende des Raums. Der dunkelhäutige Klingone hatte Counselor Troi zur Seite gezerrt. Gleichzeitig stürmte etwas Verschwommenes, Goldenes auf Skel zu und ergriff mit unfaßbarer Geschwindigkeit und Kraft sein Handgelenk.

Bevor Skel auch nur blinzeln oder abdrücken konnte, sah er das blasse, ausdruckslose Gesicht Commander Datas vor sich und bemerkte, daß der Androide ihm den Phaser abgenommen hatte.

Die Erreger in ihm brüllten. Er schlug mit dem freien Arm nach Data und fuhr vor Schmerz zusammen, als seine Faust auf etwas traf, das sehr viel härter als Knochen war.

Data zuckte mit keiner Wimper.

Der Zorn und Schmerz ernährten Skels Erreger. Er schlug erneut mit der Kraft eines Wahnsinnigen zu, doch der Androide ergriff seine Arme und hielt sie fest. Skel stemmte sich gegen ihn und riß sie beide zu Boden.

Data rollte sich herum und preßte den Besessenen mit dem Rücken fest auf den Boden. »Sie werden sich nur selbst verletzen, Skel. Ich werde Sie nicht loslassen.«

Und obwohl die Wesen in ihm ihren Zorn herausschrien, sah der Vulkanier in ihm erleichtert, wie Counselor Troi auf ihn zukam. Ihre dunklen Augen waren hinter einem VISOR verborgen, das dem glich, das LaForge benutzte. Trotz seines äußeren Aufruhrs erkannte Skel den Zweck des Gerätes. Ein kleiner Teil von ihm freute sich darauf ...

Aber ohne uns wirst du sterben! Du mußt ihr widerstehen – schau nicht hin! Du hast zu lange mit uns gelebt.

Er kniff die Augen zu, um das Unvermeidliche hinauszuzögern. *Hab keine Angst,* flüsterte eine ruhigere Stimme unter der äußeren Hülle aus Verzweiflung. *Endlich werden wir erlöst ...*

Er öffnete ängstlich die Augen und gab sich dem süßen Lockruf der Gefühle Trois hin – ihrer Angst. Als er in die glitzernden Facetten ihres VISORs schaute, leuchtete es blendend auf, als würde das Gerät von einem blauen Blitz geküßt.

Der Anblick blendete ihn kurz, dann wurde er sich der inneren Leichtigkeit bewußt, der tiefen Stille, der Freiheit in seinem Geist, und er seufzte gedehnt.

Er schloß die Augen wieder und ließ sich, noch immer seufzend, tief in das Glücksgefühl seines unverdorbenen, reinen Bewußtseins sinken.

Und doch gehörte sein Bewußtsein ihm immer noch nicht allein. Doch diesmal barg diese Erkenntnis keinen Schrecken. Ganz im Gegenteil: Nun, da sein Verstand nicht mehr gesteuert wurde, spürte er deutlich das andere, das sein Bewußtsein mit ihm teilte – eine ruhige, gefaßte, mitfühlende Person.

»Mutter«, flüsterte er, als ihm endlich die Erkenntnis kam, und erhielt eine stille Antwort.

Ich bin hier, mein Sohn. Ich bin schon immer hier gewesen ...

Einen kurzen, glückseligen Augenblick lang gaben zwei Vulkanier sich der Freude hin und schämten sich nicht dafür.

Mit Riker an der Seite betrat Picard die Brücke, wo auf einem Bildschirm zwei Raumschiffe der Galaxy-Klasse zu sehen waren, die schützend vor dem viel kleineren vulkanischen Forschungsschiff schwebten. Der Bildschirm flackerte, und das dunkle und sonst so freundliche Gesicht Captain Tiyo Sogas erschien, das jetzt aber so zurückhaltend und skeptisch wirkte wie seine Stimme.

»Captain Picard.«

»Es ist schön, Sie zu sehen, Captain Soga«, sagte Picard, ohne zu lächeln. Die Lage erforderte weniger Charme und Diplomatie als Fakten. Die Captains der *Skal Torr* und der *Odyssey* hörten und sahen dem Gespräch zu. »Hat man Sie über unsere ... Situation informiert?«

»Ihr Commander Data hat uns, offen gesagt, mit Informationen überhäuft«, bestätigte Soga. »Wir verfügen nicht nur über die Dokumentationen der Föderation und der Vulkanier, sondern auch über Aufzeichnungen und Zusammenfassungen aller Ereignisse bei Ihnen an Bord bis zu diesem Augenblick, darunter auch detaillierte Baupläne der Geräte, von denen er behauptet, daß sie die Erreger eingefangen haben. Mein Stab ist noch damit beschäftigt, das Material zu sichten. Sie bestätigen, daß Commander Data höchstwahrscheinlich immun ist und die Wahrheit sagt.«

Picard hätte sich gern entspannt, doch es gelang ihm nicht. »Sie haben aber trotzdem noch große Vorbehalte.«

»Das stimmt«, gab Soga ernst zu. »Ihr Schiff verfügt über eine große Besatzung, und Sie haben fast die Hälfte aller Wissenschaftler für die Technikmesse an Bord. Die Möglichkeit, daß Sie die Seuche auf der Messe verbreiten ...«

»Alles klar«, unterbrach Picard ihn. »Verraten Sie mir, wie wir Ihnen beweisen können, daß wir die Infektion tatsächlich ausgemerzt haben.«

»Das ist es ja gerade, Jean-Luc«, mußte Soga leicht hilflos zugeben. »Meinem Stab ist noch keine absolut sichere Möglichkeit eingefallen, wie man überprüfen kann, ob Sie diese Bedrohung wirklich aus der Welt geschafft haben. Mein Counselor von Betazed versichert mir, daß Sie und Ihre Besatzung gesund wirken, aber ...«

»Sie haben trotzdem noch Ihre Zweifel«, beendete Picard den Satz. »Und mir würde es in Ihrer Situation nicht anders ergehen.«

»Captain«, warf Fähnrich Bron von ihrem Platz aus ein. »Alle Schiffe werden von dem vulkanischen Forschungsschiff gerufen.«

»Auf den Schirm.«

Sogas Bild kräuselte sich und verwandelte sich in das des vulkanischen Captains. Neben ihr stand eine andere Vulkanierin im traditionellen langen Gewand der Therapeuten.

»Captains der Föderation«, richtete die Frau sich an ihre Zuhörer. »Ich bin Therapeutin T'Son. Ich bin von Vulkan hierhergeflogen, um meinem Patienten zu helfen, dem Wissenschaftler Skel. Ich teile eine mentale Verbindung mit ihm. Da er der Träger dieser schrecklichen Infektion war und Sie behaupten, ihn davon geheilt zu haben, kann ich dies mit einer Bewußtseinsverschmelzung überprüfen.«

»Entschuldigen Sie bitte, Therapeutin«, sagte Picard, »aber das haben Sie in der Vergangenheit auch schon getan, ohne daß Ihnen die Organismen in seinem Hirn aufgefallen wären. Warum sollten Sie jetzt mehr Glück haben?«

»Nicht jede Mentalverschmelzung ist gleich intensiv, Captain. Ich bin nie in die tiefsten Abgründe seines Bewußtseins vorgedrungen, in denen sich die Erreger offenbar verborgen haben. Das will ich nun nachholen. Außerdem ... wenn ich Ihr Schiff betrete und infiziert werde, wissen wir, daß Sie die Erreger nicht vollkommen ausgerottet haben. Doch wenn die Verschmelzung erfolgreich verläuft, kann ich meiner Meinung nach die Sicherheit aller garantieren.«

»Ich bin damit einverstanden, Therapeutin T'Son«, sagte Picard. »Captain Soga?«

»Mein Counselor bestätigt mir, daß dieser Test vertrauenswürdig ist«, antwortete Soga nach einer Pause. »Viel Glück, Therapeutin T'Son.«

Captain Picard stand mit Will Riker im Transporterraum und sah zu, wie die imposante Gestalt der vulkanischen Heilerin materialisierte. Picard trat vor und rief sich ausdrücklich in Erinnerung, ihr nicht die Hand zu reichen. »Therapeutin T'Son, ich bin Captain Picard, und das ist mein Erster Offizier Will Riker.«

»Captain.« Sie sah mit ihren geflochtenen Haaren und ihrem wallenden Gewand wie eine Vision aus der vulkanischen Geschichte aus. In einem Arm hielt sie eine schwach leuchtende Kugel. »Commander.« Sie nickte den beiden Männern nacheinander zu und verließ die Plattform.

Picard hatte so eine Kugel noch nie gesehen, aber er wußte, worum es sich dabei handeln mußte: eine *Vrekatra,* ein Gefäß, in dem die intellektuelle Essenz eines Vulkaniers bewahrt werden sollte, seine Seele. »Wenn Sie mir bitte folgen würden, Therapeutin ...«

Picard führte sie in Skels Kabine.

»Captain«, sagte T'Son auf dem Weg dorthin, »ich habe Kontakt mit meinen Kollegen aufgenommen, die auch mit Patienten arbeiten, die in ihrer Kindheit die Seuche überstanden haben. Sie wissen von Skels ungewöhnlichem ›Träger-Status‹ und haben die anderen Überlebenden untersucht. Keiner von ihnen scheint von den Erregern befallen zu sein. Wir werden auf

Basis des Bauplans, den Mr. Data uns überlassen hat, ein Gerät zur Entdeckung der Organismen bauen und überprüfen, ob unsere Diagnose zutrifft. Aber derzeit gehen wir davon aus, daß Skel das einzige Kind war, das auf diese Art infiziert wurde.«

»Das ist teils eine Erleichterung, teils eine Tragödie«, stellte Picard fest.

Sie sah ihn stumm an.

»Therapeutin«, sagte Picard, »ich möchte Ihrem Captain später mitteilen, daß wir die Organismen zerstören werden – und zwar alle. Ich werde nicht zulassen, daß sie dieses Schiff verlassen.« Er schwieg und wußte, daß er gegen diverse Verträge verstieß und damit rechnen mußte, für seine Handlungen zur Rechenschaft gezogen zu werden. Neben ihm hatte Riker Schwierigkeiten, ein Lächeln zu unterdrücken.

T'Sons Gesicht zeigte keinerlei Regung. Wenn diese Ankündigung sie verstimmte, ließ sie es sich nicht anmerken. »Ich wußte überhaupt nicht, daß sie zerstört werden können, Captain. Wie wollen Sie das bewerkstelligen?«

»Skel hat bei seinen Forschungen herausgefunden, daß die Organismen nur dann als infektiöse Erreger wirken, wenn sie in Gruppen zusammengefaßt sind – so infizieren, ernähren und vermehren sie sich. Mr. Data hat ein Zerstreuungsmuster für den Transporter berechnet, das die Frequenz unterbrechen wird, die die Erreger aneinander bindet, so daß sie in einzelne Einheiten getrennt werden. Data nimmt an, daß dieser harmlose Zustand ihre ursprüngliche und natürliche Erscheinungsform war und diejenigen, die eine Massenvernichtungswaffe aus ihnen gemacht haben, sie künstlich aneinander gebunden haben.«

T'Son schien nachzudenken.

»Erwarten Sie, daß Ihre Regierung gegen diese Entscheidung Widerspruch einlegen wird?« fragte Picard geradeheraus, als sie nichts erwiderte.

T'Son erlaubte sich ein leises Seufzen. »Es ist durchaus möglich, daß diesen Organismen eine eigene Intelligenz innewohnt. Opfer der Seuche haben oft davon berichtet, daß sie das Gefühl hatten, ein anderes bewußtes Wesen in sich zu haben.«

»Auch unsere Counselor hat das so empfunden«, gab Picard zu. »Aber sie ist sich auch sicher, daß jegliche Intelligenz, die den Erregern innewohnt, vollkommen bösartig ist und unmöglich mit irgendwelchen anderen Lebensformen zusammenleben kann.«

»Und Mr. Datas Lösung würde sie lediglich in ihren ursprünglichen Zustand als ungefährliche Einzelgänger zurückversetzen«, sagte T'Son. »Mir scheint, daß Sie damit nur die natürliche Ordnung wiederherstellen, Captain. Und die Opfer haben wirklich genug gelitten. Ich werde Ihre Entscheidung vor dem Vulkanischen Rat unterstützen.«

»Ich danke Ihnen, Therapeutin.« Er verneigte sich vor ihr.

Sie blieben vor Skels Gästequartier stehen, und Picard bemerkte, daß seine Begleiterin sich in ihr ruhiges, gefühlloses Verhalten hüllte wie in einen weiten Umhang.

»Und jetzt sind Skel und T'Reth an der Reihe«, sagte sie leise und ging zur Tür.

Deanna Troi und alle Senioroffiziere – Geordi, Beverly, Will, Worf, Data und Jean-Luc Picard – standen eng nebeneinander im Transporterraum. Auch Alexander war dabei, genau wie der gesunde George Tarmud und die lächelnde Kyla Dannelke. Es war so voll, daß man kaum atmen konnte.

Auf der Transporterfläche lagen die beiden antiken Artefakte und alle Sicherheitsbehälter Datas, in denen sie sämtliche Erreger gefangen hatten, mit denen die Besatzung und die Wissenschaftler infiziert gewesen waren.

Skel hatte sich entschieden, nicht dabeizusein. Deanna wußte, daß nun auch das Bewußtsein seiner Mutter T'Reth von dem seinen getrennt wurde. Die Sorge dieser Mutter um ihr Kind war so groß gewesen, daß sie mit ihrem letzten Atemzug ihr Katra in Skels Geist gesandt hatte. Unter dem Einfluß der Erreger war Skel sich in all den Jahren nie bewußt geworden, daß seine Mutter tatsächlich in ihm weitergelebt und ihn unterstützt hatte.

Es war ein absolutes Novum, daß sie in jener schicksalhaften Nacht als reine Berührungstelepathin ihr Bewußtsein über eine beträchtliche Entfernung in ihn übertragen hatte. Deanna zweifelte nicht daran, daß die vulkanischen Metaphysiker sich schon die Köpfe darüber zerbrachen. Für Troi war die Sache ganz einfach: Logik versagte angesichts des Unmöglichen, aber nicht die Liebe.

Der Raum war so mit Gefühlen angefüllt, daß es Troi beinahe überwältigte, aber sie genoß es auch. Noch nie hatten Gefühle anderer sie so gestärkt, hatte sie so viel Hoffnung und Entschlossenheit gespürt. Es war ein erregendes Gefühl, das sie ein wenig berauschte.

»Sind wir soweit, Mr. Data?« fragte Picard.

»Jawohl, Sir«, erwiderte der Androide hinter der Transporterkonsole. »Das Zerstreuungsmuster ist eingegeben. Der Computer schätzt, die Wahrscheinlichkeit, daß einer dieser Organismen jemals auf einen bewohnten Planeten stößt, liegt bei fünfundzwanzig Milliarden siebzehn Millionen zweihundertachtundfünfzigtausend zu eins. Und die, daß dieser Erreger einen Bewohner dieses Planeten infizieren könnte ...«

Der ganze Raum starrte ihn ungeduldig an.

»Ausgesprochen gering«, faßte er sich kurz. »Bereit, auf Ihren Befehl hin den Transport einzuleiten, Sir.«

»Ich denke, diese Ehre gebührt Counselor Troi.« Picard sah sie lächelnd an. »Counselor?«

Sie stellte sich angenehm überrascht neben Data und

legte die Hand auf den Schalter, den er ihr zeigte. »Energie!«

Ein oft gehörtes Pfeifen ertönte. Die Objekte auf der Transporterfläche leuchteten kurz auf, doch der Transporterstrahl war so programmiert, daß nur die Organismen teleportiert und die Behälter zurückgelassen wurden. Als das Pfeifen verstummte, klappten die austernförmigen Artefakte dunkel und leblos auf.

Die letzte Verbindung war durchtrennt. Deanna mußte laut lachen, als sie das Gefühl wiedergewonnener Freiheit überkam. »Sie sind weg! Wir sind frei ...«

EPILOG

Guinan schlenderte lässig an den unzähligen Ständen der Technikmesse vorbei und suchte auf dem Lageplan in ihrer Hand nach Datas und Geordis Stand. Da Picard immer behauptet hatte, daß die beiden wegen des hektischen Zeitplans der *Enterprise* nicht mal Zeit haben würden, die Messe zu besuchen, erheiterte es sie besonders, daß sie nun zu den Ausstellern gehörten. Glücklicherweise hatte der Captain zwei weitere Schiffe für den Transport der Wissenschaftler organisiert, so daß die Besatzung in den Genuß der Ausstellung kommen konnte.

Und es war ein unglaubliches Spektakel. Guinan hatte in ihrem langen Leben wohl noch nie so viele verschiedene Rassen an einem Ort versammelt gesehen, die alle ihr Wissen miteinander teilten, um die Wissenschaft und ihren friedlichen Nutzen zu fördern.

Sie lächelte, als sie plötzlich aus der Entfernung ein vertrautes Gesicht an einem kleinen Stand erblickte. Sie eilte darauf zu, und ihr riesiger Hut schien sie wie ein Segel durch die Menge voranzutreiben.

»Guinan!« rief Deanna überglücklich. Die Empathin stand mit Will Riker zwischen Datas und Geordis kleinem Stand und einem anderen, an dem Androiden ausgestellt wurden. »Ich freue mich so, Sie zu sehen! Sie sehen so erholt aus!«

Die dunkelhäutige Frau legte die Hand auf den Arm ihrer Freundin. »Es war einfach wunderbar! Ich kann es kaum erwarten, Ihnen alles genau zu erzählen! Es ist mir schon ein bißchen peinlich, daß ich Sie mit der ganzen Plackerei im Stich gelassen habe – der Transport, das ewige Hin und Her, die griesgrämigen Wissenschaftler, die nur über ihre Arbeit sprechen ...« Sie musterte Data und LaForge mißtrauisch. »Und? Wie sieht es im Gesellschaftsraum aus?«

»Genauso, wie Sie ihn verlassen haben«, versicherte LaForge mit einem seltsam geheimnistuerischen Grinsen. »Sie glauben doch wohl nicht im Ernst, daß Data und ich uns Guinans gefürchtetem Zorn aussetzen würden?«

»Nicht, wenn Sie vernünftig sind! Und was haben Sie beide hier verloren? Ich wußte gar nicht, daß Sie etwas ausstellen wollten.«

LaForge warf Data einen verschmitzten Blick zu. »Es hat sich eigentlich erst in letzter Minute ergeben.«

»Ja«, pflichtete Data ihm bei. »In allerletzter Minute. Wir konnten auf Basis von Geordis VISOR ein Sendegerät entwickeln, das ...«

»Klingt ja faszinierend«, behauptete Guinan halbherzig. Sie wußte, daß sie den Androiden frühzeitig unterbrechen mußte, wenn er ihr nicht von A bis Z eine Erfindung erklären sollte, für die sie sich eigentlich gar nicht interessierte. »Netter Stand. Sehr geschmackvoll aufeinander abgestimmte Farben.«

Sie sah sich kurz um und entdeckte am nächsten Stand das riesige Hologramm eines klingonischen Auges, das sie unmittelbar anstarrte. Worfs Sohn Alexander stand dahinter, bediente die Steuerung des Auges und amüsierte sich offenbar köstlich. Worf stand auffällig nah neben einer großen Blondine. Guinans Lächeln wurde immer breiter. Die Sache wurde allmählich interessant.

Sie ging zu Alexander. »Daß *du* etwas ausstellen wolltest, wußte ich erst recht nicht, junger Mann. Du erzählst mir doch sonst *alles*.«

Der Junge strahlte sie an. »Das ist doch nicht *mein*

Stand, Guinan, sondern Kylas. Sie hat mich nur das Auge aufbauen lassen.«

Worf machte Guinan ungewöhnlich höflich mit Kyla Dannelke bekannt. Die Körpersprache der beiden war *höchst* interessant. Guinan mußte an die vielen Abende denken, an denen Worf allein im Gesellschaftsraum gesessen und behauptet hatte, Erdfrauen seien ihm zu ›zerbrechlich‹. Kyla Dannelke kam ihr keineswegs zerbrechlich vor.

»Kennen Sie sich schon lange?« fragte sie in ihrem unverfänglichsten Plauderton.

»Ach, es kommt mir wie eine Ewigkeit vor«, erwiderte Kyla heiter. Worf schien das überraschend peinlich zu sein, und die anderen brachen in Gelächter aus, das für die Gelegenheit unangemessen schallend zu sein schien. Was war während ihrer Abwesenheit nur passiert?

»Ich will alle Einzelheiten über den Tag hören, an dem es um ›Schokolade als Unterhaltungskonsummittel‹ ging«, sagte Deanna. »Schießen Sie los!«

Guinan grinste. »Diese Rezepte! Sie werden es nicht für möglich halten. Zum Beispiel: Schwere andusianische Blockschokolade mit saurianischem Brandy geschmolzen, dazu eine Idee irdische Vanille, aber bitte mit Sahne ...«

Genau in diesem Augenblick kam Picard herangeschlendert. Guinan fand, daß er irgendwie müde aussah, sonst aber ganz der alte war. Der Transport der Wissenschaftler schien sehr viel anstrengender gewesen zu sein, als er erwartet hatte. Außerdem hatte sie von Fähnrich Itos tragischem Tod gehört. Es war also kein Wunder, daß er erschöpft wirkte. Wenn sie ihn nicht in den Gesellschaftsraum locken konnte, würde es ihr wohl nicht erspart bleiben, sich in die Höhle des Löwen zu gegeben. Sie konnte es kaum erwarten, ihre neuesten Rezepte an ihm auszuprobieren. Sie kannte niemanden, der Entspannung nötiger hatte.

Picard wurde von einem freundlich aussehenden Menschen mit scharfem Mittelscheitel begleitet. Als der Captain etwas sagte, lachte der Mann herzlich und antwortete mit einem ausgeprägtem Neuengland-Akzent. Beverly war bei ihnen, und auch sie lachte entspannt.

Sogar der ruhige Vulkanier, der rechts neben Picard herging, schien etwas lockerer zu sein, als es sich für Bewohner seines Planeten ziemte. Gleichzeitig schien er irgendwie traurig zu sein.

»Guinan!« rief Picard, als er sie entdeckte. »Schön, Sie zu sehen. Ich hoffe, Ihre ... Pilgerfahrt hat Ihre spirituellen Bedürfnisse erfüllt und Ihnen den Seelenfrieden gebracht, den Sie gesucht haben. Wir alle greifen ja schließlich immer wieder auf Ihre Weisheit zurück.«

Pilgerfahrt? Wovon sprach er denn da? Ach ja! Sie hatte die ›offizielle Begründung‹ für ihre Reise schon total vergessen. Sie hatte befürchtet, daß er sie während einer hektischen Transportmission nicht gehen lassen würde, wenn er dächte, daß sie das Schiff nur zum Vergnügen verlassen wollte. Ihr schoß das Blut ins Gesicht, als allen außer Data das Lachen im Hals steckenblieb.

Der Androide schaute mal wieder einfach nur verwirrt drein. »Warum sollte man bei einer Pilgerfahrt über den Verzehr von Schokolade sprechen?« fragte er LaForge, der ihn mit einem Hieb in die Seite zum Schweigen brachte.

»Ja, es war wirklich wunderbar«, versicherte Guinan dem Captain, wobei sich ihre Schuldgefühle in Grenzen hielten. »Es war eine echte ... Bereicherung.« *Bereicherung* war gar kein Ausdruck. Sie hatte mindestens fünf Pfund zugelegt.

Er stellte ihr den vulkanischen Wissenschaftler Skel und den Androidenerbauer George Tarmud vor. *Noch* ein Androidenmacher. Guinan war klar, daß sie bald von wissenschaftlichen Platitüden zu Tode gelangweilt werden würde, wenn sie sich nicht schleunigst aus dem Staub machte.

Sie nahm Deanna am Arm. »Wenn Sie uns bitte entschuldigen«, sagte sie, »ich habe der Counselor versprochen, ihr die Aufzeichnungen aus dem Seminar ›Religiöse Beratung heute‹ zu zeigen.«

Troi riß entsetzt die Augen auf, als Guinan sie von dem glucksenden Will Riker wegzerrte und außer Hörweite brachte.

»Was spielt sich denn da zwischen Worf und dieser Frau ab?« zischte Guinan ihrer Freundin zu, als sie die anderen hinter sich gelassen hatten. »Ich will alles erfahren! Und ich hatte gedacht, daß es mit so vielen Wissenschaftlern an Bord langweilig werden würde.«

»Ach«, sagte Deanna zurückhaltend, »langweilig würde ich es nicht gerade nennen ...«

Nachdem Guinan gegangen war, begleitete Beverly Crusher Tarmud an dessen Stand, und die anderen setzten ihre Unterhaltungen fort. Picard nutzte die Gelegenheit, um Skel zu seinem Stand über Kraftfeldtechnologie zu begleiten, der etwas abseits von den anderen stand. Er hatte noch keine Gelegenheit gehabt, sich privat mit dem Vulkanier zu unterhalten.

Und als sie jetzt endlich allein waren, war Picard sich gar nicht mehr sicher, was er ihm sagen wollte. *Es tut mir leid, was mit Ihnen geschehen ist. Es war kriminell und hätte niemandem zugemutet werden dürfen, erst recht keinem Kind.*

»Skel, ich möchte Ihnen wegen Ihrer Mutter mein Beileid aussprechen«, murmelte er endlich, als die beiden vor dem Stand stehen geblieben waren. »Sie hat meinen Geist berührt, hat mit mir in der Gestalt meiner eigenen Mutter gesprochen. Es war, als hätte ich sie persönlich gekannt. Sie war eine wunderbare Frau. Ich trauere mit Ihnen.«

Skel sah ihn mit dem entspannten Gesichtsausdruck eines Mannes an, der all seine Probleme gelöst hatte. »Es ist nicht logisch, um meine Mutter zu trauern, Captain.«

»Vielleicht nicht, aber bei uns Menschen ...«, begann Picard verlegen.

Skel hob die Hand. »Das *Katra* meiner Mutter war nicht in alle Winde verstreut, wie ich so lange geglaubt hatte. Aufgrund dieser irrigen Annahme habe ich mein ganzes Leben lang um sie getrauert. Jetzt weiß ich, daß ihr Katra in der Kammer der Alten Gedanken ruht, und kann mich stets mit ihr beraten, wenn ich das Bedürfnis danach habe. Außerdem kann sie mit dem Katra meines Vaters Kontakt aufnehmen und ihm Frieden schenken. Meine Mutter weiß, daß ihr jahrelanger Kampf erfolgreich war. Sie hat sozusagen unser ganzes Volk vor einem erneuten Ausbruch dieser grauenhaften Seuche bewahrt – wenn nicht gar die gesamte Föderation. Sie war sogar nach dem Tod noch siegreich. Es gibt also wirklich keinerlei Grund zur Trauer, Captain.«

Ein schwaches Lächeln deutete sich auf Picards Lippen an. »Da haben Sie wohl recht. Vor allem, wenn ich bedenke, daß die Erreger vollständig vernichtet worden sind und nie wieder jemandem Schaden zufügen können.«

Ein Schatten huschte unmerklich über das Gesicht des Vulkaniers. »Glauben Sie das wirklich, Captain? Ich dachte, sie wüßten ...«

»Was wüßte ich?« fragte Picard, und sein Magen verkrampfte sich.

»Meine beiden Artefakte«, erwiderte Skel, »waren nur zwei Muster, die eine vulkanische archäologische Expedition auf einem unbewohnten Planeten im Hydrilla-Sektor gefunden hat. Dort gibt es immer noch Tausende davon ...«

STAR TREK™

in der Reihe
HEYNE SCIENCE FICTION & FANTASY

STAR TREK: CLASSIC SERIE
Vonda N. McIntyre, Star Trek II: Der Zorn des Khan · 06/3971
Vonda N. McIntyre, Der Entropie-Effekt · 06/3988
Robert E. Vardeman, Das Klingonen-Gambit · 06/4035
Lee Correy, Hort des Lebens · 06/4083
Vonda N. McIntyre, Star Trek III: Auf der Suche nach Mr. Spock · 06/4181
S. M. Murdock, Das Netz der Romulaner · 06/4209
Sonni Cooper, Schwarzes Feuer · 06/4270
Robert E. Vardeman, Meuterei auf der Enterprise · 06/4285
Howard Weinstein, Die Macht der Krone · 06/4342
Sondra Marshak & Myrna Culbreath, Das Prometheus-Projekt · 06/4379
Sondra Marshak & Myrna Culbreath, Tödliches Dreieck · 06/4411
A. C. Crispin, Sohn der Vergangenheit · 06/4431
Diane Duane, Der verwundete Himmel · 06/4458
David Dvorkin, Die Trellisane-Konfrontation · 06/4474
Vonda N. McIntyre, Star Trek IV: Zurück in die Gegenwart · 06/4486
Greg Bear, Corona · 06/4499
John M. Ford, Der letzte Schachzug · 06/4528
Diane Duane, Der Feind – mein Verbündeter · 06/4535
Melinda Snodgrass, Die Tränen der Sänger · 06/4551
Jean Lorrah, Mord an der Vulkan Akademie · 06/4568
Janet Kagan, Uhuras Lied · 06/4605
Laurence Yep, Herr der Schatten · 06/4627
Barbara Hambly, Ishmael · 06/4662
J. M. Dillard, Star Trek V: Am Rande des Universums · 06/4682
Della van Hise, Zeit zu töten · 06/4698
Margaret Wander Bonanno, Geiseln für den Frieden · 06/4724
Majliss Larson, Das Faustpfand der Klingonen · 06/4741
J. M. Dillard, Bewußtseinsschatten · 06/4762
Brad Ferguson, Krise auf Centaurus · 06/4776
Diane Carey, Das Schlachtschiff · 06/4804
J. M. Dillard, Dämonen · 06/4819
Diane Duane, Spocks Welt · 06/4830
Diane Carey, Der Verräter · 06/4848
Gene DeWeese, Zwischen den Fronten · 06/4862
J. M. Dillard, Die verlorenen Jahre · 06/4869
Howard Weinstein, Akkalla · 06/4879

STAR TREK™

Carmen Carter, McCoys Träume · 06/4898
Diane Duane & Peter Norwood, Die Romulaner · 06/4907
John M. Ford, Was kostet dieser Planet? · 06/4922
J. M. Dillard, Blutdurst · 06/4929
Gene Roddenberry, Star Trek I: Der Film · 06/4942
J. M. Dillard, Star Trek VI: Das unentdeckte Land · 06/4943
Jean Lorrah, Die UMUK-Seuche · 06/4949
A. C. Crispin, Zeit für gestern · 06/4969
David Dvorkin, Die Zeitfalle · 06/4996
Barbara Paul, Das Drei-Minuten-Universum · 06/5005
Judith & Garfield Reeves-Stevens, Das Zentralgehirn · 06/5015
Gene DeWeese, Nexus · 06/5019
D. C. Fontana, Vulkans Ruhm · 06/5043
Judith & Garfield Reeves-Stevens, Die erste Direktive · 06/5051
Michael Jan Friedman, Das Doppelgänger-Komplott · 06/5067
Judy Klass, Der Boaco-Zwischenfall · 06/5086
Julia Ecklar, Kobayashi Maru · 06/5103
Peter Norwood, Angriff auf Dekkanar · 06/5147
Carolyn Clowes, Das Pandora-Prinzip · 06/5167
Michael Jan Friedman, Schatten auf der Sonne · 06/5179
Diana Duane, Die Befehle des Doktors · 06/5247
V. E. Mitchell, Der unsichtbare Gegner · 06/5248
Dana Kramer-Rolls, Der Prüfstein ihrer Vergangenheit · 06/5273
Barbara Hambly, Der Kampf ums nackte Überleben · 06/5334
Brad Ferguson, Eine Flagge voller Sterne · 06/5349
J. M. Dillard, Star Trek VII: Generationen · 06/5360
Gene DeWeese, Die Kolonie der Abtrünnigen · 06/5375
Michael Jan Friedman, Späte Rache · 06/5412
Peter David, Der Riß im Kontinuum · 06/5464
Michael Jan Friedman, Gesichter aus Feuer · 06/5465
Peter David/Michael Jan Friedman/Robert Greenberger, Die Enterbten · 06/5466
L. A. Graf, Die Eisfalle · 06/5467
John Vornholt, Zuflucht · 06/5468
L. A. Graf, Der Saboteur · 06/5469
Melissa Crandall, Die Geisterstation · 06/5470
Mel Gilden, Die Raumschiff-Falle · 06/5471
V. E. Mitchell, Tore auf einer toten Welt · 06/5472
Victor Milan, Aus Okeanos Tiefen · 06/5473
Diane Carey, Das große Raumschiff-Rennen · 06/5474
Diane Carey, Kirks Bestimmung · 06/5476
L. A. Graf, Feuersturm · 06/5477
A. C. Crispin, Sarek · 06/5478
Simon Hawke, Die Terroristen von Patria · 06/5479
Barbara Hambly, Kreuzwege · 06/5681

STAR TREK™

L. A. Graf, Ein Sumpf von Intrigen · 06/5682
Howard Weinstein, McCoys Tochter · 06/5683
J. M. Dillard, Sabotage · 06/5685
Diane Carey/Dr. James I. Kirkland, Keine Spur von Menschen · 06/5687
Peter David, Die Tochter des Captain · 06/5691
Diane Carey, Invasion – 1: Der Erstschlag · 06/5694

STAR TREK: THE NEXT GENERATION
David Gerrold, Mission Farpoint · 06/4589
Gene DeWeese, Die Friedenswächter · 06/4646
Carmen Carter, Die Kinder von Hamlin · 06/4685
Jean Lorrah, Überlebende · 06/4705
Peter David, Planet der Waffen · 06/4733
Diane Carey, Gespensterschiff · 06/4757
Howard Weinstein, Macht Hunger · 06/4771
John Vornholt, Masken · 06/4787
David & Daniel Dvorkin, Die Ehre des Captain · 06/4793
Michael Jan Friedman, Ein Ruf in die Dunkelheit · 06/4814
Peter David, Eine Hölle namens Paradies · 06/4837
Jean Lorrah, Metamorphose · 06/4856
Keith Sharee, Gullivers Flüchtlinge · 06/4889
Carmen Carter u. a., Planet des Untergangs · 06/4899
A. C. Crispin, Die Augen der Betrachter · 06/4914
Howard Weinstein, Im Exil · 06/4937
Michael Jan Friedman, Das verschwundene Juwel · 06/4958
John Vornholt, Kontamination · 06/4986
Mel Gilden, Baldwins Entdeckungen · 06/5024
Peter David, Vendetta · 06/5057
Peter David, Eine Lektion in Liebe · 06/5077
Howard Weinstein, Die Macht der Former · 06/5096
Michael Jan Friedman, Wieder vereint · 06/5142
T. L. Mancour, Spartacus · 06/5158
Bill McCay/Eloise Flood, Ketten der Gewalt · 06/5242
V. E. Mitchell, Die Jarada · 06/5279
John Vornholt, Kriegstrommeln · 06/5312
David Bischoff, Die Epidemie · 06/5356
Peter David, Imzadi · 06/5357
Laurell K. Hamilton, Nacht über Oriana · 06/5342
Simon Hawke, Die Beute der Romulaner · 06/5413
Rebecca Neason, Der Kronprinz · 06/5414
John Peel, Drachenjäger · 06/5415
Diane Carey, Abstieg · 06/5416
Diane Duane, Dunkler Spiegel · 06/5417
Jeri Taylor, Die Zusammenkunft · 06/5418
Michael Jan Friedman, Relikte · 06/5419

STAR TREK™

Susan Wright, Der Mörder des Sli · 06/5438
W. R. Thomson, Planet der Schuldner · 06/5439
Michael Jan Friedman & Kevin Ryan, Requiem · 06/5442
Dafydd ab Hugh, Gleichgewicht der Kräfte · 06/5443
Michael Jan Friedman, Die Verurteilung · 06/5444
Simon Hawke, Die Rückkehr der Despoten · 06/5446
Robert Greenberger, Die Strategie der Romulaner · 06/5447
Gene DeWeese, Im Staubnebel verschwunden · 06/5448
Brad Ferguson, Das letzte Aufgebot · 06/5449
Kij Johnson/Greg Cox, Die Ehre des Drachen · 06/5751
J. M. Dillard/Kathleen O'Malley, Wahnsinn · 06/5753
Dean Wesley Smith/Kristine Kathryn Rusch, Invasion – 2: Soldaten des Schreckens · 06/5754
J. M. Dillard, Star Trek VIII: Der erste Kontakt · 06/5757
J. M. Dillard, Star Trek IX: Der Aufstand · 06/5770

STAR TREK: DIE ANFÄNGE
Vonda N. McIntyre, Die erste Mission · 06/4619
Margaret Wander Bonanno, Fremde vom Himmel · 06/4669
Diane Carey, Die letzte Grenze · 06/4714

STAR TREK: DEEP SPACE NINE
J. M. Dillard, Botschafter · 06/5115
Peter David, Die Belagerung · 06/5129
K. W. Jeter, Die Station der Cardassianer · 06/5130
Sandy Schofield, Das große Spiel · 06/5187
Dafydd ab Hugh, Gefallene Helden · 06/5322
Lois Tilton, Verrat · 06/5323
Esther Friesner, Kriegskind · 06/5430
John Vornholt, Antimaterie · 06/5431
Diane Carey, Die Suche · 06/5432
Melissa Scott, Der Pirat · 06/5434
Nathan Archer, Walhalla · 06/5512
Greg Cox/John Gregory Betancourt, Der Teufel im Himmel · 06/5513
Robert Sheckley, Das Spiel der Laertianer · 06/5514
Diane Carey, Der Weg des Kriegers · 06/5515
Diane Carey, Die Katakombe · 06/5516
Dean Wesley Smith/Kristine Kathryn Rusch, Die lange Nacht · 06/5517
L. A. Graf, Invasion – 3: Der Feind der Zeit · 06/5519

STAR TREK: STARFLEET KADETTEN
John Vornholt, Generationen · 06/6501
Peter David, Worfs erstes Abenteuer · 06/6502
Peter David, Mission auf Dantar · 06/6503

STAR TREK™

Peter David, Überleben · 06/6504
Brad Strickland, Das Sternengespenst · 06/6505
Brad Strickland, In den Wüsten von Bajor · 06/6506
John Peel, Freiheitskämpfer · 06/6507
Mel Gilden & Ted Pedersen, Das Schoßtierchen · 06/6508
John Vornholt, Erobert die Flagge! · 06/6509
V. E. Mitchell, Die Atlantis Station · 06/6510
Michael Jan Friedman, Die verschwundene Besatzung · 06/6511
Michael Jan Friedman, Das Echsenvolk · 06/6512
Diane G. Gallagher, Arcade · 06/6513
John Peel, Ein Trip durch das Wurmloch · 06/6514
Brad & Barbara Strickland, Kadett Jean-Luc Picard · 06/6515
Brad & Barbara Strickland, Picards erstes Kommando · 06/6516
Ted Pedersen, Zigeunerwelt · 06/6517

STAR TREK: VOYAGER
L. A. Graf, Der Beschützer · 06/5401
Dean Wesley Smith/Kristine Kathryn Rusch, Die Flucht · 06/5402
Nathan Archer, Ragnarök · 06/5403
Susan Wright, Verletzungen · 06/5404
John Betancourt, Der Arbuk-Zwischenfall · 06/5405
Christie Golden, Die ermordete Sonne · 06/5406
Mark A. Garland/Charles G. McGraw, Geisterhafte Visionen · 06/5407
S. N. Lewitt, Cybersong · 06/5408
Dafydd ab Hugh, Invasion – 4: Die Raserei des Endes · 06/5409
Karen Haber, Segnet die Tiere · 06/5410
Jeri Taylor, Mosaik · 06/5811
Melissa Scott, Der Garten · 06/5812
David Niall Wilson, Puppen · 06/5813

DAS STAR TREK-UNIVERSUM, 2 Bde., von *Ralph Sander* · 06/5150
DAS STAR TREK-UNIVERSUM, 1. Ergänzungsband von *Ralph Sander* · 06/5151
DAS STAR TREK-UNIVERSUM, 2. Ergänzungsband von *Ralph Sander* · 06/5270

Ralph Sander, Star Trek Timer 1996 · 06/1996
Ralph Sander, Star Trek Timer 1997 · 06/1997
Ralph Sander, Star Trek Timer 1998 · 06/1998
Ralph Sander, Star Trek Timer 1999 · 06/1999

William Shatner/Chris Kreski, Star Trek Erinnerungen · 06/5188
William Shatner/Chris Kreski, Star Trek Erinnerungen: Die Filme · 06/5450

STAR TREK™

Phil Farrand, Cap'n Beckmessers Führer durch STAR TREK – DIE CLASSIC SERIE · 06/5451
Phil Farrand, Cap'n Beckmessers Führer durch STAR TREK – DIE NÄCHSTE GENERATION · 06/5199
Phil Farrand, Cap'n Beckmessers Führer durch STAR TREK – DIE NÄCHSTE GENERATION – Teil 2 · 06/6457

David Alexander, Gene Roddenberry – Die autorisierte Biographie · 06/5544
Judith & Garfield Reeves-Stevens, Star Trek Design · 06/5545
Nichelle Nichols, Nicht nur Uhura · 06/5547
Leonard Nimoy, Ich bin Spock · 06/5548
Lawrence M. Krauss, Die Physik von Star Trek · 06/5549
Judith & Garfield Reeves-Stevens, Star Trek – Deep Space Nine: Die Realisierung einer Idee · 06/5550
Herbert F. Solow & Yvonne Fern Solow, Star Trek: Das Skizzenbuch – Die Classic-Serie · 06/6469
Judith & Garfield Reeves-Stevens, Star Trek – Phase II: Die verlorene Generation · 06/6470
Herbert F. Solow/Robert H. Justman, Star Trek – Die wahre Geschichte · 06/6499
J. M. Dillard, Star Trek: Wo bisher noch niemand gewesen ist · 06/6500

Diese Liste ist eine Bibliographie erschienener Titel,
KEIN VERZEICHNIS LIEFERBARER BÜCHER!